ケイト・クイン

加藤洋子 訳

THE DIAMOND EYE
BY KATE QUINN
TRANSLATION BY YOKO KATO

Published by K.K. HarperCollins Japan, 2023

コロナ禍のロックダウン中、
なんとか本を著しつづけたすべての作家たちに――
パンデミックの最中にも創作活動をつづけた
すべてのクリエイターたちに――
本書を捧げます。

まったくもって大変だったわよね？

ソ連侵攻
バルバロッサ作戦
1941-1942
枢軸国
ドイツ占領下
ドイツの進軍
0
100
200 mi
0
100
200 km
Map copyright © MMXXI Springer Cartographics
レニングラード
ドイツ軍最前線
モスクワ
スモレンスク
ソビエト
連邦
ドイツ軍最前線
キエフ
ハルコフ
スターリングラード
ドニエプロペトロフスク
ロストフ
オデッサ
セヴァストポリ
黒海

オスロー
ノルウェー
フィンランド
ストックホルム
ヘルシンキ
スウェーデン
(中立)
タリン
デンマーク
リガ
コペンハーゲン
バルト海
ヴィリニュス
ミンスク
ベルリン
ドイツ
独ソ境界線
ワルシャワ
ポーランド総督府
プラハ
ボヘミア・
モラヴィア保護領
ミュンヘン
スロヴァキア
ウィーン
ブラチスラヴァ
ブダペスト
ハンガリー
イタリア
社会共和国
ベオグラード
クロアチア
ルーマニア
ブカレスト
サラエヴォ
セルビア救国政府
モンテネグロ
ブルガリア

一九四二年夏、世界がヒトラーと戦っていたころ、
一人の女がソビエト連邦から海を渡りアメリカ合衆国を訪れた。

彼女はシングルマザーで、大学院生で、図書館の研究員だった。
彼女は兵士で、戦争の英雄で、確認戦果三百九を数える狙撃手だった。
彼女はロシアの使節で、アメリカの恋人で、
エレノア・ローズベルトの親友だった。

彼女の物語は想像を絶する。彼女の物語は事実である。
〝死の淑女（レディ・デス）〟をここに紹介する。

狙撃手ミラの告白

おもな登場人物

リュドミラ（ミラ）・パヴリチェンコ——キエフ国立大学の大学院生
コンスタンティン・シェヴェライオフ——ミラの相棒
フョードル・セディフ——ミラの小隊の仲間
セルギエンコ——大尉。ミラの上官
イワン・ペトロフ——少将。ミラの上官
グリゴリー・ドローミン——中尉。ミラの上官
アレクセイ（リョーニャ）・キツェンコ——中尉
ヴァルタノフ——森番
レーナ・パリイ——医療大隊の衛生兵
ヴィカ——ミラの友人
クラサフチェンコ——ソ連派遣団の団長
プチェリンツェフ——ソ連派遣団の一員。中尉
ユリ・ユリポフ——ミラの番人
ウィリアム・ジョンソン——億万長者のアメリカ人
アレクセイ・パヴリチェンコ——外科医。ミラの夫
ロスティスラフ・パヴリチェンコ——ミラの息子。愛称スラヴカ
フランクリン・D・ローズベルト——合衆国大統領
エレノア・ローズベルト——大統領夫人

プロローグ

一九四二年八月二十七日、ワシントンD.C.

ポケットにダイヤモンド、胸に死を秘め、彼は、合衆国大統領夫人と握手するロシアの狙撃手を眺めていた。

「小娘の狙撃手(ガール・スナイパー)なんて前代未聞だよな」背後からカメラマンの声がして、射手である彼は、大使館のリムジンから降りてきたばかりの若い女をもっとよく見ようと首を伸ばした。カメラのフラッシュを浴びて発火炎(マズルフラッシュ)を連想したのか、女は身をすくめて目をそらし、ソ連の番人たちが作る方陣に守られるようにホワイトハウスの階段をのぼっていった。カメラマンが鼻先で嗤(わら)った。「ありゃ紛(まが)いもんだな」

〝それでも、おれたちはわざわざ彼女を見に来ずにいられなかった〟射手はそんなことを思いながら、偽のプレスバッジをいじくった。ソ連の派遣団は、エレノア・ローズベルトの最新の親善プロジェクトである国際学生会議に参加するためやって来たのだ。紙面にせいぜい数行載る程度のニュースなのに、二日酔いの記者やカメラマンが夜明け前にベッドを抜け出し、ペンを手にホワイトハウスのゲート前に殺到したのは、ひとえにこのバリっとしたオリーブグリーンの軍服姿の若い娘を見るためだった。

「彼女は東部戦線で七十五人仕留めたって言ってたか？」〈ワシントン・ポスト〉紙の記者が手帳をめくりながらつぶやいた。

「たしか百を超してるって……」

「もっとだ」射手は生まれ故郷のヴァージニア訛りでつぶやいた。母音をやわらかく伸ばすヴァージニア訛りはとっくに矯正し、ふだんはどこの出身でも通る中部大西洋沿岸の特徴のない英語を話しているが、相手によってはヴァージニア訛りをちょっと入れることもあった。南部訛りは信用を得やすいうえ、射手はその外見から人を警戒させない。中背でしまりのない体つき、茶色とブロンドの中間あたりの髪色、骨張った顔、泥色の目、ポケットにはいくつものダイヤモンド原石が無造作に突っ込んである。銀行は信用していない。報酬は現金で受けとり、すぐに宝石に換える。現金より軽いし、扱いやすい――銃弾とおなじだ。今年三十八歳、この仕事に携わって十九年、仕留めた数は三十以上。それがそのままダイヤモンドの数であり、銃弾の数だ。

「あんな娘っ子にナチを百人以上も殺せるか？」彼の横でコラムニストが言った。ロシアの女はダークスーツの大使館員と並んで正面階段に立ち、大統領夫人はソ連の派遣団のメンバー一人ひとりと挨拶を交わしていた。「図書館員か学校教師だったんじゃなかったか？」

「ロシア人は女も軍隊に入れるんだ、おおかた……」

〝医療大隊に配属されるんだ〟と、射手は思った。〝赤軍といえども、さすがに女を狙撃手にはしないだろう〟

それでも、彼は自分の目で確かめにやって来た。そうなんだろ？　女の簡単な略歴を憶え込み、実物をひと目見ようと。リュドミラ・パヴリチェンコ。二十六歳。キエフ国立大学史学科の四年生で、オデッサ公立図書館上級調査助手――戦前は。戦争がはじまると、前線でヒトラーの軍隊相手に十三カ月ぶっ通しで戦った。

〝死の淑女〟の異名をとる。

「それはそうと、彼女の確認戦果はいくつだったか？」〈ワシントン・ポスト〉紙の記者はまだ手帳を繰っていた。「二百を超してるのか？」

〝三百九だ〟射手はその数を記憶していたが、信じてはいなかった。この小柄な図書館員だか教師だかは、訓練された殺し屋ではない。ソ連のプロパガンダを吹き込まれて学生代表に選ばれた芸をするポニーだ。射手にはそのわけがわかった。勲章が並ぶ軍服の上にのっているのは、生きいきとした茶色の目に写真映えのする整った顔のブルネット美人だ。ロシアの女兵士と聞くとアメリカ人が想像する男勝りの女丈夫ではない。ソ連はアメリカの援助を必要としている。アメリカに送った派遣団は大々的に報じられねばならない。そのためには、愛嬌（あいきょう）のある娘を選ぶのがいちばんだ。派遣団の目玉となるこの女狙撃手は、長身で痩せぎすのエレノア・ローズベルトばばあと並ぶと、いっそう小柄で魅力的に見える。

「無事にアメリカに到着されてなによりです」ソ連派遣団に語りかける富裕層生まれの大統領夫人の洗練された話し声は、詰めかけた報道陣の耳にも届いたし、口元で馬鹿でかい歯が光るのも目に入った。「夫である大統領に成り代わりまして、ホワイトハウスへようこそ。彼はのちほどみなさまにお目にかかるのを楽しみにしており、アメリカでの最初の数日をぜひここでお過ごしいただきたいと望んでいます。みなさまは、ホワイトハウスでもてなすソ連からの最初の訪問客であり、両国の友好における歴史的瞬間と申せましょう」

彼女がロシア人一行を招じ入れ、それでお開きとなった。まだ朝の六時半を回ってもいないから、首都の空は白みはじめたばかりだ。集まった記者やカメラマン、それに無害に見える暗殺者はてんでに散らばった。「ロシアの狙撃手がホワイトハウスに招き入れられる日がこようとは、思ってもみなかった」ごま塩頭のコラムニストがぼそっと言った。「FDR（ローズベルトの略称）は臍（ほぞ）を噛（か）むことになる」

〝それまで彼は生きちゃいない〟大統領夫人のあとからホワイトハウスの玄関へ向かうミラ・パヴリチェンコのきれいに整えられた後頭部を眺めながら、射手はひとりごちた。

〝九日後――国際学生会議の最終日――には、ローズベルト大統領は死んでいる〟

「見出しが目に浮かぶよ」〈ワシントン・ポスト〉紙の記者が手帳にペンを走らせながらつぶやいた。「〝ロシアの女狙撃手、ホワイトハウスで厚遇〟」

射手はにやりとし、ポケットの中のダイヤモンドをジャラジャラいわせた。いまから十日後、新聞各紙にこんな見出しが躍る。〝ロシアの女狙撃手、FDRを殺害！〟

大統領夫人の覚書

大統領はわたしとともにソ連派遣団を出迎えるつもりだったが、あいにく転倒してしまった。目を通してもらおうと意見書や報告書を手にドアをノックして入ると、夫をベッドから移そうとしていた世話係が手を滑らせた。夫はベッドルームの絨毯敷きの床にしこたま尻もちをついて倒れた。人前での出来事なら、ほんの冗談、チャーリー・チャップリン張りにずっこけただけという態で、ジョークのひとつやふたつ飛ばして破顔一笑、なんとか立ちあがろうとしただろう。だが、自分のベッドルームにいて人目はないから、苦痛に顔をしかめた。こういう場に遭遇すると、わたしはつい目をそむけたくなる――肉体の衰えに直面した苛立ちで、フランクリン・D・ローズベルト大統領の誇り高き仮面がひび割れるのを眺めるのは、冒瀆のような気がするからだ。

起きあがったフランクリンに、朝食はゆっくりとってください、ソ連派遣団の出迎えはわたし一人でやりますから、と声をかけた。大統領の予定はびっしり詰まっている。せめてきょう最初の仕事ぐらい代わりを務めないと。彼はほっとしたようで、軽口をたたいた。

「ここでよかった。さもしい連中が見ている前じゃなくて」

「さすがに拍手喝采はしないでしょうけど」わたしも軽く言った。

「だが、わたしが二度と起きあがれないことを祈るだろう」

その口調に引っかかったが、彼はすでに朝刊に手を伸ばし、きょうに備え、気を引き締めていた。表向きは何事にも動じない人間。ラジオから滴る、蜂蜜のようにとろりとした自信漲る声、世界を切り開いて進む舳先のような横顔、そこから突きだすのはバウスプリット（帆船の船首から前方に伸びる棒）ならぬシガレットホルダーだ。彼が弱みを見せず、前進しつづけ、敵を寄せつけずにいられるのは、強靭な意志の力によると知る者はごくわずかだ。

ソ連派遣団——ダークスーツの無表情な男たち、意外にも真剣な眼差しの若い女性（狙撃兵という触れ込みだった？）——を出迎えようと曙光を浴びて歩きながら願った。彼のその意志が持ち堪えられますように、と。

五年前

一九三七年十一月
ソビエト連邦キエフ
ミラ

1

わたしはまだ兵士ではなかった。戦争はまだはじまっていなかった。人の命を奪うことになるなんて、想像もしていなかった。わたしは母親で、二十一歳で、怯(おび)えていた。母親というのは、一瞬にしてパニックに陥るものだ。例えばわが子はどこかと部屋を見回し、姿が見えなかったときなど。

「だからね、ミラ」母が口を開いた。「怒らないで——」

「スラヴカはどこ?」つぎを当てた手袋と雪をかぶったコートを脱ぐ前から、動悸(どうき)が激しくなっていた。床には息子が作りかけのブロックの工場があり、擦り切れた絵本の小さな山もあるのに、固太りで黒髪の五歳児の姿はなかった。

「あの子の父親が訪ねてきたのよ。約束をすっぽかしたことはわかっているって——」

「いちおう弁解するって、アレクセイにしたらたいしたものね」忌々しいにもほどがある。離婚申請の手続きをとる日時を設定するのはこれで二度目で、夫はまたしてもすっぽかした。離婚申請のための手数料五十ルーブルを捻出するのに何カ月もかかり、事務処理が滞りがちな役所で申請手続きをとる日時を決めるまでに何週間もかかる。そのうえ、人でごった返す寒い廊下で、夫の金髪が見えないかと目を皿のようにして何時間も待ち……挙句にすべての努力が水泡に帰すのだ。腸が煮えくり返る。それでなくたって、ソ連の市民は列に並んで延々と待たされているのだ！

母がエプロンで手を拭きながら、大きな黒い目で嘆願する。「彼はとっても恐縮してたわよ、マリシュカ。スラヴカにお菓子を買ってやりたいって。この数年はめったに会えなかったんだもの、実の息子なのに――」

〝誰のせいだと思ってるの？〟言い返せるものなら言い返したい。息子を父親の人生から締め出した張本人はわたしではない。ロスティスラフ・パヴリチェンコと名付けて二カ月と経たないうちに、その息子を人生から締め出したのは夫のほうだ。結婚生活も父親になることも自分には向いていないと宣って。だが、人のいい母の顔に期待の表情が浮かぶのを見ると、わたしはきつい言葉を呑み込んだ。

母がやさしく言う。「約束をすっぽかすにはそれなりの理由があったんじゃないの」

「ええ、そうね。わたしを意のままにするという理由が」

「彼は本音のところでは仲直りしたいんじゃないの」

「お母さん、二度とそういうこと――」

「医者なのよ、ミラ。ウクライナ一の外科医だって、あなたも――」

「それはそうだけど――」

「成功者じゃないの。共同住宅一棟分より多い部屋をあてがわれて、高い給料をもらって、それに党員よ。手放す手はないわ」母が古い話を蒸し返す。アレクセイとわたしが付き合うことにはいい顔をしなかったくせに。慌てて一緒になることはない、彼とは歳が離れすぎている。母の言い分はたしかに的を射ていた――それでも、娘に安全で快適な暮らしを送らせたいと思うのも母心だ。「彼は酒飲みではないし、一度も手をあげたことがない、とあなたは言ったのよ。彼は理想の夫ではないかもしれないけれど、外科医の妻ならパンの配給の列に並ぶこともないし、子どもたちだってそうせずに生きられる。ろくに食べられなかった厳しい時代をあなたが憶えていないのも無理ないけど、まだ小さかったから……でも、女の力じゃ子どもを食べさせていくのは到底無理なのよ」

わたしは擦り切れた手袋に目を落とした。母の言うことはもっともだと、自分でもわかっていた。

それでも、幼い息子が父親と二人きりになるのを恐れる気持ちがどこかにあった。

「ねえ、お母さん。二人はどこへ出掛けたの？」

射撃練習場とは名ばかりのその場所は元倉庫だった。窓には鉄格子がはまり、置いてある銃器の数も少なく、壁際に標的を貼った防護板がずらっと並んでいるだけだ。射座では立った姿でピストルを構える者、腹這いになってライフルを撃つ者……そのちょうど真ん中に、子ども連れの長身でブロンドの男がいた。アレクセイ・パヴリチェンコと幼いロスティスラフ・アレクセイヴィチ。安堵のあまり胃袋がでんぐり返った。

「男なら銃の撃ち方ぐらい知っていないとな」ちかづいてゆくと、息子に話しかけるアレクセイの声が聞こえた。スラヴカにライフルの構え方を教えているところだ。年端もいかぬ子どもにライフルはいくらなんでも大きすぎる。耳に馴染んだよく通る朗らかな声。夫がなにより好きなのは、自分より無知な人間に講釈を垂れることだ。「その道の達人になるには、生まれ持った才能が必要だけれどな」

「どんな才能、パパ？」スラヴカはよく知らないブロンド男を、目を丸くして見あげた。生後六週間の彼の人生から、振り返ることなく歩み去った男だ。

「忍耐力。目がいいこと。ぐらつかない手と、手の中の道具に寄せる特別な感情。おまえのパパが射撃の名手なのはそのせいだ――外科医の手だからな」アレクセイが笑顔を向けると、スラヴカの目がますます丸くなる。「さあ、撃ってみろ――」

「スラヴカ」わたしは声をかけ、射撃練習中の人たちの邪魔にならないよう注意しながらちかづいていった。「ライフルを返しなさい。子どものあなたが扱うには大きすぎる」

スラヴカは後ろめたそうな顔をしたが、アレクセイは怒り心頭のわたしを見ても驚かなかった。「やあ、しばらく」彼はしらっと言うと、高い額にかかる髪を払った。背はわたしより頭ひとつ高い。三十六歳、引き締まった体、ブロンド、気さくな笑みを浮かべる口元に白い歯が覗く。「元気そうじゃないか、クロシュカ」

馴れ馴れしい呼び方はしないで、と頼んだりしない――そう呼ばれてわたしが憤慨すると承知のうえだ。結婚生活一週間のころは、〝パン屑ちゃん〟と呼ばれて嬉しかった――

「きみってほんとにちっちゃくてかわいいものな、ミラ！」――が、〝屑〟はぽいっと屑箱に捨てられて終わりだと気づくのにたいして時間はかからなかった。ただのゴミ。

「わたしの付き添いなしで勝手にスラヴカを連れ出さないで」できるだけ穏やかに言った。息子の無事を確かめたあとも、恐怖が全身を駆け巡っていた。アレクセイが息子を連れ去るとは思っていなかったが、そういうことがないわけではない。スラヴカが赤ん坊のころ、わたしが働いていた工場の同僚の身に実際に起きたことだ。元夫がなんの断りもなく娘を学校から連れ出し、レニングラードへ連れ去った。同僚は泣きながら息巻いていた。娘を連れ戻すことはできなかった。元夫は党にたくさんのコネを持っていた。起こりうることなのだ。

「落ち着けよ、ミラ」アレクセイの笑顔が大きくなる。そうなると必ず、わたしの胸に渦巻く恐怖は怒りへと変わる。

「父親が息子に撃ち方を教えないで、誰が教える？」わたしが恐れていることを彼は知っていて、楽しんでいる。

「わたしだって撃ち方ぐらい知ってる、教えられる――」

「そんなことどうだっていい」またしてもおもしろがる目つき。「きみが現れたんじゃな。お楽しみも台無しだ!」

彼がわたしの頭越しにウィンクした。おおかた友だちでもいるのだろう。〝女って奴は!〟彼のウィンクが意味するのはこうだ。〝男の楽しみにいつだって水を差す、だろ?〟わたしは無視して手袋を脱ぎ、コートも脱いだ。射座に立つ女はわたし一人であることを、いやでも意識した。女たちは背後に控え、兄弟や恋人や夫が撃った弾が標的に命中すると拍手喝采していた。レーニンを筆頭にソ連の男は、男女平等を喧伝するが建前にすぎない。家庭では女は男を立てるものと決まっている。家事も育児も担うのは女だ。そのことに異議を唱えるつもりはない。世の中とはそういうものだ。これまでもずっとそうだった。

「マモチカ?」スラヴカが不安そうにわたしを見あげた。

「その武器をこっちに寄越してちょうだいな」やさしく言い、息子の髪を撫でて怒っていないと伝えた。「この大きさのライフルを扱うには、あなたはまだ小さすぎるのよ」

「いや、そんなことない」アレクセイがにやにやしながら武器を取り上げた。「そんなふうに甘やかしたんじゃ、彼はいつまでたっても男になれない。弾を込めるから見てろよ、スラヴカ……」

アレクセイの手が素早く動いてTOZ-8に弾を装塡した。あのダンスパーティーで、わたしが最初に目を引かれたのは彼の手だった――完全無欠の技量と集中力で長い指が正確に動く、外科医の手だ。〝なんですって？　長身のブロンド男にほほえみかけられただけで、ノーと言えなくなったの？〟妊娠がわかったとき、母に咎められた――だが、わたしが惹かれたのは、アレクセイ・パヴリチェンコの背の高さでも魅力でもなく、その手ですらなかった。彼の技量、彼の集中力、彼の気迫だった――馬鹿騒ぎと馬鹿話に明け暮れる同年代の男たちにはないものだ。アレクセイは若者ではなかった。自分がなにをしたいのかわかっている三十過ぎの男――そしてそのために自分を磨く男。目標を立て、やり遂げる男。出会った晩、彼のなかにそれを見た。不格好な紫色のドレスを着て笑い転げる若い娘のわたしは、それに気づいたのだ。十五になったばかりだった。

九カ月後、母親になった。

スラヴカにコートを渡し、奥に行ってなさいと言ってから、アレクセイに向き直った。「よくも約束をすっぽかしたわね」努めて冷静な声を出した。喚きたてるつもりはない。彼をおもしろがらせるだけだ。「三時間ちかく待った」

彼は肩をすくめた。「うっかりしてね。忙しい身なもんで、クロシュカ」

「離婚を成立させるためには双方が立ち会う必要があること、知っているくせに。わたしとの結婚生活をつづけたくないんでしょ、アレクセイ、なのになぜ現れないの？」

「埋め合わせはするから」気楽なものだ。少し離れた射座にいる彼の友人の一人が、わたしの顔を見ながらクスクス笑った。

「彼女は埋め合わせしてほしくないってよ！」背後で笑いのさざ波が立ち、つぶやく声がした。「おれが彼女に埋め合わせしてもらおうかな！」アレクセイがわたしの頭越しに苦笑いする。

「離婚申請の日取りをもう一度決めるから」せいいっぱい冷ややかに言った。「あなたが現れさえすれば、ものの数分で終わるのよ」自分でしでかしたこととはいえ、こんな人生にはうんざりだ。十五歳で母親になり、数カ月後には夫と仲たがいし、二十一歳で離婚しようとしている――結婚しているわけでもなく独身でもない中途半端な六年間をさらに引き伸ばすよりは、離婚したほうがましだ。

「なあ、そんな怖い顔するなよ、ミラ。どうしたってからかいたくなるじゃないか」アレクセイがふざけてわたしの脇腹を突いた。悪ふざけの突きがウールのブラウスを通して心を傷つける。「元気そうじゃないか。なんだか輝いてる……離婚したがるにはわけがあるんじゃないのか？　男か？」

　彼はからかっている。悪ふざけにすぎないといえ、その言葉には棘があった。彼にとってわたしはもう用済みであっても、ほかの男に好意を寄せられるのは嫌なのだ。わたしを奪われるなんてもってのほか。

「そんなんじゃない」たとえそういう人がいたとしても、彼に言うつもりはなかった――そんな相手はいないけれど。大学の授業と勉強の合間に共産主義青年団の会合やスラヴカの世話があるから、夜は五時間眠ればいいほうだ。男と付き合う時間がどこにある？

アレクセイはライフルを両手の上でひっくり返しながらわたしを見つめた。「いま大学三年だったか？」

「二年」キエフ国立大学史学科の学生証は、一年間、兵器工場で旋盤工として働きながら夜学に通ってようやく手に入れたものだ。その当時は睡眠時間四時間だったが、その甲斐はあった。すべてはスラヴカのため、彼とわたしの将来のためだ。「アレクセイ、つぎの予約が取れたら――」

「アレクセイ！」射座の向こうのほうから声をかける男がいた。わたしを見ながら言う。「おまえのかわいい奥さん？」

夫はわたしを抱き寄せ、肩をぎゅっと握った。「ぼくが射撃の名人だと彼女に言ってやってくれよ、セリョーザ。こいつ、ぼくに無関心でね。妻というのはそういうもんなのか、ええ？」わたしの顔を覗きこみ、耳に鼻を擦りつける。「からかっただけじゃないか、クロシュカ、そんなにむくれるなよ」

「あんたのご亭主はたいした腕前だ。ＴＯＺ－８を撃たせてみろよ！」

「ただの単純なシングルショット・ライフルだ」彼の腕から身を振りほどこうとするわたしに、彼が言った。「通称メルカシュカ」

「それぐらい知ってる」わたしは射撃の専門家ではないが、工場の射撃クラブに所属し射撃練習場に通っていたことがある。火器のことなら多少は知っていた。「TOZ‐8の射程は百二十から百八十メートル……」

「TOZ‐8の初速は秒速三百二十メートル、射程は百二十から百八十メートル」アレクセイがわたしの言葉を無視して言った。「このボルトをスライドさせて」

「知ってる。扱ったことある――」

彼はライフルを構えて標的を慎重に狙った。銃声が轟く。「ほらな？　ほぼ命中だ」

わたしは痛くなるほど舌を噛んだ。背を向けて息子を抱き寄せ、憤然と出ていきたかった。だが、スラヴカはコート掛けのかたわらで、男二人の活発な政治談義に耳を傾けている――それに、確約を取らないまま引きさがるわけにはいかない。離婚申請の日時が決まったら、アレクセイが必ず姿を現すという確約だ。

「射撃練習場に足しげく通ってたわけじゃないでしょ。射撃がうまくなろうと思ったのはなぜ？」悔しいけれど腕前を認めないわけにはいかない。「あなたは外科医だから、弾を受けた筋肉や器官がどうなるかは知っている。傷口をどう縫い合わせるかって話、よくしてたものね」

「じきに戦争がはじまるんだ。それぐらいわかっているだろ？」メルカシュカにまた弾を装填する。「その日が来たら、みんなが銃を手にすることが求められる」

「あなたたちにはその必要ないでしょ」わたしの記憶にあるかぎり、父はなにかというと

頭を振りながら言っていたものだ。〝いつか戦争が起きる〟でも、いまだにそうなってい
ない。「たとえ戦争になっても、あなたは兵士にはならない」

夫は顔をしかめた。「ぼくにはその資格がないと思うのか？」

「あなたみたいな外科医は貴重な存在だから、前線で命を無駄にしてはならないってこと」わたしは間違いに気づき、慌てて言った。アレクセイと長く暮らしたわけではないので、彼のプライドがどんなときに傷つくか忘れていた。「あなたは野戦病院で働くんでしょ。盲目の猿みたいに命じられるまま引金を引くんじゃなく」

彼は表情をゆるめ、ライフルを構えた。「男は戦争でチャンスを摑むんだよ、ミラ。ふだんの生活では摑めないチャンスをな。そのための準備をしておくんだ」

彼はまた発砲した。弾は的の中心をわずかにそれた。「すごいね、パパ」スラヴカが感心して応援に回る。

アレクセイが息子の髪をくしゃくしゃにする。背後で若い娘二人が指を髪に絡ませながらうっとり眺めていることに、夫は気づいているはずだ。案の定、夫は息子のかたわらに屈んで言った。「どうするのか教えてやるからな」

それは彼がわたしに最初に言った言葉だった。隙間風の入るダンスホールで、音楽と笑い声と揺れる紫色のドレスに心躍らせる、十五になったばかりの若いミラ・ベロワに、彼はそう言った。わたしは女友だちと踊りながら、ホールの反対側でいきがる若者たちに目

を引かれていた。そのとき、音楽がもっとゆっくりでもっと正式なものに変わり……長身でブロンドの男が、わたしを女友だちから上手に引き離して胸に抱き寄せ、言った。「どうするか教えてやるから……」あとになり、ダンスホールの庭の草の上に自分のコートを広げてわたしを座らせ、いつか偉大な男になるつもりだ、と語った。〝パヴリチェンコの名を、モスクワからウラジオストクまであまねく響きわたらせてみせる〟彼は冗談めかしてにっこりしたが、冗談のつもりでないことはわかった。なんとなくわかった。

〝きっとそうなるわ〟わたしは笑いながら応じた。〝アレクセイ・パヴリチェンコ、ソ連邦の英雄!〟彼はお世辞に顔を輝かせた。その輝きがまぶしかった。いま、射撃練習場の冬の薄暗がりのなかで彼を見ながら、わたしは思い出していた。彼はそのあとすぐにわたしの手を取って導きながら、〝ほかのことも教えてやるよ〟……思い出はそれぐらいにして。彼を嫌いになったいまでも、彼のなかの燃え滾る野心には感服するが、これっぽっちも魅了されない。

「いや、ちがう」アレクセイが苛立ちを滲ませた声でスラヴカに言う。「床尾を斜めにしちゃだめだ。肩にしっかり押しあてて――」

「まだ小さすぎるから」わたしは静かに言った。「手が届かないのよ」

「七歳だろ、大人並みにライフルを構えられるはず――」

「五歳よ」

「顔をあげろ、スラヴカ、赤ん坊じゃあるまいし。へらへらするな！」彼がきつい声を出す。

「ごめんなさい、パパ」息子はめったに会うことのない偉大な父をなんとか喜ばせようと、重いカバノキの銃床を必死で支えている。「これでいい？」

アレクセイは笑った。「なんだそれ、ウサギみたいに跳び跳ねて」引金の上のスラヴカのぽっちゃりした指に指を重ね、引いた。息子が銃声にビクッとすると、アレクセイはまた笑った。「ちょっとした音にもびくつくんだな、おまえは」

「いいかげんにして」わたしはライフルを取り上げ、息子を引き寄せた。「アレクセイ、わたしたち、帰るから。離婚申請の日取りが決まったら、来てくれるわよね」

言い方がそっけなさすぎた。もっとやさしく言うべきだった。〝どうか来てちょうだい〟とか、〝来てもらえるかしら？〟とか。優位な立場の男の顔色を窺いながら、女は慎重に言葉を選び、なおかつそこに非難の気持ちもこめる——詩人だって言葉選びにこれほど苦労はしないだろう。

アレクセイの目がギラリと光った。「ぼくに感謝したらどうなんだ、クロシュカ。おまえのこの仔犬を男に育ててあげてくれる人間がほかにいるか？」スラヴカを見おろす。「こいつが赤ん坊だったころを思い出す。十二時間かかった手術を終えて戻ると、こいつはまだ起きて泣いていた。眠ってくれないのよ、とおまえはめそめそしっぱなしだった。眠ってくれないの。ぼくはちがう。ぼくはどこでだって眠れる」わたしをちらっと見て、アレクセイは声を落とした。「ぼくの言いたいことわかるだろ、ミラ？」

「なにが言いたいのか想像もつかない」スラヴカがわたしに抱きついて震えだした。意味はわからなくても不安なのだ。玩具（おもちゃ）の電車で遊びたいのだ——祖母の狭くて居心地のいいアパートや湯気を立てるサモワール、祖母がくれるスプーン一杯のジャムが恋しいのだ。息子をここから連れ出したい一心で、わたしはアレクセイにメルカシュカを返そうとし、彼の言葉に手が止まった。

「こいつはぼくとちがって眠れない、それだけ。髪の色も、目の色もちがう……」アレクセイは肩をすくめた。「男は疑問を抱くものなんだよ、そういう子について」

「この子はわたしの父親似なのよ」冷ややかに言った。

「ほかの誰かに似ているのかもな」アレクセイは気にしていないという態でポケットに手を突っ込んだ。「ぼくをお払い箱にしたい理由はそれなんじゃないか、ミラ。あたらしい男が現れたのではなく。ぼくたちが出会う前から昵懇（じっこん）だった男がいて——」

「わたしのコートを取ってきて、モルジク」わたしは彼の言葉を鋭く遮り、スラヴカを奥へと押しやった。

「——自分の苗字（みょうじ）を名乗るあの子を見るたび、不思議になるんだ」わけがわからないままコート掛けへと向かうわたしたちの——わたしたちの——息子を、アレクセイは目で追った。「不思議でしょうがない」

わたしはメルカシュカを持ったままだった。ずしっとくるカバノキの銃床は、スラヴカの手の冷や汗でべたついていた。思わず銃床を握り締める。アレクセイの頬骨の高い顔をこれで殴ってやりたかった。大声で叫びたかった。彼に出会う前に付き合った男はいなかったし、彼も知っているはずだ。わたしは学校の教室から彼のベッドに直行し、彼の赤ん坊を産み落としたのだから。だが、夫を罵倒するにしても場所をわきまえている。ここでそうすれば、彼はわたしの手首を必要以上にきつく握り、クスクス笑うだろう。〝女って奴は！　すぐにヒステリーを起こす……〟

「なんだその顔！」アレクセイがにやにや笑いながら頭を振った。「クロシュカ、冗談だよ！　笑い方もわからないのか？」

「かもしれない。でも、銃の撃ち方ならわかる」

わたしはライフルを構え、くるっと回り、いちばん遠い標的に照星と照門を合わせて狙いを定め、引金を引いた。耳がガンガンした。メルカシュカをおろし、弾が命中した場所を思い描いた。夫が二度ともはずした標的の中心。だが――

「よくやった」アレクセイはおもしろがっている。「つぎはせめて的に当てることだ」

見物していた彼の友人たちがやじる。頬がかっと熱くなった。〝撃ち方ぐらい知ってるわよ〟そう叫びたかった。工場の射撃クラブの練習で射撃練習場には何度か通い、いい成績をあげた。人をうならせるほどではなかったが、的をはずしたことはなかった――一度も。

　だが、きょうははずした。動揺していたからだ。怒ってもいた。アレクセイの顔から笑顔を剝ぎ取ってやろうと躍起になったからだ。

「自分の姿を見てみろ。でかすぎる銃を構えて大真面目な小娘の姿を」アレクセイはわたしの手からメルカシュカを奪いとり、聞きわけのない子どもにするようにわたしの顎の下をくすぐった。わたしは刺されでもしたように顔をのけぞらせた。「もう一度やってみるか、クロシュカ？　ほら、取ってみろ！」彼は銃を頭上高く掲げ、目を光らせて笑った。「跳べ！」

　射座にいる男たちも笑いだした。「跳ぶんだ、クークーシュカ、跳べ！」の声がかかる。ライフルのために跳んだりしない。スラヴカがわたしのコートを手に戻って来たので、袖を通した。「予約が取れたら知らせるわ、アレクセイ」

「好きにしろ」彼は肩をすくめ、メルカシュカに弾を装塡し、見物の二人の娘に笑いかけた。娘たちが笑い返す。若い娘はこれだから。ころっとまいる。長身で引き締まった体、ブロンドの髪、野心満々で夢を追いかける男に。わたしもそうだった。だが、手に硝煙の匂いをつけ、屈辱に頰を染める二十一歳の怒れる母親は、悪い男の見かけの華やかさに惑わされたりしない。

スラヴカのミトンに包まれた手を握り、暗くなったキエフの通りを歩いた。鉄色の空から舞い落ちる雪がまつ毛に絡まる。「舌を出して雪を受け止めてごらん」話しかけても息子は黙ったままだ。「家に帰ったら、サワークリームを載せた熱々のペリメニを食べようね」ご機嫌を取ろうとしても、息子はぬかるむ雪を踏んでとぼとぼ歩きつづけるばかりだ。ときどき肩が上下する。

「モルジク」やさしく呼びかける。〝かわいいセイウチ〟の意味で、彼がまだお乳を飲んでいたころにつけたあだ名だ。それぐらいの勢いで乳首に吸い付いてきた。

「パパはぼくを好きじゃない」スラヴカがぽつりと言った。

「そうじゃないのよ、モルジク。パパは誰も好きじゃないの、ママのことだって」つぎを当てた手袋の中で、指が怒りに震えた。「二度とパパに会うことはないから、スラヴカ。パパは必要ない。おばあちゃん（バブシュカ）もおじいちゃん（デドゥシュカ）もいるじゃないの」わたしがアレクセイと別れることを両親は認めていないが、出戻りのわたしを受け入れ、スラヴカを溺愛しよく面倒を見てくれるので、わたしは旋盤工場で働き、試験勉強もできる。「それにママもいるよね、スラヴカ。あなたはママの自慢の息子よ」

「だけど、誰がぼくに撃ち方を教えてくれるの？　パパは必要だよ……」息子は混乱している。まだ五歳だ。きょう、アレクセイが口にした決まり文句の意味がわからない。〝男になる、仔犬を男に育ててあげる、甘やかしすぎる〟ただ、自分にはなにかが欠けていると思い込んだのはたしかだ。

わたしは黒い頭を見おろした。「わたしが教えてあげる」

「でも、的をはずしたじゃない」息子が言う。うっかり口走ったのだろう。

わたしは的をはずした。彼の挑発に乗って憤慨するというミスを犯したせいだ。だが、二度とミスは犯さない――いまのわたしにそんな余裕はなかった。悪い男の手に落ちるという重大なミスを犯し、道を踏みはずしそうになった。息子がいるいま、またミスを犯せば、母子共倒れになりかねない。大きく深呼吸した。「二度と的をはずさないから。けっして」

「でも……」

「ロスティスラフ・アレクセイヴィチ」息子を正式名で呼び、信号で足を止め、雪の上にひざまずいて彼の小さな肩を抱いた。動悸がまた激しくなった。射撃練習場で的を撃ち損なったけれど、子育てでミスは犯せない。「きょうからわたしがあなたのパパだからね。パパとママ、両方になるからね。いつか立派な男になるために知っておくべきことはすべて、わたしが教えてあげる」

「でも、ママにはできないでしょ」

「どうしてできないの？」彼が戸惑いの表情を浮かべるので、畳みかけた。「立派な男になるってどういうことかわかるの、スラヴカ」

「ううん……」

「だったら、ママにはできないってどうしてわかるの？　立派な男かどうか、女にはわかるのよ」アレクセイみたいな男と渡り合ってきたのだからなおのこと。「あなたを立派な男に育てあげるのに、立派な女ほどふさわしい人間はいないの、ほんとうよ」

スラヴカは射撃練習場のほうを振り返った。長いまつ毛に雪がついている。「撃ち方を教えられるの？」彼がつぶやく。

「きょうはしくじったけど、それは置いといて。あなたのママは射撃練習場に何度も通っているのよ。それで、あと少し練習すると射撃訓練の上の級にあがれるの」これまで考えたことがなかった――すでに大学で授業をめいっぱい取っているのだから、弾道学と兵器について学ぶ週三回のクラスを加える時間がどこにある？　射撃は趣味にすぎない。国が推奨するレクリエーションに参加して、公徳心のある市民だと誇示したいだけだ。友だちに誘われてやっているだけ。仕事が終わったあとや、共産主義青年団の集会の帰りに射撃練習場に寄って銃を撃ち、それから映画に行くこともあるが、たいていは帰宅してスラヴカの世話を焼く。射撃を真剣に捉えたことはなかった。

心を入れ替えなければ。上級射手の記章――それはアレクセイのうぬぼれ顔からにやにや笑いを剝ぎ取ってやれるものでもある。それよりなにより、わたしがやさしくて愛情深い母親以上の存在だと、スラヴカに信じさせてやれる。彼に撃ち方を教えるだけでなく、彼を立派な男に育てあげなければならないのだから。勤勉で誠実で、父親とちがい女性を対等に扱うことのできる男に育てあげる……でも、上級射手の記章を得るのは容易なことではない――いいえ、やるしかない。そこからはじめるのだ。

それに、わたしを見るときのアレクシスの目に浮かぶ所有欲丸出しの皮肉な表情。わたしを自分のものにしたいのではなく、わたしがほかの男のものになるのが嫌なだけ。

自分を守る術をもっと身につけるのは悪いことではない。息子を守る術でもあるのだから。

「ぼくは赤ん坊だってパパは言った」スラヴカが強い口調で言った。「赤ん坊じゃない！」

胸が締め付けられ、彼をぎゅっと抱き締めた。「そうよ、赤ん坊じゃない」〝あなたは赤ん坊じゃないし、あなたの父親はろくでなしよ。でも、わたしにもあなたにも、彼は必要ない〟息子にはわたしがいる。彼になんでも与えてやるつもりだ。いつか、二人で暮らすアパートも手に入れる。壁一面の本棚も、未来も。アレクセイとちがって、わたしは自分の名前を国中に轟かせる夢など持たない。名声も名誉も必要ない。息子にふさわしい人生を与えてやりたいだけだ。

〝だったら、二度とミスは犯さないことだ〟と、頭の中で無情な声がした。わたしは自分に誓った。〝きょうも。あすも。これからもずっと、ミスはけっして犯さない〟

2

「静粛に」オソアヴィアヒム狙撃学校の前庭に、胸に聖ゲオルギー勲章をふたつ並べた、眉に傷跡のあるサーベルみたいな男が颯爽と現れ、新品のブルーの制服を着て二列に並ぶわたしたち生徒たちを眺めわたした。静寂がつづくうち鉛色の空から雪が舞いはじめ、わたしたちは不安げに足を踏みかえた。ようやく口を開いた彼の声はさながらライフルの弾のようだった。「諸君の射撃の腕はすばらしいと聞いている。だが、腕がいいだけの射手は狙撃手とは言えない」

〝フォ・ザ・ラヴ・オヴ・レーニン〟わたしは父の口癖を借りて内心でため息をついた。〝勘弁してくれ〟の意味の〝フォ・ザ・ラヴ・オヴ・ゴッド〟をもじった表現で、姉やわたしが煩くすると父は必ずそう言った。わたしは狙撃手になるつもりでここにいるのではない。息子の父親役も立派に務められる人間だと証明するためだ。入学初日のきょう、さっそく手渡された教育課程に視線を落とした。政治学に二十時間、行軍訓練に十四時間、火器の訓練に二百二十時間、戦術に六十時間……高等教育並みの講義内容にわたしは胸を撫でおろした。史学科の学生だから、行動と暴力は本のなかだけにおさめられているほうがいい。

ところが、傷跡のある教官は行きつ戻りつしながら狙撃手について語っている。

「あの——」わたしの隣りの娘——このクラスに女性は三人だけ——が手を挙げた。「わたしは狙撃手になるためにここにいるのではありません。ここで学んで上級レベルの競技会に出場し、ソ連邦スポーツマスターの称号を得るためです」

「平和時なら競技会で的を撃っていればいい」教官は穏やかに言った。「だが、ひとたび戦争になれば、狙うのは木製の標的ではなく敵の心臓だ」

父の口癖をもうひとつ。頭を振りながら言ったものだ。〝戦争になれば〟不思議なことに、この言葉はわたしをほっとさせる。戦時下で役立つ技量をすべてレンズを通して教えてもらうことに、わたしは馴染んでいたが、質問した娘は困惑しただろう。それでもおとなしく手をさげた。教官は列に並ぶ生徒たちに鋭い視線を送りながら話しつづけた。「狙撃手は射手以上のものだ。狙撃手は忍耐強いハンターだ——撃つのは一発だけ、狙いをはずせば命取りになる」

身が引き締まる思いがした。ここで習うことすべてが、たったひと言に要約できるんじゃないの？　〝ミスを犯すな〟

それなら理解できる。

「愚か者やならず者に教えるほどわたしは暇ではない」教官は雪をザクザク踏みしめながらつづけた。「一カ月の訓練を終えて、奸智（かんち）に長（た）けた狙撃手になる技量を身につけられそうにないとわたしが判断した者には、ここを辞めてもらう」

いっそう身が引き締まった。放校になる者が出たとしても、それは断じて自分ではないとわかっていたからだ。

〝ミスを犯すな〟

二年のあいだ、火器の講義と演習、それに大学の授業で、わたしの一日は予定がびっしりだった。キエフ国立大学で基礎考古学と民族誌学の授業を二時間受け、水曜の夜は青い制服に着替え、モシン－ナガン軍用ライフルの組み立てと分解の仕方を二時間みっちり練習した（〝これをなんと呼ぶ、リュドミラ・ミハイロヴナ？〟〝スリーラインです、同志教官〟）共産主義青年団の集会でドイツによるゲルニカ爆撃に憤然と抗議したあと、エメリヤノフ照準器について三時間学ぶ（〝細かく説明してみろ、リュドミラ・ミハイロヴナ〟〝長さ二百七十四ミリで重さは五百九十八グラム、調節ダイヤルが二個……〟）。二年におよぶすべての講義と演習――弾道表を暗記し、シモノフやトカレフといった拳銃や、メルカシュカやモシン－ナガン・スリーラインといったライフルの扱いを学んだ長い時間――は、ひとつのことに集約される。

ミスを犯すな。

「あの工事現場」傷跡のある教官が、ウラジーミル通りに建築中の三階建てのビルを指さして言った。「板を渡した狭い通路を伝って各階を見回る現場監督を撃つには、どこから狙えばいい？」わたしはすべてのドア、すべての見通し線、すべての窓を挙げたつもりだったが、わたしが見落とした窓の開口部や階段、三階の壁から突きでた梁を彼が指さしたときには、悔し涙がこみあげた。「まだまだだな」教官はわたしを冷たく突き放した。「二日後にまたここに来て、現場がどう変化したか観察してみろ。あらたに塞がれた壁、あらしくついた窓や内壁。周囲の世界は急速に変化しているが、照準器を通してみたのではわからない――あるものは遠ざかって背景に溶け込み、あるものは前面に出てくる。だから、細部を詳細に観察して全体像を摑むんだ」

わたしは大きくうなずいた。教官はわたしのミスを指摘するのに、ほかの生徒にかける二倍の時間をかけたから――ほかの二人の娘はあっさり許されるのに！――悔しくて頰が赤くなるのを感じた。教官も気づいたようで、やれやれというように背中を向けた。いまに見てろよ。二日後、工事現場に出向き、三時間かけてあらゆる変化を記憶に留めた。教室で発表したとき、ひとつも見逃していなかった。

ミスを犯すな。わたしはこの言葉を骨の髄まで叩き込んだ。人生にはミスを犯す機会がいくらでもある――失敗する機会が。母親であるわたしは、完璧な子育てをしようとつねにもがいている。甘やかしすぎても、厳しくしすぎてもだめだ。生徒であるわたしは、クラスでトップの成績をおさめるため、時間の配分に必死になっている。完璧なノートを取り、試験勉強をし、学術調査も熱心に行わねばならない。ソ連邦の女としては、同世代の手本となろうと奮闘している。生産性の高い労働者、積極的な参加者、未来の党員。日々変化するこういった小さな目標の狭間(はざま)にはグレーゾーンがあり、いろんな失敗がある……だが、大学の授業を終えて射撃練習場に足を踏み入れるときには、ほかのことはいっさい忘れることにしていた。歴史の試験では〝優〟はとれなくても〝良〟ならまずまずだが、標的を撃つ行為にはグレーはない。黒か白かしかない。的の真ん中を撃ち抜くか、はずすかだ。

「ゲームをやろう」教官が言った。毎週土曜日、教官はわたしたちを郊外に連れ出し、カモフラージュのレッスンを行った――絡み合った茨(いばら)や木立に身を隠す方法、冬なら雪溜(だ)まりに身を隠す方法を教わった。冬がまた巡ってくると、氷柱(つらら)がさがるカバノキの下で三十分の休憩をとった。雪の上で寒さに足踏みしながら、男たちは体のなかからあたたまろうと携帯酒瓶(フラスク)を回した。教官が袋からレモネードの空瓶をいくつも出し、二股になった枝二本に瓶を水平に固定し、口がこちらを向くように置いた。わたしたちは慌ててライフルを摑み、整列した。「これは〝瓶の底〟というゲームだ」教官はそう言って列に加わった。手順を踏んでライフルを構え引金を引くと、生徒たちは息を呑み、口笛を吹いた。弾は瓶の口にも側面にも触れることなく底を撃ち抜いていた。「誰か挑戦してみないか?」傷跡のある眉の下で目を光らせながら、教官が挑んでくる。

彼の含みのある視線が、嘲るようにわたしの上で止まるのがわかった。だが、わたしは静かにライフルに寄りかかったまま、若い男たちを先に撃たせた。彼らのミスを分析し、教官に褒めてもらいたい一心で撃ち急いだ結果だとわかった。

「きみは挑戦したくないのか、リュドミラ・ミハイロヴナ?」教官の声が肩越しに聞こえ、冷気のなかで吐く息が白く見えた。「後ろに控えてスタイル画みたいにポーズをとっているつもりか?」わたしはそのとき、あたらしいダークブルーのコートを着ていた。襟の黒い毛皮は、母が虫食いだらけの古い襟巻から苦労してはずしてコートの襟に縫いつけてくれたもので、人懐こいクロテンみたいに見える。その朝、武器を持つには上等でお洒落すぎる、と級友たちにからかわれたばかりだった。

わたしは教官の皮肉を無視し、瓶を吹き飛ばした男たちを顎でしゃくった。「わたしが参加しないのは、目立ちたくないからです。ライフルはひけらかすためのものではありません」

「直感がそう言わせているとしたらたいしたものだ」教官が言った。「自分をさらけ出すことは、狙撃手にとって危険だ。姿を見られないかぎり攻撃されない」

「わたしは射手になるつもりです。狙撃手ではなく」

「だとしたら、どうして後ろでぐずぐずしてるんだ。目立つことを警戒する必要はないだろう。きみはただ……失敗するのが怖いだけだ。ミスを犯すことが」

彼を睨み、射座に右膝を突いた。右足の踵に体重をかけ、ライフルの床尾を肩の窪みにあてがう。引金に指をかけ頬を銃床の上端部に押しあて、曲げた左肘にスリングを挟んでライフルを支える。左膝に左肘を載せると、銃口によりちかい部分に左手を置けるからさらに安定する。二本の枝に固定された瓶に照準を合わせる。拡大率四倍の照準器を通しても、瓶は文章の最後につけるピリオドほどの大きさだった――文章を終わらせる肉太の黒点。だが、わたしはこんなことでは終わらない。引金を引いた瞬間、アレクセイが見ている前で撃ち損じた記憶が甦った。

ライフルをさげて目にしたのは、瓶の底が吹き飛び、ガラスがダイヤモンドのかけらとなって雪に舞い散る光景だった――瓶の口は無傷なままだった。

「上出来だ」教官が静かに言った。「もう一度やるか？」

笑みが顔じゅうに広がるのがわかった。同級生たちの喝采が遠くに聞こえる。「はい」

そのときが最初だった。両手の中でライフルが歌う歌を、わたしははじめて聞いた。肩に当たる銃床、引金の上で丸くなる指。意識が浮かれ騒ぐ級友たちから離れ、わたしは静寂のなかにいた――荒れる海に浮かぶ孤島。全世界をも締め出したからこそ、両手の中で歌うスリーラインの歌を聞くことができた。

その午後、わたしはつづけて三度、瓶の底を撃ち抜いた。細心の注意をを払って的を狙い、瓶の口をまったく損なうことなく底を吹き飛ばした。教官がなにか言ってくれるのを待った――〝図に乗るんじゃないぞ〟でもなんでも――ところが、驚いたことに、彼はやさしくハグしたのだ。「よくやった、長い三つ編みの別嬪(べっぴん)さん」そう言うと、わたしの腰まである三つ編みを引っ張った。「きみが勝つと思っていた」

わたしは面食らった。「そうなんですか？」

「多くを与えられた者は、多くを求められる」彼が格言を口にした。それから一年後、講義の最終日に、彼は自著『一級射手のための教則本』をわたしにくれた。署名入りで、扉には〝ミスを犯すな、リュドミラ・パヴリチェンコ〟とだけ書かれていた。

「たいしたものだ、マリシュカ」その晩、修了証書を誇らしげに見せるわたしに、父が言った。「娘が危険な女になるとはなあ」

「そんなことないよ、お父さん」わたしは父の両頰にキスした。どっしりして頼りになる父は、退役してずいぶんになるのにギャバジンの軍服を好んで着ていた。台所のテーブルに向かい湯気の立つ紅茶のカップを手で包む父の胸には、赤旗勲章が誇らしげに輝いている。スラヴカの宿題を手伝ってくれるのは父だ。わたしもまたおなじテーブルに向かい合い、父に宿題を手伝ってもらったものだった。仕事から帰宅するのが夜中になっても、子どもたちと向き合う時間を作り、勉強を見たり悩みに耳を傾けたりしてくれた――子どもたちの態度にイライラさせられることがあっても、こう言うだけだった。〝フォ・ザ・ラヴ・オヴ・レーニン、老いぼれを困らせないでくれ！〟

スラヴカはわたしの修了証書の丸い紋章を指でなぞった。「いつでも教えてあげるからね」息子を膝に抱きあげ、わたしや父とおなじチョコレート色の髪にキスした。「射撃練習場に行こうか？」

「共産主義少年団（ピオネール）に入団したらね」息子が大真面目に言った。「赤いスカーフをもらえたら」

「そうね、もう少し大きくなったらね」彼が射撃の練習に熱心でなくても、わたしはがっかりしなかった。わたしには技量があるのだから、彼がその気になったらいつでも教えられる。問題なのはそこだ。「宿題を見せて、モルジク。植物生物学ね、あなたの年のころ、好きな科目だった。葉っぱの部分の名称をすべて言えるかな？」

彼が真剣に部分の名称を諳（そら）んじるのを聞いていると、母が帰宅した。ほっそりして、いつもにこやかな母は、修了証書を見て歓声をあげた。母が誇りに思うのはわかるが、いささか大げさだ。「それで、なにを身につけたの、マリシュカ？」

「ミスを犯すな、と教わった」わたしは正直に答えた。

「的を撃つのに？」

「どんなことでも」

それがわたしの秘訣だ。みんながそれを知りたがる。あなたも、でしょう？　わたしにはじめて会った人はみんなそうだった。エレノア・ローズベルトもさえも。一九四二年の八月、ホワイトハウスの階段で出迎えてくれた彼女の目を見て、わたしはそう思った。わたしみたいな娘が——母親で学生で、大志を抱く歴史学者が——どうして狙撃手になり、数百人の男を殺せたのか？　秘訣はなに？

　面と向かって尋ねる人はめったにいない。わたしを怒らせたらあとが怖いと思っているのだろう——だが、そればかりではない。戦争の英雄はもてはやされるが、それは清廉潔白な白いマントの英雄だ。白昼堂々、敵と戦う者、最前線で死と向き合う者だ。誰かが（とりわけ女が）わたしみたいなやり方で手柄を立てると、恐れられる。夜陰に紛れ、油断している人間——わたしの存在に気づかず、ひげ剃り中の怪我や結婚指輪をわたしが見てとったことも知らない人間——を照準器越しに狙って撃つ。怪我や結婚指輪に気づきながら、わたしは引金を引き、彼は銃声を耳にする前に死に……。

　ようするに、こんなことを繰り返しても眠れる人間は、心に闇を抱えているにちがいない。

　あながち間違ってはいない。

　だが、心に闇を抱えた人間はいずれ破滅する、と考えるのは誤りだ。わたしみたいな人間は、生来の奇人と思われがちだ。揺りかごの中でライフルをしゃぶり、五歳から狩りに出て、八歳でオオカミを仕留め、シベリア（シベリアと相場がきまっている）の原野から現れる、生まれたときからおかしな人間。とくにアメリカ人が思い描くわたしはそうだった――闇の神話に出てくる氷のようなロシア女、雪に埋まった地獄絵図から歯も手も血に染めて這い出してくる怪物。生まれながらの殺人鬼。

そこでわたしに出会う。小柄なミラ・パヴリチェンコに。明るい笑顔に本ではち切れそうなバッグ、歴史学者になるのが夢だと楽しそうに語り、ふっくらした頰っぺたの愛息子の写真を見せる、キエフから来た学生のわたしを見ると、誰もが拍子抜けする。これが〝死の淑女〟？　極寒の北の国から来た女狙撃手？　期待外れもいいところだ。

あるいは……つぎなる反応はこうだ。口には出さないが……不安を覚える。二十六歳の図書館研究員が心に闇を抱えているとすれば、人は誰しも闇を抱えているものなのか？

わたしにはわからない。

わたしにわかるのは、人生にミスは許されないと覚悟を決めたとき、心の闇が目覚めたことだけだ。けっしてミスは犯せないと悟ったときに。瓶の口を弾が擦り抜け、瓶の底がダイヤモンドのかけらとなって舞い散り、両手の中でライフルが歌うのを聞いたとき……わたしはどうすれば自分がどんな人間になりうるのかわかった。

3

一九四一年六月、オデッサ

愛国心溢(あふ)れる回想録が人気を博している——党推奨の民衆の士気を高める啓発書（眠気を誘うものならなおよい）。わたしが回想録を書くことになったら、事実を大幅に修正するか削除しなければならない。なぜなら、リュドミラ・パヴリチェンコの人生には、回想録にはとても載せられないことがたくさんあるからだ。少なくとも公式の回想録には。

例えば、ソ連が戦争に突入した日のこととか。公式の回想録にはこう記されるだろう。〝ヒトラーが侵攻してきた日、共産主義青年団の集会に出席し、未来の党員としての義務について思いをあらたにした〟

ほんとうのところは？　非公式の回想録にはどう書かれる？　わたしはオデッサの学生で、海水浴場にいた。

「海水浴場があるの？」アメリカ人が鼻にしわを寄せる様が目に浮かぶ。ロシアといえば、白夜に輝く雪に覆われた茫漠(ぼうばく)たる荒地以外になにもないと思っている——海岸も、夏の陽(ひ)

射しもなく、あるのは氷とオオカミだけだと。地図を見たことがあるの？　オデッサはパリより、ミュンヘンより、ウィーンよりもずっと南だ――そして、六月のあの日、空は晴れわたって暑く、黒海は遠く水平線まで波ひとつなかった。

わたしは泳ぎに行くつもりはなかったが、その前日、友人のソフィアにしつこく誘われたのだ。オデッサ公立図書館の受付で長時間勤務がようやく終わるころ、隣りにいる彼女が言った。「ヴィカとグリゴリーがやっとモスクワから戻ってくるんだもの、みんなで海水浴に行きましょうよ」

「博士論文をやらなきゃならないから」並んで待つ来館者がいないので、わたしはデスクにノートを広げていた。上級射手の資格を取ってほどなく、大学の史学科の卒業試験で〝優〟と〝良〟の成績をおさめた。わたしは折りに触れこのころの頑張りを思い出し、自分を見事に鼓舞したものだ。ミラ・パヴリチェンコは十五歳で母親になったけれど、人生の軌道を見事に修正した。さながら定められたレールの上を駅から駅へと粘り強く進む、小さな機関車のように。最初の停車駅は、キエフ大学卒業。つぎの停車駅は、オデッサ公立図書館の上級調査助手に抜擢。おかげでスラヴカを預けている実家に仕送りができた。つぎの停車駅は、博士論文を書きあげる……。

「海がね、ミラ」ソフィアがわたしを篭絡する。「あなたの名前を呼んでるわよ。まったくあなたったって本の虫なんだから」

「わたしの名前を呼んでいるのは、ボフダン・フメリニツキー」

「論文の内容をここで披露しなくていいからね。ボフダン・フメリニツキーのことはひと言だって聞きたくない。ウクライナの英雄で一七二一年にロシアと条約を結んだとか――」

「――実際には一六五四年」

「――それにペラヤースラウ会議の役割」

「胸躍る歴史じゃないの」わたしはついむっとした。わたしの論文のテーマは図書館中に知れ渡っていたけれど、誰も関心を払ってくれない。ソフィアときたら、わたしの大事な論文を、焼却炉に投げ込む、と年中脅してくる。癪だから、あなたの大事な口紅を鼻に突っ込んでやる、と言い返す。つまりはそういう仲なのだ。「中央集権化されたロシアと同盟を結ばなければコサックの自治は勝ち取れず、ウクライナは統一国家として存続できなかった――」

「ミラ、そんなのどうだっていい。あした、泳ぎに行くわよね」

そんなわけで、わたしたちは海水浴場にいた。太陽の下で縞柄のタオルを広げ、砂の上に置いた擦り切れた篭にはレモネードの瓶が満載だ。歓声をあげ、砂を跳ね飛ばして走り回る子どもたち。わたしはといえば、腿のあたりがたるんだネイビーブルーの水着姿で寝転んでいるだけだ。空を見あげ、波の音にまどろみながら、論文を仕上げ博士号を授与され、モスクワで歴史学者になる日を夢見ていた。ゴーリキー公園にほどちかいアパートに住み、スラヴカをアイススケートに連れていき、粉砂糖のかかったポンチキ（ドーナツのこと）を買ってやり……。

「今夜、オペラに行きましょうよ」ソフィアが脚から砂を払い落しながら言った。「『椿姫』――ヴィカがチケットを手配してくれたの」

「『白鳥の湖』を踊ってたら、『椿姫』の第二幕、ジプシーの踊りに欠員ができたから駆り出されたってわけ」ヴィカがお茶目に目をくるっと回した。彼女はオデッサ・バレエ団のデミソリストで、モスクワのボリショイ・バレエ学校から戻ったばかりだ。二十歳にもならないのに、華やかなあだ名で呼ばれている――〝小夜啼鳥〟だったか〝蜻蛉〟だったか。大きな目玉をきょろきょろさせ、始終手足をばたつかせているから、蜻蛉のほうが似合いだ。「オペラのなかのちょっとした踊りなんてうんざり」ヴィカが口を尖らす。「振り付けが陳腐――」

「なに気取ってんだよ」兄のグリゴリーがからかい、彼女に砂を撥ねかけた。ヴィカはちょっと気難しいところがあるけれど、彼女の双子の兄はみなに好かれている。妹と同様にバレエダンサーだが、バレエが命というわけではない。「オペラのあとで食事に行こう。ドーランを落としてタイツを脱いだとたん、腹が減って死にそうになるんだ。ヴィカのトウシューズだって食えるぐらい」

「あなたはなにしたってお腹がへるんでしょ」ソフィアが呆れ顔で言い、わたしを小突いた。わたしが息子のことを語るとき、よくそう言うからだ。九歳になった息子はいつも元気に飛び跳ねている。石英の筋が入った石を見つけては、走って見せに来る。あるいは、同志スターリンの横顔に似た年輪を刻むカバノキの厚板とか、そっと手に包んだ小さなカエルとか。オデッサ公立図書館に職を得てキエフを離れて以来、息子には会っていなかった。家族と見送りに来た駅のホームで、わたしの手を握り締めていた彼の姿は、目を瞑らなくても思い浮かべられる。「ぼくも連れてって」彼は懇願した。「お仕事を手伝ってあげるよ」

「じきに戻るから、モルジク」わたしは息子をきつく抱き締め、涙を堪えた。それまで二週間以上離れていたことがないのに、最低でも四カ月は会えない。でも、これで将来の道が開けるのだ。綿密に立てた計画を実現できる。モスクワのアパート、歴史学者のポスト。自立し安定した生活。「あなたのためなのよ。すべてがあなたのため――」本が詰まった重いバッグを列車に運びこんでようやく、わたしは泣くことができた。

そしていま、わたしは陽射しが降り注ぐ海辺にいる。離れて暮らす息子を思うと心から楽しめない。

ヴィカは文句を言い通しだ。「オペラのソロの踊りなんて、赤いペチコートをサラサラいわせるだけ。積み上げてきた努力の無駄遣い――」

「それぐらいにしろよ、ヴィカ。なにも旋盤工場で汗まみれになって働けと言われたわけじゃなし！」

「無様に汗をかくのはおなじよ！」

「わたしは旋盤工場で働いてた」わたしは異議を唱えた。「無様だとは思わない。旋盤は美しいものよ」スラヴカの乳離れもまだだったころだ——旋盤工として働き、きつく結った三つ編みからタングステンの削り滓を払い落しながら、いつになったら学校に戻れるのだろうと思っていた。それでも、旋盤の刃が当たると丸まって剝ける青紫色の金属の削り滓の美しさに目を瞠った。

「美しいですって？」ヴィカが馬鹿にする。

「金属がどれほど硬くても、人間の力には屈する」わたしは言い返した。「すべてそう。必要なのは適切な武器を考案すること」

ヴィカは鼻で笑い、双子の兄は眉を吊りあげた。「武器といえば——」

「あなたを賭けに勝たせるために、トランプのカードを撃ち抜いたりしないから」先手を打って言った。修了証書をもらってからも定期的に射撃練習をして腕を磨いてきたが、見世物にはならない。射撃はもっと敬意を払われてしかるべきだ。

「いいじゃないか、ミラ」グリゴリーが笑うとえくぼが浮かぶ。わたしをからかってばかりだ。たしかに見栄えのする男性で、脚にはダンサー特有のすばらしい筋肉がついていて……でも、彼はまだ十八歳、子どもだ。十八歳と二十四歳の隔たりのなんと大きいこと！若くして母親になったので、学校に戻ると同級生はみな五、六歳年下だった――ときどき自分がしわくちゃばあさんに思える。いまはダンスやパーティーに出掛けるけれど、そこで出会う男性たちは長く付き合える相手ではない。共産主義青年団の集会のあと、映画に誘ってくれる大学生が考えるのは愉快にすごすことだけ。一方わたしが考えるのは、子どもと将来のことだ。年上の男性となると、将来の計画をきっちり立てているから、付き合いが真剣みを帯びてくると、わたしに仕事を諦めて家庭に入ることを期待する。

痛いほどの孤独を感じるたび、〝恋愛は後回し〟と自分に言い聞かせた。〝まずは学位〟わたしという列車が、ミスを犯さずさらにいくつかの停車駅を無事に通過したら、離婚申請が正式に受理されたら……アレクセイはけっきょく三度目の約束もすっぽかしたが、大学院を卒業して多少の余裕ができたら、きちんとけりをつけるつもりだ。人生をともにするのにふさわしい男性に目を向けるのはそれからだ。恋愛や結婚や子ども――その他諸々のこと――を考える前に、まずは自分の足元を固めなければ。

若くて平和しか知らなければ、なにをするにも時間はたっぷりあると思いがちだ。

「お昼を食べに行こう」ソフィアがタオルでわたしを叩いた。「さもないとヴィカを食べちゃうから、蚊みたいに肉のない脚も含めて。さあ、行こう……」

これがあの日の出来事だ！　濡れたままの水着の上からサマードレスや古い上着を引っ

掛け、タオルを丸め、笑いさざめきながら、チェブレク（羊の挽肉を薄く伸ばした生地に詰め油で揚げた民族料理）を食べにプーシキン通りのカフェに繰りだした。カリッと揚がったチェブレクを待っていると口の中に唾が湧いてきた。ヴィカはなにも食べないと宣言した。体重があと一グラムでも増えたら、来年の『騎兵隊の休日』の主役の座を失うことになるから。一グラム増えたの減ったのでこれ以上大騒ぎしたら、つぎにパ・ド・ドゥを踊るとき頭から落っことしてやるからな、と兄がからかう。ソフィアはカバノキのジュースをストローで吸っていた。わたしは論文に付け加える脚注のことを考えていた。カフェの愉しげなざわめき、海水浴客、騒々しい子どもたちに日焼けした母親。この日を、この瞬間を境に、世界は地獄と化すのだ。運命の輪が回ってわたしたちは投げ出される。わたしの入念に練った計画は粉々になり、ダイヤモンドのかけらとなって降り注ぐ。ヴィカは翌年、『騎兵隊の休日』を踊れない。グリゴリーが妹と組んでグラン・ジュテを踊ることはない。ソフィアは淡い緑色のカバノキのジュースを飲みながら、晴れた日の午後をのんびりすごすことはないし、わたしはボフダン・フメリニツキーについての論文を書きあげられず、論文審査で一六五四年のウクライナの条約締結やペラヤースラウ会議の意義について試験官に反論することもない。一年もしないうちに、同じテーブルを囲んだ友の半分は亡くなっている。

通りのスピーカーから大音響で鳴り響いた声が、カフェのおしゃべりを切り裂いて、今朝四時にドイツ軍が母国に侵攻したと知らせたからだ。

まるで撃たれでもしたように、わたしたちはその場に凍りついた。店の外でもおなじだった。誰も彼もいっせいにスピーカーに顔を向け、同志モロトフの声に耳を傾けていた。〝敵に勝利するためには、赤軍および海軍、空軍の要求に応えるべく、われわれは一丸となって真にソ連邦の愛国者たる本分を尽くし、規律と体制を守り、自己犠牲に徹しなければならない〟落ち着いた彼の声から興奮が聞きとれた。〝勝利はわれらにあり〟

長い演説ではなかったが、世界をひっくり返すには充分な長さだった。

まわりではいっせいにおしゃべりがはじまったが、テーブルを囲むわたしたち四人はただ顔を見合わせるだけだった。わたしの頭に真っ先に浮かんだのは息子のことだった。スラヴカ……熱々のチェブレクと麦わら色のワインの瓶がテーブルに置かれてはじめて、わたしたちは息を吹き返した。

「彼らはどのあたりまで進軍してるの？」ソフィアが青ざめた顔で言った。「ヒトラーの軍隊は」

「ぼくは入隊する」と、グリゴリー。

「だめよ」ヴィカの大きな目がショックでさらに大きくなる。「芸術家は徴兵を免れる――そうよね？――だったら、自分から銃弾の前に身を投げることはない」

「わたしは医療大隊に志願しようかな」ソフィアが言った。本人は威勢よく言ったつもりだが、怯えが声に出ていた。わたしは皿を見つめていた。スラヴカ……戦争は子どもの生活にも恐怖をもたらす。食料の配給、空爆、延々とつづく人の列。両親はいまだに前の戦争のことや、それにつづく苦しい生活のことを口にする……。

ヴィカがパッと立ちあがって兄を睨みつけた。「侵攻されようとされまいと、今晩、『椿姫』で踊らなきゃならない。公演後に会いましょう」

「ヴィカ――」兄が後を追い、ソフィアとわたしは顔を見合わすだけだった。

「今夜のオペラは行っといたほうがいいね」ソフィアが言った。「なにが起きるにせよ、いまはまだ起きていない。ここではまだ」

だが、水平線の向こうでは――起きている。もっとちかい場所でも、たぶん。あとから知ったのだが、ドイツ軍はレニングラードちかくの港市クロンシュタットを空爆していた。クリミア半島のセヴァストポリもだ。カフェのあるプーシキン通りでは、スピーカーの下に集まった人たちが議論を闘わせていた。

それでも、興奮する子どもたちを海に連れていく母親がいて、マリン大通りを手をつないで歩く恋人たちがいた。光り輝く夏の午後だ。戦争が勃発したからといって、映画や観劇やコンサートの予定を誰も切りあげたりしない。うつむいてただ前進することを、無分別な頑固さと呼ぶべきか、ロシア流のやり方と呼ぶべきかわたしにはわからない。その晩、ソフィアと二人、オデッサ劇場の階段状の座席のボックス十六でヴェルディの『椿姫』の幕開けのやり取りに耳を傾けていたときにも、やはりわからないままだった。金めっきの装飾にクリスタルのシャンデリアが映える美しい劇場だ――わたしたち学生や市民のための劇場。かつて劇場は貴族が楽しむ場、わたしみたいな庶民は立見席で押し合い圧し合いしていた。

だが、オペラを楽しめなかった。白いフリルのドレスのソプラノ、声の花火、人を恍惚とさせるテノール。わたしはぼんやりと舞台を眺めながら、膝の上で手を握り締めていた。耳に残る同志モロトフの単調な声と共に、切れぎれの場面が脳裏に浮かんでいた。サワークリームとリンゴジャムを載せたブリヌイ(ロシアのパンケーキ)を頬張る息子……〝ドイツ軍はわれわれの意向を無視し、宣戦布告もなくわが国に攻め込んできたのである〟……図書館で愉しみながら仕分けした整然と並ぶ資料のファイル……〝彼らはあちこちで国境を越えて攻め入り〟……わたしが質問に正しく答えるとうなずく教授。「そのとおりだ、リュドミラ・ミハイロヴナ」……〝敵方の空爆と砲撃はすでにはじまっており〟……手強い超硬金属に刃が触れると現れる青紫色の削り滓、引金を引くと標的の中心に向かって突進する銃弾……

拍手喝采を浴びて幕がおりた。第一幕が終わり、ソプラノは生活のために愛を拒絶した(のよね?)。ろくに台詞を聞いていなかったからわからない。わかるのは、胸の中で何かが膨らみつつあること。それは否が応でも膨らんでゆき、不意に息ができなくなった。第二幕で赤いペチコートのヴィカが気取って登場するのを観ている場合ではない。「もう行かないと」ソフィアに言って席を立ち、足早に大階段をおり、外に出てようやくあたたかな夜気を思いきり吸いこんだ。劇場の入口の階段にしばらく佇んでいた。クレープデシンのドレスが膝で波打つ。それから歩きだした。

気がつくと桟橋に立ち、欄干を握る手を開いたり閉じたりしていた。ちかくのマリン大通りの野外ステージでは、ブラスバンドが恐ろしく陽気な軍隊行進曲を奏でていた。水面は輝き、ぼんやりと目をあげると、黒海艦隊の軍艦が見えた。砲艦、駆逐艦、機雷敷設艦に模様替えされた古い巡洋艦……一週間後、ここはどんな様子になっているのだろう。そぞろ歩き笑い合い、バンドのドラムに合わせて手を叩く人たちは、一週間後にもまだここにいるのだろうか、それとも、みんな軍服姿で険しい表情を浮かべているのだろうか。

この美しい世界。夜景も美しいここがわたしの町、わたしの国だ。スラヴカの住む世界。彼に見せたい世界、彼のために作られる世界、彼に手渡したい世界。ちんけな口ひげの喚き散らす独裁者と、独りよがりの優生思想に操られるドイツのごろつきどもに、その世界が蹂躙される。

「ソ連人だって似たり寄ったりだろ?」ほろ酔い加減のアメリカ人ジャーナリストが、のちにわたしに尋ねた。「いけずうずうしくも自分たちは正しいと思い込み、世界中を共産主義に染めようと……」

わが国にも謝るべき点は多々ある。いまはまだ道半ばだ。われわれが見るべきなのはいまある世界ではなく、こうなるであろう世界だ。世界はまだ発展途上なのだから。だが、われわれがどんな誤りを犯してこようと、一九四一年に祖国ではじまったこの戦争を戦ったことを、わたしは謝るつもりはない。ドイツ軍がわが国に侵攻した。ドイツ軍はわが国の石油や都市や国旗を、帝国に組み込もうとしている。レニングラードの青と金の宮殿からバイカル湖の氷河に至る全土の空に、彼らのクソ忌々しい鷲（わし）を舞い踊らせようとしている。われわれの意向を無視して侵攻した。最初の銃弾は彼らが放ったものであり、国境を踏み越えたのは彼らの軍靴だった。ここで言いなりになれば、わたしのスラヴカは青少年教化組織ヒトラーユーゲントでもみくちゃにされ、怪物に敬礼しろと教え込まれる。この広大な氷の大地に生まれたすべての母親が、父親が、すべての人民が、そのような運命に否を唱えるのは、それほど驚くべきことなのか？　ドイツ軍も予想していたはずだ。あなたたちはどうなのか？

　宣戦布告の報を耳にしたとき火がついた怒りはどんどん燃え盛り、オデッサの空に鉤十字旗が翻（ひるがえ）る様を想像すると憤怒となった。それは爪を立ててとぐろを巻き、溶けて流れ、わたしの心に絡みついた。それは巨大な工場の溶鉱炉で溶かされ形作られる白熱のなにか、海をも沸騰させるほどの憤怒だ。

〝怒りにどんな使い道がある？〟穏やかな水面を見つめていると、頭の中で疑い深い声がした。〝おまえみたいな学生は、戦争となると使い道がない〟まるでアレクセイがしゃべっているようだ。〝男は戦争でチャンスを摑むんだよ、ミラ……だが、おまえみたいなちっぽけな本の虫には無理だ。包帯でも巻いてろ〟

わたしにできるのは――博士論文を仕上げ、対戦車障害物を掘り、志願して最寄りの病院で働くこと。綿密な計画に従い、自分にできる役目を果たすこと。図書館員、研究員、スラヴカの母親。それならミスを犯すことなくやり遂げられる。

だが、イギリスやフランスやアメリカとちがい、この国では女の戦いは病院だけにかぎられない。わたしにはファイルしたりノートを取る以外のことができるし、十七世紀のウクライナの歴史を研究する以上のことができる。〝金属がどれほど硬くても、人間の力には屈する〟わたしはあの日の午後、ヴィカにそう言った。〝必要なのは適切な武器を考案すること〟

わたしは武器だ。撃ち方を習っている。それに、母親だけでなく父親にもなってみせるとスラヴカに誓った。

戦争ともなると、父親は子どもたちのために戦う。

だから震える息を吐き出すと、パスポートと学生証と狙撃学校の修了証書を取りに学生寮に戻り――クレープデシンのドレスにハイヒールのままで――募兵事務所に向かった。

4

わたしの回想録、公式版。ベッサラビア前線に到着したときには、赤軍将校たちの有能さと組織力に感動し、不動心と決意もあらたに任務についた。

わたしの回想録、非公式版。辿(たど)りついた前線は混乱の極致にあり、わたし自身もそうだった。息子にさよならも言わずに戦場に向かったからだ。

「こっちに帰ってくる時間はないの?」戻れないと言うわたしに、母は電話口で泣きついた。「そんな長い道のりでもないでしょ——」

「五百キロちかくあるのよ、お母さん」何度も目をしばたたき、声が震えないよう努めた。

「あす出発なの。こんなにすぐとは思ってなかった」

「なにも慌てて志願することはなかったじゃないの」母はすすり泣き、背後から父の声がした。〝あとのことは心配するなと言ってやれ。おれたちの娘はこうと決めたら突き進む〟

少しの間があり、父の穏やかな声が受話器から聞こえた。「入隊手続きで揉(も)めなかったか、マリシュカ？」

「少し。最初に募兵事務所に出向いたときには、狙撃学校の修了証書を見てももらえなかった」戦場で戦うのがどんなに大変か知りもせず入隊したいなんて、女はこれだから困る、というようなことを登録官はぶつぶつつぶやき、無作法にもわたしを事務所から追い出した。

「そいつらにはベロフの女のすごさがわかっていない」父の言葉には物騒な響きがあった。「おれから上のほうに話をつけてやろうか？」

父にはそれができる。父は善良で親切な男で、党と家族に己を捧げてきたが、虚仮にされて黙って引きさがりはしない。俗にいう世故に長ける男だ——虚仮にされたらやり返す術を知っている。相手を刑務所送りにするか、強制収容所か、コンクリート詰めにするか。アレクセイが十五歳のわたしと結婚したのは、父の怖さがわかったからだ。娘が身籠った、ちゃんと責任をとるのがあんたの身のためだ、と父は警告した。ここはおとなしく従うほうがいい、とアレクセイは判断したにちがいない。さもないと親指を失うことになる。外科医には親指が必要だ。

だが、父の口利きで前線に出るつもりはなかった。「べつの募兵事務所にあたってみたから、大丈夫よ」つぎに会った登録官は感じがよかったが、それでもわたしに尋ねた。

〝ご主人はあなたが赤軍に志願することに反対していませんか？〟もっとも、ご主人の承諸書を提出しろとは言わなかった。そんなことを言われたら、事務所を叩き潰してやる。「荷物はなるべく少なくな」父が言う。「戦争で必要なのは乾いた靴下と上等なブーツと、読み物だ。それから、これだけは――」

「フォ・ザ・ラヴ・オヴ・レーニン、お父さん！」彼の口癖を持ちだして茶化(ちゃか)した。「心配しないで。靴下はたくさん持ったし、論文も詰めた」論文をあとに残していくなんて耐えられない。受話器を握り締める。「あの……ごめんなさい、順番が逆になって。一度帰ってちゃんとお別れを言って、それから志願すべきだった。そうできたのに――」

「スラヴカの大きな瞳に見つめられたら、別れるのが辛くなっただけだよ」と、父。

わたしは唇を噛みしめた。「そうね」息子にしがみつかれ、〝マモチカ、行かないで、行っちゃだめよ、お願いだから〟と泣いて懇願されたら、その手を振り切ることができただろうか……そうなれば、わたしはどんな母親になるのだろう――息子のために、息子が成長するのにふさわしい世界を守るために戦わない母親。

「おまえを誇りに思うよ、マリシュカ」父の言葉に涙がこみあげた。慌てて振り払う。

「前線に出たら、いいか、忘れるな――」

「ベロフの家の者はけっして引かない」父と声を合わせて言うと元気が出て、電話の向こうのスラヴカにちゃんとさよならを言えた。

オデッサでの生活はなんとつましかったことか――荷造りはあっという間に終わった。

図書館の同僚たちや教授たちに別れを告げ、ソフィアと抱き合った。志願してほんの数日後、わたしは新兵でぎゅうぎゅう詰めの軍用列車に乗っていた。軍服を着ている者もいたが、大半が私服のままだった。車内にほかに女性がいないか見回したが、一人も見当たらない。がっかりだ。少しでもかわいく見えるようにと、母が襟にレースを縫い付けた実用一辺倒の旅行着姿のわたしを取り囲む兵士たちは、親切そうには見えるがそれでも――

「こっち、こっち!」窓際の席でほっそりした手を振っているのは、ぶかぶかのコートを着たひょろっとしたブロンドだった。「オレーナ・イヴァノヴナ・パリイよ」わたしが新兵たちを掻(か)き分けてちかづくと、彼女が言った。「あんたが眠っているあいだ、あたしが見張っててあげるから、あんたもそうしてね。変な真似(まね)されずに前線に辿りつきたいもの」

わたしは手を差しだした。「リュドミラ・ミハイロヴナ・パヴリチェンコ。ミラって呼んで」

「あたしはレーナ」彼女は席を詰めてわたしを座らせ、あいだに割り込もうとした太っちょで赤毛の兵士を睨みつけた。「よそを探しな、クソ野郎(ブリャット)」卑猥(ひわい)な仕草を交えて言い、眼光鋭く肩を怒らせた。おたがい初対面だったが、血気盛んな若者でいっぱいの客車に一人旅の女二人――助け合わないと。「医療大隊志望」レーナ・パリイがつづけて言った。「つい先週までオデッサ医学専門学校の二年で、解剖台で萎(しな)びた青白い死体を切り刻んでた。

あんたは？」

「先週まで定期刊行物をアルファベット順に並べていた。あしたからは」──狙撃学校修了証書を思い浮かべる──「どこに配属になろうと役に立ってみせる。ライフルさえ与えてくれればね」

「あたしたち以外にも女が乗ってるかな」レーナは荷物からビーツを取りだし、生のままかぶりついた。「ヒトラーの軍隊が国境の向こうからゴキブリみたいに湧きだしてきたっていうのに、この列車に女はあたしたちだけ？　おなじ女として恥ずかしいよね。男が戦っているあいだ、家に残ってスープ鍋の陰に隠れていたい女はイギリスに越せばいい。髪をピンカールにして、ピカデリーをマーガレット・ローズ王女と闊歩してればいい」

わたしはにっこりした。レーナ・パリイを好きになれそうだ。

列車はゆっくり駅を離れ、蛇行しながら西の大草原へと向かった。じきにドニエストル川の光り輝く河口が見えてきて、つぎつぎに駅を通過していった。シャボ、コリエスノイエ、サラタ、アルツィズ、フラヴァニ……ホームシックに押し潰されそうになる。〝愛するものすべてから遠く離れて、わたしはなにをしているのだろう？〟自分を憐れんでめそめそしないうちに、そんな思いを踏み潰す。〝スラヴカ。彼のためだ〟

長い夜だった──レーナが最初にまどろみ、わたしが見張りをした。自分の番がくると、わたしは窓ガラスに額を押しつけた。次の日はもっと長かった。名前も知らない駅と町が通りすぎてゆく。レーナと身の上話をして、彼女の母親が編んだスカーフをわたしが褒めると、スラヴカの写真を彼女が褒めてくれた。「かわいいね」真ん丸な童顔に触れながら、彼女が言った。「この子の父親はどんな?」

「かわいくない。正直言ってほんもののげす野郎」

「いろいろあったんだね」レーナが手振りで話してごらんと催促した。知り合ったばかりの人にはなかなか打ち解けない性格だけれど、気がつくと話していた。はじめてダンスパーティーに出掛けた十五歳のミラ・ベロワ、長身でブロンドの髪の男が友だちの腕からわたしをさらい、二拍子の社交ダンスを踊りながら言った。〝どうするのか教えてやるからな〟

「それだけで?」レーナが眉を吊りあげた。「よっぽどのダンスだったんだね」

わたしは顔をしかめた。「それだけだったら、彼と一曲踊って友だちのところに戻っていた。でも、わたしの目の前で彼は人の命を救ったの」

アレクセイとわたしがダンスフロアを二周したところで、壁際にいた男が体を二つ折りにして苦しみ出した。顔はウォッカで赤らみ、パニックで目を見開いて喉を詰まらせていた。彼が膝立ちになって喉を掻きむしるのを見ても、まわりの友人たちは真に受けず馬鹿笑いするだけだった。アレクセイは人混みを擦り抜けて男のかたわらに行き、ダンスフロアに仰向けに寝かせ、喉に詰まったものを取り除こうとした。わたしがそばに行ったときには、きれいなシャツの袖をまくりあげ、ポケットから万年筆と小型ナイフを取りだしたところだった。彼はわたしに気づき、万年筆を投げて寄越して怒鳴った。「そいつを分解して胴軸をこっちに！」ちかくのテーブルからウォッカの瓶を掴み取り、小型ナイフをそれで消毒した。わたしは彼のかたわらにひざまずき胸をドキドキいわせながら、とても冷静な彼を見守った。彼は万年筆の胴軸を受けとると、今度はハンカチを投げて寄越した。「ぼくが合図したら、血を拭いてくれ」

彼は男の喉仏のすぐ下から気管までナイフのひと振りで切開し、わたしは流れ出す血を拭いた。恐ろしかったが、冷静な声に励まされて手を動かした。彼は万年筆の胴軸を切り口に埋めて気道を確保し、男は一命をとりとめた。アレクセイ・ボグダノヴィチ、ドクター・パヴリチェンコのぐらつかない長い指のおかげだ。わたしがその名前を知ったのはそれから一時間もあとのことで、わたしたちはダンスホールの庭のひんやりしたオークの木陰に座っていた。患者が病院に搬送されるのを見届けたあとだった。

「きみは緊急事態にも動じないんだな、ちっちゃな――名前は？　ミラだった？」彼が両手でわたしの手を包み長い指を絡ませてくると、わたしは息ができなくなった。

「わたしはちっちゃくなんかない」彼がわたしの歳を当てたりしませんようにと祈り、彼がほほえんだのでほっとした。

「そうだね、ちっちゃくないね」

（〝嘘だったのよ〟わたしはレーナに言った。〝彼はわたしが何歳か見当をつけていた。まだほんの子どもよ。でも、彼は若い子が好きだったの〟）

「あんなことどうしてできたの？」わたしは彼に尋ねた。「男の人の命を救ったでしょ」

「ぼくは外科医だからね。外科医がやることをしたまでだ」彼はにっこりした。「でも、いつか外科医以上のものになってみせる」

「なにになりたいの？」

「偉大な男に」彼は言い放った。「いつかパヴリチェンコの名を、モスクワからウラジオストクまであまねく響きわたらせてみせる」彼は冗談めかしてにやりとしたが、冗談でないことがわたしにはわかった。本気も本気だ。彼は野望に燃えていた。

「わかった」わたしは笑いながら言った。「アレクセイ・パヴリチェンコ、ソ連邦英雄……」

「いい響きだ」彼は笑いながらわたしを見つめた。「それで、きみの望みは、リュドミラ？」

わたしの身の上話を聞いて、レーナは口笛を吹いた。「あんたは摘まれたユリみたいに彼の腕の中でしんなりしたってわけ？」

「そういうこと」ちょっと前まで幼馴染の男の子たちと果樹園を襲撃していたほんの十五歳の女の子、上級試験のための勉強はこれから――大学進学を夢見る本の虫になる前の、パチンコの腕は近隣一の日焼けしたいたずらっ子を卒業したばかりの女の子が、長身でブロンドのヴァイキングに勝てるわけがなかった。彼はわたしを自分の世界に引き摺り込んで人の命を救い、「きみの望みは」と尋ねた。だからわたしは女の子ならやることをやった。勇気が挫ける前に彼にしなだれかかってキスし、あれよあれよという間に事は進んでゆき、ボタンがはずれて服がなくなっていた。わたしは性急だったし、ぼうっともしていたから、やめるなんて考えなかった。

「九カ月後」わたしはレーナに言う。「スラヴカが生まれたってわけ」

レーナがまた口笛を吹いた。「ブロンドのげす野郎は？」

「出世街道まっしぐら。その地方でいちばんの外科医になった。その点はすごいと思う」

一年ほど前に、学生登録の書類の件で彼に連絡した。「ご主人はあなたがキエフ大学に入学することに異存はありませんね？」もう何年も夫婦が同居していない旨の短い確認書を、彼は喜んで書いてくれた。スラヴカはどうしているか尋ねもせず、わたしの手首を摑んで引き寄せ、〝昔のよしみで〟キスしてくれないかと言った。きつい言葉のひとつも投げつけたかったが、書類が必要だから我慢した。引き攣る笑みを浮かべてキスを避けると、彼はにやにやしながら書類を頭上高く掲げた。「跳べよ、クロシュカ！」わたしは跳んだ。跳ぶしかなかった。三度跳ぶとようやく、彼は書類を渡してくれた。思い出すたびに屈辱で足の指が丸まる。

「彼の話はこれでおしまいにしよう」わたしはレーナに言い、アレクセイのことを考えるたびこみあげる怒りを抑えた。母親にとっても、学生にとっても、未来の歴史学者にとっても、生産性の高い社会の一員にとっても、怒りはなんの役にも立たない。それに、わたしが冷静で有能な兵士になる助けにもならない。アレクセイは過去の人、戦争は未来だ。だからレーナの靴を靴で突いて、言った。「あなたの番よ」

「あたしの過去にもブロンドのげす野郎の一人や二人は……」彼女が華やかな恋愛話をぶちあげたので、アレクセイを頭から締め出すことができた。永遠に締め出せたらどんなにいいか。

寒くて悪臭のする不快な車内に体を強張（こわば）らせたまま四十八時間も閉じ込められた挙句、やっと列車から降ろされた。朝の三時、待避線に沿ってきっちり一列に並ばされ、寒気と湿気に震えた。おおまかな命令を聞いて、泥道を行軍した。七時、帆布の紐靴（ひもぐつ）の中で足に豆ができ、密生する松や樹液の匂いを嗅ぎながら……それに硝煙の匂い。戦争の匂い、というかわたしの戦争の匂いだ。父が前線で嗅いだのは泥と鉄条網の匂いだったそうだが、きっとどの戦争もそれぞれの匂いがあるのだろう。

わたしの戦争は、木々と煙と血の匂いだ。

それ以来、その匂いはわたしにつきまとって離れない。

戦争物語のはじまりは似たり寄ったり、そうでしょう？　ふさわしいテーマ曲に乗って、物語が淀みなく流れる。誇らしげな新兵。家族との別れ。軍服に身を包む――やさしく切々と音楽は高まる。兵士の誓い、ドラマチックな瞬間だ――金管楽器が愛国的なメロディーを奏でる。それにつづくのが、目を血眼にして武器の扱いを覚える新兵の訓練期間――ここで太鼓の音も勇壮な軍隊行進曲。新兵は（彼の物語を見守る観客も）戦闘に備える。

だが、第二十五チャパーエフ・ライフル師団の後方部隊の一員として、わたしがベッサラビアに到着したときには、そこは混沌の坩堝だった。ちゃんとした訓練も施されず、あらためて入隊を嚙みしめる感動的場面もなく、遠くにマシンガンの銃声を聞きながら蕎麦粉の粥を詰め込むだけだった。足元はぬかるみ、汚れたテントや行き交うトラック、アリみたいに右往左往する兵士たちを、物言わぬ歩哨よろしく見おろす木々。足元に投げつけられた軍服に着替え、兵士の誓いを早口で唱え、命と体を赤軍に委ねた。わたしが配属になったのは、第五十四ステパン・ラージン・ライフル連隊第一大隊第二中隊だった。

「さよなら、市民生活」新品の歩兵の略帽をかぶりながら、レーナが言った。「ここに女は多くないのかな？　まだ戦争がはじまったばかりだから、それとも女は事務仕事か医療大隊で働くものと相場が決まってるから？」

赤軍に女は多くないだろうと覚悟していたが、第二中隊にわたし一人とは思っていなかった。男とはうまくやっていける質だ。幼馴染は男の子ばかりで、彼らはわたしを同類として受け入れてくれた。だが、半分は女の世界で男の子に交じって走り回るのと、騒々しくて興奮しすぎの若者ばかりの中隊で、女は自分一人だけなのとでは勝手がちがう。「わたしの髪を切ってちょうだい」あたらしい帽子を脱ぎながら、わたしはレーナに頼んだ。「首にかかるぐらいの長さに」

「きれいな髪なのに」髪を留めるピンをはずすわたしに、レーナが言う。

「長い髪を洗ったり櫛けずったりしている暇はないもの」惜しむ気持ちを押さえつけた――わたしは中肉中背の平凡な女だが、腰まで届くチョコレートブラウンの豊かな髪は美しい。〝髪は伸びるから〟と自分に言い聞かせる。「思いきってバッサリやって、レーナ。洗う手間だけのことじゃないの――軍隊でうまくやっていけるのは、女らしさで注目を集めない女だって、父に言われたことがある。短い髪。さばさばした態度。いちゃいちゃしないこと」

「男になりきるってことね」レーナが三つ編みをジョキジョキやった。「わかった。あたしの髪もバッサリやって」

わたしたちは切り落とした三つ編みを仰々しく掲げ、ちかくの焚火に投げ入れた。異臭を放ってシューシューいう髪を見ながら苦笑いを浮かべた。「気をつけてね」医療大隊に配属になった友人に言った。「背後を守ってくれる友だちができるまでは、後ろ頭に目をつけて」訳を話す必要はなかった。女ならわかることだから。

「あんたもね、ミラ」肩越しに手を振りながら、レーナは去っていった。わたしの大隊の将校たちは、新兵のなかに一人残った女をどう扱えばいいのか苦慮しているようだった。ひげもまだ生え揃わないような少尉に、銃の撃ち方なら知っていますと伝えると、彼は腐敗処理が終わった状態で届いた死体を前にした葬儀屋みたいに途方に暮れた。

「撃ち方は知っているって？」彼がそう言うのは三回目だ。「きみはそう思っているかもしれないが、戦争は女の仕事ではない。医療大隊に転属させてもらえるよう大隊の司令官に頼んでみよう」

「わたしは衛生兵としては使い物になりません」そう言ったのにもかかわらず、第一大隊の司令部へと送られて押し問答を繰り返し、さらに馬面で陰気な大尉の前でおなじことが繰り返されると、わたしは苛立ちで地団太を踏みたくなった。「銃を撃てるのか？」わたしのいくつもの証明書を見ながら彼は言った。「上手に撃てるのか？」

「試してみてください、同志大尉。照準器付きのライフルを――」

彼は帽子を薄くなりかけた髪の上で押しあげた。「狙撃用ライフルはない」

「だったら、標準タイプのスリーラインはどうですか？」傷跡のある教官にモシン－ナガン・ライフルの扱いを叩き込まれたことを思い出す。

「それもないんだ、リュドミラ・ミハイロヴナ。到着したばかりの新兵に渡せるほど充分な数はない」わたしが女であることを強調するように姓ではなく名前で呼ばれたことが癪に障ったが、彼はほかの将校のようにそこに嫌味をこめなかった。セルギエンコ大尉は顔色が悪くてひょろっとした、年のころは三十前後だろうに五十に見える男だった。戦いはじめてわずか二週間なのに、一年以上ろくに眠っていないように見える。

「だったら、どうやって戦えばいいんですか、同志大尉?」わたしはヘルメットをぎこちなく脇に抱え、大きすぎる合成皮革のブーツを履いている。〝準備万端なのに戦えないなんて〟

「きみたち新兵に渡す主要武器はシャベルだ」

シャベル。

これのどこがドラマチックな瞬間なの? 新兵がせっせと塹壕を掘る場面に、プロコフィエフの勇壮な音楽は似合わない。それでもこれが、第二十五チャパーエフ・ライフル師団に入隊したときの話だ。ライフルならぬシャベルを持ち、栄光へ突き進むのではなく、集団撤退に向けて右往左往するばかりだった。

一カ月のあいだ、ただの一発も撃たなかった――その時期の記憶は切れぎれだ。引金に指を触れてようやく頭がはっきりした。それまでは、混沌と泥と困惑と固まった血があるばかりだった。大規模な軍隊を指揮し、素敵にきれいな地図を前に大局を見る将軍たちはべつの景色を見ていたのだろう。わたしたち下っ端に見えるのはブーツの下の地面だけだ。攻撃と反撃と突撃と撤退の渦に、わたしたちは頭から突っ込まされた——行軍し、怒鳴り声でくだされる命令に従い、頭上に砲声が聞こえても身をすくめないことだけは覚えた。国境沿いで戦闘が激しさを増すというのに、戦い方は習わなかった。息をつく間もなく、横に並んで行軍する男の名前を知る間もないのだから、戦い方を学べるわけもない。

切れぎれの記憶。

わたしが所属する連隊は、昼夜を分かたずのろのろと黒海大草原を横切って撤退をつづけた——トラックで、馬が牽く荷車で、歩いて。記憶にあるのは着の身着のまま倒れ込んで眠ったことで、背後を気にする気力もなかった。もっとも、これほどの混乱のなかでは、おなじ部隊の男たちも疲れ果て、同志パヴリチェンコ二等兵が女だと気づく気力もなく、ましてよからぬことをする体力もなかった。麗らかな夏の夜に眺めた大草原は、道の両側で開いた本のように見えた——だが、昼間の大草原は砲弾が飛び交い、あちこちで火の手があがり、硝煙の匂いが鼻をついた。部隊とともに逃げる民間人も大勢いた。工場労働者と備品を乗せた馬車の一団、集団農場の農夫たちは家畜の群れを連れ、重たい篭やリュックを背負った母親と子どもたちは、頭上をドイツの戦闘機フォッケウルフが飛び交うたび体を震わせた。

月明かりの下、小さなシャベルで塹壕を掘っていると、敵の長距離砲が炸裂した。前線に一カ月もいて、父に手紙一通書けなかった。〝ベロフの家の者はけっして引かない〟――なのにわれわれは撤退し、死んだ仲間を砲弾で開いた穴に埋めた。侵攻してくる鉤十字を前に退却するしかなかった。

燃えあがる小麦畑。焼けて廃墟となった町、爆撃された機械。ユンカース爆撃機は、歩いて逃げる家族がひしめく道沿いを飛び、機銃掃射を行った――わたしたちの中隊は木陰に身を隠せと命令されていた。血に染まった夕暮れ、中隊の仲間たちと道に戻ると、粉々にされた荷車の脇で、痩せこけた女がわたしに唾を吐きかけた。「くそくらえ」女がうなる。「どうしてあいつらと戦わないのさ」リュックを背負い隊列を組みながら、わたしはうなだれ返す言葉もなかった。

わたしの記憶にあるのは恐怖だ。〝恐怖に縛られるな、頭から追い出せ〟そう自分に言い聞かせても無理だった。恐怖はいたるところにあった。恐怖を生き、恐怖を呼吸し、恐怖を食らって呑み込み、汗で流した。ドイツ軍の爆撃機が頭上を旋回するたび、これでお仕舞だと覚悟した。身を守ろうにもシャベルしかない。

七月のある朝、変化が訪れた。ノヴィ・パヴロフスクからノヴィ・アルツィズまでの戦線はまさに地獄絵図だった。砲声が空気を震わせると、わが連隊は穴を掘った。つまりは隠れた。間に合わせの塹壕や砲撃でズタズタの木立に隠れ、耳をつんざく砲声が大地を揺るがすたび膝を抱えてしゃがみ込んだ。塹壕でわたしの隣りにうずくまっていたのは、男というより少年だった。そばかすだらけでやる気満々、ライフルをしきりにいじくるので、横っ面を張ってやろうかと思った。砲撃を受けるたび、わたしはうなじで両手を組んで頭をさげ、彼にもそうするよう教えた。「なんとか切り抜けるのよ」轟音のなか、恐怖に喉を詰まらせながら叫んだ。「攻撃は寄せては引くの。陣痛とおなじ――」彼はきょとんとした。そんな喩えでは男にわかるわけない。べつの言い方がないか考えていると、不意に彼の顔が血にまみれた。額に手をやりますますきょとんとする。側頭部が卵の殻みたいに凹んでいる。彼はゆっくりとわたしの上に倒れた。支えようにも重すぎる。ずるずると泥に浸かる。

わたしの震える手の中には、血に染まった彼のライフルがあった。

ソ連派遣団：一日目

一九四二年八月二十七日
ワシントンD・C・

5

〝彼女がこれまでに一度でもライフルを構えたことがあったとしたら、おれは帽子でもなんでも食ってみせる〟大統領夫人の案内でホワイトハウスに消える、ガール・スナイパーという触れ込みの女を眺めながら、射手は思った。

ソ連派遣団の背後で扉が閉まり、それでお開きとなった。「いつになったらロシア野郎どもと話ができるんだ?」〈ワシントン・ポスト〉紙の記者が手帳をぱらぱらめくりながら言った。「学生会議がはじまるまでお預けを食わせるつもりか?」

「今夜、ソ連大使館で記者会見が行われる」射手はヴァージニア訛りで言い、朝焼けに染まるホワイトハウスに背を向けた。「質問したけりゃそれまで待つんだな。ホワイトハウスでこれから開かれる歓迎朝食会の招待状を持ってりゃべつだが」

「あんたは持ってるのか? 運がいいな……」

射手はほほえんだ。運は関係ない。彼をこの仕事に雇った男たちは上流階級に属すので、彼の名前(精巧な偽造プレスバッジに記された名前)が招待客名簿に記載されるよう手を回してくれた。「女と親しくなる必要があるのか？」男たちは怪訝そうに言った。「なにも彼女とデートしろと言ってるんじゃない、罪を着せればいいんだ」

「そのときになって、どうすれば彼女をそばに引き寄せられるか知っておきたいんですよ」射手は言った。「彼女の注意をそらすのは容易なのかどうか。彼女にちかづくのに、派遣団の一人に金を摑ませる必要があるのか、あるとして誰が金で動くか。ソ連派遣団の到着から会議最終日まで一週間ちょっとしかありませんから、できることはしておかないと」

「それにしても手が込んでいるな」そう言われて射手は肩をすくめた。面倒な仕事ほどやる気が湧く。周到に練りあげた偽の身元、それを裏付けるための下調べ、必要なら偽者として長期間生活することもある。それで思い出すのが一九三二年、標的にちかづくため四カ月間保険会社に勤務したことだ……そのあいだ、真面目に保険を売った。それだけの時間をかけるのもむろん仕事のうちだ——綿密で、ときとして退屈な仕事。彼が思うに、この業界には二種類のタイプがいる。引金を引くことが仕事と割り切る腕のいい射手で、そのあいだだけ身元がばれずにすめばいいと考え、かなり危ない橋を渡るタイプ……一方、完璧に化けるのが仕事と考えるこの道のプロは、いざ引金を引く段になって慌てずにすむよう、準備に充分な時間をかける。

自分がどちらのタイプかは言わずもがなだ。

「偽者一人を送り込むのに、どれだけの手間がかかると思ってるんだ」お偉いさんに仕える男が愚痴をこぼす。

〝そういうことはお偉いさんに言ったらどうだ。計画が万が一失敗に終わっても捕まる心配のない連中に〟と、射手は思った。「おれのプレスパスがセキュリティチェックに引っ掛からず、必要な招待客リストとトラベルパスにちゃんと名前が載るように万全を尽くしてくださいよ」彼は言った。少なくともそっち方面でぼろが出ることはないだろう。いつもなら、標的にちかづく手段は自分で講じる——十九年もこの仕事をやっていれば、頼りになるコネを持ち、金を握らせれば必要な情報や書類を渡してくれる情報屋が身近にいて当然——が、いまの仕事の雇い主は陰で動く組織を牛耳っている。

彼は雇い主と——実際には雇い主に仕える男と——三十分ほど打合せをすることになっていた。相手が確証を得たいというのでそうしたのだ。出っ歯の大統領夫人が、ソ連派遣団と数人の報道陣をホワイトハウスの一階のこじんまりしたダイニングルームでもてなす歓迎朝食会まで、一時間ほどあるので暇つぶしにちょうどいい。いまごろミラ・パヴリチエンコはなにをしているのだろう？　噂に聞いた高い天井をぽかんと眺めているのだろうか、それとも、資本主義西欧諸国の退廃の極みと嘲笑しているのか。三百九人のナチを殺したことになっている偽の略歴に目を通しているのか、それとも故郷から遠く離れて心細い思いをしているのか？　後者であってほしい。孤独な女は狙いやすい。これまで何人も仕留めてきた。

彼女を殺す必要があるかどうかいまはまだわからない。いずれせよ、選ぶとしたら単純なほうだ。計画は単純であるほどよい。プロならわかっている。銃弾が歌いだしたが最後、最良の計画でもしくじる可能性はある。想定外のことが起きるものだ。学生会議最終日に犯行を認める遺書を彼女の死体のかたわらに置いて立ち去るか、彼女に罪をかぶせるに留めるか、だ。そのときは、ソ連が誇張した評判のせいで彼女の首に縄がかかることになる。大統領暗殺を企てたなら、ロシアの狙撃手が街にいて身代わりになってくれる機会を逃す手はない。

射手はポケットの中でダイヤモンドの原石をジャラジャラいわせながら、タクシーに手を挙げた。「リンカーン・メモリアルまで」運転手に告げ、窓を開けて心地よい朝の風に顔をなぶらせた。これから一週間は晴天の予報だ。残暑がつづくのだろう。〝ミス・パヴリチェンコ、はじめての訪米を愉しめるあいだは愉しむことだ〟

大統領夫人の覚書

ソ連派遣団を客室に案内するためホワイトハウスの階段をあがりながら、わたしの頭に去来したのはフランクリンが転倒したあとで口にした言葉だった。「わたしが二度と起きあがれないことを祈るだろう」座をもたせるため彼がいつも口にする皮肉よりひねりが効いていた。苦々しい思い？　不安が口をついた？　滞在中の私室となるバラ色の部屋にリユドミラ・パヴリチェンコを案内しながら、わたしはそんなことを考えていた。

主人を誹謗（ひぼう）中傷する人たちはいるし、むろんライバルもいる。大統領とは憎まれるものだ。前例のない三期目を務める人間なら、いっそう憎まれるだろう。ふだんはそんな憎しみを笑い飛ばすのに……今朝は笑わなかった。

彼を不安にするような陰謀を企てる敵に心当たりがあるのだろうか？

わたしが目をしばたたきながら物思いから覚めると、ロシアの若い女性――これまでひと言も発していない――は、朝日が射し込む窓辺へと歩み寄るところだった。おおかた花が咲きそろう庭園を眺めるつもりだろうと思ったら、彼女はブラインドを勢いよくさげたのだ。「どうかされました？」わたしは尋ねた。

彼女はロシア語でなにか言い、落ち着き払って体の前で手を組んだ。だが、内心穏やかでないのはたしかだ。「覆いのない窓を背負いたくないと言っています、ミセス・ローズベルト」通訳が気をきかせて教えてくれた。

なるほど。彼女は狙撃手だと聞いている――それがなにを意味するのかわたしにはわからなかった。実を言えば、いまでもわからない。だが、彼女は通訳を介してわたしのもてなしに礼を述べ、わたしは彼女のくすんだ黒い目を見つめながらこう尋ねたいと思っていた。敵が忍び寄ってくるのがどうしてわかるの？　ただの神経の昂り(たかぶ)とほんものの危険をどう区別するの？

背後に標的がいるかどうかどうしてわかるの？

十四カ月前

一九四一年六月

オデッサ前線、ＵＳＳＲ

ミラ

6

わたしの回想録、公式版。女なら誰でもはじめてのときを憶えている。わたしの回想録、非公式版。おおかたの女たちとはちがい、わたしにとって〝はじめてのとき〟はべつの意味を持つ。

「望遠照準器を手に入れたそうだな？」物悲しそうなセルギエンコ大尉が、わたしの名前で登録された武器を顎でしゃくった。

「はい、同志大尉」わたしはまっすぐ前を見つめて言った。「試してみたのか？」夕日が沈むころに指揮所に呼ばれたわけがわからない。

彼はこっちを観察している。わたしは片足ずつに体重を移し替えながら、乾いてひび割れた唇や、汚れた髪を意識した。チャパーエフ・ライフル師団はティラスポリ要塞地帯に到達し、ここに隠れた。敵を迎え撃つのに悪い場所ではない。土塁、補強されたコンクリート、石造りの射撃陣地、掩蔽壕、深い塹壕が備わっている。それにわが連隊には機関銃と弾薬筒が揃っていた。ロシアの防衛線は首飾りのように、アレクサンドロヴカ、ブヤリイク、ブリノフカ、カルポヴァ、ベリャーエフカ等々の喉元をつないで延びていた。入隊して六週間も経たないのに、もう戦場にいるの？　わたしはそんな思いを振り払った。セルギエンコの声がわたしを現実に引き戻す。「そいつを手に仲間と攻撃に加わって一人でも仕留めたのか？」

「わかりません、同志大尉。その手の狙撃ではなかったので」わたしはよい兵士として弾を撃った――チャパーエフ・ライフル師団が撤退をつづけるあいだ、わたしは命令されるまま木立の奥の塹壕の縁にライフルを据えて撃った。そういう場合、なにに向かって撃っているのか判然としないものだ。命令されるから撃ったまでで、照準器でなにかを捉えたから撃ったわけではない。わたしが放った弾が命中したかどうかわからない。ただ、手の中のライフルの重みの心地よさに、恐れが薄らいだ。他愛（たわい）のない話だ――武器を持っているからといって攻撃されないわけではない――が、自分は無力だとそれほど思わなくなる。恐怖を追い払うことはできなくても、恐怖を武器に押しこめることはできる。

「ついてこい」セルギエンコに言われ、指揮所を出て乱雑に置かれた枠箱やテントや代用品の机や、堡塁（ほうるい）のあいだを縫い、爆撃された農家まで辿りつくと、彼はベリャーエフカのはずれを指さした。繁茂する木立のなか、切妻屋根のポーチのある大邸宅が夕日に輝いている。「見えるか？」

わたしはうなずいた。砂色の軍服を着た将校が二人、ポーチに立っていた。記章とお椀みたいなヘルメットが見える。ドイツ兵ではなくルーマニア兵——ドイツの同盟国。すぐ間近にいる。敵の姿をこれほどはっきり見たことはなかった。これまでは塹壕の向こうの影にすぎなかった。あるいは機銃掃射する敵機の操縦室から覗くヘルメットを見るぐらいだった。二人の将校までの距離は五百メートルもなかった。日向のポーチに立ち、体を揺きながら笑っている。国土を侵略する者たち。

　腹に居座りっぱなしの恐怖がまたぞろ動き出す。いつも感じる恐怖は、青紫のタングステンの削り屑のようだったが、いま、その色が青紫から赤へと変化した。恐怖から怒りへ。

「将校本部らしい」疲れた顔のセルギエンコ大尉が言った。「修了証書にある腕前どおりか見せてみろ。われわれの記録によると、上級射手過程を終了してからやって来たのはきみ一人だ。どうかな、ここでひと息入れようじゃないか」——撤退の合間に、とまでは言わなかったが、そう思っているにちがいない——「腕前拝見といこうか」

わたしはすでに肩からライフルをはずしていた。

セルギエンコが背後から見守っている。顎の下で激しくなる動悸を意識しながら、二人の男を撃つ準備に入った。標的だから、と自分に言い聞かせたが、彼らが射撃練習場の丸く描かれた的でも、枝に固定されたガラス瓶でもないという現実を無視することはできない。

〝彼らは敵なのよ〟と、内なる怒りが言う。準備をつづけるうち怒りは募っていった。侵略者。ルーマニア軍に来てくれと頼んだ覚えはない。オデッサを陥落したらアントネスク（ルーマニアの国家指導者）と改名する仰々しい計画の実現のため、ドイツと手を結べと頼んだ覚えはない。好ましくない人種だからという理由で、占領した土地からユダヤ人やロマ人、ウクライナ人やロシア人を一掃するなどもってのほかだ。彼らに頼んだ覚えはいっさいない。わたしの望みは家にいて息子を抱き、論文を仕上げることだけだ。敵に死んでほしいと思っているわけでもない。いなくなってほしいだけ。だが、いなくならないなら死んでもらうしかない。

わたしは動きを止めなかった。ためらわなかった。三週間ものあいだ、敵の砲撃に晒（さら）されて撤退を余儀なくされたのだから、ためらうことがどこにある？　あとは怒りを吐き出すだけ、訓練の成果を披露するだけだ。

優秀な射手は慌てて動かない。時計の針のように正確に動くだけだ。一……まず距離を測るため照準器を覗きこみ、体の動きを止めて目の判断に委ねる。二……ポーチの階段の上にいる将校二人の肩の線に水平の線を重ねる。三……その水準点をもとに、射撃学校で習った方程式を当てはめて距離を測る。四百メートル。四……軽量のL弾を薬室に送り込む。五……破壊された農夫小屋の中で射撃位置を決める。伏射姿勢を試す――無理だ。崩れかけた壁の石にライフルの銃身を固定して膝射（しっしゃ）姿勢を試す――このほうがいい。六……

これでいく。右足の踵に重心を置き、曲げた左膝に左肘を乗せて体の動きを止める。体が石になるまで、まつ毛の上に霜が降り積もるまで。七……ライフルのスリングを肘で挟み銃の重みを受ける。八……照準器で標的を捉え、風の向きと速さを測って調整する。九……引金に指をかけて狙いを定める。十……息を吸う。十一……息を吐く。

十二で時計は真夜中を告げ、指が引金を引く。

照準器越しに侵略者を見つめ、吐く息とともに発砲する。

七発撃ったあとでライフルをおろした。耳鳴りがして、ライフルの反動で肩が痛んだ。

セルギエンコ大尉が双眼鏡をさげてわたしを見た。「三発目で後方の将校を仕留め、四発目で前方の将校を仕留めた――二人とも慌てて階段をおりかけたところだった」

「わかってました」自分の声が遠くに聞こえた。両手が震えるのでライフルの銃床をきつく握った。裸眼で見ているのに、大尉の顔が照準器の線と重なって見えた。線が目に焼きついて離れない。

大尉はまた双眼鏡でルーマニア軍の将校本部の様子を窺った。兵士たちがポーチに出てきて騒いでいるようだ。「よくやった」

「そうでもないです」顔が火照る。「一発で仕留めるべきでした」

「そうは言っても二人とも倒したじゃないか」セルギエンコは考え込みながら農家を出て、付いてこいと手招きした。ルーマニア軍は銃弾がどこから発射されたか計算し、反撃してくるだろう。「シベリア出身の野生児みたいな連中がいた。五百メートル離れたリスの目玉を撃ち抜けると自慢していたが、はじめて人間を撃つことになったら凍りついて動けなくなった。きみは射撃の科学を学んでいる――弾道学など諸々を。しかも、人間を標的とする段になっても、科学の裏付けがあるから成し遂げられる。撃ち損ねても、ためらいはしない。新兵には稀なことだ」

「訓練を受けてますから。わたしは事前に訓練を受けていて、彼らは受けていない。それだけのちがいです」

「訓練だって？　素質ではなく？」

セルギエンコは賢い人間だが、彼ですら（あとでわかったことだが、たいていの人間が）狙撃手の素質に重きを置きがちだ。〝血がそうさせる〟だの〝肝が据わっている〟だの。くだらない。わたしが優秀な図書館研究員なのは、ファイルの仕方や目録の作り方、組織だった仕事の進め方を学んだからだ。わたしが優秀な狙撃手なのは、射程角度や距離の割り出し方を学び、風を受け回転しながら飛ぶ弾がどんな軌跡を描くかわかっているからだ。素質がそうさせるのではなく、学んで実践して練習を繰り返すことで体に覚え込ませた。わたしが優秀な狙撃手なのは優秀な学生だからだ。「訓練です」わたしは繰り返し、遅まきながら敬礼した。

「繰り返せるということか？　長距離を狙える狙撃手は使いでがある」

「繰り返せます」弾を五発も無駄にしたが、自分にはできるとわかっていた。なぜなら、完璧を目指す訓練を受けてきたからだ。完璧さは誤りを許さぬ強い習性だ。ソ連では女はつねに完璧さを求められる。母親ならなおのこと、シングルマザーとなればなおさらだ。この国ではシングルマザーに対する風当たりがとりわけ強い。ソ連は美しい国だが、寛容な国ではない……だから、試験問題に答えられなかったり、学生会議でうまく意見を述べられない自分に嫌気がさしたりすると、射撃練習場で的を撃つことにしている。そこでならしくじることがないからだ。

ミスを恐れる気持ちが強いからこそ、わたしはきょう、ためらうことなく二人の人間を仕留めた。

照準器を通して敵の顔を見ることはしなかったが、無意識のうちに脳裏に刻んでいたのだろう。いま、それが不快なほどの鮮明さで脳裏に浮かんでいた。一人目はきれいにひげを剃った鷲鼻の男で、二人目は腹が出かかった浅黒い肌の男だった。敵とはいえ、夫であり父親であったかもしれない。変な癖も才能も弱さも欠点もひっくるめた唯一無二の命がふたつ、二発の銃弾によって一瞬のうちに消えた。

闇雲に頭を膝のあいだに埋めたくなったが、指揮官の前でそんなことはできない。喉にせりあがる胆汁を呑みくだし、いま狙った屋敷を肩越しに一瞥（いちべつ）した――恐慌を来（きた）したルーマニア軍将校が右往左往しているだろう。侵略者たち、と自分に言い聞かせる。今回は吐き気を催したが、つぎに敵を撃つときにはミスを犯さない。

「わたしを使っていただけるのですか、同志大尉？　狙撃手として？」

傷跡のある教官は繰り返しその言葉を使った。自分で口にするのはそれがはじめてだった。

「ああ、そうだ」セルギエンコは双眼鏡を腕にかけ、不意に真面目な顔になったので、わたしの心臓が跳ねあがった。「ひとつ言っておく」

「な、なんですか？」

「ナチ二人に七発！　弾を大事にしろ、リュドミラ・ミハイロヴナ。無駄にするな！」渋顔から一変、悲しげな笑みを浮かべた。何週間ぶりだろう、わたしは気がつくと笑っていた。途切れとぎれの笑いだが笑いにはちがいない。前線で笑う――こんなに気分がよいものとは思わなかった。必要なものでもある。

「つぎはちゃんとやります、同志大尉」わたしは敬礼した。顔では笑っていたが、その実悔しくてたまらなかった。標的二つに七発とは――教官なら傷跡を掻きながら言うだろう。へたな鉄砲も数撃ちゃ当たる。「つぎは二発で二人仕留めます」

「やってみろ。彼らはじきにわらわらと這い出してくる。踏み潰すのはわれわれしかいない」

「アメリカは」わたしがそう言ったのは噂に聞いていたからだ。アメリカ軍が参戦し、東部戦線に軍隊を送って緊張を取り除いてくれる。だが、セルギエンコ大尉は頭を振った。「アメリカ軍はわれわれを朽ち果てるままにする肚だ。すべてはわれわれにかかっている」彼はもう行ってよいと目顔で示し、指揮所へと戻りかけて振り向いた。「きょうから戦果を記録しろ。きみは狙撃手なんだから。L・M・パヴリチェンコの確認戦果は本日の時点で二だ」

「ちがいます」

大尉が眉を吊りあげた。

「きょうのふたつは試し撃ちです」数には数える――けっして忘れない――が、公式のものではない。いまはまだ。それに、これだけははっきりさせておきたかった。戦果を記録するなんて、わたしは好きではない。人命をコインみたいに数えるなんて。それもまたひけらかしの一種だから、いまだに好きになれない。わたしの月が新月から満月へと満ちてゆく、このときがはじまりだったのだろうが、自分の技量を勝ち負けの具とすることにはいまも嫌悪を覚える。わたしはただ仕事をしたいだけ、敵の侵攻を阻止したいだけだ。名声を築きたいとは思ってもいない。「狙撃手パヴリチェンコの戦果はあすから記録します」

7

わたしの回想録、公式版。攻撃する前には、母国と同志スターリンを思い浮かべて気を引き締める。

わたしの回想録、非公式版。攻撃する前には、いつも気分が悪くなる。

戦闘前の憂鬱――塞ぎの虫を追い払う方法は様々だ。わたしが所属する第二中隊の男たちは、ウォッカを一杯引っかけるか、卑猥な冗談を言い合うか、『わが祖国は広大なり』とか『あの川の向こう』を大声で歌う。わたしはすっかりぼろぼろになった論文を取りだしてめくる。これから砲火に晒されるというときにボフダン・フメリニツキーに思いを馳(は)せると、不思議と気持ちが安らいだ。

わたしの麗しい町オデッサに戒厳令が敷かれたのは九月にちかいころで、わたしの確認戦果はというと――公式の記録がはじまって毎日数を増やしてゆき、血まみれの手で記録をつけることにも慣れて、恐怖と怒りのあいだで、不安と完璧さのあいだで心が揺れ動くこともなくなった。だが、きょうの第二中隊の出撃はいつもと勝手がちがった。

水面に煙が漂い、カジベイスク川とクヤルニク川に挟まれた地峡に広がる平原には悲鳴が響きわたっていた。第三大隊は三日間砲撃に晒されて兵士の数を四百にまで減らし、身動きがとれなくなっていた。ルーマニア軍は平原を覆い尽くし、砂色の塊は動くものを見れば発砲した。半壊した要塞から引き摺りだせる者はみな引き摺りだして襲いかかった。大声で命令が発せられても、頭上に砲声が轟けば無意味な言葉になる。わたしは間に合わせの胸壁をもつ浅い塹壕に転がりこみ、ライフルを据えて引金を引いた——ところが、撃つ間もなく銃撃がやんだ。

血染めの大地を這う煙のように静寂が広がった。ルーマニア軍が再編成のためいったん引いたのだ。猛攻撃の最中に、どうしてこんな奇妙な間があくのだろう！　戦闘は生き物。戦う兵士同様、息をつく必要がある。静寂が訪れると、矢も楯（たて）もたまらず頭を抱えて縮こまりたくなったが、それは新兵に特有のものらしい。経験を重ねた者は口の中にパンの塊を急いで詰め込み、ズボンの前を開けて小便をし、弾薬筒のチェックをする。その手が震えていても、まわりは見て見ぬふりをしてくれる。わたしはライフルを拭いて弾を装填し、震える指の曲げ伸ばしをした。かたわらの男もおなじことをしてから、背嚢（はいのう）からくたびれた『戦争と平和』を取りだし、おもむろにライフルの照準器に立てかけた。

「『戦争と平和』？」思わず尋ねていた。不思議と打ち解けた口調で。「戦場に持ってくるには皮肉がききすぎてるんじゃない？」

彼は頁を繰った。「アウステルリッツの戦いがどうなったか知りたくてね」

「ナポレオン軍が勝利したわよ。本を読む興味を削いだとしたらごめんなさい」彼の名前を思い出せなかった――薄刃のナイフみたいに痩せたシベリア人で、黒い髪を頭蓋骨すれすれまで剃っている。「わたしは『戦争と平和』を最後まで読んでないの。大晦日の舞踏会より先に進めなかった」

シベリア人が眉を吊りあげた。わたしの文学の好みを判断しているにちがいない。

「小説より歴史のほうが好き」わたしは肩をすくめた。「十七世紀のポーランド・リトアニア共和国とか、あらゆる時代のオスマン帝国の戦いのことならなんでも訊いて」

シベリア人は本に顔を戻したが、口角があがるのがわたしには見えた。「ペリシテ人並みの実利主義」彼が言った。わたしは言い返そうと口を開きかけた――想像力豊かな小説対歴史資料を巡る活発な哲学論争は、砲撃の合間にぬかるむ塹壕でする暇つぶしにはもってこいだ――そのとき、妙な音がしてわたしはそっちに顔を向け、シベリア人も同時に振り返った。

ルーマニア軍の歩兵部隊がふたたび押し寄せてきたのだ。草原に散らばるのではなく縦隊で、太鼓の音に合わせ行進するように足を高くあげてやって来る……しかも歌いながら。縦列に挟まるように将校がいて、鞘から抜いたサーベルを肩に当てている。左側の縦列には金の縁取りのガウンを着た司祭までおり、背後に三本の教会旗が翻る。司祭がしきりに叫び、太鼓の音と怒号のような讃美歌が歩兵を急き立てる。

先頭までの距離は七百メートル。

弾が届く範囲つまり射界を目測し、頭の中で素早く計算した。トウモロコシ畑のはずれの柵、六百メートル。クコの茂み、五百メートル……単調な讃美歌がどんどん大きくなり、わが軍の迫撃砲が火を噴いた。灰色の縦列の真ん中で土煙があがったが、行列は抜けた穴を塞ぎ死体をまたいで行軍をつづけた。銃剣がさげられると、閉じ込められた稲妻のように刃が光った。わたしは急いで勘定した――銃剣の数は二千、それが四百に数を減らしたわが連隊に迫ってくる。司祭は絶叫しつづけ、わたしの動悸は早まる。司祭はなにを叫んでいるのだろう?

「ヴィーヴ・ランペルールかな?」わたしの心を読んだのか、黒髪のシベリア人がかたわらで言った。

「皇帝万歳?　どうして――」

彼がライフルを構えたので、わたしもそれに倣った。彼が言った意味がわかった。ナポレオンの軍隊は、これとまったくおなじ〝ヴィーヴ・ランペルール!〟と叫びながら縦列を組んで行軍し、空にはヒトラーの鷲（国防軍空軍）とよく似た鷲が舞い、死体のまわりで隊列を詰めながら、アウステルリッツでトルストイのヒーローたちに情け容赦なく襲いかかり……そしていま、ナポレオンがロシア侵攻を決めたときそのままに、おなじ縦列を組み、おなじことを叫びながらわが国に攻め込んだのだ。

もっとも、結末がどうなったみんな知っている。

怒りで腸が煮えくり返り、恐怖を封じ込めた。二千の銃剣が迫ってきて、わたしの恐怖は消えた。彼らがトウモロコシ畑の柵を通過するのを見計らい、引金を引いた。

カチッ、カチッ、カチッ。時計が十二時を打つごとにおなじ手順を踏む。隣りでシベリア人がライフルを分厚い『戦争と平和』に載せて、冷静に素早く発砲していた。弾薬筒がなくなったことに気づいて、「弾切れ！」と叫ぶと、彼が自分の弾薬筒袋を押して寄越した。先端が黄色い重量D弾を歯のあいだに咥（くわ）えている。わたしは弾を装塡してまた撃った。

「司祭を仕留めた」反対隣りから誰かが唸った。

どれぐらいのあいだ銃撃をつづけたのだろう。こちらは四百、敵は二千。不意に太陽が傾き、大草原の羽毛のような草を赤く染めた。ルーマニア軍の大砲の援護射撃でまたわたしの耳がガンガンいった。ルーマニア軍は負傷兵をまたいで撤退をはじめた。数時間は経っていただろうか、わたしはようやく照準器から目を離した。視界にまた横線が浮かび、右目で見るものにはすべて横線が重なる。

「いったい――」言いかけたとき、迫撃砲の破裂弾が塹壕の胸壁に命中した。ほんの二メートル先だ。わたしのライフルが粉々に吹き飛んだ。苦痛の叫びをあげたのは、自分の肉体ではなく愛用の武器を悼んでのことだった。シベリア人が覆いかぶさってくるのを目の端で捉えながら、わたしは倒れた。

全身に泥を浴びながら、懐かしい声を聞いた。「起きなさい、いい子ね」

塞がった瞼を無理に開けると、列車で親しくなったレーナ・パリイの無愛想な顔があった。

「だめだめ、起きあがっちゃ」彼女の声がやけに遠くに聞こえる――耳がブンブン鳴って頭が蜂の巣になったみたいだ。「いいえ、あんたのライフルは使い物にならない。いいえ、あんたは大丈夫じゃない。捻挫しただけじゃなくて、脳震盪を起こし、鼓膜が破れ、関節も背骨もガタガタで、少なくとも一週間はバーバ・ヤーガ（スラヴ民話の魔女）みたいによたよた歩き回ることになる」

「否定するばかりじゃなくて、肯定的なことも言ってくれない？」病院のベッドに横たわっていることに気づき、わたしは不機嫌に言った。

「そうね、じきに部隊に復帰できる。あんたはレーナ・パリイの言いつけをすべて守る。なぜなら、彼女は医療大隊でもっとも優秀な衛生兵だから。あんたは馬鹿だから、月夜にこっそり抜け出して夜の魔女みたいにうろつき回る」レーナは苛立つわたしを不憫に思ったのだろう。「あんたは野戦病院にいるのよ、ミラ。連隊の仲間があんたを掘り出してここまで運んでくれたの」

「脳震盪と鼓膜が破れたぐらいでそこまでしなくたって」わたしはぶつぶつ言った。「わたしが男だったら、たいしたことないって担架に乗せなかったはず」

「たぶんね」と、レーナ。「でも、あんたはここにいるんだから、おとなしくして体をいたわりなさい」

「運命の女神が健康を授けてくださった」母の口癖だ。「ほかはすべて列に並んで待たないと」

「しゃべってないで静けさに浸ったら。前線からこれだけ離れていると、戦時中とは思えない」

トルストイを愛読するシベリア人はどうなったのだろう。レーナによれば、わたしと一緒に運びこまれた者はいなかったそうだ。彼の安否は前線に戻らないとわからない。清潔なシーツの下で爪先を伸ばしたとたん、首に鋭い痛みが走り顔をしかめた。床には簡易ベッドがずらっと並び、消毒剤の匂いに混じってとうに乾いた血の匂いがした。わたしのベッドは端っこの窓際で、絡み合った枝が揺れているのが見えた。この野戦病院は荒れ果てた果樹園のそばに作られたのだろうか。風が木の葉を揺らし、羽ばたく翼が見え……小さな灰色のスズメ、黒い頭のムクドリ。外の世界は秋に向かっていると思ったら、不覚にも涙が浮かんだ。前線で最後に見たのは暑い大草原と、絶叫する司祭の旗のもと縦列を組み熱に浮かされたように歌う敵の姿。

〝彼らは止まらない。けっして。全員が死ぬまで、あるいはあまりにも多くの死者が出たので、死体をまたいで進むのが困難になるまで〟

「攻撃は――」言いかけると、レーナが先手を打った。

「押し返した。少なくともあの攻撃は。奴らはゴキブリみたいに湧いてくるけどね」

つまりわたしの連隊はまだあそこにいて、わたし抜きで戦っているのだ。

「そうそう」レーナがわたしの潤んだ目を見て言った。「あんたは戦果をあげつつあるんだってね、狙撃手さん」

「誰がそんなこと言ったの？」

「噂よ。女の狙撃手がいて、あれは特別だって。それで、戦果はいくつまでいったの？」

「二十一」わたしは涙を拭った。ちょっとした動きなのに背骨に激痛が走った。「正式に確認された数」

「正式ってどういうこと？」レーナが煙草を取りだした。「だから二十一なんでしょ？」

「リンゴを摘むのとはわけがちがうのよ。篭の中のリンゴを数えるのとはね」ついかっとなった。「正式にカウントされるためには、ほかの誰かが確認するか、認識票や書類を持ち帰るか――」

レーナがマッチを擦った。「死体から取って？」

「そう」狙撃手というあらたな任務に就けたのはよかったが、嫌な面もある。それでもやらねばならないからやっていた。「確認されなければ戦果に加えられない。標的に当たったかどうかわからない場合もあり、それは数に入れない。中隊の仲間と一緒に撃っているときもね。明確に線引きできないものなのよ。確認成果二十一、確認されていない数となるとわたしにはわからない」そういうのって嫌にならない、と尋ねられそうな気がしたが、レーナは黙って煙草を差しだしただけだった。わたしは頭を振った。「煙草はやらない」

「あたしもよ」彼女は煙草を吸うと満足げなため息をつき、わたしのベッドの端に座った。彼女のために場所を空けようと足を動かしたら、背筋にまた激痛が走った。「ほかに患者はいないの？」

「いまは休憩時間なの。それに会いたくない大尉が二階にいてね、彼の巡回が終わるのを待ってるとこ。戦地妻になれってしつこいのよ。モスクワにほんものがいるかどうか知らないけど」顔をしかめる。「将校ってろくでもない奴らばかり」

わたしは曖昧にうなずき、戦果から話題がそれてほっとした。「下士官兵はそれほどひどくないんじゃない？」前線に着いた日、レーナとわたしは髪を切り、圧倒的に数で勝る男たちに負けまいと気を引き締めたが、その必要はなかった。仲間の兵士たちとうまくやっていく方法は人それぞれだ。レーナのそれは巧みに避けること、冒瀆的な言葉で煙に巻くこと。わたしはというと、幼馴染の男子と走り回ったお転婆時代に身に着けた、ふざけんなよの心意気で対処していた。うまくやれば、連隊の男たちはこちらを一種の名誉男性とみなし一目置いてくれる。快活で中性的でもしものときに役に立つ名誉男性。(軍服にも助けられた。のちに会うことになるアメリカ人ジャーナリストたちは、赤軍の女兵士の軍服が体の線に沿ったものでも、魅力的なものでもないのでがっかりしたようだ。ジャガイモ袋ほどの優雅さしかなく、もっとチクチクする)

厄介なのは一兵卒ではなく将校たちだ。いやったらしい中尉や大尉たちは、女性兵士を部隊のお飾りとしか見ていない——前線にあたらしく女性が加わったと知ると、物見遊山で見物に来る。やすりを手に待避壕におさまり、ライフルのボルトの動きを調整していると、線が三本とか四本とかの階級章をひけらかしながら将校がやってきて、板チョコを餌ににやにやしながら口説こうとする。

「将校に言い寄られたことある?」わたしの思いを見透かしたように、レーナが尋ねた。

「それとも、二十人以上も殺した女は敬遠される?」

「上官の大尉が立派な人でね。セルギエンコは自分の連隊の女性にちょっかいを出す将校を追い払ってくれる」

「同僚の将校になにを言われたって、やることはやる奴らがいるからね」レーナが警告を発した。「煩いのがいないと見るとにじり寄って来る。照準を覗く目だけじゃなく、そっちの目も研ぎ澄ませとくことね」

「あなたもね」上体を起こそうとして悲鳴をあげそうになった。「わたしが意識を失っていたあいだになにがあったの？」

「オデッサは様変わりしたそうよ。通りには砂嚢が積み上げられ、広場には高射砲が設置され、窓ガラスにはテープが貼られている。休暇を楽しむ人の姿は消えた」

海水浴に行ったあの晴れた日を思い出す。カフェは笑い声で溢れていた。「ほかには？」

レーナがためらった。「すごい数の死傷者」ぽつりと言う。二人して目を見交わす。彼女の手を取って握り締めた。敗北主義は許されない。ヒトラーの軍隊に負けるなんて考えてはならない……だが、レーナは死んでゆく者たちの数を数えずにいられず、わたしは大草原を越えてくる砲弾の数を数えずにいられない。敵の大砲が三度火を噴くのに対し、味方の大砲は一度きりだ。

「前線に戻ってあと数人仕留めないとね」さりげない口調で言った。

「あたしのためにさらに数人」レーナがわたしの手を握り返し、不用になった瓶の蓋で煙草を消した。「そろそろ行かないと。嫌らしい目つきの大尉がいなくなってくれるといいけど。またあとで様子を見にくるね――手紙を持ってこられるかも。ここは町にちかいから手紙も届きやすいのよ」

一週間のあいだに届いた手紙は四通だった。愛しい母からの手紙には、行軍中はくれぐれも汚れた水は飲まないようにと書いてあり、スラヴカの〝最愛なるマモチカへ〟ではじまるたどたどしい文字の手紙が同封されていてやるせなさに涙がこみあげ……無口な父の手紙は軍隊時代のことが綴られていた。〝ベロフ一族には戦闘で運がついてまわる〟家族は内陸のウドムルト自治区に疎開しており、遠く離れているということではパリとおなじ、月とおなじだ。

オデッサにいるソフィアからの手紙もあった。〝ヴィカの双子の兄が戦車部隊に志願したって知ってた？　ヴィカに言わせると、男のダンサーは馬鹿揃いだけど、兄がそこまで馬鹿だとは思ってなかったそうよ。図書館は大変なことになってます。立退きに備えて貴重な資料をせっせと箱詰めにしています。てんてこ舞い！〟

束の間、わたしは消毒剤や血の匂いではなく、オデッサ公立図書館の古い革装丁や羊皮紙や本の匂いを嗅いだ気がした。この世でいちばん好きな香りだ。ライフルを手に前線にいるわたしにとって、学生のミラは別世界の存在だったが、それがいまは身近に感じる。カード目録を繰ったり、バッグにつねに鉛筆を入れて、色別のタブに従って資料を整理していた学生のミラが、迫撃砲の破裂弾で吹き飛ばされ、病院のベッドで耳鳴りと背中の痛みに悩まされている。どうしてこうなったのだろう？　ミスを犯さず、ふつうの人生を送りたかっただけなのに。学生のミラが乗った人生の列車は終点に着いてしまった。これ以上先へは行けそうにない。

あるいは、どこかで列車を降り、べつの目的地に向かう列車に乗り換えたのかもしれない。ただし、こちらの路線ではミスを犯すと高い代償を払わねばならない。

風通しの悪い無菌の病室で、不意に息が詰まった。なんとか手を伸ばしてベッド脇の窓を開け、風を取り込んだ。伸び放題の枝が窓枠に届きそうだから、葉を摘まみとって葉脈に沿って伸ばし、息子の手紙を手に取った。共産主義少年団の遠足にはじめて参加したそうで、赤いスカーフが自慢でしかたなく寝るときもしていること、森を知り尽くしている地元の子どもたちとうまくやっていけるか不安なことが書いてある。〝ぼくは都会っ子だからね、マモチカ、木や草のことをなにも知らない……〟

「窓から見えるあれはなんの木ですか？」わたしは窓の外を指さし、ちかくにいた看護婦に尋ねた。教えてもらったばかりの木の名前を、さっそくスラヴカ宛の手紙に記し、ときどき涙を拭いながら書き進めた。〝愛しいモルジク、木や草のことを学ぶ手伝いならいつだってするわよ。前線にいたって、あなたのマモチカにはそれぐらいの暇はあります！　同封したのはナシの葉っぱです。楕円形(だえんけい)の葉を見てごらん。葉脈はどんな模様かな？　つぎにこの葉を見たら、なんの木かわかるよね？　科学的分類によると……〟そこで手が止まった。ナシは何科に属するのかわからない。そのうち調べよう。遥(はる)か遠くに離れていても、ママがいつも見守ってくれていると息子に思ってほしかった。

葉にキスして封筒に入れ封をしてから、家族宛の手紙に取りかかった。こちらには狙撃兵に取り上げてもらったことや、ドイツ兵千人を倒して故郷に錦を飾るつもりだなんてことを書いた。二種類の手紙をうまく書き分けられる女にならなければ。母親と狙撃手、どちらも上手にこなせる女に。

「戻ってくれてよかった」半壊した村のちかくの指揮所をようやく見つけ出したわたしを、セルギエンコ大尉が迎えてくれた。ほかの負傷兵たちと一緒に病院で二週間をすごし、なんとかレーナを甘言でつって退院し、クヤルニク川とボリショイ・アジャリク川の河口へ向かうトラックに乗せてもらった。前線を形成する待避壕や荷車やトラックや崩れた建物のあいだをうろつくこと半日、ようやく指揮所を探し当てた。そこにはお馴染みの陰気な顔をした大尉がいた。やつれた顔には悲壮感すら漂っている。

わたしは敬礼した。「L・M・パヴリチェンコ二等兵、ただいま戻りました」

「軍服がちがっているぞ、リュドミラ・ミハイロヴナ」そう言われてぎょっとし、自分の軍服に目をやった。すると彼が小さな灰色の段ボール箱を差しだした。中身は小さな真鍮の三角がふたつだった。「きみはもう二等兵ではない、伍長だ。おめでとう」

嬉しさに叫びだしたい気分だった――父がどんなに喜ぶか！――が、不安にもなった。

〝昇進したのは死者が多く出たせい〟病院で軍服はきれいに洗われ、襟には戦場用のカーキ色のではなくラズベリー色のパレード用の台布が縫い付けられていた。大尉がちがうと言ったのはこのことだったのだろう。そのラズベリー色の台布に三角の階級章をつけていると、大尉が死者のリストを読みあげた。わが小隊の指揮官とわが大隊の三十人が命を落としていた。兵士の補充は行われていないが、セヴァストポリの志願水兵が加わったそうだ。もっとも彼らに歩兵の経験はなく……悪い知らせばかりで、気分が落ち込んだ。「きみのためにあたらしいライフルを用意した」大尉が言った。「前のは壊れて使い物にならないからな。それから、オデッサ防衛区の司令部から狙撃兵に指令が出ている、それは」――彼の口調が厳しくなった――「もっとも優位な場所に監視および射撃陣地を確保し、敵を不安に陥れ、前線ちかくを自由に動き回れないようにすること――そして敵の士気を削ぎ、指揮系統を乱すこと」悲しげだった大尉の表情が猛々しくなる。それに応えて、わたしのまだ痛む背筋が伸びた。死者のリストが、脳震盪の苦痛と疲労と息子恋しさで弱まった怒りを呼び覚ました。「狙撃手に適した者が多くはいない」大尉がつづけた。「訓練したらものになりそうな新兵を見つけてくれたまえ。もうひとつ、きみ自身も相棒を選ぶ必要がある」狙撃手は二人ひと組になり、たがいの背後を守るのが理想だ。

「はい、同志大尉」わたしは敬礼しながら、あたらしいライフルを握りたくてうずうずしていた。前の武器は手に馴染んで体の一部になっていた。あたらしいライフルに馴染むためには一からやり直しだ。前のスリーラインは自分の射撃スタイルに合わせて改造した。例えば木製のハンドガードをはずし、銃床をやすりで削って銃身が前床にぴたりと当たるようにした。あたらしいライフルにもおなじ加工を施し、何度か試し撃ちをすれば手に馴染んでくるはず……。

「リュドミラ・ミハイロヴナ?」立ち去ろうとするわたしを、大尉が呼び止めた。

「はい、同志大尉」

彼がわたしの目を見つめた。「よい狩りを」

その言葉がわたしから母親と娘と学生を取り去り、狙撃手の翼を広げさせた。

8

わたしの回想録、公式版。階級には特権がついてくる。

わたしの回想録、非公式版。五百メートル離れたところから標的の目を撃ち抜けることで知られる者には特権がついてくる。

「出てってもらえるかしら」レーナがバーニャ（ロシアのサウナ）にいた半裸の男に言った。「さもないと、オデッサで最凶の一発を浴びることになる」

男は腰にタオルを巻いた姿で松材のベンチから立ちあがり、汗で濡れた金髪を掻きあげた。「服を着るぐらいはいいだろ?」

「サウナを使えさえすれば、誰も撃ったりしませんよ」わたしは言い繕ったが、レーナが長身の男に服を投げたあとだった。それが私服だったので、わたしはほっとした。彼女が邪険に追い出した男が将校や兵士仲間でなくてよかった。

「裸を見せるのは、女性の名前を知ってからが順当だけどね」彼は気分を害したふうもなく出ていった。

わたしが笑うと彼もにやりとした。レーナはわたしをサウナに引き摺り込みながらも、金髪男のまぶしい肩を惚れぼれと眺めるのを忘れなかった。

「疲れてるときは、軽くいなすこと」レーナはきっぱり言い、ドアを内側から施錠した。

「さあ、服を脱いで、お尻がほぐれるまで蒸気を浴びよう」

「バーニャで長く蒸気を浴びるのは痛めたお尻にいい、なんてこと言う医者にはお目にかかったことないわよ、レーナ・パリイ」わたしはズボンをさげ、関節の痛みに息を呑んだ。

「自分が蒸し風呂に入りたいからわたしをだしに使ったんでしょ」

「ご明察よ、ミラ・パヴリチェンコ。ちゃんとしたバーニャに入るの、いつ以来かわかる？」レーナはヘビが脱皮するように軍服を脱ぐと、長い木のベンチに横たわった。「あんたもどうぞ」

わたしたちが追い出した男のやわらかなバリトンがドア越しに聞こえた。「きみたち二人、ギルデンドルフの戦闘から戻ってきたの？」

「けさ戻ったところ」わたしは返事をして、レーナと向かい合わせにベンチに横たわった。攻撃は昼までに終わり、敵をギルデンドルフとイリイチェフカ国営農場から追い払い、わが連隊がそこで束の間の休息をとっているところに、わたしはライフルを杖代わりに足を引き摺って合流した。いま、服を脱ぐと尻が青あざで覆われているのがわかった。

「あんたが木から落っこちるなんて信じられない」レーナが言って目を閉じた。

「それでも撃ちつづけたんだからね」わたしはフィンランド製のコンバットナイフをかたわらに置いた——これが必要になるとは思っていないが、男ばかりの野営地で手元に武器を置かずに裸になるほど愚かではない。暗く閉ざされた空間で、顔に汗が流れる。

バリトンの声がまた聞こえた。「機関銃巣を完全に制圧した女性狙撃手ってきみのこと？」

「四発でね」その四発は入念な準備のもとに発射されたものだ。敵基地の偵察に一日を費やした。翌朝、ギルデンドルフ墓地から道路まで見晴らせるカエデの木に登り、枝にライフルを載せて構えた——結果は副官一人、機関銃手二人、四発目の徹甲弾はMG34多用途機関銃の機関部に命中して使用不能にし、わが連隊に道を開けた。「敵の機関銃手は照準器の使い方を知っていた——その前日、うちの部隊の兵士たちが、引金を引く間もなく狙い撃ちされたんです」食堂テントで冗談を飛ばし合った仲間が三人、撃たれて死んだ。

「あんたの戦果、いまいくつまでいったの？」三十分ほどの沈黙のあと、レーナが首を回しながら尋ねた。

わたしは引金を引く手を揉みながら、狙撃後の震えがおさまったかどうかチェックした。九月も半ばが過ぎていた。戦闘はつづき、夜は夜でやることがいろいろあった。「確認戦果は四十六」いまだにこの質問は苦手だ。死者の数を数えたくない。数を自慢したくてやっているわけではない。やらなければならない仕事だからやっている。これからもそうだ。不意に熱さに耐えきれなくなって起きあがった。「水をかぶってこよう」

生まれ故郷の村では、家族揃ってバーニャに出掛けた。両親と姉とわたしは並んで蒸気を浴び、いっせいにおもてに出て凍えるほど冷たい川に飛び込んだ——川が凍りついていれば、ちかくの雪溜まりに突っ込む。ここでは雪はまだ降っていないし、連隊の仲間がいる前で素っ裸で川に飛び込むわけにはいかないから、レーナとわたしは着替え室に鍵をかけてバケツの水を浴びた。レーナがバケツの水をわたしの頭からかけたとき、おもてからまた男の声がした。

「きみたちのまわりをうろつく気はないんだが、伍長の一人がやってきて、L・M・パヴリチェンコへの贈り物だっていろいろ置いていったもので」

「贈り物？」湯気をあげる肌から冷たい水を拭い落しながら、わたしは震えた。それは好ましい震えだ。熱さと寒さ、汗と氷が出会う場所にバーニャがかける魔法。肉体が激しく美しく反応して生を実感する瞬間だ。前線で埃と血に埋もれ、バケツの生ぬるい水でそれを洗い流したところで、けっして味わえないものだ。濡れた頭を振ると、髪から埃と乾いた血が流れ落ちて足元に溜まった。

「だからって、ここに入れてもらえるとは思わないことね、色男さん」レーナが叫び返してこっちを向いたので、今度はわたしがバケツの水をかけてやる番だ。「服を着るまではこの扉は開かない――」

「だったら、この素敵な石鹸もいらないってことだね。なんなら――」

「それを寄越して！」レーナが扉を細目に開けると、石鹸を持った大きな茶色い手が現れた。

「ほかにもいろいろあるんだけど」扉がまた閉まると、彼が言った。「石鹸がもう一個、小さな香水瓶、果樹園のナシが一個……手紙。第二中隊の男たちよりと書いてある」

女の気を惹くための贈り物ではない。戦場で感謝を示すちょっとした贅沢品。石鹸を泡立てると涙がこみあげた。わたしの仕事は命を奪うことだ――命を救ってもいることをときに忘れる。わが連隊はきょう、機関銃の掃射を浴びることなく行軍できた。わたしの手によって放たれた四発の銃弾のおかげで。そのことをわたしは忘れていたけれど、彼らは忘れていなかった。その武骨で単純な感謝の思いは、肌で泡立つ石鹸よりも心地よかった。

「あなた、民間偵察隊の一員なんでしょ？」髪に石鹸をつけながら、ドアの向こうの男に声をかけた。「東側の他の防衛地区がどうなっているかご存じ？」

髪を洗うわたしに、彼は攻撃の結末を話してくれた。「ぼくの連隊はギルデンドルフの遥か南にいた」彼が最後に言った。「オデッサのちかくにギルデンドルフなんて名前の村があるとはね」

わたしは石鹸を洗い流しながら笑みを浮かべた。「たしかに興味深いわよね――」

「尋ねたことを後悔するわよ」レーナがうなり、わたしから石鹸を奪った。

「八十年ほど前に、ドイツ人入植者が造った村でね――よってチュートン（ドイツ）騎士団の影響が色濃く残っている。墓石に刻まれた名前の綴りを見るとわかるわよ」これまでに集めた雑学的知識をつい披露したくなった。

「墓石だって？」バリトンの声からおもしろがっているのがわかる。「機関銃巣を制圧する合間に墓地見学をしていた？」

「最適な狙撃位置を探し歩いていたときにね。『フィンランド式戦闘』という本を読んでいたの。カレリアの森で、フィンランドの狙撃手が木の上から敵を狙い撃った話。それでカッコーと呼ばれるようになり――」

「カッコーはあんたでしょ」レーナがそう言って投げて寄越したシャツを、洗いたてで艶々の肌にまとう。

「――そんなときに墓地を見つけたの」レーナの言葉にかぶせて言った。学生ミラが隠れている洞窟から顔を出す機会は久しくなかった。狙撃手ミラ（戦っているとき）と母親ミラ（家族に手紙を書くとき）がもっぱら幅をきかせていた。「ドイツ人入植者はさすがというか、お墓を掘るのでも、定規で測ったようにきっちり並べて掘ってるの。ライフルを手に登った木の真下の墓石に刻まれていたのは〝村長（ブルガマイスター）ヴィルヘルム・シュミット、一八九九年没――〟」

「ドアの外に積み上げられている魅力的な服はそのためのもの？」声が笑っている。聞き間違えようがない。「迷彩服は見たことあるけど、これは……」

「それを作るのにひと晩かかったんだから！」ネットが少々に茶色のずだ袋、古い緑色の軍服の端切れを丹念に切り揃えてリボンにし、上着全体に縫い付けたものだ――傷跡のある教官は、なんとも形容しがたい黄緑のフード付きオーバーオールに木の葉を縫い付けたものをまとって草原に姿を隠し、わたしたち生徒に見つけ出させようとした。一時間探し回った挙句に降参すると、ほんの一メートル先の茂みから彼がパッと出てくるなんてことがしばしばだった。それまでこのカモフラージュ術を披露する機会に恵まれなかったのは、姿を隠そうにもそんな場所がなかったからだ。だが、ギルデンドルフのまわりの森が、わたしに隠れる木と葉を提供してくれた。「それに、笑うなんて失礼でしょ。それのおかげで機関銃巣を制圧できたんだから」

「それで彼女は木から落っこちたんだけどね」レーナがドアに向かって言った。

「九メートル」わたしはシャツのボタンを留め、ズボンを穿いてベルトを締めた。「〝村長ヴィルヘルム・シュミット、一八九九年没〟の墓石の上に」

「つぎに読むのは、フィンランドのカッコーみたいな恰好で木に登る方法を教えてくれる本にすべき」と、レーナ。「カッコーみたいに飛べるわけじゃないんだからね」

わたしは顔をしかめ、ブーツを持ってバーニャを出た。壁際に置いた帽子や荷物の横に、どんなに忙しくてもスラヴカのために摘んだクコの葉、カモフラージュのためカエデの葉や蔓を巻きつけたライフルが並んでいた。ライフルを肩にかけ、ドア越しにおしゃべりした男を見あげた。履き古したブーツに古いズボン、襟元のボタンが取れた古いシャツという恰好だった。十九や二十歳の軍服姿の若者に混ざるとぐんと大人に見えるが、三十五、六といったところか。偵察員に選ばれた地元の民間人の一人にちがいない。

「九メートル落下だって?」彼が痛めたところはないかわたしの全身を眺めまわすので、こっちも負けずに眺めまわしてやった。長身、広い肩幅、目のまわりの笑いじわ……「尻の骨を折らなくてよかった」

わたしは肩をすくめた。「怪我はつきもの」負傷兵を見て〝自分はこうはならない〟と思うのは新兵だけだ。戦火を潜った兵士は、〝いつ自分もこうなるかわからないから、もっと用心しなくちゃ〟と思う。用心に用心を重ねても仲間の死を目の当たりにするとこう考える。〝いつか自分にもこういう日がくる――でも、きょうではない、いまを切り抜けられさえすれば〟

レーナが髪をタオルで拭きながらバーニャから出てくると、金髪の男にブチュっとキスした。「お風呂を途中で切りあげさせたお詫びよ、ウサちゃん」

彼が眉を吊りあげてわたしを見た。「女性狙撃手からもキスしてもらえれば、その甲斐はあったな」

わたしは笑いながら爪先立ちになり、彼の首に腕を回した。「お安い御用よ」兵士仲間といちゃついたことはないが、民間人はまたべつだ。褒められるのも、お世辞を言われるのも、女であることを意識させられるのも久しぶりだったから、彼の頬にキスした。彼が臆面もなく顔を巡らせてわたしの唇を捉えようとしたので、唇が触れ合う前に体を引いた。彼は松の匂いがした。

レーナが口笛を吹いて茶化し、ドアの脇に置かれた贈り物の小さな山を拾いあげた。「さあ、行こう。食べ物にありつけなくなる」彼女に引っ張られるまま歩きだすと、尻の痛みがぶり返し思わず顔をしかめた。

「体を気遣ってくれる男を愛人にするのも悪くない。あんたには相棒が必要なんでしょ、ミラ。背後を守ってくれて、機関銃巣から飛び出してくるあんたを助けてくれる人が」

「まだ見つかってないのよね」狙撃手に鍛えあげられそうな新人を見つけろ、というセルギエンコの命令に従い、連隊の兵士たちを物色していたが、ひと晩の出撃だけならいざしらず、継続的な相棒となるとなかなかいなかった。キエフ出身の兵士は射撃はうまくても動きが雄牛みたいだ。ひょろっとしたレニングラード出身の兵士は、すばらしくいい目をしているけれど、引金を引くたびに身をすくめる。

「四十六人も殺して……」レーナは贈り物のなかからナシを取りだして香りを嗅いだ。

「生きてるのが奇跡。相棒を見つけないと。つぎに墓石の上に落ちたら一巻の終わりかもよ。ねえ、このナシ、食べていい？」

体格も年齢もまちまちな十四人の男たちが群れ集まり、指揮官はどこかと探している。わたしは痛みがとれない尻を砲弾の木箱にもたせ、恩師である教官からもらった署名入りの小冊子をめくりながらしばらく様子を窺った。オデッサからの撤退が噂されているが、まだ先のことだ——それに、ペトロフ少将からも、狙撃兵を訓練しろという命令が出ていた。狙撃兵をもっとたくさん、それもすぐに必要なのだ。「三日や四日で狙撃兵を訓練するなんて無理です」わたしが抗議すると、セルギエンコの背後に立つ苦虫を嚙み潰したような顔の少佐が言った。「一週間やろう」

わたしは目の前にいる男たちを、小冊子越しに疑いの目で見つめた。所属小隊が壊滅状態になりこちらの連隊に移ってきた狙撃兵が数人いるが、三分の二はセヴァストポリの志願水兵だった。これは私感だが、甲板にコールタールを塗っていただけのだぶだぶズボンの男たちに、モシン－ナガン・ライフルを淀みなく正確に扱えと言っても無理がある。生まれつき狙撃手の目を持っていないかぎり。

水兵のなかでいちばん図体（ずうたい）の大きな男が声をかけてきた。「あんたもここで任務を勤めてるのか、お嬢ちゃん（ククルカ）？」

「ええ」わたしは小冊子から目を離さなかった。

「ずいぶんと魅力的な衛生兵を寄越してくれたもんだ、なあ、みんな？」彼が仲間にウィンクしたのが、見なくても感じでわかる。「仲良くしようぜ、美人さん――おれはフョードル・セディフ、あんたの名前は？」

わたしはその名を頭に刻んだ。「リュドミラ・ミハイロヴナ」

「なあ、リュダ、そんな顔するなよ。にっこり笑って！　減るもんじゃあるまいし」

不意にアレクセイの言葉が浮かんだ。〝笑ってみろよ！〟記憶を頭から締め出したものの、わたしの声には冷たい棘があった。「あなたたちが気をつけをして、軍規に則り指揮官に着任の報告をしたら、にっこりしてあげるわよ」

彼はきょとんとした。「指揮官はどこにいる？」

「わたしが指揮官です」

「馬鹿も休み休み言いなよ、リュダ。そんなわけ――」

伍長の階級章が見えるよう、背筋を伸ばして小冊子をさげた。父親譲りの大声を張りあげた。「気をつけ」

黒髪の男が前に出てくると気をつけをした。きびきびと。長い沈黙。わたしは意識してふつうに呼吸をした。フョードル・セディフと名乗った男が、釈然としない面持ちのままその横に並んだ。一人また一人とそれに倣った。

「あなたたちがここにいるのは、今後の反撃に備え狙撃兵が必要とされているからです」

わたしは列に沿って歩き、一人ずつ目と目を合わせた。青い目、茶色の目、ふてぶてしい表情、興味津々な表情。「あなたたちになにができるか、見せてもらおうじゃないの。あそこに実包があるから一人五発ずつ取るように」列の最後まできた。最初に気をつけをした男だ。「まずはあなたから」彼はほかの者たちより年長で三十代半ばと思われ、筋肉も骨も、鞭のような腱もすべて引き締まった剃刀みたいな男だった。帽子の下の黒髪は短く刈られ、冬の小麦畑のようだ。目が合ったとたん、あのときの彼だ、とわかった。「『戦争と平和』はどこまで読み進んだ？　アウステルリッツの戦いは過ぎた？」負傷する直前に塹壕で出会ったシベリア人に尋ねた。

　彼はただうなずいた。笑顔は浮かべなかったが、目の端に笑いじわが寄った。ついほほえみを返しそうになった。「名前は、一等兵？」

「K・A・シェヴェライオフ」彼の声は穏やかで落ち着いており、知的だった。

「あなたの腕前を見せてもらいましょう」わたしが後方に控えると、彼は素早く装弾した。塹壕で見ているので彼が撃てることはわかっていたが、彼がわたしの命令に従うところをほかの連中に見せたかった。「あとの者たちは、生意気な口をきくフョードルを先頭に順番に撃つこと」ほほえんでみせたのは、彼がおとなしく従うかぎり冗談のひとつも飛ばすと知らせるためだ。「腕のいい者がいれば、出撃に同行させ実戦で使い物になるかどうかを見極める」

「あんたの名前がパヴリチェンコなら」フョードルが挑んできた。「確認戦果四十六のあのパヴリチェンコなのか？」

「五十一。ライフルに装弾しなさい」

感銘を受けたらしい者、憤懣やるかたないといった態度の者、それぞれだったが、いずれにせよわたしの部下だ。

トルストイの小説の一節をもじりたくもなる。〝不首尾に終わった狩りはどれもおなじだが、上首尾だった狩りはそれぞれに趣を異にしている〟（『アンナ・カレーニナ』も『戦争と平和』と同様、最後まで読み終えていないが、冒頭の一節ぐらいは知っていた）。狙撃手にとって、十人仕留めた日も、一人も仕留められず引き分けに終わった日も上首尾のうちに入る。不首尾に終わった日とは、撃ち損じた挙句に命を落とす日のことだ。だから究極の問い――狙撃手であるとはどんなものか？――に答えはない。

〝それでも、どんな感じのもの？〟わたしの訓練兵たちの無言の問いかけが聞こえるようだ。一年後にエレノアの目の中にもおなじ問いを見た――合衆国大統領夫人といえども、ひねくれた好奇心には勝てないのだ。〝どんな感じのものなの、リュドミラ？〟

読者のみなさんも訊きたいんでしょう？

だったら一緒に来て。

出撃に同行してみませんか。とりわけ重要な出撃ではない――ヒトラーの秘密計画を携えた副官、ゲシュタポの大佐を仕留めた夜ではなく、わたしが相棒を、闇に紛れるわたしの半身を見つけた夜に――狙撃手にとって、ほんものの愛に出会う夜よりはるかに大きな意味を持つ夜に。夫は必ずしも信頼できないと経験からわかっている。狙撃手はその命を相棒の両手に委ねる。毎夜、毎夜。夫よりも信頼できる相手だ。

その日は昼間のうちに隠れ場所を見つけ、草の一本一本まで念入りに調べた。前線の向こうに広がる緩衝地帯のなかの深い藪――奥行は百五十メートル、幅十二から十五メートル――で、尻つぼみにルーマニア軍の防衛線に入り込んでおり、その先は敵の第二梯陣にちかい小谷だ。

「機関銃手をやる?」その夜同行させることにした新兵が、待避壕で声を潜めて言う。真夜中を一時間ほど過ぎたころだ。

「撤退するときはシャベルを掲げる。それを合図にわが軍の砲手が援護してくれる」それだけ言うと、わたしたちは待避壕を出て隠れ場所へ向かう。あたたかな夜だ。雲ひとつない夜空の下、影のように動き、ライフルと弾薬筒の袋を手繰り寄せる。一時間で六百メートル進む。

新兵とわたしは宿題をこなす。暗い空の下で闇の仕事を遂行するのは、余人の想像を超えるほど退屈で骨が折れる。爆撃を受けた農家でセルギエンコ大尉に促されて腕前を披露したのとはわけがちがう。カモフラージュを施し、カエデの木に紛れて張り込みをしたときともちがう。周到に準備した作戦だ。真っ暗闇のなか何時間もかけて塹壕を掘って胸壁を設け、石と泥で補強した——狙撃というと高い屋根の上や木の上から狙うのがふつうだと思われがちだが、地面に掘った塹壕に隠れて狙うことのほうが多い。塹壕に潜んで数時間、ライフルを据えるのに最適な場所を探し、風向きを測り、距離を計算する。それから待つ。わたしたち二人は塹壕に潜み、星は流れ敵は眠りにつく。未経験の狙撃兵がぼろを出すのは待つあいだだ。そわそわして弾薬筒をジャラジャラいわせ、暇を持て余して煙草に手を出す。黒髪のシベリア人は穏やかな性格だから、わたしの横で静かに横たわっている。星明かりに目だけが光る。

監視する。夜明けがちかくなり敵陣に動きがある。鍋のスープが煮えて表面が泡立つように、兵士たちが歩き回り声をかけあう。自分たちは安全だと思っている。移動炊事車が現れ、将校たちが大声で命令し、白衣姿の衛生兵が医療施設に出入りする。新兵に合図を出す——わたしは左翼を狙う、あなたは右翼。彼がうなずく。

監視をつづける。だんだんあたたかくなる。指を曲げ伸ばしてやわらかくほぐす。気持ちが昂る。日が昇る。ライフルがわたしにやさしく歌いかけ、頭上で砲声が轟く。わたしは十二まで数える。わたしの真夜中まで。

監視をつづける。

最初に仕留めたのはわたしだ。布製のケピ帽（頂部が扁平な軍帽）をかぶったルーマニア軍将校が倒れる。死体が地面を打つ直前、シベリア人が発砲し、べつの将校がよろめく。われわれの銃声は砲声に掻き消される。誰が、なにが将校を倒したのか、誰もわからずきょとんとする。さらに二人倒すと、敵はあたふたしはじめる。わたしは撃って、撃って、撃ちまくり、かたわらでシベリア人も狙撃をつづける。機関銃の一斉射撃がはじまり弾が藪を突き抜け、われわれは撃つのをやめる。シャベルを掲げて援護を要請する。

わが軍の前線に全速力で戻り、息を喘がせながら相方を見る。「十七発、戦果は十六。あなたは？」

「十七発、戦果十二」この十二時間で彼がはじめて発した言葉だ。五発無駄にしたことで自分に腹を立てているようだ。

「はじめてのとき、七発で二人だった。そういうものよ」鋼色の朝日を浴びて待避壕に落ち着くと、ライフルを分解して磨いた。「おめでとう――あなたの戦果がきょうカウントされた」

彼はうなずき、銃身に油を塗る作業に戻った。その手がわずかに震えているのを、彼はわたしに見られまいとする。

「手を出してみて」わたしは言った。

彼はためらった。

わたしは自分の手を掲げてみせた。震えていることを彼に見せるために。「筋収縮。出撃のあとに起きる。でも、おさまる」わたしは経験からわかっていたが、彼はまだ知らない。「狙撃するたび手が震えはしなかったでしょ?」わたしはやさしく尋ねた。

「ええ。でも、五発撃ち損なった」顔をしかめはしなかったが、表情が暗くなった。「子どものころから狩りをやってきた。八歳で狩りをはじめて以来、あんなふうに撃ち損じたことはなかった」

「人間を撃つのはまたべつだから——シカを撃つようなわけにはいかない。おなじふりをしても無駄よ」

「人間を撃ったこともある。属していた大隊で何百回も敵を狙って撃った」

「それとこれとはべつ。わたしたちは相手の顔を見て殺す。朝起きて顔を洗ったかどうか、軍服を念入りに手入れしているか、ずぼらか、最近髪を切ったかどうか」そこで今度はわたしがためらった。「それは——親密なものなの。あとでそう感じる」

「最中ではなく?」

「わたしはね。隠れ場所で待っているときには……」またためらう。「なんの感情も湧かない。隠れて待つだけ。ライフルにしっかりしてねと語りかける」

「語りかける?」

「ええ、そうよ。自分のこと以上に彼女のことはわかっている。前に使っていたライフルより強情で、ちょっと怒りっぽいの」わたしはライフルの冷たく黒い金属に口づけた。

「でも、頼りになるわ」

彼がわたしを見つめた。彼は硝煙の匂いがした。わたしもだ。「あとから彼らの顔を見る?」

「いまはもう見ないわね」たまには見ることもあるけれど。

「それでも――」彼はわたしの手の震えを顎でしゃくった。

「しばらくするとおさまると、経験からわかった。目の疲れもそう」わたしはポケットから煙草入れを取りだした。「これが役に立つ。煙草を吸う習慣はなかったけど、友人のレーナがそのうち吸うようになると言ってて、たしかにそうだった」煙草に火をつけ、心を鎮める煙を肺の奥まで吸いこんだ。

「これも役に立つ」彼が胸ポケットから携帯用酒瓶を取りだして差しだす。

「布でくるむべきね」わたしはぐいっと呷った。生のウォッカは松の樹液の味がした。

「金属が光って居場所がばれたら困るでしょ」

「ライフル、携帯用酒瓶、ナイフ、弾薬筒の袋――」彼が狙撃手の装備を数えあげた。

「ヘルメットはかぶらない?」わたしの剝き出しの頭に目をやる。

「わたしはね。司祭が同行していたルーマニア軍の攻撃の最中、砲弾にやられて――耳が前ほど聞こえなくなった」まったくではなく、ほとんど聞こえない。だが、わたしのように些細なことが生死を分ける仕事をしていると、〝ほとんど〟はコーカサスの渓谷並みに危険だ。〝ミスを犯さない〟を信条とする人間には、〝ほとんど〟は許されない。「狙撃手は耳が命でしょ。わたしにとってヘルメットはかすかな音を聞き分ける邪魔になるの」わたしはライフルを脇に置いた。「手は？」

彼が手を掲げる。指は微動だにしない。彼の目が笑っていた。

「よかった」慌ただしい野営地を眺めながら、彼の携帯用酒瓶をやり取りした。大隊はじきにオデッサから撤退することになるだろう。噂では、われわれの大隊は第五十四連隊のふたつの大隊に併合されるらしい。それから大規模な攻撃が開始されるのだ。

「わたしの相棒になってくれない？」わたしは単刀直入に頼んだ。

彼の返事も簡潔なものだった。「はい、パヴリチェンコ」

「わたしの背後を守ってくれるなら、ミラと呼んで」彼に煙草を差しだす。「あなたの名前は、K・A・シェヴェエライオフ？」

「コンスタンティン・アンドレイヴィチ」彼が煙草に火をつけ、煙を吸いこんだ。「コスティア」

ご覧のとおり、これが狙撃手の人生のひとこまだ。一度の狩り。戦果二十八。そしてわたしは相棒を見つけた。わたしの影を、わたしの半身を。

9

わたしの回想録、公式版。十月二日の朝、わが強大なる軍隊はタタルカ村において組織的かつ有効なる行動を起こした。

わたしの回想録、非公式版。動物園の猿山の喧嘩ほどには組織的で有効だった。

迫撃砲大隊とロケット弾発射機が侵略者たちに襲いかかった――竜の咆哮もかくやと思われる轟音、タタルカ村の西から南西に広がる敵軍陣地を包んだ巨大な黄色の炎は、まさに竜が吐く炎だった。その数時間後、わたしは大隊の仲間とともに、地獄絵図さながら黒く焼けた大地を進んだ。待避壕、連絡通路、射撃基地、そのまわりを囲む丈高い草やハシバミの茂み、野性のリンゴの木々――すべてが焼けて灰になっていた。わたしの分隊の訓練を終えた狙撃兵たちが、黙ってあとについてくる。戦闘がはじまる前には、敵を何人倒すかで大口を叩いていた彼らが、勝利を目の当たりにして顔面蒼白だった。おぞましい死の勝利に喜びなどあるわけがない。たとえ死んだのが憎い敵であっても。死体の妙に甘ったるい臭いをはじめて嗅ぐと、部下の半数が吐いた。

「しっかり見ておきなさい」射撃基地の燻る残骸をまたぎ越しながら、わたしは静かに言った。「でも、そのあとで忘れること。われわれはこれを繰り返さねばならないから」これだけの炎と血によって敵を押し戻した距離は、わずか一キロ半だった。ルーマニア師団十八個に対し、わがほうは四師団のみだ。

これがわたしが戦ってきた戦闘だ。戦闘の記録を読めばどうしたって大規模な反撃を思い浮かべる。だが、タタルカ村でわたしが思い出すのは戦闘ではなく、マリアという名の少女だ。

「ここがカバチェンコ農場」セルギエンコ大尉が地図を指さした。「オヴィディオポリイエからオデッサに通じる道路が見渡せる地点で、鉄道線路からもそう遠くない。かつて敵の機関銃大隊の指揮所として使われていた。敵はもう去っていないが、きみときみの分隊は」――わたしにうなずく――「各自二百発の弾薬筒を持ってできるだけ長くここを守ってくれたまえ」彼はほかの前進指揮所を各分隊に割り振り、わたしは寄せ集めの分隊を率いる準備をしにその場をあとにした。わたしは軍曹に昇進しており、訓練するよう与えられた十四人のうち四人を切った。残り十人のうち八人はまずまずの腕前だが、ほんものの狙撃手になれそうなのは二人だけだ。

カバチェンコ農場へ向かう道々、彼らは歌いながら歩いた――ヴァインシュトクの映画

『グラント船長の子どもたち』（ジュール・ヴェルヌの冒険小説をロシアで映画化）の挿入歌『風よ歌え』だ。「その映画は観ていない」わたしがかたわらに控えるコスティアに言うと、彼は黙って笑った。相棒になったいま、彼はつねに腕を伸ばせば届く距離にいるが、イルクーツク出身で確認戦果三十六だという以外、彼のことはなにも知らなかった。彼はわたし同様、戦果や腕前をひけらかすことはない――それだけでも、最適な相棒を選んだと思っていた。むろん鋭い目やオオカミみたいにこっそり歩くところも気に入っている。戦争は人の本質をあぶりだす。コスティアのことはなにも知らないが、彼の本質は岩盤のようだとわかっていた。

農場には赤い瓦屋根の平屋があり、背後のなだらかな丘には果樹園があった。その丘を確保すれば、道路を監視し、ちかづいてくる者を撃つことができる……わたしの部隊は四方に散り、敵のトラックの残骸とひっくり返ったオートバイ、キャタピラーが破損した装甲兵員輸送車のあいだを縫って平屋にちかづいた。ドアをノックすると、五十絡みで灰色のスカーフをかぶった鋭い目の女が出てきた。「女が兵士を指揮するとは驚きだわ」彼女はわたしの挨拶に背筋を伸ばして応えた。「わたしはセラフィマ・ニカノロヴナ。お入りなさい」わたしたちがやって来ることは予想しており、招き入れようと入れまいとこの家の貯蔵物を持っていかれると諦めているのだろう。それでも、手招きしてわれわれを家に入れてくれた。「うちにあるものはもちろん分けてあげるわ」

ファシストがやって来る前、ここはどこの田舎にもある美しくこぢんまりした農場だった。居心地のよい農家に住む夫婦と息子たちと娘。みんなで野菜畑を耕し、鶏や豚の世話をする。そこへ敵がやって来て、野菜を根こそぎ奪い、鶏を追い回し、豚を殺した。二人の息子は殴られあざだらけになり、父親は腕を折られて三角巾で吊り、娘はショールにくるまり窓辺に座って裏手の畑をぼんやり眺めている。部下の一人――わたしに最初に挑みかかってきた若い雄牛、フョードル・セディフ、蓋を開けてみればコスティアにつぐ名狙撃手――が、にこやかにお辞儀すると、娘は悲鳴をあげて縮みあがった。人はいいが頭はよくないフョードルは、母親から睨まれて困惑した。

「赤軍は九月中にみんな引き揚げた」セラフィマはきつい声で言い、ザワークラウトと塩漬けピクルスの皿をドンと置いた。「あたしたちをファシストのなすがままに任せて。マリアを豚小屋に隠したのに、侵略者たちは探し出した。あたしのマリア、オデッサに出て映画女優になるのが夢だった。なのにあいつらは――」少女の母親は言葉を切り、恐ろしい目でわたしを睨んだ。「四人がかり。四人よ。そのときあんたはどこにいたの、同志軍曹？」

戦争に負けてはいない、と彼女に言いたかった。まだはじまったばかりだ。わたしたちは二カ月にわたりオデッサの前線を維持しつづけ、黒海の大草原で数千の侵略者たちの命を奪った。だが、言葉は舌の上で粉々に砕けて灰になった。わたしは黙って立ち、彼女に気がすむまでなじらせた。それから、十七歳のマリアが焼け野原のような目をして座る窓辺へちかづいた。フォードルには身をすくめませた彼女だったが、わたしがかたわらにひざまずくのを許してくれた。

「あなたなら助けてくれるんじゃないかな、マリア」わたしは静かに言い、ポケットからハンカチを取りだして開いた。「息子に送るためにこのあたりの木の葉っぱを集めているの。共産主義少年団で植物のことを習っていてね。でも、わたしは田舎育ちじゃないので、なんの木の葉っぱなのかわからない。これなんだけど――カバノキかしら？」

彼女の声はか細かった。「クロミモチノキ」

「じゃあこれは？」

「チョークパイン」

「これは？」

「フユナラ」彼女がひとつずつ名前を教えてくれるのを、母親もわたしの部下たちも固唾を呑んで見守っていた。

「ありがとう、マリア」わたしは集めた葉をしまった。狙撃手であることは脇に置いて、スラヴカに手紙を書けるときまで。「見せたいものがあるんだけど」

マリアは老女のように大儀そうにうなずいた。わたしの体を貫いた感情は、苦痛よりも、悲嘆よりも激しいものだった。息ができなくなった。わたしは彼女の膝の上の手をやさしく取った。

「丘に黒い筋が見えるでしょ？」わたしは窓の外を指さした。「あれはカチューシャと呼ばれるロケット弾によるものなの。ファシストの兵士たちを燃やして黒い燃え滓にできる武器。彼らを埋葬しないからね、マリア。塵になって土に埋もれて消える。誰も彼らの顔や名前を憶えていない。それが侵略者の末路なのよ」

彼女が食い入るようにわたしを見つめた。わたしの子どもにはこんな目をしてほしくない。母親にこんなものを見せてはならない。「あなたは射撃がうまいの、軍曹？」彼女が尋ねた。

「ええ。特別な照準器が付いたライフルをもらったの」

分隊のみんなが息を詰めたそのときだ。

「殺して」マリアが言った。「どんなに数が多くたって、皆殺しにして」

女殺人者。罪のない者を始末する殺戮者。冷酷な殺し屋。のちにアメリカ人ジャーナリストがわたしをそう呼んだ。彼らにとって、女性本来の哀れみの情を捨てて狙撃手になった女は、非情な殺し屋なのだろう。上の命令に従っただけの哀れで無防備なドイツ兵を狩るなんて。タイプライターを盾に戦う独善的な連中に、わたしは真実を伝えたい。男四人に押さえつけられたあとの、マリア・カバチェンコの目をあなたは正視できるかと問いたい。マリアは祖国に、家に押し入ってきた男たちに、肉体まで蹂躙されたのだ。その瞳に宿る絶望と悲しみに綾(あや)どられた怒りを、あなたは正視できるか。〝皆殺しにして〟と懇願したときの、彼女の握り締めた手を正視できるか。もしできるなら、わたしがしてきたことをあなたもやるにちがいない。彼女の手をありったけのやさしさで握り返しながら、身内にどよもす怒りを総動員してあなたは言うだろう。「必ずそうする」

わたしたちは三台のサイドカー付きオートバイを待ち伏せし、わたしが五人を仕留めた。ほかにも目の前を通りすぎる敵のトラック二台を止め、八人を撃ち果たした。コスティアがトラックのタイヤを狙い、荷台から慌てて出てきた兵士をわたしが狙い撃ちしたのだ。農園の背後の丘の麓の野バラが生い茂る小山に塹壕を掘り、コスティアとフョードルに挟まれてライフルを構えるわたしの目の前を、ルーマニア軍の戦車が通りすぎた。そのとき、味方の砲撃がはじまり、竜の咆哮のような砲弾が戦車に命中した。丘へと逃げる生存者を狙い撃ちした。わたしは毎日、葉っぱや花を摘んで帰ってマリアに名前を教えてもらい、その日の戦果を報告した。彼女のせいで、わたしは戦果を気にかけるようになった。毎日、彼女の笑顔が見られるから。

「あなたのためにお祈りするわ」彼女がわたしにそう言ったのは、あす大隊に戻るという日だった。「主イエス・キリストがあなたをお守りくださる」

〝わたしは神を信じていない〟とうっかり言いそうになった。都会に住む者はたいていそうだが、わたしの家族も空疎なお飾りにすぎない宗教より、国家や祖国を信じていた。都会から遠く離れた田舎に住むこの家族のように、たとえわたしが信心深かったとしても、この戦争とそれがもたらす恐怖のせいで信仰心を完全に失っていただろう。それでも、わたしはマリアの手を握り、祈ってくれてありがとうと伝えた。

「あなたはなにを信じているの、コスティア？」その夜、わたしは相棒に尋ねた。見張り——それにわたしたち二人——以外はみんな眠っていた。明かりを消した家の前の草の上に座り、爽やかな秋の夜風に吹かれて、わたしは物思いに耽（ふけ）っていた。その晩、マリアの母親が振る舞ってくれた自家製の濁り酒のジョッキを手に、コスティアも夜風に当たっていた。草の上で腕枕をして、ライフルは愛犬のようにかたわらにあり、深い静寂のなか星が天空を移動してゆく……神について、魂について、偉大な謎について語りたくなる夜だった。

わたしの相棒は草の茎を指に挟んで回しながら、長い沈黙を破って言った。「おれは本を信じている」

「本だけ？」

「本——それに友人」

「でも、あなたはわたしとおなじ一匹狼（いっぴきおおかみ）じゃないの」フョードルやほかの者たちは、仲良しの犬みたいに集まっては取っ組み合い、冗談を飛ばしているが、コスティアはいつも一人静かに本を読んだりライフルの手入れをしたりしている。わたしもそうだ。仲間は好きだし、笑うのも好きだが、ある限度を超えると一人になりたくなる。

「おれたちは一匹狼だけど」と、コスティア。「命を犠牲にしてでも助けてくれる友だちがいる。おれたちもそいつのために死ねる」

オデッサにいる陽気なソフィアはいまごろなにをしているのだろう。気難しいヴィカは？「戦争前に親しかった友だちは、いまのわたしをわからないと思う」図書館研究員のミラと兵士のミラはあまりにもかけ離れている。

「ボフダン・フメリニツキーの話をすればいい」束の間の笑みがコスティアの暗い顔を輝かせた。「そうしたらあんただとわかる」

わたしは笑いながら濁り酒のジョッキを手にした。夕食のとき、わたしたちはカットガラスのゴブレットで酒を飲んだ。ドイツ兵の略奪をなんとか免れた戸棚から、セラフィマが誇らしげに出してくれたのだ。わたしは一気に飲んでむせた。「戦車の燃料なんじゃないの」

「こっちに寄越しなよ」コスティアはグーッと呷ると、夜空で繰り広げられる星々のスローなダンスを見あげた。「あんたはなにを信じてるんだ、ミラ？」

強い酒で喉が焼けるのを感じながら、わたしは考え込んだ。「知識かな。人類の道を照らす知識。それにこれ」——愛用のライフルを軽く叩く——「道に迷ったとき、人類を守ってくれるもの」

「あんたは先頭に立って道を進み」コスティアが言った。「おれはあんたの背後を守る」

第一大隊がタタルカ村から敵を追い出したものの、わたしの分隊は大隊と合流してから、鉄道の線路に迫ってきた敵の三個大隊と激しい銃撃戦を繰り広げた。砲弾が塹壕の周囲に雨霰と降り注ぎ、耳は聞こえず目も見えない。埃をかぶったライフルのボルトハンドルと格闘しているとき、耳元でなにかが鳴った。警告の銀のチャイム。不意になにも見えなくなった。血が顔を伝って左目を塞ぎ、唇へと垂れ落ちる。血の鉄と塩の味がした。

〝撃つには片目があればいい〟ぼんやりとそんなことを思い、埃をかぶって動かなくなったボルトハンドルをなお引こうとした。血は流れつづけ、左耳がまったく聞こえなくなった。両手からライフルが落ち、ベルトから救急セットを取ろうと手がまさぐるのをぼんやり眺めていた。なんとか包帯を顔に押しあてたものの、頭に巻くのは無理だった。騒音がやんで、埃が――見えない――。

「ミラ」コスティアの穏やかな声がした。「こっちを見て」生え際の傷口を彼が押すと、激痛が全身を貫いた。彼は包帯をわたしの頭に巻き、わたしは冗談を言いたくなった。

〝背後を守るはずなのに――頭を守ってどうするのよ！〟だが、まわりのすべてが霧の中に沈んでいった。目覚めると、またしても病院のベッドにいた。

「記念品が欲しい、ねぼすけさん？」レーナがわたしの手に黒ずんだギザギザの金属片を載せた。「そいつがあんたの頭皮をザックリ切った」

マッチ棒よりわずかに大きい迫撃砲の破片だった。あと少し下だったら目に突き刺さっていただろう――わが連隊のタタルカ村をあとにできなかった百五十人の一人になっていた。

「誰が逝ったの？」破片を握り締め、レーナに尋ねた。「わたしが意識を失っていたあいだに、誰が死んだ？」

彼女は煙草に火をつけた。げっそり痩せて顔色が悪いのは、ひっきりなしに運ばれてくる負傷者の世話で息つく暇もないからだろう。「バザルバイェフ二等兵が心臓に一発食らった」

わたしの狙撃訓練兵の一人。腕はそれほどよくなかったが、一所懸命だった――必至に頑張っていた。手を握ると破片の鋭い縁が掌に刺さった。「ほかには？」

「あんたの中隊の指揮官――名前はなんだった？」

「ヴォロニン」いい人だった。わたしが好きだった数少ない将校の一人。美術館の好きなコレクションについて、塹壕の脇でおしゃべりしたことがあった。この若い将校はエルミタージュ美術館のスキタイ黄金美術のコレクションについて熱弁を振るい、わたしは大学一年のとき幸運にも参加することができた考古学の発掘調査について語った。わずか一時間ほどだったが、十世紀の古墳やコストロムスカヤの墳墓の話をするあいだは、兵士ではなく学生の気分だった。その彼が亡くなり、短い弔辞と赤いベニヤ板の星が飾られただけの、出撃の合間の慌ただしい葬式に、わたしはまたしてもライフルを抱えて出席することになるのだ。

「コスティアは？」答えを聞くのが怖かったが、それでも尋ねずにいられなかった。「彼は——」

「伍長に昇進。出撃を指揮していないときには、必ずあんたの様子を見に来るもんだから邪魔でしょうがない」

「前線でわたしの傷を縫ってくれていたら、見舞いに来なくてすんだのに」わたしはぶつぶつ言った。だが、寄せ集め分隊は、わたしがいなくてもちゃんと面倒を見てもらっていると知りほっとした。「わたしはいつ戻れる？」起きあがろうとしたら、めまいに襲われた。レーナが指一本でわたしを枕に戻した。

「あんたを寝かせるのに小指じゃなく両手が必要になったら、退院できるわよ。まあ、一週間ってとこかな」

「一週間——」

「そんなに戦果を増やしたいわけ？　百を超したって聞いてるけど」

たしかに超した。だが、戦果のことなど話したくもなかった。「レーナ、医者にかけあってよ。退院許可を――」

彼女は煙草を長々と吹かすと、ポケットからひしゃげたコンパクトを取りだし、鏡をわたしの顔の前に掲げた。自分の顔なんて久しく見ていなかったが、そのさまにぎょっとした。頰はこけ、目は落ち窪み、傷の手当てをするため髪の一部が剃ってあった。生え際に沿って剃られた痕が威嚇するムカデみたいで、鮮やかな緑色の消毒剤が塗ってある。まるで……

「死神」レーナがいう。「そんな死神みたいなご面相じゃ、どこへも行けないでしょ、ミラ」

わたしは鏡を押しのけた。「だって死神だもの」侵略者を百人以上仕留めた。それでも足りない、と頭の中でささやく声がした。

〝まだまだ〟とささやき返す声。

レーナがコンパクトをしまって立ちあがった。「死神だって死ぬんだからね、〝死の淑女〟」仕事に戻るレーナが肩越しに言った。

「〝死の淑女〟ですって？」翌日、見舞いに来たコスティアに言った。〝無事でよかった、心配したよ〟とかなんとかおざなりな言葉をかけられるものと身構えていたら、彼は無言でスツールを引き寄せ、ライフルをベッドに立てかけただけだった。「レーナはどうしてそんな呼び方をしたのかしら？」

「みんなそう呼んでる」シーツの上に散らばるドライフラワーを彼が見つめる。スラヴカのための最新の収集物。「アイリス、カモミール、シャクナゲ」彼が名前を教えてくれる。
ひとつずつ紙に包んで下手くそな文字で名前を記した。指がうまく動かないのだから、レーナが言うとおりしばらくかかるだろう。手の震えを見られるのはきまり悪いが、相棒には見られても平気だった。「〝死の淑女〟――バーバ・ヨーガに仕える〝真夜中の淑女（レディ・ミッドナイト）〟のもじり？」ポルノクニッツア、革命で迷信まがいの民話が一掃される以前の古い民話に出てくる魔女。

「古いお話のなかで、あんたがいちばん好きだった人物？」

「わたしは〝正午の淑女（レディ・ミッドデイ）〟のほうが好き。でも、どちらもおなじよね。革命前の民話の登場人物が、ソ連以前の女性たちとは正反対の顔を持っていることについて、レポートにまとめたことがあった」シーツの上に残ったドライフラワーを紙に包む。「それで〝優〟をもらった」

「さもありなん、だな」相棒がたこができた引金を引く指でデイジーを選（よ）り分ける。「子どものころ、親父（おやじ）は〝モロズコ〟だと思い込んでいた」

「お父さんが〝霜の精〟だと？」

「父はバイカルの毛皮猟師だった……一年に一度、初霜が降るころイルクーツクにやって来て、どこからともなく霜柱みたいなナイフを取りだしてみせた。そして、雪崩風（なだれかぜ）にさらわれるようにいなくなった」

「騒々しい人だったのね。冬は静かなのに」コスティアが家族について話すのはそれが最初だった。「あなたがモロズコなんじゃないの、お父さんじゃなく」

コスティアが伏し目がちにほほえんだ。散らかった花の中に置いたわたしの手を取り、指の曲げ伸ばしをさせた。それから自分の胸に持っていった。なにも言わず——ただわたしの手を胸に当てた。彼の規則正しい鼓動が手に伝わってきた。

わたしはそっと指をはずし、枕にもたれかかった。なにも言わずに彼を見つめた。名残惜しい気もあったけれど。金髪の偵察兵といちゃつくのとはわけがちがう——わたしはコスティアの上官だ。たいていの将校にとって、階級のちがいが部下と親密になる妨げにはならないが、わたしはちがう。なにより彼は相棒だ。毎晩、緩衝地帯で死のダンスを踊るあいだ、誰よりも頼りにする相手だ。情熱のまま一気に突き進んでこの危うく微妙なバランスを崩せば、二人とも命を落としかねない。だから黙ったまま小さく頭を振った。

「いつまでも寝てないで、歩いてみないか」コスティアが何事もなかったように言い、ベッドを出るのに手を貸してくれ、わたしはよろよろと病室を歩き回った。だが、翌日には一人で起きあがり、包帯を巻かれた頭に帽子を載せ、足を引き摺りながらも意を決しておもてに出た。医療大隊は地元の学校の校舎を接収して病院にしていた。簡易ベッドや慌ただしく行き来する医者、火傷（やけど）した者や意識不明の者や切断された腕や脚を抱えてうめく者を運ぶ担架のあいだを縫い、なんとか校舎を取り囲む庭に出ることができた。

ほんの数日前まで、秋の青空から日が降り注ぎ大草原をあたためていた。いまは冬の到来を思わせる鉛色の空から冷たい北風が吹きおろす。老いたモロズコが雪の匂いのする足で忍び寄ってくる。前線から遠く離れたこの場所でも、砲声が聞こえた。

その音に背を向け、掘り起こされたばかりの土と野バラの香りを吸いこんだ。ビャクシンが高く伸びて緑色の壁のようだ。花壇にはチューリップとバラが植えられている――爆撃や砲撃を受けようと、庭の手入れをしている人がいるのだ。生き地獄のような場所で慎ましやかな花を咲かせようとしている人に、わたしは感謝した。スラヴカのために赤金色の落ち葉を拾おうとして、めまいを起こし倒れそうになった。思わず手を握り締めたので、落ち葉がぼろぼろになった。手から払い落としながら自分の弱さを意識し、どうしてまっすぐ立っていようとするのだろうと思った。倒れてしまえばいい。横たわって目を閉じればいい。もう疲れた。戦闘に復帰すれば、怒りをふたたび燃えあがらせ、突き進まねばならない。でもいまは、怒りは灰になっている。三カ月半の出撃と戦闘のあと、怒りは死んで冷たくなった。庭のベンチに座って論文を取りだし、懐かしいボフダン・フメリニツキーが元気づけてくれることを願った。だが、文字を読みとれない。文字がアリみたいに頁の上を這い回り、年のはじめに図書館研究員ミラ・パヴリチェンコが自信満々でタイプした表題は血の染みで滲んでしまった。

しかも、誰の血なのか皆目わからない。

ブルルンという音がよいほうの耳に飛びこんできて、顔をあげるとカーキ色の将校専用車が開いたままの門から入ってきた。軍服がちらっと見えた。将校たちが玄関に向かうころ、わたしは論文を袋に戻してドライヴウェイをよたよたと進み、気をつけをした。沿岸軍司令官イワン・エフィモヴィッチ・ペトロフ少将に会うのははじめてではなかったが、こんなに間近で見たことはなかった。四十代半ば、髪の色は赤みがかり、目の下に隈(くま)が……

さっさと通りすぎるものと思ったら、将校の一人がわたしに気づいて少将に耳打ちした。

「パヴリチェンコ、そうなのか？　きみの名前は耳にしている――女性狙撃手だな」

わたしは敬礼した。「はい、同志少将」

彼がじろじろ見る。「頭に傷を負ったのか」

「十月十三日に。タタルカ村で第一大隊とともに戦ったときに」

「ちゃんと治療を受けているのか？」わたしが、はい、と答えると、彼はうなずいた。

「よし、移動の準備をするのだ、リュドミラ・ミハイロヴナ。われわれはセヴァストポリへ向かう、総司令官の命令だ」

衝撃に打たれた。いずれオデッサから撤退するとわかってはいたが、正式の命令を耳にするとそれがにわかに現実味を帯びた。「オデッサを敵に明け渡したりしませんよね？

彼らは焼き払ってしまいます」わたしの美しいオデッサ、輝く海と青い空、ストライプのパラソル、アウトドア・カフェ。わたしが戦闘の最前線で必死に守った都市だ。恐怖のあまり沿岸軍司令官を見据えると、彼の目に束の間同情の色が浮かぶのが見えた。彼も心を痛めているのだ——うまく隠しているだけで。

「命令を文字どおりに実行するのが兵士の義務だ」彼が驚くほどやさしくわたしの肩を叩いた。「これはわたしからの命令だ。塞ぎ込むな、勝利を信じろ。勇敢に戦え。ところで、きみの確認戦果はいくつになった？」

「百八十七です」わたしは答えた。この話題は気が進まない。敵は密な隊列を組んで攻めてくるので、一発で二人仕留められそうなほどだ。狙い撃つことに加え、戦闘や小競り合いの最中にも発砲しているから、実際の戦果がいくつかわからない。でも、正式には百八十七だ。

　ペトロフ少将の背後から低い口笛が聞こえ、わたしの肩を摑む彼の手に力が入った。よくやった、というように。「文句なくチャンピオンだな」彼は言った。「セヴァストポリにはきみのような狙撃手が必要だ。われわれは海を越えクリミア半島を守る」彼は奮起を促すような言葉、血を湧きたたすような言葉を探しているようだったが、わたしとおなじく疲労困憊（こんぱい）なのだろう。「すべてうまくいく」ぽつりと言った。「大丈夫だ」彼は側近を従えてその場を去った。負傷兵を見舞い、彼らの士気がどの程度か見極めるためだ――それに、軍のセヴァストポリへの撤退の指揮をとるために。あとに残されたわたしは、愛でる人がいなくても芳香を放つ花壇の前で、身じろぎもせず立っていた。

海路の撤退はオデッサを通って港に向かうことを意味した。わたしは分隊と行動をともにするため退院を願ったが拒否された。コスティアと分隊はわたしより先に発ち、わたしは医療大隊に同行することになった。最後まで塹壕に残る後衛大隊の偽装射撃に守られ、夜陰に紛れ縦列を組んで進んだ。「撤退するなんて」わたしはレーナに言った。「くそったれの臆病者のやることよ」生まれてはじめて口にする悪態だったが、口いっぱいの莢で喉が塞がった気がしていた。

「そんな大きな声出さない」レーナが叱る。「敗北主義者ってことで撃ち殺されたいの？もっとくだらない理由で、もっと重要な人たちが処刑されてるのよ」彼女は呼ばれてトラックに戻り、切断手術を受けた患者の包帯を替えた。負傷者の介護で忙しいから、わたしのたわごとに付き合う暇はないのだろう。わたしはなす術もなくただ足を前に出し、愛する都市の姿を目に焼きつけた。

前線に向かうためここで列車に乗った日以来、この都市は様変わりしてしまった。公園や大通りは秋の夕闇に包まれていたが、屋根がなくなり骨組みを晒す建物を隠してはくれない。窓のあった場所は黒い穴となり、撤退する防衛軍を悄然と見おろしていた。砲弾運搬車が道を塞ぐ十字路でわれわれの隊列が停止したとき、二階建ての建物が目に入りはっとした。赤軍に入隊するため訪れた募兵事務所だ。というより、運命に喉を摑まれ屈服した、その残骸だった。崩れ落ちた梁と煤で黒ずむ壁、土台がひしゃげた鉄の階段を、あの日、わたしはクレープデシンのドレスで駆けあがった。

「ミラ？」

無言で見守る見物人のなかからわたしの名を呼ぶ声がした。振り返ると、短すぎるコートにくるまり、夜の寒さに背中を丸めた女がいた。一瞬、誰だかわからなかった。大きな目と長いダンサーの脚に見覚えがある。「ヴィカ？」上司の中尉に断って隊列を離れ、ちかづいてゆく。戦争が勃発したあの日以来、彼女に会っていなかった。オペラの舞台に駆り出され、赤いペチコート姿で踊っていたあの日以来。

「撤退するの？」彼女が言った。呆然としている。

「補強がより必要とされる場所へ撤退するの」わたしは将校の言葉をそのまま繰り返した。嫌な言葉だ。

「撤退」感情のこもらぬ声だった。「オデッサを捨てるのね」

「少なくともわたしは戦っている」つい語気が荒くなった。「あなたたちダンサーは安全な場所に避難したんじゃなかったの？　ボリショイで訓練を受けたデミソリストは待遇がいいんでしょ」言いがかりだとわかっていたが、彼女に侮辱されるいわれはない。

「バレエはやめたの。兄が——」ヴィカは切れぎれに息を吸い込んだ。「グリゴリーが死んだの。戦車部隊に入って二カ月も経ってなかった」

彼女の双子の兄、踊りのパートナー、半身。「それは気の毒に」きつい言葉をぶつけたことを悔やんだ。

「ソフィアも死んだ。流れ弾で」

「ソフィアが？」腸が捻じれる。

「教師になるのが夢だった」ヴィカが沈んだ声で言った。「身に着けた演繹的アプローチを、四歳から六歳までの子どもたちの協調性を伸ばすグループプレイに生かそうと頑張っていた。そんな人を誰が殺すの、ミラ？　教師を誰が殺すの？　『眠れる森の美女』の青い鳥のヴァリエーションを、天使さながらに踊れる兄みたいな若者を、誰が殺すの？」

「ファシスト」わたしは言った。戦争がはじまったあの日、プーシキン通りのカフェに集った四人のうち二人を、ファシストが殺した。胸に積もった怒りは灰になったと思っていたけれど、ヴィカの虚ろな目を見ているうちふたたび火がついた。

砲弾運搬車が撤去され、隊列が動きはじめた。「自分を大切にしてね」なんだかきまり悪かった。「侵略者のせいで踊るのをやめるなんて、あなたは蜻蛉でしょ。それとも小夜啼鳥だった？　希望の星？」

「それがなんなの？　誰も蜻蛉を必要としない。星を必要としない。必要なのは殺人者」

彼女が虚ろな笑みを浮かべた。「少なくともあたしたちにはあなたがいる」

ダンサーは踵を返し、瓦礫に埋まる通りを去っていった。頭を高く掲げ、爪先をまっすず伸ばして。わたしは海へと撤退した。

港はまるで滅亡する前のメソポタミアの古代都市バビロンのようだった。軍用トラックが行き交い、榴弾砲を牽くトラクター部隊や戦車が押し寄せ、膨大な数の兵士が右往左往していた。海上には民間の蒸気船や黒海艦隊の艦船が待機している。真っ暗ななか、わたしは埠頭にそそり立つ黒い長壁のようなジャン・ジョレス号に乗り込んだ。運び込まれた負傷兵たちは乗組員専用食堂まで占領していた。タグボートに曳かれて船が港を離れると、わたしは荷物を抱え吐き気と闘った。外海へ出ていく船はクジラみたいに身震いするのだから。舷窓から眺めていると、赤と金色の炎が見えた——オデッサの港の巨大倉庫が燃えている。ファシストの手に渡すまいと故意に火をつけたのか、ガソリンタンクが発火したただの事故なのか？　いずれにせよ、慌てて火を消そうとする者はいない。誰も残っていないのだから。離れられる者はみなオデッサを捨てて逃げた。志願兵となった都市が燃えるのを目に焼きつけて、わたしは黒海へと逃げだすのだ。

怒りが募る、募りに募る。

「同志」わたしは震える手で煙草を取りだし、三等航海士にたしなめられた。「ここは禁煙です」

満し、怒鳴り声とブーツの足音で耳がガンガンする。鳥肌が立ち、一人にしてと叫びたくなる。

「船尾の後甲板(クオーターデッキ)」

「クオーターデッキ？　なんなのそれ？　デッキの四分の一ってそんなのあるの？」彼が専門用語を口にするので、堪忍袋の緒が切れそうになった。「いいこと。どこでなら。煙草を吸えるんですか？」

彼がわたしの表情を見て言った。「船の後方、いちばん上のデッキ」

わたしは人混みを縫って食堂を出ると、上へ上へと喫煙場所までのぼっていった。そこには兵士や衛生兵が群がり、煙が立ち昇っていた。わたしたちはオデッサを見捨てただけではない――ギルデンドルフを、カバチェンコ農場のあるタタルカ村を、いまのわたしを形作った戦場を見捨てようとしているのだ。ところで、いまのわたしは何者だろう？　毎日耳にするパヴリチェンコ軍曹？　ペトロフ少将が口にした呼び名、女狙撃手？　レーナが言っていた、〝死の淑女〟？　そんな呼び名をすべて風に飛ばし、オデッサが蜃気楼(しんきろう)のように消えた方向に目を凝らした。

「双眼鏡を貸してもらえますか？」そばにいた男に頼み、振り向いた男の顔を見て凍りついた。

「ミラじゃないか」アレクセイ・パヴリチェンコが口元をにやけさせてわたしを見おろす。

「なんて様だ」

ソ連派遣団：一日目

一九四二年八月二十七日

ワシントンD・C・

10

射手はリンカーン・メモリアルを一望する芝地に座り、帽子で顔を扇いでいた。雇い主は遅れているが、ワシントンの連中のやりそうなことだ。もったいをつけて自分の偉さを誇示する。空を眺めているふりで、巨大な大理石の建造物に出入りする人びとをそれとなく窺った。早朝にもかかわらず観光客がすでに訪れていた。昼間の暑さを避けてのことだろう。パンフレットを握り締めた家族連れ、不貞腐れたティーンエージャーを連れた休暇中の親、手をつないで大理石のリンカーン像を眺めるカップル。

射手の両手に影が射した。「なにもこんな場所を選ばなくても」不機嫌な声がした。

射手は帽子をかぶり直してほほえんだ。「暗殺された大統領の記念碑を眺めながらというのも一興なのでは？」

「声が大きい」やって来たのは中年の禿げた男で、薄いピンストライプの高価な背広に青いポケットチーフを覗かせている。

「誰も聞いてやしませんよ」戸外で会うことのメリットがそれだ。都会の喧騒に包まれながら、広々とした芝地の真ん中で朝日を浴び、のんびりおしゃべりしている男二人に関心を持つ人間などいない。「座ったらどうですか」

背広が汚れないようハンカチを広げて敷き、男はどっこいしょと腰をおろした。優雅さのかけらもない。射手は男の名前も、男を仲介役に選んだ黒幕の名前も知らない。知ろうとも思わなかった。雇い主が誰であろうと、人の死に金を払う動機がなんであろうと、彼のあずかり知らぬことだ。即金で払ってくれて、口を噤んでさえいてくれれば、あとのことはどうでもいい。「それで？」ポケットチーフ野郎が催促する。

「ホワイトハウスの朝食会が一時間後にあるから、それがすんだら詳しいことがわかる。さしあたり、あの女をはじめ派遣団の連中は今夕、記者会見を開く」射手は言った。「出席記者の名簿におれの名前は入ってるんでしょうね？」

「ああ、だが、そこまでする必要があるのかと雇い主は思っている」

「身元が確かで無害な人間として、派遣団の取り巻きの一人になっておく必要があるからね。そのときがきたら、女に引きあわせてくれる誰かといい関係を築いておくために」彼のいつものやり方ではない――標的とは距離をとるのがふつうで、お膳立ては匿名の情報者を通じて行う――が、大統領が標的となると、実現可能な計画を立てるのは一筋縄ではいかない。ゲン担ぎかもしれないが、すべてに目配りをしておきたかった。「出席する派遣団の名簿が必要です――彼女の学生仲間の名簿ではなく。スポットライトが当たるのは彼らだが、いうなれば雑魚ですからね」

「手配しよう」男はポケットチーフで顔を拭いた。気温があがりはじめていたが、たとえ寒い日であってもこの男は汗をかくのだろう。暗殺の話を平然とする度胸がない人間もいる。「それで、いつ、その――やるんだ？」

「九月五日。会議の最終日」

「だが、成功を確約できるのか？」ポケットチーフ野郎が突っ込んだ質問をした。

「いや」死は確約できない。「望ましい結果にならなくても、大統領とソ連派遣団の面子(メンツ)は潰れるし、世論の怒りを買うことは確約できる。許容しうる次善の結果だとおれは理解していますがね」

「わたしのボスの何人かにとってはな」ポケットチーフ野郎がつぶやいた。

「アメリカ・ファーストの連中（第二次大戦参戦に反対する非介入的圧力団体）は喜ぶだろうし、反ソ連の連中もね」

男が驚くのを見て、射手はほほえんだ。弱肉強食の首都にあって、誰がフランクリン・デラノ・ローズベルトの死を望んでいるかは想像に難くない。人気の高い大統領にも敵はいるし、FDRだとて例外ではない。例えば、〝ジューズベルト大統領〟と揶揄(やゆ)するアメリカのファシスト。政敵。対ドイツ戦争に反対する孤立主義の実業界の大立者たち。それに、共産主義を毛嫌いする熱狂的反マルキストの億万長者たちは、スターリンと同盟するぐらいならヒトラーを叩かなくてよいと思っている――それに言うまでもなく、三期目の大統領はいずれ暴君になると考える高邁な理想主義者たち。ひとたびなにか起きれば、不満を燻らせる彼らが手を結ばないともかぎらない。なにかのはずみで不満の灯心に火がついて炎が燃え盛れば、勇ましい輩がささやくだろう、〝暗殺〟と……事実、ささやいた者がいたから、射手に依頼の電話がかかってきたわけだ。

ポケットチーフ野郎がみるみる青ざめた。「まさかきみは知らんのだろう。細心の注意を払って――」

「背広組」射手は穏やかに言った。「高価な背広を着ている連中は、世界を思うがままに動かしたがる。おれを雇うのはいつだってそういう連中ですよ――不満を抱く背広組の実力者たちが秘かに手を結んだ。そして彼らは、おれにそういう仕事ができることを知っている」

彼は立ちあがり、記念建造物の中のリンカーン大統領の大理石像に心の中で挨拶した。暗殺現場となった劇場には大統領の血と脳みそが散乱した。いまではそれが暗殺の流儀になっている。「それじゃ失礼します」射手は雇い主の使い走りに暇を告げた。「朝食会に出席しないといけないんで」

大統領夫人の覚書

ソ連からの訪問客を迎える朝食会までの短い時間で、〝ヨーロッパの子どもたち支援委員会〟への招待状に載せる挨拶文や、黒人大学生同盟の諮問委員会議事録に目を通し、ブルックリン海軍工廠で開かれる戦艦の進水式の時間を確認し、女性の操縦士訓練参加に関する民間航空局の報告書を読み、フランクリンの予定もチェックした。彼はパジャマに着古したブルーのケープを羽織っていつものようにベッドで朝食をとり、トーストの屑とコーヒー滓が散らばるトレイは脇に寄せてあった。ベッドの上には朝刊が散乱している――〈ボルチモア・サン〉、〈ワシントン・ポスト〉、〈ワシントン・タイムズ＝ヘラルド〉、〈ニューヨーク・ヘラルド・トリビューン〉、〈ニューヨーク・タイムズ〉には必ず目を通す――それに、ベッドサイドテーブルと並んでおかれた〝エレノアの篭〟には、彼が読むべき箇所にしるしをつけた報告書や手紙が入っている。彼はたまにぶうぶう言う――「宿題がまだあるのか、エレノア?」――が、すべてに目を通せないことは本人も承知で、穴埋めをわたしに任せている。わたしが残しておいたメモは読んだらしいから、そろそろ着替えの時間だ。世話係がクロゼットの中でごそごそやっている。フランクリンはベッドに座って目を閉じていた。顔には疲労と決意のしわが刻まれている。

彼がなにをやっているのか、わたしにはわかる。一族の地所ハイド・パークで暮らしていた少年時代、ハドソン川を一望する雪の丘のてっぺんに橇（そり）を置いて立つ自分を思い浮かべているのだ。丘を一気に滑りおりると、風が顔をなぶり、カーブを切るたびにダイヤモンドのようにキラキラと雪が舞いあがる。丘の麓で急停止し、橇のロープを腕にかけ、若く壮健な脚で丘を登ってゆく。橇遊びの浮きたつ気持ちを再体験するうち、全身に活力が漲る。

この思い出はふだんなら眠れぬ夜のためにとっておく。心穏やかに眠りにつくために。きょうは一日に備えて自分の弱さを消すために、思い出の出番となったのだろう。それが必要なのだ。ベッドの上で、体重を支える手に力が入って筋が浮く——まるで飛んでくる銃弾に備えるかのように。

あなたはなにを怖がっているの？　そう問いかけたかった。なにを——それとも、誰を？　だが、下から銅鑼（どら）の音が聞こえ、わたしはソ連からの訪問客を出迎えるためそっと部屋をあとにした。

十一カ月前

一九四一年九月
セヴァストポリ前線、ＵＳＳＲ
ミラ

11

わたしの回想録、公式版。赤軍に入隊するまでの三年間、わたしはアレクセイ・パヴリチェンコに会わなかった。べつに嘘ではなく、彼のことは一行で片付けてしまいたいだけだ。現実世界では、彼にもっと頁を割り振らねばならないのだから。

非公式の回想録ではどうなっているかって？　性根が腐りきった口先だけのげす野郎が、戦争の真っただ中で登場したのは、アメリカ人が言うところの〝歓迎されないのに姿を現す（ターン・アップ・ライク・ア・バッド・ペニー）〟だ。彼こそは、この世でいちばん歓迎されない人間。

わたしは彼を凝視した。紛れもなく彼本人だ。しかも、セヴァストポリに向かう船上でなんて、これ以上不愉快な出会いがほかにあるだろうか。不意に腸が煮えたぎった。「すごいじゃないか」わたしの襟の階級章に気づき、彼が言った。「軍曹なのか？　寒いから恋人の軍服を盗んだんじゃあるまいな、クロシュカ。階級を偽ると処罰されるぞ！」彼が長身だということを忘れていた。ジャン・ジョレス号の兵士たちは、一様に撤退の疲れでだらしない恰好をしているが、アレクセイの軍服はパリッとして、軍帽は金髪のうえに粋な角度で載っている。「わたしの軍服です」思いきり冷ややかに言った。「わたしは軍曹です」

「悪くないじゃないか、小娘にしてはな」彼はスラヴカのことを尋ねない。尋ねてほしくもなかった——息子にちかづいてほしくない——が、美しい息子をまったく気にかけていない様子に、わたしは逆上した。スラヴカは思い出しもしない存在なのだ。彼は襟に中尉の三角章をつけていた——むろん彼は将校だ。むろんわたしより階級が上だ。

「医療大隊？」思わず尋ねた。わたしと同時期にオデッサで志願したにちがいない。外科医としての彼の腕は、前線では値千金だ。

「前に言っただろ？　男は戦争でチャンスを摑むって——チャンスはおれのものなんだよ」彼は前方に広がる暗い海面を顎でしゃくった。「セヴァストポリではいいことがありそうだ。すごいことが待っている、そうだろ」

たいした自信だ。なんの疑問も抱かないのだろう。オデッサの病院に何カ月もいて、一日中負傷兵を手術し地獄を見たはずなのに、なんの感慨も抱かなかったようだ。彼が戦争に行くのは、負傷した同胞を治すためでも、息子の将来を考え祖国を守るためでもない——出世のチャンスを摑むためだ。偉大な人間になる夢を持ちつづけているらしい。「アレクセイ・パヴリチェンコ、ソ連邦英雄？」

わたしの口調はきつく、からかい気味だった。彼が顔をしかめる。彼が馴染んだわたしは、慇懃(いんぎん)で、懇願口調で、不満を抱える妻――夫に頼みごとはしたくないのに、せざるをえない妻だ。そんなわたしだから、彼は大きな顔ができた……だが、これまでだ。この数カ月、血と恐怖をいやというほど見てきて、もう卑劣な男に惑わされない。わたしを怒らせることはできても、望みを抱かせることはできない。わたしを跳ばせもしない。アレクセイは手摺りに肘を突き、はじめて気づいたという顔で言った。「チャパーエフ師団なのか？ だったら、セヴァストポリで始終顔を合わせることになるな」

「どうかしら」一発かまさずにいられなかった。「医者とちがって、わたしは前線の手前の安全な場所で戦えないもの」

またしかめ面。「だが、おまえも医療大隊に属してるんだろ？」

「いいえ」彼にほほえみかける。「わたしは狙撃手なの」

彼は笑った。「ユーモアセンスがようやく磨かれてきたようで、こいつはめでたい、クロシュカ」

わたしは肩をすくめた。わたしの肩からさがるライフルに気づかないとしたら相当おめでたいが、わたしのあずかり知らぬことだ。

「冗談にもならない」アレクセイの顔から笑みが消えた。「おまえがライフル銃兵のはずない」

「どうして？」

「戦時中だろうと、女が就ける任務じゃない。国がなんと言おうと」

「オデッサを守るためにわたしが倒した敵に言ってやったら」

驚く顔見たさにぶつけた言葉だったが、彼はクスクス笑うだけだった。「いいかげん大人になったらどうだ？　オデッサを最後にひと目見たいからって、おれに双眼鏡を借りるとはな」彼は双眼鏡を高く掲げた。「跳べよ、チビのミラ！」

考えるより先に手が動いていた。ライフルを肩からはずし、銃身を双眼鏡のループに通すと手首をひねって彼の手から奪いとり、手摺りの向こうに放った。「あなたこそ、跳び込んだら」バシャッと音がして双眼鏡は沈んでいった。

彼の目に怒りが浮かぶのを見逃さなかったし、彼の最後の言葉も背中で聞いた。「相変わらず冗談がわからないんだな」声は笑っていたが、その底にほんものの怒りが潜んでいた。「まったくお笑い種だ」

「命を落とした百八十七人の敵にとっては、お笑い種じゃなかったわよ」わたしは言い返し、足音も荒く後甲板をあとにした。

アレクセイ・パヴリチェンコがここにいる。心臓がドキドキいっていた。もう何年も思い出しさえしなかった夫が、わたしの人生に舞い戻ってきた。セヴァストポリに向かう船に乗っている。

〝どうでもいいことよ〟と、自分に言い聞かせる。二度と彼を恐れはしない。それに、混沌とした前線では、めったに顔を合わせることはない。わたしは彼にちかづかないし――彼に常識があるなら――わたしを避けるだろう。

きっと。

セヴァストポリ。わたしは血で赤くなった手とズタズタの心を持ってこの白い都市にやって来て、呆然と佇む。賑やかな国際都市オデッサの四分の一もない広さだが、市民公園も葉が色づいた並木道も戦争で傷つけられてはいなかった。ふたつの古代要塞が守る主要な港もドイツ軍の砲撃を免れている。青いドームの聖ヴラディミール大聖堂も無傷で輝いていた。通りには仕事帰りの市民がそぞろ歩き、公共浴場へ入る者がいれば、映画館の窓口で人気映画『トラクター運転手』や『ミーニンとポジャルスキー』のチケットを買う者がいる。美しい都会――わたしはにわかに疲れを覚えた。出ていきたくても行けないからだ。

頭の怪我が治るまで医療大隊で静養するように、と命令されていた。わたしの所属連隊がどこへ行ったのか将校の一人として知る者はおらず、憤懣やるかたないとはこのことだ。「一個連隊がそっくりいなくなるなんてありえないでしょう」わたしは困り顔の参謀将校に食ってかかった。「沿岸軍も行方不明なんですか?」

「それは敗北主義者の言うことだ」参謀将校はつっけんどんに言った。「上層部に友だちがいるんじゃないのか、パヴリチェンコ？　彼らに尋ねたらどうかね」だが、ペトロフ少将が部下を引きつれてセヴァストポリの沿岸防衛指揮所に到着したころには十月も過ぎ、三分間の会見の許可を得るのにさらに数日を要した。

「久しぶりだな、リュドミラ・ミハイロヴナ」少将は一度に八つの仕事をこなし、彼の星形の階級章にはクリミア半島の道路の白い砂埃がついたままだったが、鼻眼鏡を載せた顔でほほえんでくれた。「調子はどうかね？」

わたしはコスティアや分隊が恋しくて身を切られる思いだったが、彼が尋ねたのはそういうことではない。「傷は完治しました、同志少将」傷口の抜糸はすみ、剃られた髪も伸びていた。帽子で隠せば誰にもわからない。

「だったら、セヴァストポリでナチを叩けるな？」

「もちろんです、同志少将」

「きみを上級軍曹に昇格させるので、連隊に戻ったら狙撃小隊を指揮したまえ。きみの連隊はいま」――側近が耳打ちする――「ヤルタとグルズフのあいだのどこかにいる。司令部で必要な書類を受けとり、補給係将校から冬用の装備の提供を受けろ」彼はそこでためらった。「ピストルを受けとることも忘れるな」

「わたしには愛用のライフルがあります、同志少将」

「近接戦闘用のトゥーラ造兵廠・トカレフ（TT）を手に入れるのだ。装弾数八発。不意に襲われたら、七発を敵に用いる。最後の一発は……」彼の表情が固くなった。「われわれが戦う相手はルーマニア兵ではなくヒトラー主義者だ。ドイツ軍は狙撃兵を捕虜にはしない。その場で撃ち殺す。女性の場合……」

〝辱めを受けるよりは〟口にされなかった言葉が氷柱のように垂れさがる。セヴァストポリでわたしを待っているのはそれだ——輪姦（りんかん）されて処刑されないために自ら命を絶つ？ 戦果百八十七のわたしでも恐怖に鳩尾（みぞおち）がゾワゾワした。これまでの狙撃は見晴らしのいい平らな大草原が舞台で、標的であるルーマニア兵は寄り集まっていたから容易に狼狽（うろた）えさせることができた。ここはクリミア半島だ。不案内な深い森、相手はヒトラー主義者だ。狂信的な将校に率いられた高度な訓練を受けたドイツ兵は、支配民族に属さぬ者への憎悪を叩き込まれている。捕虜収容所におけるロシア兵の扱いはイギリス兵やフランス兵とはちがう。撃ち殺すか飢え死にさせるかだ。女性兵を捕らえたらレイプして殺すだけだ。国を侵略した敵を殺すため、〝子ども、台所、教会（ドイツ帝国時代のスローガン）〟の枠からはみ出る罪を犯したのだから。

わたしは恐怖を呑み込み、敬礼した。「これからはピストルを片時も離さないようにします、同志少将」

さらに一週間ちかくが過ぎ、わたしはメケンジー丘陵地帯で連隊と合流できた。セヴァストポリから二十キロ以上離れたベルベク川とチョルナヤ川に挟まれた第三防衛区だ。新参兵たちとトラックで深い森の中の待避壕が並ぶ地点まで行き、あとは慌ただしく行き来する兵士に道を訊きながら歩いて向かった。悲しげな顔のセルギエンコと再会したら、それ以上情けない顔になったら香油を塗られてしまいますよ、と冗談のひとつも飛ばすつもりだったのに、指揮所で思わぬ話を聞き衝撃を受けた。

「セルギエンコ大尉は重傷を負い帰郷した。現在大隊を指揮するのはグリゴリー・フョードロヴィチ・ドローミン中尉だ」衝撃と悲しみが癒える間もなく彼の後任に挨拶することになった。ドローミンは三十五歳ぐらいの身ぎれいで痩せぎす、すべすべの頭には髪の毛一本生えておらずまるで生肉だ。

わたしが敬礼して差しだした書類を、彼はぱらぱらとめくった。「小隊の指揮官になるつもりなのかね、同志上級軍曹？　その任に耐えられるのか？」

「決定をくだしたのはわたしではありません、同志中尉」わたしは冷静に言った。「上級指揮官です」

「上級指揮官とは誰のことだ？　わたしはきみの上級指揮官であり、わたしは女が戦場で戦うことには反対だ」

少なくとも彼は口に出して言った。大半の将校はそう思っていても認めようとしない。自分の下に女が配属されても笑うだけで、飼い殺しにする。

「きみは狙撃手のようだな」ドローミン中尉は書類を机に放った。「なんとしてもナチを撃ち殺さねばならない。だが、狙撃命令はそれを発すべき者によって発せられる」

「発すべき者とは誰のことですか、同志中尉？」言い返さずにいられなかった。

「むろん男だ。それに適した将校だ」

即刻立ち去りたまえ、と彼が言うと、将校たちが忙しく立ち働く指揮所の奥から笑い声がした。「彼女に小隊を任せろ、ドローミン。ペトロフ少将に楯突くつもりか？」小さすぎるスツールから立ちあがった男を見て、わたしは一瞬アレクセイだと思い、尻込みしそうになった。長身で金髪の中尉――だが、夫ではなかった。その顔に見覚えがある。「すでに非公式の分隊を指揮してきている」中尉が新任の大隊指揮官の机に身を乗り出してつづけた。「彼女にさらに部下を与え、正式に小隊としたまえ」

「戦果百八十七なんてほら話を信じろと？」ドローミンがわたしの存在を無視して言う。

「その数の四分の一でも戦果をあげていたら、いまごろは赤旗勲章をもらっているはずだ」

「それでもペトロフは彼女に小隊を与えた」楽しそうな口調だ。「つべこべ言うな。それともペトロフに文句を言いに行くか？」

中尉がわたしにほほえみかけた。ああ、あのときの。ギルデンドルフのバーニャで出会った金髪の男。わたしが頬にキスした相手。私服を着ていたから、てっきり偵察兵か案内役だと思った……いちゃついたのはそのせいだ。その彼がいま指揮所にいる。顔が赤くなるのがわかった。彼が忘れていることを願っても無駄だ。目がキラキラしている。間違いなく憶えているのだ。

ドローミンのそっけない〝さがれ〟に嬉々として従い、視線をまっすぐ前に当ててその場をあとにした。背後では言い争いがつづき、わたしがたしかに耳にしたのは、「……ペトロフのかわいいペットか、彼のベッドをあたためてるんだろう――」だった。顔を真っ赤にしたまま、塹壕や連絡通路や機関銃座が入り組む不案内な場所を進んだ。守るべきあらたな前線、理解すべきあらたな敵、学ぶべきあらたな地形、それにわたしを前線の娼婦と思っているあらたな指揮官。そういう印象を与えたなら身から出た錆だ。中尉が私服でうろうろするのもどうかと思うけれど……。

軍の土木工兵は深い森の中に立派な待避壕を造っていた。曲がりくねる踏み分け道を進んで第二中隊の戦線に着いたときにも、困惑は熱い燃えさしとなって腹に居座っていた。不意に歓声があがり、クマみたいな腕に摑まれた。「ミラ！　ミラ、生きてたんだ――！」若い雄牛フョードル・セディフが顔を輝かせ、わたしを抱きあげた。「ルーマニア兵にやられたと思ってた。コスティアにもそう言って――」

フョードルから体を離して振り返ると、相棒の彫りの深い穏やかな顔が目に飛び込んできた。「コスティア」わたしが言うと、彼の腕が鉄の帯みたいにわたしの体を締めた。わたしも力いっぱい抱き返し、それからゆっくり彼の顔を見た。最後に見たときより痩せて、引金を引く手は包帯に包まれている。「負傷したの?」彼は肩をすくめるだけだ。フォードルがわたしたちをちかくのストーブまで引っ張っていった。

「積もる話はこっちでしようよ」彼が言い、紅茶を淹れるため水を張った飯盒をストーブにかけた。わたしはひっくり返した木箱に腰をおろし、手の包帯を巻き直すコスティアと肩を並べた。「第二中隊は半分に減った。十月末にイシュン近郊でヒトラーの軍勢を迎え撃ち——追い返したが、砲撃と爆撃にやられた。開けた草原で展開していたから、隠れ場所がなかった。セルギエンコもそこでやられた。大隊指揮所を直撃されたんだ。脚の骨が粉々に砕けた」

「命に別状はないんでしょ?」わたしを狙撃兵に取り上げてくれた男のことを思うと喉が詰まる。好色な将校たちからわたしを守り、最初に昇格させてくれたのも彼だった。

「命に別状はないけど、二度と歩けないだろうな。いまできるのは事務仕事だけだ」

それでも彼はこの戦争を生き延びた。穏やかで有能な大尉が——とても——恋しいけれど、少なくとも彼は生きている。「それで、連隊は?」

フョードルが紅茶に貴重な砂糖を入れビスケットまで添えて出してくれた。「六、七百にまで減った」

平和時には三千人いる連隊が六、七百とは。「わたしの分隊は?」わたしは尋ね、コスティアが片手でやりにくそうにしているので、負傷した手を摑んで包帯を縛った。訓練兵全員に渡そうと贈り物を用意していた。セヴァストポリで待つあいだに買ったものだ。主にブランデー入り携帯用酒瓶や板チョコだが、フョードルには大好物のオイルサーディンの缶詰を、コスティアには本屋でトルストイの『セヴァストポリ』の古本を見つけて買った。彼が『戦争と平和』を読んでいたのを思い出したから……いま、ほかの訓練兵たちの姿がないことに気づき、胸が締め付けられた。ニキビ面のキエフ出身の若者、ミンスクから来たひょろっとした水兵……「何人残っているの?」

コスティアがはじめて口をきいた。「おれたちだけ」

わたしの指揮下には十人いたのに。気持ちが萎える。いまは二人だけ。ドイツ軍は新手の敵ということだ。「いつになったら手勢を集められる?」二人にというより自分に向かって言った。「人員にライフル……」

「どれぐらい集められるかやってみよう」背後から愉快そうな声がして振り返ると、驚いたことに長身でブロンドの中尉が立っていた。わたしのことを憶えていませんようにという儚い望みは完全に消え去った。「乾いた髪のきみは別人だな、パヴリチェンコ」

「あなたもね」顔が強張る。「同志中尉」

「前に会ったときは休暇中でね、それで私服だった。第二中隊に移動になったのはセヴァストポリに到着してからだ――キツェンコ同志中尉、指揮所ではそう呼ばれている」握手の手を差しだす。「非番のときは、アレクセイ」

その名前にドキッとした。夫とおなじ長身で金髪で青い目の中尉なのは本人のせいではないが、なにもアレクセイと名付けられなくたって。さらに驚いたことに、コスティアが満面の笑みを浮かべてパッと立ちあがり、彼と抱擁を交わしたのだ。兄弟みたいに。

「自分の小隊をすぐに持てるよ」キツェンコはわたしに言い、コスティアの背中をバンと叩いて石油缶に腰をおろした。「ドローミンは地団太を踏んでいたよ。いくらなんでもペトロフには歯向かえないからね」

「ありがとう、同志中尉」彼は友好的だが、それはわたしがペトロフ少将の愛人だと邪推してのことだろうか。不用意にキスしたばかりに……。

「友だちはぼくのことをリョーニャと呼ぶ」キツェンコはにやりと笑ってコスティアにパンチを繰りだし、コスティアはさっと避けてやり返した。「それできみはリュドミラ・パヴリチェンコだろ。ここでコスティアに会ったから、風呂場で出会った貝殻から生まれた茶色の髪のヴィーナスについて尋ねたんだ。コスティアがいろいろ教えてくれたよ」

陽気なお世辞に気がゆるんだものの、この二人みたいにふざけ合うわけにはいかない。

「あなたたちはどこでどうして出会ったの？」

「もうだいぶ前になるけど、ドネツクの専門学校でね」キツェンコがビスケットに手を伸ばした。「イルクーツク出身の痩せっぽちが教室にこっそり入ってきたんだ、まるで神経質なオオカミみたいで——」

「クラスの全員がおれの発音を笑ってね」と、コスティア。「こいつ以外は――」

「ぼくだってきみの発音を笑ったぜ。シベリア人が発する母音は氷をも切り裂く。でも、思ったんだ。ああいう野生児はホッケーチームに必要だ。友だちになろう」

「それで、レニングラード出身の雄牛がおれの母親を娼婦って言ったら、リョーニャがそいつの鼻をへし折った」コスティアがにやにやしながら頭を振り、わたしは目を瞠(みは)った。無口な相棒がこんなにしゃべるなんて――はじめてだ。「それで、その年の秋に、このでかい都会っ子をイルクーツクに招いて――」

「――こいつの親父がぼくたちを狩りに連れていってくれて、そこでほんもののオオカミを見た」キツェンコが話を引き継ぎ、ブルッと体を震わせた。「バーバ・ヤーガの悪夢から出てきたみたいだった」

片方は中尉でもう一方は伍長の二人が、一時期親しく交わっていたなんて想像できない。するとコスティアが言った。「リョーニャは沿岸軍参謀本部の中級将校のための選抜上級コースを受けたんだ」

「それで、ぼくはこいつに命令する立場になった」キツェンコがまたパンチを繰りだした。

「それじゃ、きみの話を聞かせてくれたまえ、リュドミラ・ミハイロヴナ。百八十七もの戦果をあげてるんだから、勝利勲章のひとつふたつもらってもいいのに」

「勝利のためにやってるんじゃないもの」つい声がきつくなった。

「酒のためにやってるんだよ」フョードルが笑いながら配給の強いウォッカのカップを差しだした。「ここの贅沢な設備は言うにおよばず」

キツェンコは笑ったものの話をそらさなかった。「真面目な話——軍服を飾る勲章ひとつないのはおかしいじゃないか」

わたしは肩をすくめただけだったが、フョードルが代わりに答えてくれた。「セルギエンコが推薦名簿に彼女の名前を載せたのに、誰かのところで止められたんだ。おれたちのミラに先を越されるのが嫌な誰かが——」

「女の軍服に星が輝くのが許せない誰か」コスティアが言った。

「そのうちそれがふつうになるさ」キツェンコが言う。「同志スターリンは空軍に女ばかりの飛行連隊を三個結成しろと命令した。マリーナ・ラスコーヴァのもとで。年が明けるまでには、数百人の女性たちに赤星勲章や金星勲章が授与されるだろう」彼が称賛の眼差しでわたしに笑いかけた。「きみだってもらえるさ、ミラ」

わたしは紅茶のカップ越しに彼を見つめた。「あの」彼の気を害することなく、浮ついた女というわたしの第一印象を拭い去り、できる女だと認めてもらうにはどうすればいいのだろう。「コスティアとフョードルはわたしをミラと呼んでる。二人ともわたしの背後を守ってくれて、わたしも二人を守ってきた。わたしたちは一緒に殺し、一緒に戦い、一緒に血を流してきたの。わたしをそう呼べるのは戦友だけ」

「だったら、一緒に血を流すまでとっておこう」キツェンコは気を害したふうもなく、紅茶のカップを掲げた。「セヴァストポリがその機会を与えてくれる気がする」

　その点で彼は正しかった。

12

わたしの回想録、公式版。わたしは正式の狙撃小隊を結成し訓練を任された——その栄誉を担う赤軍初の女性である。

わたしの回想録、非公式版。赤軍初の女性小隊指揮官なのかどうかわからないが、そのほうが聞こえがいいとプロパガンダ機関が決めたため、正式の小隊とはお世辞にも言えない、不器用な素人の寄せ集めを指揮することになった。

ほんものの狙撃小隊とは、中尉と副官である上級軍曹が指揮する五十一人からなる部隊で、軍曹が率いる四つの班に分かれる。砲兵と伝令も含まれる、命令系統が一元化された組織だ。わたしの小隊はといえば、十一月に援軍としてやって来た海軍歩兵大隊のなかから、ドローミンが適当に選んだ未経験の新兵たちばかりだった。彼らがどんな態度にとるか容易に想像できた。まず、わたしが指揮官だと知ると、ほんとうなのかと食ってかかる。戦果百八十七なんてまやかしなんじゃないか、と疑ってかかる。なにしろ前線に女がいること自体気に食わないのだ。だが、そういう考えがあることは経験からわかっていたから狼狽えもしない。まずはわたしの話に耳を傾けさせることからはじめ、なんとか小隊の体裁を整えた。

わたしが指揮を執る手伝いをしてくれる伍長はいないに等しかった。訓練初日、フョードルもコスティアもなんの役にも立たなかった。わたしが感情も露わに足踏み鳴らし、指揮官を馬鹿にする者はドローミンのもとに送り返すと威嚇するのを、二人はおもしろがって眺めていただけなのだから。「おれは笑ってない」コスティアは無表情で言ったが目が泳いでおり、フョードルにいたっては、あからさまに馬鹿笑いする始末だ。罰として二人に三時間の仮設便所堀りを命じた。

そんなこんなで、指揮下に狙撃兵は集まったものの、鍛えあげるための実戦の機会はあまりなかった。十一月の前半は、ドイツ軍が都市防衛部隊の背後を攻める陣地にしたメケンジア村を巡って、激しい小競り合いに終始したからだ。ドイツ軍はいまやセヴァストポリに迫る勢いで、そうなると狙撃手の出番はなく、乱射と重迫撃砲による反撃が主で……数週間にわたる攻防のあいだ、わが小隊はメケンジア村ばかりかセヴァストポリ防衛線のあちこちを駆け回っていた。

「二十五日間」そう言うコスティアの声から、わたしは失望を聞きとった。二十五日間、ドイツ軍はためらうことなく、怯むことなくセヴァストポリを攻撃しつづけ、わが軍は貴重な数キロの後退を余儀なくされた。オデッサ攻撃とちがって、彼らは鉄の意志を示し、夥しい数の犠牲者を出すこともなかった。

「彼らはいま部隊の再編成を行っているのよ」わたしは双眼鏡で緩衝地帯を偵察した。塹壕と連絡経路、機関銃巣、地雷原、対戦車壕が散らばる陣地を挟んで、緩衝地帯が蛇行して延びている。「しばらくは攻撃がやむでしょう。それがなにを意味するかはわかるでしょ」

コスティアが指さした場所は、わたしが目をつけた場所でもあった。カミシュリー渓谷の高い尾根だ。ふつうの部隊がそこを越えれば、狙い撃ちされてひとたまりもないが、狙撃兵が夜陰に紛れて突破するのは？　わたしはうなずいた。「あそこにしよう」

「向こうも兵を送ってくるだろう」と、コスティア。「斥候兵、偵察部隊」ところが、わたしの小隊が夜間偵察で最初に遭遇したのは、ドイツ兵ではなく味方だった。

塹壕が掘られ鉄条網が張り巡らされた陣地を離れると、迷路のような深い森だ。ビャクシンやシデ、ガーランドソーン、野バラなどの低木――スラヴカのために葉や花を集めてきたので、見ればわかるようになった――が密生している。小隊を率いて尾根沿いを行くと、短機関銃シュマイザーで武装する十二人の機関銃手と出くわした。こっちの射程外ではあったが、向こうは慌てて逃げていった。小規模な偵察隊は追うなと命じられていたが、彼らが木々の向こうに姿を消すまで、灰色の軍服を狙って射撃訓練を行った。丘には火薬の煙がまだ立ち昇り、渓谷には最後の射撃音が響きわたるころ、白髪の男が茂みから融け出すように現れた。

　ライフルを構えるフョードルを、わたしは手で制した。男が挙げた手にソ連のパスポートと思しき物が握られていたからだ。男が叫ぶ。「味方だよ！　味方！」

「味方だとして」わたしはその場から動かず声をかけた。「第五十四連隊の戦線でなにをしているの？　敵の監視の目をどうかいくぐってきたの？」

「なんのことはない」彼は足元の落ち葉に唾を吐いた。「ドイツ兵は森を恐れて奥まで入ってこないし、おれは秘密の道を知っている。三十年もここで森番をしてきたんだ」

「森番？」わたしは疑わしげに聞き返した。男は灰色の平服に背嚢を背負い、もじゃもじゃの白いひげは目を覆わんばかりで、猫背の痩せた姿は森番というより老いた森の精だ。

「そうだよ」老人はわたしと目が合うと、悲しみの発作に襲われたように顔をくしゃくしゃにした。こぼれ落ちそうな涙を拭うと、ぶっきらぼうに言った。「ここらじゃヴァルタノフで通ってる。あんたに耳を貸す気があるんなら、メケンジア村のドイツ軍司令部の場所を教えてやるよ」

「家がある。運転台の屋根に機関銃を据えたアンテナ付きキャタピラー装甲輸送車や、大砲を載せたトラクター、サイドカー付きオートバイが並んでいる。そこだ」

「部隊は?」わたしは尋ねた。

「ふつうの灰緑色の軍服の奴ら」森番は監視用塹壕でしゃがみ込み、熱々のオートミール粥をかっこんだ。「それに短い丈の黒い上着、ベレー帽をかぶったのもいた」

「戦車搭乗員ね」わたしはメモを取った。「指揮を執っているのは?」

「大柄な将校、年のころは四十ぐらいで水色の目。組紐がさがる銀色の肩章付きで、襟元に黒と白の十字架がさがる行軍用軍服を着ていた。毎朝、ポンプで水を汲んで顔を洗い、体操をしてる。やりたい放題だよ。ドイツ野郎どもは」ヴァルタノフが顔をしかめる。「その奥にどれほどの憎悪が眠っているのか。「だけど、奴らはロシア人を恐れてる」

「なぜ?」

ヴァルタノフの目がわたしのライフルに向いた。手を伸ばせば届く距離だ。「特別な照準器の付いたライフルがあるって話だが」

「そうよ」わたしは無表情で言った。

「だったらそいつを使ってくれ」彼は飯盒の底の滓をスプーンですくった。「ここから遠くない——森を抜けて、近道を行けば五キロぐらいなもんだ。案内するよ」

わたしはコスティアに目配せした。彼は目を煌めかせ、わたしを脇に連れていった。

「罠じゃないか?」彼がぶっきらぼうに言った。ありうる話だ。地元民はみながみな祖国に忠誠なわけではない。ドイツ兵が民間人や捕虜をどんな目に遭わせるか噂に聞いているはずなのに、ドイツ兵を同志スターリンが招いた食糧難から救い出す解放者とみなす愚かな連中もいる。待ち伏せされ撃ち殺されに行く気はない。

「偵察隊の隊長と相談してみる」わたしは心を決めた。「あの男の忠誠心と身元を確かめたうえで、彼と一緒に偵察に出る」

コスティアの表情が厳しくなった。「一人で行くな」

「案内役は必要でしょ。前線はいまのところ小康状態にある。ドイツ軍はこの先数週間、大規模攻撃を仕掛けてこないはずよ。小隊が狩りに出るには頃合いでしょ」わたしが土地のことを知らなければ連れ出しようがない。海風に葉を揺らす深い森が、緑の壁となって立ちはだかっているのだ。

二日後、許可がおりた。ヴァルタノフの身元と忠誠心は保証され、老森番とわたしは朝まだきにメケンジー丘陵の森を進んだ。

木立を縫って走る、素人目にはまずわからない猟師道を辿る彼は、幽霊のようだった。ベントシカモアの木立の中で、わたしはどうやって敵を狙い撃ちすればいいか考えながら歩いた。隠れるにはもってこいだ――だだっ広く過酷な大草原よりずっといい――が、狙撃には適さない。

「パヴリチェンコ」ヴァルタノフがうなるようにわたしの名を呼んだ。「あんたはウクライナ人か？」

「ロシア人よ」わたしは淡々と言った。国籍を問われると困惑する。わたしたちはみんなソ連人、それでいいじゃない？

またうなる。ヴァルタノフには不本意なのだろうが、やり返してこなかった。「ベントシカモアから井戸まで八十五メートル」彼はそういうと右に折れた。後をついてゆくと、上着がガーランドソーンの棘に引っ掛かった。力任せに引っ張るとちかくの木からシジュウカラがバタバタと群れで飛びたち、わたしは肝を冷やした。「気をつけて」森番が小声で注意し、下生えをヘビさながらするすると抜けていく。日が昇るころ、メケンジア村に着き、わたしは双眼鏡を手に木に登った。

メケンジア村とザリンコイ村を結ぶ道路では、ドイツ軍のトラックや鼠色の軍服がアリのように動いている。鼠色の軍服に交じって警察官の白い腕章を巻いたクリミア・タタール人の姿があった。親ヒトラーの協力部隊で、非常線を張って検問を行っている。昼になると移動炊事車がやって来て、ポテトシチューと代用コーヒーの匂いに腹が鳴った。

「ほら」地面に座っていたヴァルタノフがつぶやいた。将校だ。敵の階級章や勲章のことなら森番より詳しい――双眼鏡越しに砲兵隊少佐の襟章と騎士鉄十字章が目に入った。彼は煙草に火をつけ車に乗り込むと、チェルケツ＝ケルメンへと向かった。〝司令本部はおそらくそっちに置かれている〟と、わたしは思った。エーリヒ・フォン・マンシュタイン上級大将その人がそこに居を構えているのだろう。彼を撃つつもりはない。だが、毎朝体操をする、銀の肩章をつけた気取り屋の少佐は——そう、わたしがいただく。道を遠ざかってゆく彼の背中に告げた。

わたしは大雑把な狙撃地図に農場の建物の配置と距離を書き加えた。風の向きと速さを計算する。〝風速は毎秒一～一・六メートル〟「それはなんだね？」安全な緩衝地帯に戻ると、わたしが書き込んだ数字を見てヴァルタノフが尋ねた。

「銃弾を発射するのはライフルだが、運ぶのは風」古い諺だ。「この位置から狙うとして、風を真横から受けることになる。ターゲットまで百メートルだとすると、水平方向に数ミル（角度の単位）の修正を行う。それに、海抜が高いところでは」——技術的な話となるとつい熱が入る——「気圧が変化するから、銃弾の飛翔距離は増すの。でも、海抜五百メートル以下の丘陵地帯なら、ちなみにここは三百十メートルだから、縦方向に吹く風は無視していい。横からの風には注意しないと、重大な結果を招く——」

ヴァルタノフが浮かべたうんざりした表情は、わたしがボフダン・フメリニツキーの話をはじめるとオデッサの図書館員たちが浮かべたのとおなじだった。

わたしはため息をついた。「風速を計算しておけば狙うときに気持ちの余裕が生まれるし、銃弾がターゲットをそれる心配もなくなる」

「そんなこと言われなくてもわかってる」彼はむっとしたようだ。「おれは二百メートルの距離から雄鹿を仕留められる。風をちゃんと勘定に入れて」

「むろんあなたならできるでしょう。でも、それを裏付ける科学を知っていて損はないわよ」

　彼はわたしの意見を手を振ってしりぞけた。「この季節には北と北東から強い風が吹きつける。あす、やるのか？」

　待つことに意味はない、とわたしは思った。少々の運と冷静な頭があれば、巣ごと退治することもできる……だが、小隊全員で行う作戦ではない。弾道表を修得していない者や、横風の計算方法すらわかっていない者もいる。この作戦には集中力と正確さが求められる。

「黒髪の奴を連れていけ」ヴァルタノフがわたしの心を読んで言った。「あんたの相棒。音をたてずに動けるのはあいつだけだ」

「彼と、フョードル・セディフ、それにブロフ」元水兵の訓練生のなかでブロフは抜きんでていた。「急がされるようなら、偵察隊将校に頼んで接近戦に強い兵士を二人寄越してもらうつもり」

「それにおれ」と、ヴァルタノフ。

　わたしはガーランドソーンの茂みのかたわらで足を止めた。「あなたは赤軍兵じゃないもの、おじいちゃん（デダシュカ）」やさしく言う。「民間人を狩りに連れてはいけない」

「ドイツ軍が司令本部にした農場はおれのだ」もじゃもじゃのひげの中で森番の目がギラリと光った。下生えに埋まるナイフみたいに。「息子夫婦と子どもたちと住んでいた。バーニャがあって、納屋があって、温室もあった。家族みんなで一日中働いた。戦争がどこで行われているのか、なんのための戦争かもわからなかった。十日前、おれは役場に補正経費の申請に出掛けた――その日、ヒトラー主義者の偵察隊がやって来て、おれの家族を家の前に並べて撃ち殺した」目は潤んでいたが、涙は流れなかった。「あんたの許可があろうとなかろうと、あの獣どもが死ぬのをその場で見届ける」

わたしは彼の曲がった肩に掛かるライフルの負い紐にゆっくり手を伸ばした。彼は逆らわなかった。ベルダン・ライフルで骨董品級の古さだ。わたしは森番の目を見て言った。

「うちの小隊の誰かからモシン－ナガンを貸してもらって。二十発渡すから、あすまでに彼女に慣れておいて」

彼は歯を剝き出して笑った。「十発ありゃ充分だ」

さあ、ご覧あれ。翌朝、七人の狙撃手からなる部隊が村に向かったのは曙光が射すころだった。

今回、コスティアはわたしの相棒に選ばれずおもしろくないようだ。小隊の経験の浅いメンバーにつけと命じると、文句は言わなかったが、眉間には鞭のように鋭いしわが刻まれていた。「わたしは老人と組む」ヴァルタノフを顎でしゃくる。「彼に騙されたとわかったら、わたしが彼を仕留める。彼の言うとおりだとしても、銃撃戦ははじめてだろうから、そばで支えてやらないと。あなたはほかの人たちを支えてあげて。正確に撃つように――」コスティアはうなずくと影のなかに消えた。彼がかたわらにいないのは妙な気分だった。オデッサのあとで再会して以来、彼をもうひと組の手足のように感じていた。コスティアを失うより自分の影を失うほうが、まだ不安なく任務に就ける気がする。彼と残りのメンバーたちは、わたしの左十五歩離れた位置についた。わたしとヴァルタノフを挟み、偵察隊の将校から借りた二人の兵士は右十五歩離れた位置だ。三点からナチに銃弾を浴びせる。風は真横から吹きつけているので、照準器の筒の左右を調整するダイヤルを合わせ、みなに伝えた。ヴァルタノフは目を輝かせ、わたしの動きについてきた。

さあ、ご覧あれ。ドイツ兵はおなじ時刻、おなじ場所におなじ数だけ集まってくる。フォ・ザ・ラヴ・オヴ・レーニン、彼らの規律正しさは帝国を征服したかもしれないが、そのせいで、われわれのようなオオヤマネコの群れの餌食になる。日が昇り、十一時三十七分、移動炊事車がやって来て、兵士たちが集まり……将校や特技官が六十人はいる。

狙撃小隊の指揮官はつねに最初に撃ち、それが部下への合図になる。わたしのライフルが歌い、最初の熱い贈り物を将校の目に叩き込んだ。部下を叱責する最中だった彼が倒れる間もなく、わたしの左右から銃撃の嵐が起こった。

さあ、ご覧あれ。ナチどもが大鎌で刈られるライ麦のように倒れるのを。彼らは三点からの銃撃で動きがとれない。わたしの左右に陣取る狙撃手たちが挟み撃ちにし、わたしは真ん中からこっちに向かってくる者を仕留める。そしてヴァルタノフが右からでも左からでもこっちに向かってくる者を撃ち取った。食事にやって来た彼らは武器を携帯していないし、間隔を詰めて並んでいるし、わたしは一滴の哀れみも覚えない。ヴァルタノフの家族を殺した連中だ。それに、わずか七人の部隊が一瞬でも気をゆるめたら、反撃される。多勢に無勢でひとたまりもない。そうなったら、部下たちは処刑される。わたしはレイプされ、処刑される。その前に自害できなければ……だが、きょうのわれわれには運が味方した。勝利したのだから。人数なんてくそくらえだ。

砲兵隊少佐が家から飛び出してきた。日課の体操中だからランニングシャツ姿で、眉間に一発受けて倒れた。ヴァルタノフの弾だろう。森番は撃つのは遅いが狙いは正確だ。しわ深い顔のなかで剝き出した歯が目立つ。氷の塊のようなコスティアは、冷ややかな正確さで弾を繰りだす。小隊の訓練兵たちも、借り物の偵察兵たちも迷いなく弾を込め発射する。そんな彼らが誇らしかった。一人としてためらわない。わたしの部下たち、凶暴で静かで、こっそり獲物を狙うオオヤマネコたちだ。

さあ、ご覧あれ、瞬き厳禁——ものの数分で終わるから。五十人ちかくが地べたに軀を晒し、十数人が大慌てでトラックに飛び乗り逃げた。われわれは司令部を急襲し、上官が戦況分析に使えるよう書類を掻き集め、乏しい配給の足しにしようと糧食を分捕った。ＭＰ40短機関銃はありがたく使って製造者にひと泡吹かせてやれる。それから森へ逃げ込んだ。足音が騒々しいフョードルは、フットボールの試合に勝ったあとみたいに息があがっていた。まったく、たいした雄牛だ。コスティアはまたわたしに並び、影のように滑ってゆく。ヴァルタノフは泣きながら走っていたが、笑顔は消えない。

わたしもだった。

暗くならなければ緩衝地帯を渡って兵舎に戻れないので、野営することにした。二人で偵察に出たとき、ヴァルタノフがそんなこともあろうかと見つけた場所だ。針葉樹や棘のあるビャクシンに囲まれた、土に半ば埋もれた木造の小屋だ。一キロ半を走りづめでくたびれ果て、ようやく辿りついたと思ったとき、前方の下生えから雄鹿が飛び出してきた。

「追っても無駄」わたしが言う間もなく雄鹿は姿を消した。部下たちが新鮮な肉を夢見る暇もなかった。

「鹿肉もだけど、立派な飾り物になったのになあ」フョードルが、木立の向こうに消える角を名残惜しげに眺めた。

「狙撃手だからって、目に入るものはなんでも殺す必要はないでしょ」わたしはやり返し、また走った。

「狩りはスープ鍋をいっぱいにするため、ベッドに毛皮を敷くためだ。壁に戦利品を飾るためじゃない」思いがけずヴァルタノフが言った。「森は神殿なんだよ。古くからの風習を守り、敬意を表する場所だ。娯楽のために殺さない。そうすれば森は報いてくれる」

「わたしは森の精なんて信じないけど、動物を狩るのは好きじゃない。動物は無防備だもの、これに対して」わたしはライフルを軽く叩き、スズカケノキの低い枝に身を屈めた。

「大貴族が槍(やり)で立ち向かった時代ならいざ知らず。あれはあれで一種の決闘だったから、動物にも戦うチャンスはあった」

「おれたちは物陰から五十人を虐殺してきたばかりなんだぜ」コスティアがそのときはじめて口をきいた。「おれたちは彼らに戦うチャンスを与えなかった」

「でも、戦争だもの。戦争は人間と人間の戦い。なんの罪もない獣相手じゃない」

ヴァルタノフがまた歯を剝き出した。「おれたちがきょう殺したあいつらは獣だ」

驚いたことに、わたしたちが到着したとき、木造の小屋のそばで誰かが火を焚(た)いていた。

「非番だったから自ら申し出て、きみたちの狙撃パーティーに合流することにしたんだ」キツェンコ中尉がズボンから松葉を払い落としながら立ちあがった。「きみの減らず口が健在かどうかたしかめにきた」

「指揮所にいたくなかっただけだろ」コスティアが友の腕を叩いて言った。

「まあな。ドローミンとは距離を置こうと思って。さもないと、あのお節介な小心者を回転砲塔に頭から押し込みかねない」キツェンコがわたしを見る。「狩りは上首尾だった？」

「悪くはなかった」わたしがにんまりすると、彼も笑い返した。レーナがうっとり吹く口笛が聞こえるようだ。〝あの笑顔ときたら！〟「見張りに立ってくれてもいいのよ、同志中尉」わたしは言った。部下たちは小屋のまわりで思い思いにくつろぎはじめた。「暗くならないと戻れないし、小隊のみんなには睡眠が必要だから」

キツェンコがほんとうに見張りに立ってくれたので、われわれは松葉の上で体を伸ばした。フョードルが大あくびをすると、わたしもつられてあくびしそうになった。長い夜から張り詰めた朝まで全身を駆け巡りつづけた血の勢いがおさまると、まるで幕がおりたように突如疲労感に襲われる。「長いことじっと待って、様子を窺って、撃って、だものな」キツェンコが考え込む。「どれだけ疲れるかなんて考えもしなかった」

「この世でもっとも疲れるのは、何時間も警戒しつづけること」わたしは背嚢をおろして枕代わりにした。「集中しつづけるから、狙撃手の目は疲れるのよ」

「片目、それとも両目が？」

わたしは笑った。「優秀な狙撃手は片目を瞑らないの――利き目に意識を集中するだけ。そうやって眼精疲労と闘うんだけど、それにしたって疲れるから目の焦点が合わなくなってくる」わたしの目がいまそうだった。あくびをしながら言う。「ちょっと失礼して、しばらく眠らせてもらうわ、同志中尉」午後も遅くなり、目ヤニで塞がった目を無理に開けると、ミルクのような秋の濃い霧があたりに立ち込めていた。

ヴァルタノフの指示に従い、キツェンコは炉を切っており、部下たちは起きあがってあくびしている。こんなに嬉しい思いをしたのはいつ以来だろう。小隊の体裁が整い、作戦は成功し、誰も死ななかった。負傷した者もいない。こんな日は貴重だ。コスティアはと見ると、すぐそばで『戦争と平和』――狩りに出るときさえ持ち歩いている――を枕にまだ眠っていた。肩を揺する。「ねえ、起きたら。ドイツ兵から巻きあげた戦利品を見てみましょうよ――あなたの将校の友だちがすでに漁ってなければだけど」

「三百メートル先から瞼に穴を穿てるような女性を怒らせるような真似、ぼくがすると思う?」と、キツェンコ。「その栄誉はきみにとっておいたよ、同志上級軍曹」

全員が輪になった真ん中で、わたしが砲兵隊少佐の背嚢を開けると、恍惚のため息がみなの口から洩れた。ビスケット、板チョコ、サーディンの缶詰、わたしの腕ほどもあるサラミ一本、一リットル半の瓶入りブランデー……部下たちがまるで飢えた仔犬みたいに一心不乱に見つめるので、わたしはキツェンコに向かって眉を吊りあげた。

彼は顎を掻いた。「指揮所に持って帰れば没収されるからな。仕方がない、ここは――」

「平らげてしまう?」わたしはサーディンの缶詰をフョードルに投げた。「中尉がこう言ってるから、平らげよう」

あすはいざ知らず、きょうはなんとか死を免れたという思いほどパーティーを盛りあげるものはない。どこからともなく出てきた鍋でヴァルタノフが湯を沸かし、キューブ状の豆のピューレでスープを煮た。配給のパンは枝に刺して焼いた。コスティアは大きくて平らな岩の上にテーブルをセットし、サラミを切り分けた。わたしはブランデーの担当で、誰もが持っているアルミのカップに均等に注いだ。みんなで岩を囲むと、踊る火明かりのなか、視線がわたしに集まった。「みんなよくやった」わたしはコスティアとヴァルタノフに挟まれて座り、乾杯のカップを掲げた。「いつも運に恵まれますように」

「〝死の淑女〟と悪魔の群れに」キツェンコがそう受けて自分のカップを掲げた。「けさ、ライフルを担いで木立から湧いてきたきみたちを見たときは、肝を潰したよ。あんな怖い思い、したことない。いや、それを上回る経験をしていたな。便所に入ったら、ドローミンの剝き出しの尻がサーチライトに浮かびあがったとき。あれには誰だって悲鳴をあげる」

岩のまわりで笑い声があがり、いっせいにブランデーを呷った。火の酒が喉を焼いて胃に落ちる。スープをひと口飲んで、夢のような平和に目を閉じる。冗談と笑い声が踊りはじめる。〝いまここでなら死んでもいい〟そんなことを考えた。〝ここで死ねたら本望だ〟目を開けてスープを飲み干す。死を起こりうることではなく、避けられないものと考えるようになったのはいつからだろう。

男たちはとっくにスープを空にし、顎に油を滴らせてサーディンにかぶりついていた。ヴァルタノフはすっかりブランデーの酔いが回ったらしく、おしゃべりになっていた。「森で道を見つけるなんて訳ないさ、あんたら都会人にだって……木ってのは人間とおなじ、それぞれの魂があって……」フョードルが下着姿になり、偵察兵の一人に挑んで取っ組み合いがはじまると、やじが飛んだ。わたしはほほえみ、板チョコをむさぼりながらドイツ軍少佐の背嚢をごそごそやると、書類の束が見つかった。

「なにを見つけたんだ？」キツェンコがわたしの肩越しに覗き込む。

金釘（かなくぎ）流のドイツ語の文字は判読不能だが、少佐の名前はわかった。〝クレメント・カール・ルードヴィヒ・フォン・シュタイゲル〟勲章からどこで戦ってきたかがわかる。チェコスロバキア、フランス、ポーランド。

「ずいぶんあちこちを転戦してきたんだな」キツェンコが言う。「そうやってここに辿りついた」

「ここに辿りついて、ここに留まることになった」コスティアがかたわらで声をあげた。

「コスティア！」焚火のほうから声がした。「こっちに来てフョードルにひと泡吹かせてやれよ、疥癬（かいせん）病みのオオカミ――」

「誰が疥癬病みだって？」キツェンコが言い返す横で、わたしの相棒は立ちあがって上着を脱いだ。「腕をもいでやれ、コスティア！　まあ見てろよ」中尉が声を低めてわたしに言った。「みんなあの雄牛に賭ける。倍の図体をしているからね」

二人は睨み合いながら円を描く。相棒はかすかに笑っている。「若い雄牛が勝つほうに板チョコを賭ける」ヴァルタノフが焚火の向こうから言った。

「その賭け、乗った」キッェンコが応じ、わたしの耳元で言う。「ぼくらのオオカミが奴をこてんぱんにするのを見物しよう」

「こういう賭けを前にもやったの？」コスティアは両手を前に出し、警戒の眼差しでフォードルの周囲をまわりはじめた。フォードルはブルドーザー並みの巨体だが、贅肉がついているしせっかちだ。わたしの相棒は痩せて上背もないが、合金と忍耐力でできている。

「学生のころ二人で組んで、何人のクラスメートから小遣いを巻きあげたと思う？　モスクワ生まれで党のお偉いさんのぼんぼんは、シベリアから来た痩せっぽちを叩きのめす気満々なわけさ」キッェンコはたくしあげたズボンから覗く膝に肘を休めた。「歯の一本か二本吐き出してようやく自分の愚かさを知る。ぼくたちの懐には賭け金の五倍が転がりこむ」

コスティアはさっと横に動いてフォードルのパンチをかわすと、すかさずアームロックを仕掛け、相手の手首を背中で捩じあげた。「つまりあなたは賭け元で、もっぱらパンチを受けるのは彼ってわけ？」

「いや、どっちもパンチを受けた。モスクワ生まれで党のお偉いさんのぼんぼんは負けるのが嫌いだから、正式の試合が終わったあとでべつの戦いを強いるんだ。コスティアとぼくにね。それでも、あざよりもたくさんのルーブルを手に入れた」

わたしはにやりとした。「たいした友だちだこと」

「親友だ」

　目が合っても彼はすぐにはそらさなかった。〝将校といちゃつかないこと〟と自分に言い聞かせていると、キツェンコが飛びあがってコスティアに声援を送った。わたしはなんだかほっとした。ふだんは無口なわたしの相棒の意外に明るい一面を引きだしてくれるキツェンコを、好きにならずにいられるだろうか。

　板チョコをもう一枚平らげたあと、わたしはドイツ軍少佐の背嚢をまた漁り、いささか不安を覚えるものを発見した。写真だ。両脇に内気そうな男の子二人を抱えた美しい金髪女性が、カメラににっこり笑いかけている。写真の裏には女文字で、〝愛しいあなたへ！愛をこめて、アンナ〟おなじ女文字の手紙の束もあり、男文字の手紙も一通あった——少佐は妻に返事を書いたものの、投函する暇がなかったのだ。ナチの悪魔にも愛してくれる家族はいる。ヴァルタノフの無残に殺された家族のことや、夫がここで犯した罪の数々を知ったら、アンナはどんな気持ちになるのだろう。

　炉のまわりから歓声があがった。顔をあげると、コスティアがフョードルをうつ伏せに倒して太い腕を背中で捩じあげたところだった。フョードルが手で地面を叩くと、コスティアはにやりとし、フョードルが立ちあがるのに手を貸した。上着を地面から拾いあげ、もう一番という声を手を振ってしりぞけ、キツェンコ相手にひとしきりシャドーボクシングをやった。つぎはキツェンコが挑戦を受ける番で、ヴァルタノフと腕相撲をはじめた。

コスティアはわたしのかたわらにどさりと尻を落とすと、わたしの手の中の写真を見てはっとなった。

「彼女は夫の死をいつごろ知ることになるのかしらね」わたしは写真を伏せた。「その死に様を」

コスティアは冷たい霧のせいで鳥肌が立ちはじめた肩に上着を羽織った。「美しい家族だ」

「父親がここにやって来てわたしの視界に入ってきたのは、彼らのせいではない」少佐の息子たちを見て、わたしは顔をしかめた。十四歳と十六歳ぐらいの二人は、ヒトラー・ユーゲントの軍服を着て誇らしげに立っている。「この戦争が長引けば、この子たちと戦うことになるのかしら」

「そういうことになっても」コスティアが上着のボタンをかけながら言った。「彼らにここに来て戦えとおれが頼んだわけじゃない。彼らの父親にも頼んだ覚えはない」

炉のまわりでは腕相撲が終わり、やじもおさまった。夕闇が迫っていた。夜の帳がおりたら炉に水をかけて火を消し、動き出さねばならない。だが、暗くなるにつれおしゃべりが途切れがちになった。「誰か歌ってくれないか?」炉の向こうからキツェンコの声がし、ヴァルタノフが掠れ気味だが力強い低音で歌いだした――短調のバラードでアルメニアの言葉なのでわたしには意味がわからなかった。つづけて、水兵あがりの訓練兵が物悲しい船乗りのはやし歌を歌った。それから意外にもコスティアが低いバリトンで歌いだした。〝青白い月が緑の山にかかり……〟英語の歌だと気づき、ぎょっとした。わたしは英語を多少話せる――母が地元の小学校で外国語を教えていた――が、歌詞をすっかり理解はできなかった。〝戦争の恐ろしい轟音のさなか、彼女の声がわたしを慰め元気づけ……〟というような内容らしい。

「なんの歌なの？」わたしは歌い終えた相棒に尋ねた。つぎにキツェンコがよく通るテノールで『ワルシャワの女たち』を歌った。「『トラリーのバラ』」コスティアは棒で火を突く。「祖母がよく歌っていた」

「おばあさんは英語を話せたの？」

彼は口ごもり、いつも以上に低い声で言った。「祖母はアメリカ人だ」

「なんですって？」

コスティアが流暢（りゅうちょう）な英語でなにか言い、驚くわたしに笑いかけた。「帝政時代にニューヨークから布教活動にやって来たアイルランド女性だった。彼女はトルストイばかり読んでいて、ロシアの雪と白夜にロマンティックな憧れを抱いた……そんなわけだから、最初に出会ったシベリア人の革命家と恋に落ち結婚した」彼は片肘を立ててもたれかかった。

「祖母は革命後まで生きた。おれは祖母から英語を習った」

「あなたがどこにでも持ってゆく『戦争と平和』はおばあさんのだったのね？」

コスティアがわたしを見つめ、にわかに真顔になった。「ミラ、このことは誰にも話していない。祖母自身も秘密にしていたぐらいだ。家族でイルクーツクに越してきたとき、祖母と母は書類をすべて破棄したから、どこにも記録は残っていない」

そういう事情は理解できる。反革命的な目的を持つ外国人と関係を持つことを、当局は由々しき問題と捉える。堕落した西欧からの害のない手紙を受けとっただけで、取調室に押しこめられるかもしれない。資本主義国に親戚がいるとなったら、それだけではすまない。いまのアメリカは祖国の味方とは言えなかった。ドイツに歯向かう国へのわずかな支援すら先延ばしにしているのだからなおのこと。「ほかに知っている人はいないのね？」

相棒は炉の向こうのキツエンコを顎でしゃくった。手拍子に合わせてまだ歌っている。

「リョーニャは知ってる」

それにも驚かされた。「そんなに信頼する友だちなの？」

「親友」最前、キツエンコがおなじことを言っていた。

「だったら、わたしも誰にも言わない」わたしはコスティアの肩に肩をぶつけた。そんなとてつもない信頼の証を見せられたら、軽くいなすしかないもの。

「『トラリーのバラ』をほかの将校がいる前で歌っちゃだめよ、いいわね？」

彼はほほえんだ。

「ニューヨークって正確にはどこにあるの？」アメリカ東海岸の地図を思い浮かべながら

尋ねた。「ワシントンの北なのは知ってるけど、どのあたり？」

「おれもよく知らない。いつか行ってみたい。あんたはどこに行きたい？　戦争が終わったら」

〝戦争が終わったあとのことは考えられない。墓場以外にわたしが行く場所はないのだから〟

そのときはじめて、故郷には戻れないとすでに諦めていることに思い至った。少なくともわたしにとって、この戦争が終点なのだ。

13

わたしの回想録、公式版。狙撃手として成功するためには、冷静でなければならない。

わたしの回想録、非公式版。狙撃手として成功するためには、自らを落ち着かせられなければならず、女が狙撃に向いているのはそのせいだ。女なら誰でも、冷静を装うために怒りを呑み込む術を身に着けている。

「だめだ」ドローミン中尉は取りつく島もない。「ヴァルタノフの老いぼれをきみの小隊に引き受けてはならない。杖に頼るよぼよぼの爺(じい)さんに軍服を着せて、敵の前に送りだすほどこの国は落ちぶれていない」

わたしはもう一度怒りをゆっくりと呑み込み、冷静な口調に努めた。「彼は入隊許可を申請していますし、ここの地形を熟知する貴重な存在です」老森番をわたしの小隊に受け入れたい旨の嘆願書は却下されたが、それでも指揮所に出向いて口頭で頼んだ。「この二日、わたしの部下たちが緩衝地帯でドイツ兵十二人を撃ち果たしたのは、彼がうまく誘導

「敵の砲撃をかいくぐっての戦果だったと聞いている」キツェンコ中尉がドローミンの机に寄りかかって言った。「たいした協奏曲だよ。いささか金管楽器が重すぎるけどね。その点はワーグナーの責任で――」

「誰だ？」ドローミンが苛立って言う。「どうでもいい」口を開きかけたキツェンコを遮って言った。

キツェンコは笑うだけに留めた。腕を組み、愉快な角度に傾げた軍帽からくしゃくしゃの金髪がはみ出ている。レーナの言葉が甦る。〝かぶりつきたい〟バーニャの外で彼の肩を目にしたときの彼女の台詞だった。そしていま、わたしは彼の肩を見ないようにしていた。男の肩に目を奪われるなら、舞台が戦場で相手が自分の中隊の新任指揮官でないほうがいい。それに、相手からうっとりと見つめ返されるような素敵なドレスを着ているときならなおいい。でも、わたしは朝の狩りから戻ったばかりで、カモフラージュを施した上着姿だった。ガーランドソーンの枝をここぞとばかりに縫い付けてあるから、まるで動く茂みだ。

「ようするに、あれだ、ヴァルタノフがどうしても志願したいのなら受け入れればいいじゃないか」キツェンコが言った。「彼が最後に従軍したのがエカチェリーナ二世の時代だったとしても、そんなこと誰が気にする？　その木に樹液がまだ残っているなら、軍服を着せてなにが悪い？」

「きみの中隊なんだから、きみが決めればいい」ドローミンが、その件は自分のあずかり知らぬことだ、というふうを装って言った。「彼が崖から転がり落ちても、受け止めるのはきみだということだ。それと、同志パヴリチェンコ軍曹……」彼の視線が不快そうにわたしのカモフラージュとライフルのうえを彷徨った。ライフルにも枝を巻きつけてそだの束に見せかけてあった。わたしの園芸的デザインがお気に召さないのは明らかで、もっと身なりに気をつかえと思っているにちがいない。「きみはあす、第二中隊を代表してカミシュリー渓谷の第五十四連隊指揮所に出向くこと。コロミエツ少将から政府賞が授与される」

　ドローミンの目が底意地の悪い光を放ち、わたしは悪態を呑み込んだ。午後の授与式に出席とは、緩衝地帯での夜通しの偵察と塹壕掘り、掘った塹壕を落ち葉や枝で隠す作業、夜が明けたら狙撃のときをじっと待つ、そういう任務が明けたあと一睡もせずに出掛けることを意味する。ベッドに倒れ込むこともできず、行軍用軍服でめかし込み、渓谷を横切ってとぼとぼ歩き、数時間におよぶ演説を立ったまま聞かされ、あくびを噛み殺して……。

　だが、ヴァルタノフを小隊に迎えることができた。それだけでも数時間の睡眠を犠牲にする価値はある。「ありがとうございます、同志中尉」わたしはかっこよく敬礼し、枝葉をガサゴソいわせながら指揮所をあとにした。

キツェンコがつづいて出てきてわたしに並んだ。「あすは将校専用車で送ってあげよう。ぼくも授与式に出席するよう言われているんだ。きみを同乗させれば退屈が紛れる」「どうしてわたしを同乗させたいの？」わたしは目に入るガーランドソーンの枝を払った。「キスを奪えるから。このまえはきみがキスしてくれた。その恩に報いなくちゃね」「あのキスは何度も甦り、つきまとって離れない」わたしは言い返した。「白昼夢で甦ってほしいな。悪夢じゃなく。ぼくがチュッとやったら撃つつもりかな、同志パヴリチェンコ上級軍曹？」キツェンコはにやにやしている。

「かもしれません」わたしは立ちどまり、肩から蔓をぐいっと抜いて、口調は丁寧でも容易に屈しないことを示した。もっと文化的な場所でなら媚態も似合う──例えば、オペラの幕間で、枝ではなく黄色のサテンをまとっているときなら。ほんの一瞬、そういう場所にいられたらと思った。でも、わたしたちがいるのは劇場ではないし、彼が上官であることを知らなかったと言い訳もできない。「ありがとうございます、同志中尉。でも、あすの授与式には自力で行きます」

「それでいいの？　授与式に出るなら、生垣を横にはべらすのも一興かと。ぼくたちなら充分に人目を引ける。ぼくの立ち姿はトウヒみたいだしね」

思わず口元がほころんだので、せっせとカモフラージュの枝を抜いてごまかした。「ヴァルタノフが軍隊に戻れるよう加勢してくれてありがとうございます。赤軍兵士として正式に入隊を認められたと知ったら、彼はきっと喜ぶわ」実のところ、ヴァルタノフには赤軍や祖国に対する愛はないし、彼がウクライナ人の圧制者とみなす何人に対しても忠誠心を抱いてはいない。ただ、同志スターリンを憎む以上にヒトラー主義者を憎んでいることはたしかだ。「彼はファシストを殺したいと切望しているわ」わたしは正直に言った。

「ぼくはあの親父が好きだよ」キツェンコはコートのポケットに手を突っ込んだまま、愉快そうに言った。「彼なら霜の精に背後からそっとちかづいて喉を掻っ切れる。彼が味方でよかった。それはなに？」わたしが弾薬袋から取りだしたフラスコとゴムチューブを見て、彼が言う。「浣腸器？」

「狙撃手の奥の手のひとつ。ヴァルタノフが緩衝地帯のごく狭い地区に通じる道に案内してくれたの――ドイツ軍前線まで一キロ半圏内を走る泥道が見渡せる場所でね。これに水を張って」――フラスコを掲げる――「塹壕のまわりに埋めておき、フラスコに差したチューブを耳元にもってくると、土に伝わる連続音が聞こえるという寸法。泥道をオートバイや将校専用車がやって来るのを察知できる」野バラの蔓やシデの枝で覆った浅い塹壕にコスティアと並んで夜から朝まですごすあいだ、チューブを交代で耳に当て、かなり大きな護衛隊が接近してくる振動を聞きとった。「コスティアとわたしは将校専用車のタイヤを撃ち、将校三人と砲手一人を仕留めた」

「きみという人はほんとうに恐ろしい。ぼくにはキスする勇気がないと思ってる？」

できるものならしてみて、という気分になり、松のような彼の匂いを思い出した。まざまざと思い出したことが、わたしを狼狽えさせた。「思ってるわよ」わたしは蔦を引き摺りながら歩きつづけた。

「どうかな?」彼が易々と歩調を合わせる。「中尉は嫌いなの?」

「中尉を撃った。けさも一人撃ったわよ。鉄十字をつけたニキビ面の中尉」

「それで、その中尉の名前はアレクセイ?」

「わたしが十五歳で結婚した男はアレクセイという名の中尉なのよ、同志中尉。しかも、わたしは彼をとても好きとは言えない」セヴァストポリに到着して以来、アレクセイ・パヴリチェンコの姿はちらとも見ていなかった――彼は医療大隊で血と消毒剤に肘まで使っているだろうから、なんの不思議もない。負傷しないかぎり、彼と会わずにすむ。それもまたドイツ軍の銃弾をかわす原動力になっていた。

「ぼくの愛称はリョーニャだ」と、キッェンコ。「母はぼくにレオニードと名付けたかった、アレクセイではなく。ぼくをリョーニャと呼ぶことで母は父の裏をかいた。きみもそう呼んでくれれば、ぼくの名前に嫌な思い出はつきまとわない」

「愛称で呼ぶのは――」

「戦友の証、そうだよ。あすの昼までに戦場で一緒に手柄を立てたら、送らせてもらえる?」中尉は時刻を測るように空を見あげた。「時間に余裕はないけど、でも――」

「同志中尉、わたしは将校と親しく交わるつもりはありません」きっぱり言った。「はじめて会ったときは、あなたを民間人と誤解していたけれど、だからといって軍規が変わるわけでは――」

「ぼくはなにも軍曹と親しく交わりたいわけじゃない。とびきり愛らしい生垣と交わりたいだけ。サンザシみたいな女性と付き合ったことがある。彼女ときたら棘だらけでね。ガマズミと付き合うほうがまだましだ。でも、彼女の気持ちが先に萎(しぼ)んでね。で、いまはガーランドソーンに――」

「ごきげんよう、同志中尉……」わたしは颯爽と便所に入っていった。さすがに彼はついてこられないから、笑顔を見られずにすんだ。

〝退屈による死〟、共産主義青年団の集会における〝共産主義者の若者の未来〟についての議論でも、オデッサ防衛戦の勇敢な戦いぶりを讃(たた)え、赤旗勲章が授与される式典でもおなじことだ。祖国のどこで開かれようと将校の集まりには演説がつきものだ。果てしもない演説をさせたら、ソ連男性の右に出る者はいないだろうとつねづね思っていたが、アメリカに渡って気づいた。国籍は問わず、男は自分の声の響きが好きなのだと。長い時間を演壇ですごす類(たぐい)の男ならなおのことだ。ワシントンの公園でもセヴァストポリの戦闘地域でも、それは変わらない。最初の演説で、退屈に殺されるかもと不安になる。五人目が終わるころには、どうか殺してくれと祈っている。

　翌日の授与式で、わたしは居眠り防止のため頭の中で論文の頁を繰りながら、前線でこれをなんとかタイプできないものかと考えていた。あまたの塹壕や狙撃巣に持ち込んだため、論文の紙はふやけてしわが寄り、ペラヤースラフ会議を紹介する頁には血が飛び散っていた。コスティアのうなじに砲弾の破片が刺さったときの血だ。重傷ではなかった――彼が上着を脱いでうなじを剝き出しにし、わたしがウォッカで消毒した針で傷口を縫い合わせたので、医療大隊の世話にならずにすんだ――が、わたしの哀れな論文は、ボフダン・フメリニツキー同様に戦禍を被り……そこではっと物思いから覚めた。第二中隊を代表して、わたしが祝辞を（短く！）述べる番がきたのだ。

　キツェンコ中尉は公用語と皮肉のきいたユーモアを絶妙に組み合わせた長めの演説を行い、列席者の苦笑を買った。彼がそういうことに長けているのは知っていた。権威を失墜することなく友好的になれる将校はめったにいない。それはキツェンコの生まれ持った才能なのだろう。彼が兵士たちの喧嘩（けんか）をうまく止めるのを何度か目にしたが、全員に懲罰義務を課すのではなく、ユーモアを交えて叱るので、しまいにはみんなが笑いながらうなだれて、いたずらっ子みたいに彼に誓うのだった。はい、同志中尉、二度とこんなことはしません、同志中尉。

　演説がようやく終わり、あとはリボンや星が軍服に留められるのを見守るだけだ。受勲した者のなかに女性が一人いた。ファシスト五百人を墓場に送るのに貢献した美しい機関銃手だった。満面の笑みで赤旗勲章を受章する姿を見て、わたしは思った。〝おめでとう〟それから、受章者の列にアレクセイ・パヴリチェンコの姿を見つけた。彼の胸にどんなリボンや星が輝くのか知らないけれど、〝負傷者を迅速かつ効率的に前線に送り返した功〟による受章だろう。彼の口元がほころぶのが見えた。むろん彼は勲章を授与される。アレクセイみたいな男は、つねに正しく評価されるのだ。彼は民間人として病院で目覚ましい出世を遂げた。中尉となったいま、医療大隊でも目覚ましい出世を遂げる。

式典がお開きになると、わたしはそそくさと退席した。アレクセイはきっとわたしを探そうとするだろう――祝辞を述べるため進み出たわたしを見た瞬間、からかってやろうと狙いをつけたにちがいない。「ミラ?」彼の声が耳に届いた。その声はいまだにわたしを歯噛みさせる力を持っていた。わたしは倒木の陰に身を潜めた。彼がゲームに飽きて大隊に戻るまで、辛抱強く待つつもりだ。これまで狙撃の機会を窺って何時間でも待ってきた〝時の翁〟を出し抜けるわたしだもの、煩わしい夫ぐらいなんでもない。

アレクセイの金髪が遠ざかってゆくのを認めてようやく、わたしは煙草を取りだした。火をつけて煙をありがたく吸い込む。前線に来たばかりのころは、〝煙草はたしなみません〟とお高くとまっていた。あのころの自分を振り返ると――図書館研究員で大学院生で意気軒高な歴史学者――いまとは別人だ。戦争という学校に入って半年が過ぎようとしていた。

「パイプを吸う女性を見るのははじめてだ」キツェンコが背後で言った。一人が好きなので、と言ってもよかったが、わたしが上官と並んで座っているのを見たら、いくら夫でもそばにしゃがみ込もうとは思わないだろう。だから、キツェンコがかたわらの木にもたれかかっても文句は言わなかった。彼の肩とは断じて関係ない。

「どこで手に入れたの？」彼はわたしの手のパイプを目顔で指し、煙草の包みを取りだした。

「ヴァルタノフ。最初の出陣のあとで彼がくれたの」ナシの木の根を彫って作ったトルコのパイプで、吸い口は琥珀──美しい品だ。彼の手元に唯一残った価値ある物だろう。紙巻き煙草のほうが好みだが、彼が自慢そうに熱心に勧めるので断れなかった。返すのは失礼だとわかっている。わたしにとってこれは戦って勝ち取った勲章だ。機関銃手のオニロヴァが受章した赤旗勲章より価値がある。「煙草の葉の詰め方を習いたいから、彼の前ではこれで吸うようにしているの」

「粗い刻み煙草はきつすぎるんじゃないか？」キツェンコはカズベク煙草に火をつけた。

「もう慣れたわ」

「おもしろいね」キツェンコは霜が降りそうな空に煙を吐いた。「見た目のいい女性はふつうパイプを吸わない」

「言い方を変えれば、わたしは醜くてふつうじゃないってことね」わたしはにんまりした。いま現在はけっして醜くないと思っていたからだ。それどころか、ここ数カ月ではじめて、自分の女らしさを意識することが嬉しくてたまらなかった。バーニャの入口で初対面にもかかわらずいちゃいちゃしたあのときから、意識はしていたのだ。

「きみがふつうじゃないことは、第五十四連隊にあまねく知れ渡っている」キツェンコが煙草の煙で輪を作った。「見た目のほうは、一概には言えない。理想とは時代と流行と慣習によって規定される。ぼくにとって」――彼が真剣な眼差しでわたしを見る――「こんなにきれいな生垣にはお目にかかったことがない」

思わずプッと噴き出した。彼が腕を空に突きあげた。ウィニングランをする優勝者みたいに。

「どうしてわたしに言い寄ろうとするの？」わたしは笑いながら尋ねた。これではパイプは吸えない。「連隊に女性はそう多くはいないけど、そこそこの数はいるでしょ。それにみんな、わたしより口説きやすいんじゃないの」

「おもしろみには欠ける」

「どうして？」彼が差しだす煙草を受けとった。「狙撃手にロマンティックな思いを抱いているから？　二百人以上の男を倒した女をものにしたいから？」愚かな若い将校のなかには、そういう考えの持ち主がいる。人を冷酷に殺せる女の体には、熱い血が流れているという漠然とした思いというか。

「それもある」キツェンコがしげしげとわたしを見た。「確認戦果二百の女性狙撃手と聞くと、特別な姿を思い浮かべる」

「あなたが思い浮かべた姿にわたしは一致したの？」

「まるでちがった。ぼくが思い浮かべたのはコスティアの異母妹みたいな女だった。去年、彼をイルクーツクに訪ねたときに会ったんだ。よく生きて戻ってこられたと思ったよ。コスティアの複雑な家族の歴史は本人から聞きだすといいけど、彼の父親は彼の母親と正式に結婚していなかった。親父さんはバイカル湖の畔でコスティアの腹違いの兄弟姉妹と暮らしている。その一人が飛行学校に入るのでイルクーツクに出てきてたてね」

「その話、どこに向かうのかしら、同志中尉？」わたしは迷子になった気分で尋ねた。

「我慢して聞いてくれよ。それで、コスティアとぼくは、この異母妹のニーナとイルクーツクでばったり出会ったんだ。じつは彼も異母妹のことはよく知らないらしいけど、それでもぼくに紹介してくれた。その娘がぼくにとっては悪夢だったんだ。剃刀みたいな目をした小柄な野生児でね。人間の骨で歯をせせったり、素手で人の喉を掻き切るなんてお手の物って感じなんだ。そういうのが」キツェンコが話を締めた。「〝二百人殺した女性狙撃手〟と聞いて、真っ先に思い浮かぶ姿。シベリアの荒野からやって来た、氷のような目とオオカミ並みの良心を持つ野生児」

「どうしてそんなふうに考えるようになったの？」わたしは小首を傾げた。「女性狙撃手はそういう姿だろうと――冷酷で感情に乏しい野蛮人？　わたしやほかの女性狙撃手のことはなにも知らないのに、こうにちがいないって決めつけるのはどうして？　外見はこんなだろうって、どうして言えるの？」

「どうしてって、確認戦果二百の女性に会って、それが史学科の学生で、この世でこれ以上退屈なものはないっていう論文を背嚢に入れてて、男の心臓の上に照準器の十字線を合わせるのが、このうえなくやさしい茶色の瞳だと知ったときの驚きったらなかったからかな」

　なんと言えばいいのかわからなかった。ただ、わたし自身の心臓は、狩りから戻ったばかりみたいにドキドキしていた。「どうしてわたしの論文のことを知ってるの？」なんとか言葉を送りだした。「ご参考までに、退屈なものじゃけっしてないわよ」

「きみの論文は中隊で知らない者はいないほど有名だからね、軍曹。きみがそいつを取りだすと、勇敢な男たちは危険区域へと我先に飛び出してゆく。レーニン勲章を授けられた兵士が怖気（おじけ）づいて真っ青になる――」

「わたしの論文を侮辱することが、いまでは女性のベッドに潜り込む手口になっている」

　彼の笑顔が皮肉っぽくなった。「きみの瞳に関する意見は聞き逃したようだね？」

「わたしの瞳に関して素敵なお世辞を言ってくれたとしても、わたしには誰かさんの前線の愛人になる趣味はありませんから。あなたのことだから、故郷に奥さんか婚約者がいるにちがいない。あるいは、そのどっちかになりたがっている人が列を作ってるんでしょ」

「いまのところ、ほかの生垣には目もくれない。名誉にかけてね。ぼくはこれでも一夫一婦制を信奉する茂みだからね」

「みんなそう言うわよ」

「ほかの連中はそうだろう」

「それで、こっちがノーと言うと、降格するって脅すの」

「ぼくはそんなことしないよ、リュドミラ。いまから戦争が終わるまでのあいだ、きみがノーと言いつづけても、ぼくはそんなことしない」彼が首を傾げた。「きみは実際に降格すると脅されたことがあるの、ノーと言ったから――」

「もちろんあるわ」実のところ、二度。わたしが恐れたのは降格ではなく、上官にレイプされることだった。実際に起きている。被害にあった女性たちを、レーナが医療大隊で手当てしているけれど、上に報告されることはむろんない。

「きみほどの実績があれば、あの小柄な機関銃手と並んで赤旗勲章を受けていて当然なのにな。上司の降格するという脅しを受け流す必要だってないんだ」陽気な中尉が怒るのを見るのは、そのときがはじめてだった。彼の顔が曇ったのでそうだとわかった。青い目や高い頬骨の奥で雨雲が湧きおこり、暴風雨前線へと発達しそうだ。「きみを推薦するつもりだ。これだけの戦果を――」

わたしは肩をすくめ煙草の煙を深く吸いこんだ。「勲章をくれるというならもらうけれど、そのためにやってるんじゃない」

「だったら、なんのためにやっているの？」

「またそれ。そういうことを男にも尋ねる？」

「尋ねるさ。現に尋ねている」彼の言葉には驚かされた。「新兵にはどうして志願したのか尋ねることにしている。誰が愛国者で、誰が狂信者で、誰が自暴自棄か知っておく……」

「でも、みんなおなじことを言うんじゃないの。〝同志スターリンと祖国のためです〟って」

「たしかに、でも、言い方はそれぞれちがう――そこからいろいろなことがわかる」彼がわたしを小突いた。「さあ、きみはどうして志願したの？」

「同志スターリンと祖国のため」声に節をつけて言った。

彼は真面目な表情でつづきを待っている。わたしはためらった。

「息子のため」白状したことに自分で驚いた。小隊のメンバー以外、わたしに息子がいることは誰も知らない。スラヴカのことを話したことはなかった。話せなかった。この血生臭い死と泥と硝煙の世界で名前を口にすれば、彼を汚すことになる。「わたしが戦わなければ、彼が成長するための世界がなくなる」

キツェンコは煙草の灰を落とした。「写真を持ってる？」

写真を取りだした自分にも驚いた。「わたしのスラヴカ」七歳のときに写した記念写真だ。気に入りの木彫りの船を握り締め、黒髪をきちんと梳かし、背筋を伸ばして座っている写真。「このころの面影はもうないわ」わたしの声はやさしかった。「背が伸びて不格好になって……でも、最後に会った彼はこうだった。どれぐらい変わったかしらね？」もしわたしがここで死んだら――最近では、ここでいつ死ぬだろうと考えることが多くなった――答えを知らずに終わるのだ。

キツェンコ中尉がもし抱き寄せようとしたら、わたしはアナグマみたいに毛を逆立て、歯を剝き出しただろう。彼はただ写真を見つめていた。わたしが必死に気持ちを抑えようとしていることは見て見ぬふりだ。「美しい少年だ」彼は言い、わたしが落ち着いたのを見計らって写真を返してくれた。「きみに似ているね」

「わたし……」涙を懸命に堪えながら、息子の写真を胸ポケットに戻した。「毎日あなたのことを思うわって約束したの。でも、月日が経つうちにまるで思わなくなった。わたしは悪い母親なのかしら？　例えば――」息が喉につかえた。「例えば、彼への手紙に同封するため葉や花を集めているときも、彼のことを思わない。思えないのよ、ここではね。あの子はここに属していない。だから、心の中の鍵のかかる部屋に彼を閉じ込めている、封印しているの」

「きみはすべきことをやればいい。ぼくたちはみなそうだ」キツェンコがわたしの顔を覗き込んだ。「彼はいまいくつ?」

「九歳」きっと彼は頭の中で計算している。「わたしは若くして彼を産んだの、ええ」声が震えるのがわかる。乱暴に目を擦った。「若すぎた」

「勲章授与式でパヴリチェンコ中尉に気づいた。目立つからね」わたしの中隊指揮官は煙を吐いた。「きみの元夫?」

答えなかった。複雑な離婚申請の顛末(てんまつ)など話したくない。しかも、まだ決着がついていないのだから。わたしは煙草の煙を乱暴に肺の奥まで吸いこんだ。遠くの話し声がやみ、最後の車が走り去るまで、わたしたちは並んで木にもたれていた。キツェンコが吸い終えた煙草を捨てて足で踏んで火を消した。「送っていくよ」

「一人で帰るわ」コスティアが中隊指揮官の車に同乗して戻っても、二人は階級の差を越えた友人だからと誰もが納得するだろう。でも、わたしがおなじことをすれば、彼と寝たと思われる。

「野営地の手前二百メートルで降ろしてあげるから、一人で歩けばいい」彼はわたしの考えを完璧に読みとっていた。

それでもためらった。「ありがとう」

彼の頬にえくぼが浮かんだ。「あのキスのことだけど――」

「キスは手に入らないわよ！」

「賭けようか？　ぼくが賭け元だったこと、憶えているよね」

「その前にわたしを油断させなきゃ。で、わたしはけっして油断しない」

「ぼくは忍耐強いんだ。ゴムチューブをいつも耳に突っ込んでいるわけにはいかないだろう」

「熟達の狙撃手にこっそりちかづいて、彼女が渡す気のないものを盗もうとするなんて、愚かな考えだとわたしは思うけど」ここで敬礼した。「お手並み拝見ってとこね、同志中尉」

「ああ、笑っているところを見ると……」

14

わたしの回想録、公式版。一九四一年十二月十七日の朝六時十分、アメリカが宣戦布告して十日後、ドイツ軍はセヴァストポリの防衛陣地に大砲と迫撃砲による猛攻撃を仕掛けた。防御線を分断し、セヴァストポリ侵攻をきっかり四日後に終わらせる腹だ――十二月二十一日、独ソ戦争がはじまって半年目のその日に。

わたしの回想録、非公式版。ついに命運が尽きた。

光が明滅する。苦痛、暗紅色と漆黒。困惑、覆いかぶさる毛布。

身動きがとれない。

――〝装甲輸送車がちかづいてきて、狙撃手と軽機関銃手の二個大隊があとにつづき――前哨地からの雑音混じりの報告。わたしの部下たちがさっと持ち場につく。命令――ドローミンから？　キツェンコから？　〝狙撃小隊の狙撃兵は機関銃手を援護しろ。パヴリチェンコ〟――命じているのはキツェンコで、わたしの肩に手をやり、硝煙で汚れた顔の中で青い目が輝く――〝きみは塹壕から側面を狙い、機関銃巣と砲手を仕留めろ……〟

瞬きしてまつ毛の血を払ってもまだ見えない。身動きできない。わたしはうつ伏せに倒れている。

――〝機関銃巣をやれ――〟命令、轟音をついてヒステリックにがなる声。キャタピラー装甲輸送車が空き地に入ってきて、屋根の上の装甲板の陰から、意地悪な昆虫みたいにカタカタと機関銃の掃射がはじまり、倒れたニレの若木の幹へと接近してきて第一大隊に銃弾の雨を降らせる。塹壕の壁が砕け、女の悲鳴があがり……

もう一度瞬きして血を払う。なにかが脇腹を伝い落ちる。なにかが背後から覆いかぶさってきた。コスティア。コスティアはどこ？　わたしの小隊は？　コスティア。

――〝おれも行く〟コスティアが騒音に負けじと耳元で声を張りあげ、塹壕へ向かおうとするわたしの腕を摑んだが、わたしは小隊に戻れと指示した。〝あなたには小隊がある、彼らを率いて――〟前面衝突ははじめてのヴァルタノフは口をあんぐり開け、震えまいと必死だった。いまにも逃げだしそうな者もいたが、手は震えていない。〝コスティア、彼らを頼んだわよ――〟そうして、わたしはアカシアの落ち葉でなかば隠れた浅い塹壕に飛び込んだ。装甲輸送車が死を撒き散らしながらゆっくりとちかづいてくる。わたしは体の向きを変え、弾道の計算をする。残された時間は六十秒を切り……

瞬きする。一度、二度。わたしは標本にされた蝶(ちょう)みたいに闇にピンで留められている。唇は血と鉄の味がするが、頭はちゃんと計算していて、ものの数秒でできるはずが、数分?――数時間? 数日?――かかって。〝機関銃手の頭の位置は地上二メートル以上で、ライフルを置く胸壁の高さは二十センチ、照準線と水平線が作る角度は三十五度……距離二百メートルで標的は移動していて、銃弾が二百メートル飛ぶのに〇・二五秒かかる。そのあいだに標的は四メートル動いているから……照準器の偏流（風による弾丸の偏差）ダイヤルを調整し……体内時計が十二時に向かってカウントダウンをはじめるなか、計算式が螺旋(らせん)を描き交差する。

〝――発射〟わたしの弾丸は装甲板の覗き穴に吸い込まれ、一人が車両から落ちた――もう一人。機関銃手になにが起きたのか確かめようと、ドイツ軍中尉が装甲輸送車から出てきた。装甲板に守られているし、ソ連軍の弾は前方の塹壕からしか発射されないのだから、なにを恐れることがある? わたしが側面から撃った弾は中尉のこめかみに命中し……

瞬き。まだ見えないが、両手を体の下にもってゆき上体を押しあげる。苦痛の波が背筋を走り、わたしは地べたに突っ伏す。泥、まだ塹壕の泥の中にいるの、それとも――?

〝――シャルフシュッツェ、シャルフシュッツェ――〟ドイツ語で狙撃手のことだ。叫び声はドイツ軍偵察大隊の指揮所から? 銃弾が頭上の木々を叩き、地面に穴を穿ち、わたしの隠れ場所を見つけようとしている。ライフルを掴んで塹壕から這い出し左へ、一度、二度――ほんの数歩先にべつのもっと深い狙撃手巣がある。もう一回転すれば転がり込める――。

だが、その前に世界がわたしの上に落ちてきた。砲弾が空を切り、わたしを横に払った。鋭い爪を持つ巨大な獣に殴られたみたいに。まだ余裕がある。土くれと木々の破片の中で上体を起こし、考える。〝だめ、だめ、負傷するわけには――〟

だが、負傷した。覆いかぶさる寒気に意識が戻り、瞬きして血を払いながら気づいた。夜の帳が降りるなか、自分の体がズタズタなことに。

視界の中に最初に飛び込んできたのは愛用のライフルだった。ガーランドソーンの枝を何重にも巻きつけたわたしのモシン－ナガンの輝く姿……木製の銃床は真っ二つに割れ、銃身は曲がり、照準器は砕けて金属とガラスの破片になっていた。二度と弾を発射できない。あんなにやさしく歌いかけてくれた愛しいライフルが。砕けた体を抱き寄せて、わたしは呆然とし、泣いた。動かせるのは腕だけだった――頭上のアカシアの樹冠は砲撃で吹っ飛び、倒れた木がわたしを地べたに釘付けにしている。背骨と右肩甲骨のあいだが刺すように痛い。枝が刺さったのか砲弾にやられたのかわからない。起きあがれない。体をくねらすことも、傷口を手で塞いで止血することもできない。壊れたライフルを抱えて地べたに横たわり、無情な霧のような冷たい黄昏になす術もなく包みこまれる。薄れゆく光のなかで、体の下に血溜まりが広がるのを感じる。下着も軍服も濡れている。とても静かだ。木々が音もたてずに揺れている。戦闘の波はつぎの区域に向かって移動していった——遠くから砲声が聞こえる。〝わたしの小隊〟と思った。わたしの連隊の仲間たち——この戦闘で何人が死んだの？　ドイツ軍はどこまで攻め込んできた？　いまここでドイツ兵に見つかれば、自分の頭に銃弾を撃ち込む前に捕まる——肩より下に手を持ってゆけない。ベルトに挟んだＴＴピストルは、遠くモスクワにあるのもおなじだ。

〝ここがわたしの死に場所だ〟使い物にならないライフルを抱き締めたまま、わたしは思った。冬の空に聳える木々は、迫撃砲で葉を落とし真っ黒になり、ぼやける視界に奇妙な影を落としている……それが、身を乗り出して顔にかかる髪をどけてくれる母の姿に見える。それから影が揺れて父の姿になり、〝ベロフの家の者はけっして引かない！〟と言う。わたしは言い返したかった。わたしだって頑張ったのよ、毒入りの錨いみたいなアレクセイのパヴリチェンコの名を引き摺っていようと、いまもベロフの家の者だもの——だが、そう伝える前に父は消え、いま目の前に立つのはスラヴカだ。共産主義少年団の赤いスカーフをしたかわいいセイウチが、わたしが送った落ち葉や花を両手いっぱいに持って振り返る。〝ママ？〟その頬はもうふっくらしたセイウチほっぺではない。顔の骨が浮いてきて、思春期の少年を思わせる。この目で見たことはないけれど。生きて彼に会うことはないのだ。わたしは血を流して死ぬ。

「スラヴカ――」血まみれの歯の隙間から声を絞り出したが、瞬きすると息子は消えた。その代わりに男の暗い影が見えた。夕日の最後のひと筋がヘルメットを輝かせる。キツェンコ中尉だ。軍服のうえにコートを羽織り、軽機関銃を肩からさげている。

「ミラ」彼が言う。「ミラ、どこが痛むのか教えてくれ――」

どこもかしこも。彼の背後には兵士たちがいるが、アカシアの折れた枝をどける姿は影にしか見えない。〝どけなくていいのに〟彼らに言ってやりたい。〝死ぬんだから〟これで勲章をもらえるかもしれない。追叙されて、息子がわたしを思い出すよすがになる。

「馬鹿言うな、まだ死ぬことは許されない」キツェンコが言い、わたしの体を上向きにして肩と膝の下に腕を差し込む。「きみは中隊指揮官、つまりぼくに必要な書類を提出していないのだから、死ぬのは待ってもらわざるをえない。じっとしてろ――」そうして、彼はわたしを抱きあげ、塹壕へと運んだ。

「クソッ」レーナ・パリイの疲れた悪態が聞こえたかと思うと、背中をハサミが滑りおりるのを感じ、上着も下着もいっしょくたにカニの甲羅みたいに引き剝がされた。「背中がきれいに抉（えぐ）られて――」

「二十分後にぼくが彼女を医療大隊に連れていく。ぼくの管轄区における戦闘は小康状態だから」またしてもキツェンコ。「ドローミンの車を使う」

「あのしみったれが車を貸してくれる？」

「かいつまんで言うと、きみがさっさと包帯を巻いてくれたら、ぼくはさっさと車を出せて、彼がなくなっていることに気づく前に車を返せる」

砲弾で穴だらけの道で車に揺られ、包帯をぐるぐる巻きされたわたしの胴体は苦痛の業火に焼かれた。キツェンコがときたまハンドルから手を離し、転がるわたしの頭を支えてくれた。「頑張れ、ミラ、たかだか数本の木っ端に負けるな……話してくれ、ボフダン・フメリニツキーのことでもなんでも。きみが死んだら、ほかの誰がペラヤースラフ会議の話でぼくを眠らせてくれるんだ？」

ふっと気を失うと、第四十七医療大隊の暗い地獄に落ちていた。迷路のような包帯室、隔離病棟、モグラの王さまの部屋みたいな地下トンネルの病室。「輸血が必要――」医師の疲れた声がした。「クソッ、あと何人来るんだ？　血液の蓄えが――」

〝輸血の必要はありません〟そう言おうとした。〝死ぬんだから〟

キツェンコが袖をまくりあげた。「彼女の認識票を見たことがある。おなじ血液型だ。ぼくの血を取ってくれ」

「体を固定して非占領地域に送ったほうがいい。つぎの輸送船は――」

「リュドミラ・パヴリチェンコを失ったら、うちの中隊は暴動を起こす。さっさと彼女を手術台に乗せて、そのあとここのベッドに運んでこい」

「でも――」

「血が必要なんだろ？　彼女の大隊の全員がここに来て袖をまくりあげる。彼女にここにいてもらえるなら」それから手術室。頭上のまぶしい光、四つの手術台で四人の外科医があくせく働いている。車椅子で暗いトンネルをおりてくる前に最後に目にしたのは、絶叫する男と彼を押さえつける逞しい衛生兵、血が固まった動脈。げっそりした外科医が白衣の前を血で汚して振り返る。視覚のあと聴覚もだめになっていたけれど、声は聞きとれた。

「クロシュカ、こんなところでなにやってるんだ？」

〝フォ・ザ・ラヴ・オヴ――〟

そうして気を失った。

目覚めて最初に目に入ったのはアレクセイ・パヴリチェンコの顔だった。わたしはぎょっとして跳ね返る。天井に届きそうな勢いで。

「あまり嬉しそうじゃないな、クロシュカ」彼はわたしの首元に手をあてがって仰向けの姿勢に戻し、ベッドの端に腰をおろした。ちかすぎだ。こことウラジオストクぐらい離れていたってちかすぎるぐらいだ。「三日前におまえの命を救ってやったのに」

わたしの命を救ってくれたのはキツェンコとレーナだ、と思わず言いそうになった――わたしがいまここにいるのは、キツェンコがわたしを前線から運び出し、レーナがきつく包帯を巻いてくれたおかげだ――けれど、言うまえに咳の発作に襲われた。咳き込むたび苦痛に身悶(みもだ)えした。アレクセイはわたしの脈をとり、咳き込むわたしを平然と眺めていた。

「どれぐらいひどいの？」ようやく話せるようになった。「わたしの傷」いまのわたしは仔猫ほどの体力しかない。腕には輸血の針の痕がいくつも残り、背中と肩は酸に浸けられたように痛む。でも、三日持ち堪えたということは、簡単に死なないということだろう。

急に寒気がして毛布を被った。

「足の長さぐらいの木の破片が右肩甲骨から背骨まで突き刺さっていた」アレクセイがこともなげに言った。「あと数センチ深く刺さっていたら、死ぬか半身不随になっていた。おれが破片を抜いて傷口を縫い、輸血してやった」

「ありがとう」礼を言ったのは、彼があてつけがましいからだが、間違いなくすばらしい仕事をしたからでもあった。アレクセイ・パヴリチェンコはげす野郎だけれど、一流の外科医だ。

「大量に出血していて危なかった」彼がバイタルサインをチェックしながら言う。「おまえを運んできた中尉、彼が一リットルの血を提供した……誰なんだ？」

わたしは聞こえないふりで起きあがろうとした。「ドイツ軍の攻撃はどうなって——」

「つづいている。だが、われわれは阻止している。フォン・マンシュタインは予定どおりセヴァストポリで新年を祝うことはできないだろう」

「いつごろ中隊に戻れる？」

アレクセイがわたしを横にならせた。「抜糸までで も二週間はかかる」

「十日」声が掠れる。「十一日目には、手近の割れた瓶でもなんでも使って糸を引き抜くから」

「おまえならやるだろうな」夫が思案げにわたしを見る。「船で会ったときは、おまえに担がれていると思った。戦果百八十七なんて嘘っぱちだと。そのあといろいろ耳にして……あれは冗談じゃなかったんだな」

わたしは口を引き結んで天井を見あげた。

「いまはいくつまでいった、クロシュカ？　二百を超えたか？　おれが結婚したあのパン屑がいまじゃ——」

「できれば階級で呼んでほしいんだけど、同志パヴリチェンコ中尉」

「ちょっとからかっただけさ、相変わらず冗談が通じない——」

「うちの問題児がご迷惑をおかけしたんじゃありません？」レーナが水の入った洗面器を持って颯爽と入ってきた。どんなにほっとしたことか。「傷口はわたしがチェックしますので、同志中尉、手術室にお戻りください」

またしても思案げに見つめた挙句、アレクセイは練兵場を歩くように大股で出ていった。彼がいなくなって部屋が広く明るくなったようだ。不意にほかのベッドの患者たちが気になりだした。身じろぎひとつしない者、毛布を被ってのたうち回る者、消毒剤と血の臭い。

思わず深く息を吸いこんだ。縫われた痕に燃料を塗られ火をつけられたように感じたけれど。

「大隊には外科医は大勢いるだろうに、よりによって彼に執刀されるってどういうこと?」わたしは尋ね、また咳き込んだ。

「あんたが運びこまれたら、自分が執刀するって彼が願いでていたから。どの医者も知り合いの兵士を担当するの。衛生兵もおなじ――どうしていつもあたしが傷口をチェックしにくるのか、不思議に思わなかったの? それはそうと、うつ伏せになって」寝返りを打つのにレーナは手を貸してくれたが、わたしが洩らした悲鳴は無視した。「あれがご主人なのね、ええ? いい男じゃないの。医療大隊の女の半分は彼とやりたがってるわよ」

「どうぞご自由に」わたしは身構えた。包帯がはずされると、裸の背中に冷たい風が当たった。「彼に迷惑をかけられていない?」

「どうやらあたしは歳を食いすぎてるみたい」レーナはさばさばしている。「彼が追いかけるのは若くて清純で目の大きな子ばかり。それにしても、きれいに縫ってあること。ほかの外科医ときたら、若けりゃ未熟だし、歳がいってりゃ大酒飲みだし。あんたのアレクセイは先週なんて二十時間勤務だったけど、一度も切り損なったことないもの」

〝冷酷でうぬぼれの強いクソ野郎は優秀な外科医になれるのよ〟と言いたかった。「戦況はどうなってる――第二中隊についてなにか知らない? わたしの小隊はどうなったのか知らない？」

「あんたの相棒が献血にやって来て、オオカミみたいにうろついてた。あんたは出血多量で死んだりしないから安心しろって追い出された。小隊を指揮するために戻っていったけど、目が覚めたらあんたに渡してくれってこれを置いてったわよ」レーナが差しだしたのは四角く折った紙だった。「死傷者名」

〝ありがとう、コスティア〟彼の書く字は小さくて角ばっていた。はじめて見る——考えてみれば不思議だ。何カ月も並んで戦ってきて、あくびの仕方も息の吐き出し方も、恐怖を追い払うために腿を指で叩くそのやり方も、細かなことまで知っているのに、どんな字を書くのか知らないなんて……わたしは安堵のため息を洩らした。死んだのはいちばん若い新兵一人で、残りは軽傷ですんだ。老ヴァルタノフも、愚鈍なフョードルも、コスティアも無事だった……そしてわたしも。

自分が生きていることがまだ信じられない。命運は尽きたと確信したのに。

「順調に回復するわよ。これだけ頑張ってきたんだもの」レーナが明るく言って、傷口に包帯を巻いてくれた。「幸運な人生を送れるよ、運に恵まれてるから」

「幸運な人生ね」わたしは硬い枕に頭を預けて目を閉じた。レーナのことは大好きだけれど、いまこの瞬間、誰とも話したくなかった。〝運に恵まれている〟

それからしばらくは、その言葉をいやというほど聞かされた。ヴァルタノフが灰色のひげを引っ張りながら言った。〝オオヤマネコの足に悪魔の運！〟フォードルも大きな手でわたしの両手を揉みながら言った。小隊の残りの者たちも非番のときに歩いてやって来て、前線の様子を話してくれたついでにおなじことを口にした。「それだけは言わないで」コスティアがやって来たときには先手を打った。「なんて運がいいんだ、だけは言わないで」

彼は口角を引き攣らせ、輝くモシン－ナガンを肩からおろした。「あんたのあたらしいライフル。これにすべきだとおれが言い張った。上はあんたにスヴェタ（トカレフＭ１９４０半自動小銃、略称ＳＶＴ－40の愛称）を使わせろと言ってたけどな」

「銃口がサーチライトみたいに光るライフルが狙撃手に向いてるなんて、いったい誰の考えなの？」

「おれもそう言ってやった」彼はそれから無言でベッドの足元に座り、フィンランド製コンバットナイフと針やすりを取りだした。すでにかなりの時間をかけて戦闘仕様に仕上げてくれたことがわかる。わたしが愛用のライフルを分解して油を差すのを、彼は横でさんざん見ていた。わたしが木製のハンドガードをはずし、銃床をやすりで削って銃身が前床にぴたりと当たるようにするのを、彼は見て知っている。レシーバーとマガジンのあいだに詰め物をすることも、彼は知っている。その手の動きを眺めていたら泣きそうになった。言葉が舌の先に引っ掛かる。〝このベッドから出てそのライフルを構えるのは、わたしが死ぬときね〟

そんなこと、コスティアには言えない。彼はわたしの相棒、わたしの影、わたしを死なせないための存在。わたしの命運が尽きたら、彼は自分のせいだと思うだろう――だからその言葉は萎むに任せ、見舞いに来るコスティアがまとっている粉雪のような沈黙に身を沈め、うとうとしはじめる。脚に当たるあたらしいスリーラインの銃身の重みに慰められながら。こうやって彼は、ライフルがわたしに合うよう作業に精を出すのだ。指揮官が己に疑いを抱いたとしても、その指揮官がただの軍曹であっても、部下に気づかせてはならない。わたしは小隊を率いてそのことを学んだ。

上官にも悟られてはならない。だが、キツェンコの鋭さにはいつも驚かされる。

「きみは死なない」入院して六日目に、彼は病室の戸口から言い、スープを飲む最中のわたしをぎょっとさせた。「チョコレートでも食べるといい」彼はベッド脇の低すぎるスツールに腰をおろし、板チョコを取りだした。「ほんもののベルギー産。きのうの午後、うちの軍曹の一人が死んだドイツ軍中尉の背嚢から見つけた。ぼくは臆面もなく階級をかさに着てそいつを取り上げた」

わたしは目をしばたたいた。彼がここにいることが信じられなくて。「ドイツ軍の攻撃って、あなた――」

「第五十四連隊への攻撃はきのうでいったんやんだ。彼らがウジみたいにまた湧いてくるまで、ぼくは暇なんだ」彼の顔はざらつき、軍服は汚れてしわくちゃだ。前線から直行したようだが、わたしを見おろす笑顔は明るかった。「きみは死なない」彼が板チョコの包みを剝がしながら念を押した。

「おなじことを何度も言うのはどうして？」

「前線から助け出したとき、きみはぼくの言うことを信じようとせずに繰り返したからな。〝わたしは死んだ、わたしは死ぬ〟って。きみが多少なりとも正気に戻ったいま、事実をその頭に叩き込んでやらないとって思って。きみは死なない」彼はそういうと、板チョコを割った。

板チョコを口に含む。ほんもののベルギーのチョコレート、食べ慣れた軍の白墨みたいなチョコレートではない。その甘さに涙がこみあげた。「今回は死ななかったかもしれないけど」思わずそう言っていた。それも小声で。「つぎは死ぬかもしれない」

彼が親身になにか言ってくれるのを期待した。〝祖国のためにもっとたくさん狩らないといけないんだから、くよくよしてる場合か！〟あるいは敗北主義を厳しく叱責する言葉を。ところが彼は板チョコをまた割ってわたしに差しだし、こう尋ねただけだった。「どうしてそんなことを考えたんだ？」

「三度目の負傷は致命傷になるって言われたから」

わたしはチョコレートを嚙んで、呑み込んだ。くしゃくしゃの髪を耳の後ろにかけた。

「よく知りもしないで、誰がそんなこと言ったんだ？」

「わたしの言いたいことはわかるでしょ?」

「でも、数えちがいしてるぞ。これはきみの四度目の負傷だ」

「最初の二度は数に入れないの」苛立ちに頭を振った。「最初が脳震盪でつぎがお尻の打撲──そのふたつは怪我とは言えない。三番目が最初で、つぎが今回。だからそのつぎは──」

「だけど、先週、きみは今度の戦闘で死ぬと確信してたじゃないか。ということはつまり、気が変わったってことだろう。殉教者になりたいあまり、数の数え方を忘れたってことだ」

わたしは彼を睨んだ。でも、チョコレートを頬張ったままでは難しい。

「きみは死なない」彼が言う。「どう言えば信じてもらえるのかな?」

「どうしても──振り払えないのよ」声が掠れる。「たぶん、負傷した数じゃない。三度目か四度目か……いつかの時点で、お仕舞になる。命運が尽きる」

「運ってのはそんなふうに働くわけじゃない、パヴリチェンコ」彼は軍帽をくしゃくしゃの髪の上に押しあげた。「配給のパンとちがって量が決められてるわけじゃないんだ」

「数字で表せるわよ」わたしも強情だ。「風の変化をミリラジアンの単位まで計算できる。だったら、息子にもう一度会える確率だって数字で表せるはずでしょ」

「そういうことを言うのは、もっとたくさんのナチを倒してからにするんだな」キツェンコが言い、チョコレートをまたわたしの手に押しつけた。「さあ。母がよく言ってた。女が狼狽えたら、チョコレートを与えて、きれいだよって言ってやれって。きみの場合はちょっとちがう。チョコレートを与えて、危険だよって言えばいい。実際のところ、きみはきれいだけどな」彼が言い添える。「でも、まだまだ危険だと言われるほうが、きみには慰めになるだろうと思うんだ。それはドイツ軍も承知している」

こういう場合、お世辞はなんの役にも立たないはずなのに、嬉しかった。笑いすぎてしゃっくりが出た。

「ぼくたちみんな、意識はしてるんだ、いつもね。死にとり憑かれている。その気持ちが強まったり弱まったり。熱みたいに。ぼくもはじめて前線に出たときはそうだった——最初の戦闘で死ぬと思った。でも、いまここでこうしている。コスティアはオデッサの最後の攻防で大変な目に遭ったと言っていた。撤退する前にやられると覚悟したそうだ」

「そんなことわたしには言わなかった」

「きみの前では無敵であらねばならない。きみも彼の前ではそうなんだろう。いまきみは嫌な予感を抱いている。しごく当然なことだ。きみはこれまでさんざん命のやり取りをしてきて、死がきみの肩に息を吹きかけるのを感じている」

「こういう場合、きみの肩には息を吹きかけないって言うものじゃないの？」

「ぼくたちみんなの肩に息を吹きかける。ぼくらはみんなあす死ぬかもしれない。だから、チョコレートを食べるんだ、パヴリチェンコ」彼が板チョコの最後のひとかけを差しだした。わたしは甘みの最後の一滴まで味わい尽くし、いまどんな気持ちなんだろうと思った……たしかに気持ちが軽くなった、ほんの少しだけれど。みんなにとって――家族にとっては手紙のなかで、部下たちにとっては小隊で、コスティアにとっては並んで戦うときに――わたしは無敵であらねばならない。でも、キツェンコには不安を見せられる。疲れたと言える。ふつうの人間でいられる。

ほっとして胸がやさしく締め付けられた。

「ミラ」いまなら言える。

「なに?」彼は膝に挟んだ両手を握り締めた。

「わたしたち、一緒に戦った仲間だから」硬いベッドに仰向けになった。「わたしをミラと呼んで」

彼がほほえんだ。「ぼくをリョーニャと呼んでくれたらね」

ソ連派遣団：一日目

一九四二年八月二十七日

ワシントンD・C・

15

「ねえ、ミセス・パヴリチェンコ、リュドミラと呼んでいいですか？　パヴリチェンコは発音しにくい！」

ホワイトハウスの一階のダイニングルームにガール・スナイパーが入ってくると、貪欲な好奇心のさざ波が広がってゆく。またひとしきりカメラのフラッシュが焚かれ――借り物のカメラで顔を隠した射手は――レンズ越しに彼女がたじろぐのを見た。リュドミラ・パヴリチェンコは長身ではない。くすんだオリーブ色の軍服から、モスクワではハイカラで通る青い小枝模様のデイドレスに着替えたのでなお小柄に見えた。まわりに群がる垢抜けたワシントン女性たちの真珠のネックレスや、きれいにセットした髪に彼女の視線が引き寄せられる。その瞬間、彼女の手が無造作に切り揃えられた自分の髪に向かいかける。

〝気が弱い〟顔を隠すためのカメラを構えたまま、射手は断じた。〝餌食にされるぞ〟

「みなさん、ゆっくりされましたか」大統領夫人がソ連派遣団を出迎えた。ガール・スナイパーの背後で、ダークスーツの男たちが室内を見惚れないよう気を引き締める。〝スモール〟・ダイニングルームとは名ばかりの広い部屋で、シャンデリアが輝き、天井には精巧な装飾が施され、丈高い窓に掛かるカーテンは左右に寄せて優雅にタッセルで束ねられている。双方の通訳者が紹介の言葉を述べる。射手はつぶやかれるロシア語に意識を集中した。流暢とまではいかないが意味は理解できる。アメリカ共産党の集会で暇を持て余したときに役立った。ワシントンやニューヨークにいる誰かを脅かしそうなアカの煽動者を摘み取る機会を狙うあいだ。その当時、アメリカ人マルクス主義者を事故に見せかけて殺すと、けっこうな報酬をもらえた――ソ連が同盟国となったいまはそれほどでもないが……

もっとも、彼を雇う連中は、ソ連がいつまでも同盟国のままでいるとは思っていない。将来的には安定した報酬が見込めるということだ。

大統領夫人が列席者に席につくよう勧めた。長いテーブルには、陶磁器やクリスタルや銀器が林立している。「アメリカ流の生活に馴染むには朝食から、アメリカの伝統的な朝食を召しあがっていただきます」

「アメリカの朝食って料理がこんなにどっさり出るのか？」派遣団の団長がロシア語でつぶやくのを、射手は聞き逃さなかった。料理はすでに並んでいた。目玉焼き、炒めたベーコンとソーセージ、マリネしたマッシュルーム、冷えたオレンジジュースのジャグと熱いコーヒーのカラフェ。「あれはなんだ、オラディか？」

「パンケーキ」ミラ・パヴリチェンコがロシア語でつぶやき返した。射手の席は彼女の席の真向いからふたつずれているだけなので声は聞きとれるが、こちらの顔は彼女の視界に入らない。「アメリカではオラディのことをパンケーキと言うんです。じろじろ見ないほうがいい、田舎者と思われます」

「彼らはきみしか見ていない。きみのことを田舎者だと思ってるんじゃないのか」団長は厭味ったらしく言い放ち、射手は笑いを嚙み殺した。テーブルを囲んでおしゃべりの花が咲く。ソ連は国際会議にあと二人の学生兵士を派遣しており、番人や大使館員たちに囲まれて座っている――いずれもダークスーツのいかつい男たちで、誰も彼らに関心を示さない。並みいる列席者の視線の先では、ガール・スナイパーが瓶を空にする勢いで紅茶にマーマレードを落としており、みんなに見られていることに気づくと、しまったというように肩をすくめ手を止めた。

「わたしのことを〝ガール・スナイパー〟と呼ぶのはやめてほしい」マーマレードでどろどろの紅茶を飲みながら、彼女がロシア語でつぶやいた。「兵士で二十六歳の女をつかまえて〝ガール〟って呼ぶの、アメリカ人ぐらいなものよ」

〝怒りっぽい〟射手は頭にメモしてベーコンを嚙みしめる。リュドミラ・パヴリチェンコにじかに会って人となりがわかってよかったと、あらためて思った。彼女に関する情報は、金で買収した第三者から得てもよかった。身代わりに仕立てる相手とは充分な距離を取る戦し甲斐のある仕事とは思えない。
の人物像が完成しつつあった。どんな人間で、なにに憤慨するか、どう操ればいいか。挑
……多少の危険は冒してでも来た甲斐はあった。頭の中で、ソ連のかわいい宣伝用ポニー
貪欲なジャーナリストや見かけ倒しの役人たちに混じれば、彼女の注意を引く心配もない
のがいつものやり方だ。もっとも、有力な黒幕のおかげで立派な偽の身分が手に入ったし、

「前線で兵士として戦う女性ですって！」細めのブロンドが目を輝かせてテーブルに身を乗り出した。「アメリカの女性たちにとってそれがどんなに奇妙なことか、おわかりにならないでしょうね。そんな法案が議会を通ったのは、ただただヒトラーを打ち負かすためなんでしょ。絶望的な時代の絶望的な法案ってところかしら？」

「その逆です」通訳から質問の内容を聞くと、ガール・スナイパーがロシア語で言った。「ヒトラーが台頭する前から、わが国の女性たちは平等に扱われてきました。革命初日に、わたしたちの権利は保証されたのです――わたしたちが男性と同様に自立しているのはそのおかげです。戦争だからではない」

彼女の言葉が英語に訳されると、〝練習してきたな〟と射手は思った。当然だ。ソ連派遣団は缶入りの答えやそらで唱えるスローガンをたんまり用意している。

「ボルシチが恋しいですか、リュドミラ？」大統領夫人の補佐官の一人がオレンジジュースとベーコン越しに尋ねた。

「正気の人間はビーツを恋しがったりしません」リュドミラ・パヴリチェンコが通訳を介して言うと、笑いが起きた。

〝愉快な女だ〟射手は意外に思った。ユーモアのセンスなど期待していなかった。

さらに質問が飛ぶ。「マイアミ－ワシントン線の列車に乗られたそうですね、リュドミラ――特急列車ははじめてですか？　あまりのスピードに衝撃を受けられたのでは？」

「わたしが唯一衝撃を受けたのは、〝白人専用〟と書かれた車輛です」ガール・スナイパーは皿のマッシュルームをフォークで刺した。「〝人はみな平等に造られている〟を最初に掲げる国で、そういうものを目にするのはおかしな話です」

〝面倒な女だ〟と、射手は思った。テーブルの下で団長に足を蹴られているにちがいないが、彼女は何食わぬ顔でマッシュルームを咀嚼していた。ブロンドがまた身を乗り出して質問を発すると、通訳はほっとした顔をした。

「あの、未婚の女性は赤軍に入れるんですか？　あなたのお名前はミセス・パヴリチェンコでしたよね」

〝既婚〟射手は頭にメモした。亭主はどこにいるんだろう。

「妻を戦場に送りだすことに、ソ連の男性がアメリカの男性以上に熱心だとは思えないんですけど」ブロンドはクスクス笑った。「男っていうのはねえ！　うちの主人ときたら、わたしが議長を務める委員会の仕事で出掛けるたび、文句たらたらなんですのよ。主人をほっぽらかしてロシアの前線に行こうものなら！」

「妻のやることなすこと気に食わない男性もいますから」と、ガール・スナイパー。何人かがクスクス笑った。

「さあ、それはどうかしら」大統領夫人が出し抜けに声をあげた。「もしわたしがロシアの前線に行くことにしたら、夫はおそらくこう言うでしょう。〝けっして殺されるなよ、エレノア、それから、ナチの頭皮をいくつか土産に持ち帰ってくれたまえ〟」

ガール・スナイパーが笑った——通訳される前に。〝英語がわかる〟またしても驚かされた、と射手は思った。賢いから英語ができることをひけらかさない。

「ねえ、ミセス・パヴリチェンコ、はじめてのアメリカ訪問を立派にこなしておられる」テーブルの向かいの親切そうな男が言った。「銀器の扱いなんか見事なものだ」

リュドミラ・パヴリチェンコの声がきつくなった。「ありがとうございます」にこやかに言う。「ソ連に銀器が入ってきたのはほんの先週のことなので。それまでは料理を枝に突き刺してましたから」

〝怒っている〟と射手は思った。テーブルの下でまた蹴られたにちがいない。彼女は食べることに専念し、必要以上に力を入れてフォークをソーセージに突き立てた。〝行儀よく、にっこりしろ〟団長がロシア語でささやくと、彼女は目を細めて睨み返した。〝怒り心頭〟射手は頭の中で修正した。プロパガンダのポスター・ガールなら、もっとしとやかで従順でなければ。リュドミラ・パヴリチェンコはここにいたくないし、命じられてほほえむのが嫌でたまらず、馬鹿げた質問に辟易(へきえき)している。

射手はにやりとしてそれもメモした。〝怒れ、怒れ、小娘〟コーヒーを飲みながら思った。〝かっとなれ、取り乱せ、台本どおりにしなくていい。これからの一週間、あんたがかっとなればなるほど、ここにいる連中は、大統領に銃弾をぶち込んだのはあんただと確信を強めるんだから〟

大統領夫人の覚書

ソ連からの訪問客が思っていた以上に英語を話せると知れば、フランクリンは興味を持つだろう――少なくとも訪問客の一人の若い女性は話せる。「ならず者連中がね」彼はシガレットホルダーを咥えたままクスクス笑うだろう。あとで彼にこのシーンを話して聞かせるのが愉しみだ――〝大統領の目と耳〟という呼び名はだてではない。今朝がたの転倒を、彼はなかったことにするだろう。政敵たちの悪意に悩まされいるのではと仄(ほの)めかしても、彼は手を振ってしりぞけ、わたしのおしゃべりを聞きたがるだろう。「どんな様子だったんだ、エレノア！」

椅子の肘掛を筋張った指で叩きながら、彼は年がら年中そう言っている。目を輝かせ、貪欲に学び、吸収し、理解しようとする。彼が知りたがる以上のことをわたしが話すこともしばしばで、わたしが自分好みの問題をしつこく語ると嫌な顔をするものの、話をせがむことはやめないし、いいかげんにしろと言うこともなかった。

だからわたしは、テーブル越しにソ連人たちを観察し、夫のために感想を頭に刻みつづける。もっとも、頭の中は、すぐに片付けなければならない問題でいっぱいだったけれど(書き終えるべきコラム、ヒック宛の手紙、女性有権者同盟の晩餐会の段取り、ポーランド難民支援基金の再確認……)。ロシアの友人たちは威厳があって、真面目で、よい印象を与えようと懸命だ——それでも、威厳の下から脆さが垣間見える。ソ連が送って寄越したのは、国際会議に出席する学生たちだけではなかった。ただし、それは花崗岩並みに強いソ連のスーパーマンではない。彼らが送って寄越したのは、戦争に疲れ、傷ついた歴戦の勇士だ。彼らはその表情で、その身振り手振りで語りかける。われわれを見てくれ、と。あなたたちと同様、ベーコンとパンケーキを嬉しそうに食べるでしょう。おなじ冗談に声をあげて笑うでしょう。あなたたちと同様、われわれも計画を立て、希望を抱き、夢を見るんです……そしていま、われわれはヒトラーの戦車や爆弾や爆撃機に血を絞り取られているんです。あなたたちが同盟国と呼ぶわれわれをよく見てください。助けてください。

彼らの訪米の目的はむろんそれだ。どれだけ援助を必要としているか、第二戦線をどれほど必要としているか、われわれに理解させるためだ……。

そして、フランクリンがソ連に援助を与えるのを阻止するためなら、それこそなんでもするという連中が、ここワシントンには存在する。

九カ月前

一九四一年十二月

セヴァストポリ前線、ＵＳＳＲ

ミラ

16

わたしの回想録、公式版。戦場では女性兵士ならではの大変さがある。男性との付き合いで厳として守るべきこと。いちゃつかない、焦らさない、戯れない、けっして。

わたしの回想録、非公式版。まあ、それはそうなんだけれど……。

「いいかげんにして」わたしは喘ぎながら涙を拭った。「縫った痕が引き攣れて痛いんだから」

コスティアもリョーニャもわたしの訴えなどどこ吹く風。病棟でふざけて決闘を行っている。幅広の包帯ロールをサーベル代わりに振り回し、おまるを盾代わりにして。「まいったか、小癪な野良犬め！」リョーニャが叫び、エロール・フリン張りに包帯で払う——彼が禁制の西洋映画をこっそり観ていることが、これでばれた。病棟全体が浮かれていた。患者はベッドから声援を送り、レーナたち衛生兵は戸口で腹を抱えて笑っている。わたしはなんとか息を吸おうとして、またもや笑いの発作に襲われた。こんなに笑ったのはいつ以来だろう。

コスティアとリョーニャが一緒に見舞いに来るのは何日かに一度だが、そのたびにあたな浮かれ騒ぎを思いつくのが慣例となっていた。この前は、コスティアが九歳のとき仕留めた雄鹿の骨で造ったサイコロを使って、込み入ったサイコロ遊びを教えてくれ、リョーニャがわたしたち二人から有り金をごっそり巻きあげた。リョーニャがいかさまをやったと気づいたときには後の祭りだった。わたしに輸血が必要とわかると、レーナが輸血用の管でコスティアとわたしの血管をじかにつなぎ、横でリョーニャが、真夜中に跳梁跋扈し生きるために血を吸うウプイルの怖い話をしてくれた。「ミラ、牙が生えてきてないか口の中をよく見ておけよ。コスティアはもともとオオカミの門歯を生えているから、区別がつかないだろうけど……」

そして、きょう――

「剣を捨てろ、悪党め！」リョーニャが乱暴に切っ先をかわすと、コスティアのおまるの盾が吹き飛び、包帯剣を腹に突き立てられたコスティアはおぞましい悲鳴をあげた。包帯を体に巻きつけてベッドの足元に倒れ、しばらく死の苦しみに悶えたのち果てた。お辞儀するリョーニャはやんやの喝采を浴びた。一カ月前には、無口な相棒に馬鹿騒ぎの才能があるなんて思いもしなかった。いまは、彼のドラマチックな死に様に歓声をあげていた。

「あまり真面目に死なないでよ」わたしは彼に言った。「退院したら、わたしにはまだ相棒が必要なんだから」

「それに言うまでもなく、きみには戻るべき小隊がある」コスティアは腕時計を見て起きあがり、軍帽をかぶった。「そろそろ戻らないと。あんたのライフルはほぼ戦闘仕様になってるからね」

「戻る日が待ち遠しい」わたしはシーツに隠れた踵をベッドに何度も打ちつけながら、部下たちのことを思った。気を配る役目のわたし抜きで狩りに出る彼らのことを。「油断するなってみんなに伝えて」リョーニャの肩を叩き、足音ひとつたてずに出ていくコスティアを、わたしは思いに浸りながら見つめた。「あなたは戻らなくていいの?」リョーニャがベッド脇の椅子に腰をおろしたので尋ねた。

「きみたちウプイリ（スラブ圏で伝承される吸血鬼）とちがって夜間勤務はないんでね。朝の三時になにかを成し遂げられる人間が、ぼくには信じられない。ふつうは昔の過ちを思い出してくよくよ悩む時間だぜ」

わたしは強張らないように腕と肩を回した。傷跡が引き攣れて痛くてもやるべきだと、レーナに言われていた。「くよくよ悩むって、どんな過ちを犯したの?」

「結婚してたことがあるんだ」彼が意外なことを言いだした。「一年もたずに離婚した。だめな奴だと思う?」

「なぜ離婚したかによるわね」

「ああ、若かったし馬鹿だった」彼がしんみりと頭を振った。「十八の年に、母に言われるまま隣りに住む女の子と結婚した。女性のことはなにも知らなかった。オルガって名前のその子にきれいだって言って、泣いたらチョコレートを渡すことさえしなかった。数カ月が過ぎて、彼女はただ泣いてるだけに思えた。間違いだったと二人とも気づいたから、悲しい思いをさせる子どもが生まれる前に別れた。オルガはそれから技師になり、夫と二人の子どもがいる。いまでは友だち付き合いをしている」

「進歩的なのね」わたしは言い、〝跳べよ、チビのミラ！〟とからかうアレクセイのことを考えた。傷跡が引き攣れ、顔をしかめた。

「きみも若くして結婚したんだよね」リョーニャが小さすぎる椅子の背もたれに肘を載せてもたれかかった。「なにがいけなかったの？」

「自分は夫や父親には向いていないと、彼が悟ったの」そこで言い淀む。「もしそうじゃなければ……もっとも、遅かれ早かれ彼の元を去っていたと思う。彼は息子に辛く当たったし、彼のそばだと自分がすごく小さな人間に思えた」

「きみは小さいもの。ポケットサイズの狙撃手」わたしの肩が強張るのを見て、リョーニャは手首を摑み——わたしの手首は細いから彼の指が楽々回る——ゆっくりと引き寄せた。「でも、パヴリチェンコ中尉が回診にやって来たときのきみを見たことがある。きみは縮みあがっていた。そんな姿は見たくない。さあ、痛かったら言って……」

裂けた筋肉が伸びるのを感じ、わたしは息を呑んだ。「この感覚、好きじゃないな」

そう訴えると、リョーニャは手を放した。わたしは頭を枕に沈めた。アレクセイのことはこれ以上話したくなかった。リョーニャは愉しい話題に切り替えて三十分ほどおしゃべりをつづけ、時計を見て言った。「戻らないと。ぼくは重い責任を負った中尉ってことになってるけど、たまにはその責任をよそに押しつけないとね。ドローミンにぼくを睨む言い訳を与えてやるためにも」

わたしは笑った。リョーニャが身を乗り出して耳元でささやいた。

「きみの元夫が戸口でうろうろしている。例のキスをきみから奪って、彼に焼きもちを焼かせようか？」

わたしは笑いを呑み込んだ。その気はあったけれど。「だめよ」

「試してみる価値はある」リョーニャが口笛を吹きながら去ってゆく。病院のまぶしいライトに金髪を輝かせて。わたしは急いで寝返りを打ち眠ったふりをした。アレクセイにそばでおしゃべりされたらかなわない。だが、彼はしばらくベッド脇に立っていた。息遣いが聞こえた。

〝なにが望みなの？〟ようやく遠ざかってゆく足音を聞きながら思った。

休憩時間にやって来たレーナは憤慨していた。「彼ったら、あんたがリョーニャかコスティアのどちらか、あるいは両方とベッドでくんずほぐれつしてたら、自分に知らせろだってさ。看護婦や衛生兵を締め上げて、あんたたち三人のことを聞きだそうとしたのよ」

「彼には関係ないことじゃない」わたしも憤慨した。「わたしは自分のやるべきことをやってるだけで、誰とも寝ていない。どうして誰も信じてくれないの？」

「なぜなら、おばさんより男のほうが、悪い噂を振りまくものだから。噂によれば、あんたは彼ら二人とやってることになってる」レーナがわたしをじろっと睨んだ。「で、果報者はどっち？」

「どっちでもない。あなただって知ってるくせに。もう、ほんとに勘弁してほしい。足の長さほどもある木っ端を背中から抜いてもらったばかりなのよ」

「その気になれば、二人のうちのどちらかをものにできるって、自分でもわかってるくせに。あの二人が殴り合いをはじめないのが不思議だわよ」

「そんなことするわけない。二人は友だちだもの」わたしが知るかぎり、コスティアの沈黙を破れるのはリョーニャだけだ。捉えどころのないコスティアをにやりとさせることができるのは、リョーニャだけだ。「そして、二人はわたしの友人。それだけ」

「それでなくたってキツェンコには指揮所でやることが五万とあるのに、二日と空けずお見舞いに来る。お土産を持ってね」レーナが顎でしゃくった小さな香水瓶は、彼がこの前の見舞いのときにレースの縁取りのハンカチに包んで持ってきてくれたものだ。「〝レッド・モスクワ〟、安くないわよ。最初が自分の血液一リットルで、つぎが香水……ひょっとしたらつぎはダイヤモンドを持ってくるかもね。彼は求愛してるのよ、〝真夜中の淑女〟」

「あなた、いつから前線の恋の提唱者になったの？」わたしは前屈みになり、レーナに傷跡をチェックしてもらった。「将校から身をかわすにはどうするかって話をさんざんしたあとに？」

「ろくでなしや野獣をどうかわすかって話でしょ、ええ、したわよ」彼女の指は冷たかった。大晦日だし、外は荒れ模様だ。この厳しい寒さの唯一の利点は、温暖なバイエルン地方で育ったドイツ人にとって、わたしたち以上にこの寒さが堪えることだ。「ソ連軍なんてほんのひと捻（ひね）りだと驕（おご）り昂っていた将校たちが、真っ先に逃げだした。あたしは、好ましい男性に求められたら逃げたりしない」レーナが眉をうごめかせた。「逃げるにしてもゆっくり逃げるから、簡単に捕まる」

「せいぜい気をつけてね」

「あたしを口説き落とせるかどうか、本人にはっきり言ってやるもの」レーナは手当てを終え、入院着を戻してくれた。「夜がますます冷え込むいま、寄り添えるあたたかな体があるのはいいものよ、ミラ。試しにやってごらん。あんたの中尉にしろ、あんたのシベリア人にしろ、あんたが布団に潜り込んでいったら、大喜びで靴下をさげるわよ」

「コスティアはそんなこと――」

「男がぞっこんなのにも気づかない馬鹿女のふりをするのはおやめ！」

「彼は相棒なのよ」わたしはしんみりとした。狙撃手の相棒同士の絆がどんなものか、そういう相手を持ったことのない人間に説明してもらえないだろう。夜半すぎの狩りの時間に並んで潜んでいると、おなじ動きをするようになる。だが、それだけではなく、呼吸するのも、考えることもおなじになるのだ。雪の上を滑るように移動するつがいのオオヤマネコのように、血の脈動もぴたりと合っているのを感じる。二人とも鼓動の〝ミスするな〟というささやきに従って生きる。そんな完璧な関係に邪魔が入れば、二人のどちらかが、あるいは両方がごく小さな、でも致命的な間違いを犯すかもしれない——その結果、急いで掘られた墓穴に放り込まれて終わりだ。赤いベニア板の星にスペル違いの名前を記されて。

「だったら中尉にすればいい。彼はいい男だし、間違いないよ」レーナが〝レッド・モスクワ〟を自分に振りかけた。「さて、二日もすれば退院よ。最低でも一週間は吹き飛ばされずに頑張ってちょうだい、約束よ」

「あなたに縫合の練習をさせるために、わざわざ迫撃砲の破片の前を歩いたりしないわよ、レーナ・パリイ」つぎに負傷したら最後だと頑なに信じていることを、レーナは知らない。彼女のことだから、おまるでわたしを叩くだけだろうが。

だからといって、信じるのをやめるわけではない。命運が尽きるという恐れ、灰色の確信がつきまとって離れない。〝臆病風に吹かれるな〟自分を叱咤しても、それがただの臆病風だとは思えないのだ。ドイツ兵に照準を合わせれば、わたしは躊躇なく引金を引くだろう。だが、頭の奥であたりまえのようにささやく声はけっして消えない。〝さあ、できるだけ多く仕留めろ、できるかぎりのことをしておけ――おまえの砂時計の砂はもうじき落ちきるのだから〟

ミラ・パヴリチェンコが明けて一九四二年を生き延びられず、二十六の誕生日を迎えられないのは、そんなに御大層なことなの？　祖国のために本分は充分尽くした。自分にできるやり方で必死に戦ってきた。息子はわたしを誇りに思い、祖父母のもとで成長するだろう。わたしが与えてやれなかった愛を、祖父母から存分に注がれて成長するだろう。ドイツ軍が祖国を蹂躙して愛する人たちを鉤十字のもとに従わせたとしても、わたしはこの目で見ることはない。

年が明けるとすぐ、わたしは鋼鉄色の黄昏時に退院を許された。軍服のボタンを留めてひびの入った鏡の前に立てば、そこに映るのはぶかぶかになった軍服と青白く粟立つ肌だった。「きれいだよ」背後でアレクセイが言った。「傷だらけなわりには」

「腕が落ちたわね、アレクセイ」軍帽をかぶると、額の瘢痕に当たった。「女にきれいだと言うのに傷跡を持ちだすとは」

「少なくとも今度の傷跡は軍服に隠れて見えない」彼が一歩ちかづいて来た。「見せてくれてもいいんだぜ、なんなら夕食のあとにでも」

「軍服の下の傷跡はあなたには関係ない。あなたがそれを見ることは今後いっさいないから」一歩も引かない覚悟を示した。結婚していたころさんざんやられた。彼がほんの少しでもちかづいて来ると、わたしは後ずさりしたくなったものだ。逃げ腰になるのはもうやめだ。「これで失礼します、同志中尉」わたしは鏡の前で振り返った。

「褒めてやろうとしただけじゃないか、クロシュカ」彼がわたしの腕を掴む。苛立っている。アレクセイ・パヴリチェンコという男は、女のためになにかしてやれば、その努力は笑顔で報いられるものと思っている。「感謝したらどうなんだ？」

「わたしは侵略者たちを標的にしている」彼の手を振り払った。「そのことに感謝したらどうなの？」

彼は笑った。鷹揚な笑い声が耳を擦る。「ミラ、いいかい。おまえは――」

「感謝するときがくる？　いいでしょう」わたしは襟をまっすぐにして、顎をあげた。「あなたのお世辞なんて欲しくない。夕食の誘いもいらない。あなたになにかしてもらうなんて思っていない」

「欲しいのはあのブロンドの中尉か？」アレクセイがこともなげに言った。「だったら彼にコツを伝授しなきゃな。ガール・スナイパーの扱い方……だいぶ昔になるが、おまえがどうすれば身悶えして喘ぐか、まだ憶えているんでね」

怒りにくらくらしながら、明滅する目障りなライトに照らされた廊下を進んだ。曲がり角まで来ると立ちどまり、壁にもたれて息を整えた。肩が震える。怒りを抑え込もうとしたが無理だった。鼓動に合わせて傷口がズキズキ痛み、うずくまりそうになった。傷は完全に治っていない。平和時ならあと一週間は入院していただろう。平和時なら、そもそも入院しなかった。ドイツ軍の第二波攻撃は押し戻したが、死者、負傷者、行方不明者二万三千人の犠牲がでた……だが、すぐにまた第三波が襲いかかってくるだろう。わたしは壁にもたれたまま、頭の中で夫に照準を合わせた。〝からかっただけさ、ミラ!〟と言う夫のにやけた顔は、けっして撃ち損じない。怒りが原因のめまいがおさまるまで、引金を引きつづけた。それから、地下の医療センターから地上へと出た。

薄れゆく冬の光がまぶしくて額に手をかざすと、入口に停まっている泥をかぶった将校専用車が目に入った。リョーニャが車体に寄り掛かり、ゴーリキーの小説を読んでいた。「第一大隊の前線まできみを送っていこうと思ってね」わたしに気づいて彼が言った。「あっちに着いたら夕食を一緒にどうかな?」

アレクセイの嘲るような声を頭から締め出し、言った。「喜んで」

中隊の指揮官でさえ、前線で居住場所を確保することはできない。それでもリョーニャは、狭い地下室みたいな自分専用の掩蔽壕を持っていた。泥の壁に踏み固められた泥の床、板を三重にした天井は低くて彼は身を屈めなければならず……そこを彼は飾っていた。それを見てわたしの口をついたのは、ただひと言「まあ」だった。

「たいしたことはできなくて」彼は入口に佇み、申し訳なさそうに言った。ざらざらの厚板を組み合わせたテーブルには、テーブルクロス代わりの帆布が掛けてあり、アルミの皿に盛られた料理を、電池式ランプがぼんやり照らしていた――前線の饗宴(きょうえん)のために、一週間分の配給品を差しだしてこれだけのものを揃えたのだろう。黒パン、ハードサラミ、缶詰のミートシチュー、飯盒でやわらかく煮たジャガイモ、ウォッカ……テーブルの中央を飾るのは、四五ミリ砲弾の空薬莢(やっきょう)に活(い)けたセイヨウネズの緑の葉と赤金色に色づく葉をつけたカエデの枝だった。「きみの息子に送ってやればいいと思って――彼のために葉や花を集めているのを知ってたから」

わたしは小枝に顔を寄せて冬の香りを吸い込み、不意にまた喉が詰まった。〝彼は求愛してるのよ〟とレーナは言った。

そうみたいね。

「わたしが夕食の誘いに応じなかったら、これをどうするつもりだったの?」顔をあげて言った。

「コスティアを誘う」と、リョーニャ。「彼は床(とこ)上手という噂だ」

わたしはプッと噴き出し、緊張がほぐれた。彼がスツールを引いてくれた。「お腹ぺこぺこ」

「よかった。きみは今夜、正式に非番だ」

「でも——」中隊に挨拶に行ってないし、小隊のみんなとも会っていないし、いつもの待機壕に戻ってもいない。

「緩衝地帯をうろつき回るのはあすの夜からにしたまえ、同志上級軍曹」リョーニャがわたしの異議を封じ、皿にミートシチューをよそった。「今夜はよく食べてぐっすり眠ること。きみの中隊指揮官の命令だ。中隊指揮官としての言葉は、今夜はこれが最後だ」

「どういうこと？」わたしは料理に口をつけた。

「夕食後に結婚の申し込みをするときに、その申し出を負担に感じられるのは嫌だからね。中尉から軍曹への申し渡しみたいに。ウォッカはどう、ぼくの愛するただ一人の人？」わたしは口いっぱいに頬張ったシチューを喉に詰まらせ、返事をするどころではなかった。

「冗談なんでしょ」なんとか口の中の塊を呑み込んで言った。肉だと思ったら軟骨だった。夕食の招待と活けた小枝を餌に、彼はわたしを口説いてベッドに誘いたがっているのだと思った。でも——「わたしに求婚しているの？」

「いや」彼がふたつのコップにウォッカを注いだ。「それはまたあとで、満腹になってから」

「からかってるのね」

彼がランプの光越しにわたしを見つめる。「きみはぼくを惑わす」

バサバサの髪につい手がいった。「知り合ってまだ六週間しか経っていない」

「きみは六秒でぼくを惑わしたんだよ、ミラ」

ウォッカをひと息で飲み干し、黒パンとサラミを頬張った。「あまりにも急すぎる。あなたのことはまだよく知らない――」

「だったら、ノーと言えばいい。それでも頼みつづけるけどね。この先ずっと」彼は言い、シチューを呑みくだした。「いまは不安でたまらない。こういうとき、男はみんな不安になる。でも、これだけは確信を持って言える。一人で二百人以上を片付けた女性に結婚を申しこんだ男は、歴史上ぼく一人だ」

思わず笑った。「あなたっていつもそうなの?」

「人殺しの才能のある女性に結婚を申し込むかってこと?」

「わたしを笑わせること」

「ぼくには軽薄でブルジョワ的感傷主義に陥りやすい困った性癖があってね。その昔、共産主義青年団のリーダーに言われた。人間関係において、浮かれ気分よりも客観性を重視できないかぎり、党で出世は望めないってね」

「だったら望み薄ね」

「三十六にもなって? 絶対に無理だ」

つい気がゆるみ、笑顔になっていた。胃の中にウォッカが広がる。夕食がおしゃべりしてつろぐ愉しいものだったのは、遥か昔のことのようだ。最近では、もっぱら命をやり取りする合間の栄養補給にすぎなかった。「教えてほしいことがあるんだけど、リョーニャ」結婚の申しこみや殺した数よりもっと軽い話題に気持ちを振り向けたかった。「前線でタイプライターを使うことができる場所はあるのかしら。将校としてのあなたの意見を聞きたいの」

「タイプライター？」彼がテーブルに飾られた冬のブーケを指して言う。「女性にロマンティックな夕食を提供したら、彼女の望みはタイプライターって……」

「論文をタイプし直したいの。血が飛び散ってて――」

頭上で耳を聾する騒音が轟いた。迫撃砲のけたたましい砲声――ドイツ軍が放つ砲声などものともしないはずが、前線の騒音から切り離された二週間の入院で、耳がやわになったのだろう。気持ちも弱くなっていたのだろう。感電したようにビクッとし、ここにないライフルを必死で掴もうとしていた。

「ミラ――」

揺れるテーブルの下に潜り、両手で耳を塞いだ。心臓がバクバクいっていた。

「ミラ――」

砲撃はいつまでつづくのだろうか。傷めた耳がガンガン鳴っている。震えながら目を瞑った。ドイツ軍はこんなに早く攻撃を再開したの？　止める手立てはないの？

「ミラ」ぬくもりに包まれる。耳元で低くやさしい声がした。声は穏やかだが、筋肉は緊張している。「攻撃されたんじゃない。ドイツ軍がちょっとした夜の歌を聞かせているだけだ。ぼくらを怖がらせるためにね」

〝怖がってない〟そう言いたかったが、言葉が喉で停滞する。だいいち、そんなことを言うのは馬鹿げている――明らかに怖がっているのだから。彼がわたしの肩に腕を回して胸に抱き寄せた。病院で、彼には恐怖を隠す必要がないとわかりほっとした……でも、退院したいま、回復したとまわりから思われているいまは、臆病風に吹かれ正気を失ってはならないのだ。自分が情けなくて、ドモヴォイみたいに床下に姿を隠したくなった。ドモヴォイとは、革命前、教育と合理性が恐怖や迷信に打ち勝つ前の時代に、人びとがお供え物をした家を守ってくれる精霊だ。もっとも、党がなんと言おうと、恐怖も迷信もけっして克服できない。

「ごめんなさい」わたしはつぶやき、体を引こうとした。穴があったら入りたい。だが、リョーニャはなおさらぎゅっと抱き締めるばかりだった。

「いいかい、怯えているのはぼくのほうなんだ。きみのすぐ後ろでテーブルの下に潜ってたんだから」

わたしたちは床の上で抱き合っていた。帆布のテーブルクロスが外界を遮断してくれる。見当違いの恐怖で激しくなった動悸はまだおさまらない。耳を塞いでいた両手を離し、リョーニャの上着に指を埋めた。「彼らは——攻撃してこないのね」

「そのようだ」

耳をすました。歩き回る足音、ときどき響く低い笑い声、アルミのコップがたてる音。中隊は休む支度にかかっていて、悲鳴も怒鳴り声も機関銃の発射音も聞こえない。「彼らに言わないで」わたしは彼の上着に向かってつぶやいた。「中隊のみんな、兵士や将校たちに、どうか——」

「彼らになにを言うなって？」

「わたしが——こんな」リュドミラ・パヴリチェンコが丸くなって震えたこと。テーブルの下でめそめそするガール・スナイパー。

「きみは二百人以上を殺した。まっすぐ相手の顔を見ながら引金を引いた」リョーニャの手がわたしの髪を撫でる。「きみを臆病だなんて誰も思わない」

〝わたしが思ってる〟「こんなわたしでもあなたを惑わせられる？」できるだけぶっきらぼうに言った。

こめかみに触れる彼の唇が笑っている。その唇が耳に触れる。「もちろん」

体をほどいて厚板のテーブルの下から這い出す。アルミの皿は無事だったが、花瓶代わりの薬莢は倒れ、冬のブーケは土の床に散らばっていた。「ほっとけばいい」と、リョーニャは言ったけれど、わたしはせっせとセイヨウネズの葉やカエデの小枝を拾い集めた。

震えがおさまらない両手の中の炎のように鮮やかな色の葉、四五ミリの空の薬莢に大事に差してあった葉や花——戦争がなければ名前を知ることもなかったろう。散り敷いた美しい落ち葉は乱暴に掻き集められるか、踏み潰されて終わりだ。あすには萎んで枯れるとしても、きょうはまだ命で輝いている。

わたしたちもおなじだ。

体の震えがおさまらないまま、リョーニャの顔を引き寄せた。「あれを持ってる?」キスするとウォッカと松の味がした。

「あれって?」彼が髪に手を埋めてキスを返す。二人して壁にもたれかかる形で。

「わかっているくせに」彼の襟元に唇を当てて言う。彼の唇が顎の線までおりてきた。ボタンが弾け飛んでテーブルに当たる。「持ってるんでしょ——」

「指輪は持ってない」と、彼。「まともなパンと缶詰のシチューを調達するだけでせいいっぱい——」

「フォ・ザ・ラヴ・オヴ——」彼をトンと押して椅子に座らせ、膝にまたがり額と額を合わせた。黒い瞳が青い瞳に吸いよせられる。彼のベルトのバックルを摑んで言う。「前線で妊娠するわけにいかないのよ、リョーニャ。あれを持ってるんでしょ?」

「ああ、あれ。持ってる」どこからともなく小さな包みを取りだした。

「よろしい」唇を合わせたまま、わたしの上着が、つぎに彼の上着が床に落ちた。たぶん褒められたことではないのだろう。中隊指揮官と、それも知り合って二カ月しか経っていないのに、でも、来週二人がまだ生きているかどうかわからない。ブーツを蹴り脱ぎながら思った。〝生きて愉しめるうちに与えてちょうだい〟

「ベッドに入る前に女性から武器を取り上げるのははじめてだ」リョーニャがわたしの鎖骨に向かってつぶやきながら、コンバットナイフとピストルと弾薬袋付きのベルトを脇に放り、ズボンをおろしてから椅子に座り直してわたしを膝に抱いた。裸で抱き合うには寒すぎる。小さなストーブがあっても体が震え、二人のあいだで吐く息が白くなりキスのなかに溶けて消えた。彼の肩は広く脇腹は長く、手の下の髪はやわらかく、わたしの尻を支える手は大きい。小さな包みはわたしが開けた。

「すごく久しぶり」体を重ねながら思い出したのは、前の年、レーニン全連邦農科学アカデミーを訪れたとき、浮かれ気分で体を重ねた若者のことだった。あくまでもお遊びの、少しばかりおざなりな、あっという間の快楽だった。いまのこれはあっという間でも、おざなりでもなかった。リョーニャはずっとわたしの瞳に笑いかけ、両手を背筋から首筋へ、うなじへと滑らせた。胸と胸をぴたりとつけたまま二人で揺れていた。おもてでは退屈で泥だらけの日常が、鋲(びょう)を打ったブーツの足音とともにつづいていた。

〝愛している〟唇の上で彼の唇が音を伴わない言葉を形作った。直截(ちょくせつ)で恐ろしいその言葉に応えて不規則に打つわたしの鼓動を、喉にあてがわれた彼の手が感じとったにちがいない。彼はほほえみ、わたしが誤解しないよう声に出して言った。「愛している」彼がその言葉と同様に直截で力強くわたしのなかで動くので、目に涙が溢れた。だからぎゅっと目を閉じたまま、最後まで開かなかった。二人して絶頂に達したとき、わたしが唇を激しく嚙みしめるのを見て、彼が大きな手を口に押しあて叫びを封じ込めた。わたしの肩の上で彼の叫びがくぐもる。

椅子の上で体を絡ませ合ったまま、しばらくじっとしていた。「結婚してくれ」彼が喉元でささやいた。「結婚してくれ、ミラ」

「できない」彼の腕の中で震えたまま、つぶやく。

彼がわたしの髪を掻きあげた。「ぼくを信頼してるよね？」

「ええ、でも――」話し合うべきことがあるけれど、いまでなきゃだめなの？「将来のことを話し合わなきゃいけないの、リョーニャ？　いまのままでは――」

〝これだけじゃだめなの？　いまはこれだけで充分〟これほど生きていると感じるのは何カ月ぶりだろう。

「結婚のことはあとで考えよう」彼がこめかみにキスし、わたしたちは体を離した。「あすまた申し込むからね。とりあえずきみはゆっくり寝坊したいだろう？」

「寝坊する？　お休みの日みたいに？　わたしたちがいるのは掩蔽壕よ。いつ砲弾が飛んできて屋根が落ちるかわからない」

「それはそれで愉しみが増えると思わないでもない……」

17

わたしの回想録、公式版。キツェンコ中尉は、二人のあらたな関係を正式にするための申請書を上官に提出した。それにはドローミン中尉と連隊指揮官の捺印と署名が必要であり、さらに連隊の承認印をもらい、それを第二十五チャパーエフ・ライフル師団の司令部に提出してはじめて、婚姻は有効となる。

わたしの回想録、非公式版。「リョーニャ、そのまえに話したいことが……」

「きみはいまも結婚したままなのか」わたしのあたらしい恋人がそう言うのはこれで三度目だった。

「書類上は」わたしは深呼吸して鳩尾のゾワゾワを宥めようとした――最初の夜から二日後、彼の掩蔽壕のグラグラするテーブルに向かい合い、恐れていた話題がこぼれ出て、目に見えない油膜のようにテーブルを覆っていた。「離婚手続きが終わってないの」

リョーニャは顎を擦った。「だけど、離婚手続きなんて簡単じゃないか」

「父が問題をややこしくしたのよ」ため息が出る。「父は考えが古くて……わたしがアレクセイと別れることを認めようとしなかった。わたしが実家に戻ることは許してくれたけれど、離婚については時期を見て、よく考えたうえで決めろと言ったの。それでも、わたしは離婚手続きに入った。アレクセイは離婚に応じると思っていた。揉めることなく葉書一枚ですんなり片付くと思っていた——扶養する義務のない不在妻は、彼にとってきわめて好都合だということにまで思いが至らなかった」自由気ままに若い女の子と遊び回った挙句、悲しい顔で言えばいいだけだもの。〝きみとは結婚できないんだ、クロシュカ、結婚という枷が首に巻きついてるんでね〟「それから、スラヴカが四歳になった年、あたらしい法律が施行された」離婚するには五十ルーブルの罰金を払い、役所に二人で出頭しなければならなくなった。アレクセイが約束を何度もすっぽかしたことを、リョーニャに説明した。

「いままで先延ばしにしてきたってこと?」と、リョーニャ。「いまほど忙しくないときだってあったんだろ?」

「子育てと工場労働と夜学を掛け持ちして、そのつぎは大学の授業、それから研究生活、いつだって大忙しだった」だから、〝きょうこそはなんとか罰金を払い、顔も見たくない夫を説き伏せて役所に来てもらい、署名する気なんて端からない夫に署名してもらおう〟と思い立った日なんてただの一日もなかった。それに、アレクセイと離婚しようが、別居のままだろうが、わたしとスラヴカの日常生活にはなんの変わりもなかったのだ。

　ところがいま、わたしと結婚したがっている男性と向かい合って座り……わたし自身もイエスと言いたい。怒っているのではと彼の顔を窺うと、にっこりして身を乗り出し、キスするではないか。「結婚の計画にさざ波が立ったね、たしかに」

「怒ってないの？」

「怒る？　むしろほっとしてる。ぼくと結婚したくないのかと思ってたから。存命の夫が問題なだけなら、なんとかできるからね」

　わたしは眉を吊りあげた。「なんとかって、彼を殺すつもり？」

「その案も除外しない」リョーニャは愉快そうに言い、お茶を淹れに立った。「赤軍にとっては優秀な外科医を失うのは痛手だろうけど、書類を揃える手間は省ける。それに、彼が若い子の尻を追いかけるブタ野郎なら、世論がぼくらの味方になってくれる」

「おもしろくない」そうは言いながら笑っていた。これがリョーニャの才能――暗い部屋に射し込む一条の光のような笑いをもたらしてくれる才能。彼が振り返ってにやりとし、わたしも頬杖をついて笑い返した。「なにがおもしろくないって、せっかくあなたが用意した前線結婚の書類が無駄になること」軍服の下の広い背中を惚れぼれと眺める。「どんな書類だっけ？　十六頁にわたる書類を三部？」

「べつに十六頁にわたる書類を三部作らないとね。非法律的前線結合を正式化するための書類。きみがここでぼくと暮らせるように。なにか方法がないか調べてみる」

わたしは鼻にしわを寄せた。「あなたの掩蔽壕の同居人であることを証明するような書類、あるわけないでしょ」

「ミラヤ、ここはソ連邦だぜ」リョーニャがアルミのコップを差しだす——わたし好みの熱々で甘い紅茶だ。「どんなものにもそれに対応する書類がある」

「フォ・ザ・ラヴ・オヴ——」

「心配いらない。アレクセイのことはなにか手を考えよう——いずれね。いまは、指揮所に戻らないと」リョーニャが屈みこんで口角にキスした。「あすの朝会おう。ナチをたくさん殺せ。死ぬな」

彼がまたキスした。紅茶がこぼれそうになるぐらい激しいキスだった。それから、口笛を吹きながら出ていった。「十六頁の書類を三部ね」笑わずにいられない。リョーニャの冗談の前では、アレクセイと法律上はまだ夫婦でいることなどたいした障害ではなく思える。それに、離婚手続きに数カ月かかろうと、わたしにはリョーニャがいる。たった数日なのに、頑丈であたたかな彼の体に寄り添って眠るのがあたりまえになっていた。狙撃手の塹壕で夜を明かし、冷気と雪をまとって戻るわたしを、彼はその腕に包み込んでくれる。それに、凍える顔や痛む両手を洗うための湯を沸かしておいてくれる。

「出来損ないどもを殺していいか、同志上級軍曹?」小隊に戻ったわたしに、老ヴァルタノフが言った。彼がSVT‐40ライフルの分解の仕方を教えている数人の新兵のことを指しているのだ。「一人として使い物にならない。ものを知らなさすぎる」

わたしは新兵たちを観察した。目に反抗的な光を宿していると厄介だが、全員がわたしを見て怖がるか畏れるかだった。「あなただって昔はものを知らなかったんじゃないの」

「おれが若くて暴れん坊だったころ、ロシアには皇帝がいたからな」

「そのころから物事は進歩してるのよ」

「そうなのか？」ヴァルタノフが怪訝な顔をする。

「もちろんよ！」

彼はもじゃもじゃのひげを引っ張った。「それはどうかな、同志上級軍曹。いまだって小物はここで弾を受け、大物は安全な場所でふんぞり返っている。誰がこの国を支配しようが、なにも変わらない」

「お黙りなさい、ヴァルタノフ」彼が愛国のウクライナ気分に浸りこんで、あからさまなソ連攻撃を口にする前に、彼を制した。「もう一度」新兵たちに向かって言った。わたしがやり方を説明し、老森番がスヴェタを分解してみせる。「まず十発入りのボックスマガジンをはずし……ブリーチのカバーをはずす……よく見て、キャッチを解除して、照準器を上にしてライフルを置いたでしょ？　つぎにカバーを前方に押す――左手で、そこ……」わたしは新兵たちのまわりを歩きながら根気よく説明した。「もう一度、今度は一人でやってみて。真っ暗闇でも素早くできるようにならないと」

「素早くとはいかないな」もたもた作業する新兵を見て、ヴァルタノフが言った。「もっとましな新兵を寄越すようあんたの指揮官に言っとくれ」

リョーニャを指しているのだ。流し目かウィンクのおまけがつくと思ったが、つかなかった。からかいや卑猥な冗談は覚悟していた。小隊のみんなから揶揄されると恐れてもいた——自分の評判を必死で守り、一線を越えないよう細心の注意を払ってきたのだもの——が、いまのところ部下たちはすんなり受け入れたようだった。

わたしの思いを読みとったのか、ヴァルタノフが言った。「あんたがベッドに将校を連れこんでくれて、みんなほっとしてるんだよ、リュドミラ・パヴリチェンコ」

「みんなには関係のないことでしょ、同志伍長」冷ややかに言ったものの、内心ほっとしたことは否めない。なにも大騒ぎすることではないのだろう。これまでより、嫌らしい目で見られたり、からかわれたりが少なくなりそうだ。

「誰のものかわからない若い女に戦闘地域をうろつかれると、若い連中は不安になるってもんだ」わたしにこういう率直な物言いができるのは、ヴァルタノフただ一人だが、それが年寄りの特権というものだろう。前線でもそれは変わらない。「あんたが落ち着くと、奴らも落ち着ける」

〝もう勘弁してよ、男ってのは〟「もう一度」スヴェタと格闘する新兵たちに声をかける。

前線に出たら、手探り、手探り、手探り。

「それはそうと、コスティアが戻った」ヴァルタノフが言い、ブリーチカバーが草の上に落ちるのを見て顔をしかめた。

「コスティアが？」最後に見舞いに来てくれて以来、相棒には会っていなかった――キスの名残で頬を赤く染め、浮かれ気分でリョーニャの掩蔽壕から戻った朝、いつも寝場所にしていた塹壕にあたらしいライフルが立てかけてあった。ダイヤモンドみたいにピカピカに磨かれ、コスティアの小さな四角い文字でただひと言、〝きみの〟とメモがついていた。ドイツ軍の攻撃がようやく下火になったので、彼は延びのびになっていた休暇をとった、とフョードルが教えてくれた。彼がセヴァストポリに向かうと、後を追うようにわが軍の戦車部隊もそちらへ向かった。

「彼が戻ってきた」ヴァルタノフが繰り返し、もじゃもじゃの白いひげを掻きむしる。「上機嫌とは言いがたい。あれほどひどい二日酔いは見たことがない。おれの若いころにもあんまりいなかった」

「彼を見かけたらわたしのところに来るよう伝えて」相棒が休暇をとったわけは察しがついたが、口に出して言うことではない。だから、新兵に向かって言った。「もう一度――」今夜の緩衝地帯への急襲に思いを馳せる。ヴァルタノフに見張りを頼もう。そのとき、伝令が伝言を携えてやって来た。連隊指揮所にただちに出頭せよという伝言だった。

リョーニャがいるものと思ったが、そこにマッシェヴィチ少佐と、がっちりした赤ら顔の大佐がいて、海軍第七十九ライフル旅団指揮官と紹介された。「きみはチャパーエフ師団最高の狙撃手だそうだな、パヴリチェンコ同志上級軍曹。きみの写真が師団の表彰者掲示板に出ていた」

それは知らなかった。彼がつづける。

「われわれの防衛区に、ドイツ軍第一級の狙撃手が現れた。この二日で五人やられた――兵士三人に将校二人。一人は第二大隊指揮官だ。全員が頭に一発受けていた」

全身の神経がピリピリするのを感じた。「隠れ場所は?」

肩をすくめる。「どうやらカミシュリー渓谷にかかる壊れた鉄橋のあたりに潜んでいるらしい」

わたしはにやりとした。リョーニャには見せたことのない笑みだ。コスティア以外の誰も見たことのない笑み。狙撃の時間、真夜中に向かってカウントダウンするときに浮かべる笑みだ。「その鉄橋なら知ってます」

狙撃手のパラダイスだとマークしていたからだ。緩衝地帯の中央に位置する渓谷には葦(あし)が生い茂り、ほったらかしで幹が裂けたリンゴの果樹園が散在し、曲がりくねって流れる川の両側が傾斜地になっている。松で覆われた急勾配の南斜面にわが師団が陣を張り、傾斜がゆるやかな北斜面はドイツ軍第五十ブランデンブルク歩兵師団の部隊が守り……両斜面をつないで渓谷を渡る鉄橋が架かっていたが、砲撃で崩れ落ちた。両側に橋脚が一、二本残るばかり、あいだを風が吹き抜けるばかりだ。崩れ落ちたコンクリートの杭にはクモが巣を張り、捻じれ絡まる金属が川を見おろしている。

「彼は残った橋脚を隠れ場所にし、金属の残骸に身を潜めているのでしょう」机の上には地図が広げてあり、わたしはその場所を指で叩いた。「六百から八百メートル……狙い撃つことができます。彼がここにいるのなら、好きなように撃てます」

「きみがそれを終わりにできるか？」

わたしは笑みを浮かべたまま顔をあげた。「できます」

「ドイツの射撃の名人か」リョーニャがこともなげに言った。「そういうのが現れたと聞いても驚かない」

「どうして？」わたしの視野はとても狭く、照準器に映るものしか見ていない――というか、自分の中隊、自分の連隊、自分の師団に直接関係あることしか見えない。中隊指揮官であるリョーニャの戦争は、もっと広い視野を有している。

「ヒトラーの軍勢はセヴァストポリを攻撃したとき、われわれの防衛線を一度で軽く突破できると思っていた」リョーニャは当番兵が用意してくれた夕食の皿を片付け、地図を広げた。「第二波攻撃で、われわれが塹壕を掘って隠れていることに気づいた――攻め方を考え直す必要が生じたというわけだ。こっちには第一級の要塞があるからね。そこでプロを投入して士気を削ぐことを考えた。指揮所で耳にした噂では、ポーランドや遠くフランスから狙撃手を集めたらしい」

「何者だと思う?」背後からコスティアの声がした。振り返ると、わたしの相棒が影みたいにドア枠にもたれていた。目は落ち窪んでいるが、目つきはしっかりしている。「そのドイツの狙撃手」

「何者だろうと関係ない」わたしは肩をすくめた。おおかた家族の領地でクマを狩って育ったアルザス人。あるいは亜麻色の髪の狂信的第三帝国兵士。特殊訓練を軽々こなしてここに派遣され、崩れ落ちた鉄橋に陣取ってわれわれを狙い撃ちしている。でも、それがなに?「彼はわたしがやる」

「きみ一人では行かせられない」と、リョーニャ。

「一人では行かない」わたしは相棒に目をやった。「コスティア、フョードルかヴァルタノフに頼んだほうがいい?」

慎重に発した質問だった。イエスかノーか、答えはふたつにひとつだ。彼がわたしといると気まずいなら、そう言ってほしかった。狩りに出てから、わたしの分身にはなれないなんて言われたくない。いまここでノーと言ってほしい。でないと二人とも死ぬことになる。

　コスティアはリョーニャやわたしとテーブルを囲み、地図に見入った。「あす、偵察に行こう。ロシア流のやり方で――」

「狡猾（こうかつ）で執拗（しつよう）で忍耐強く」相棒と声を合わせて言った。満面に笑みが広がる。リョーニャがテーブルの上でウォッカのグラスを滑らせ、にやりとした。コスティアはひと息で飲むと、地図に身を乗り出して鉄橋の北端を指さした。二人でテーブルに肘を突き、額を寄せ合って計画を練るあいだ、リョーニャは椅子の背にもたれてわたしたちを見守り、ときおり意見を述べた。夜明けまで一時間となり、コスティアとわたしを海軍第七十九ライフル旅団指揮所へ運ぶ車が到着すると、リョーニャが二人に必要な装備を車に運んでくれて、わたしのコートのボタンを留めてくれた。耳覆いをちゃんとつけろと小言を言われたコスティアが彼を叩き、そこからシャドーボクシングがはじまった。「やめなさい」わたしは二人を叩いてやめさせた。リョーニャがコスティアの肩を抱いたときには、陽気さは影を潜めていた。

「彼女を守ってやってくれ」わたしの恋人が言った。「おれのために彼女を守ってくれ」

「いつだってそうしてる」わたしの相棒が言い、一瞬の沈黙をわたしが咳払（せきばら）いで破った。

「長いお別れはなしよ」威勢よく言う。「戦時中は禁句。淋（さび）しくなるから」こうしてわたしたちは車に乗りこんだ。車内で奇妙な感情に襲われた――あとに残してゆく人を思って胸が締めつけられる、こんな気持ちははじめてだった。その人はわたしのことを夜通し心配しつづけるのだ。わたしを愛するその人は、ポケットに突っ込んだ両手を握り締め、わたしの命が消え去る恐怖を瞳に宿し、戦場に行くわたしを見送ってくれた。

それから、わたしはリョーニャのことをすっぱり忘れた。そうしなければならないからだ。

コスティアとわたしは三時間にわたり鉄橋をじっくり観察した。そのあいだどちらも無言だった。「面倒だな」ようやく彼が言った。

「木々のあいだから狙い撃ちするのに、やっと慣れたところなのにね」思い出すのはクリミアの森だ。ヴァルタノフが影のように歩く方法を教えてくれた。だが、ここはまるでちがう。崩れ落ちた鉄橋のアーチ、折り重なる黒焦げの木っ端、裂けた枕木、白みはじめた空に突きだす捻じれた線路。相棒とわたしは渓谷のこちら側の雪をかぶった地面に腹這いになり、カモフラージュを施した上着を頭からかぶり、双眼鏡越しに眺めていた。

「彼はあそこにいる」と、コスティア。

「いまはいない」

「ああ、あそこで撃って、日が暮れるまでべつの場所に隠れている。だが、彼が撃ったのはあそこからだ」

「怠け者よね」わたしは捻じ曲がり絡み合う桁に双眼鏡を向けた。「彼は二日つづけてあそこから撃った。わたしなら二日目にはべつの場所を探す」優秀な狙撃手は習慣を作らない。習慣が仇になる。

「ドイツ人は型にはまりたがる」コスティアの双眼鏡が橋を舐める。「二度成功したんだから、もう一度やれると高を括る」

「彼の狙撃場所はあそこだと思う――」指さした。

「――あるいはあそこ」コスティアがべつの場所を指した。

「そうね。どちらか」

慎重に匍匐前進して前線まで戻った。起きあがって首を回し、長時間の監視で凝った背中をほぐした。コスティアが夜食を取りだす。ライ麦パン、塩と黒胡椒をまぶしたブタの脇腹の脂身。鉄橋を眺めながら食べた。

「塹壕？」彼がパンを食べ終えてから言った。

「塹壕。それに人も必要」

彼がにやりとすると、半月に照らされて白い歯が光った。「イワン？」

「イワン」

第七十九ライフル旅団の大佐はいい顔をしなかったが、土木工兵のチームを寄越してくれた。昼間の砲撃が終わり、ドイツ軍の狙撃手が狙撃場所に戻る真夜中までのあいだに、工兵たちはセイヨウネズとヘーゼルナッツの茂みの中に塹壕を掘った。「深さはこんなもんでいいだろ」工兵の一人が凍った地面をシャベルで掘って水膨れができた手を擦りながら言った。

「深さ八十センチ、長さ十メートル」わたしは設計図を振りかざして言った。「計算したんだから」

「あんたの計算がなんぼのもんだかおれが教えてやるよ」工兵がぶつぶつ言う。

「わたしの確認戦果は二百二十六に達したの。生意気な口を叩くのは、自分の戦果が二百二十七に達してからにしたらどう」

掘り終わった塹壕の上に金属の枠を置き、帆布で覆った。さらに八時間かけて、小枝や雪でカモフラージュを施した。それからずっと前に〝イワン〟と名付けた、狙撃手に似せた細工物をこしらえた。「彼は個性に欠けてるわね」わたしは出来栄えを見ながら言った。

「イワンを悪く言っちゃいけない」と、コスティア。「おれの戦友なんだから」

「戦友と言えば……」わたしはライフルを掲げた。わたしが入院中、相棒がわたしの手と目と癖に合わせてカスタマイズしてくれたライフルだ。「これのお礼をまだ言ってなかった。完璧よ、コスティア」

「そいつで二百二十七を叩き出せ」彼が目尻にしわを寄せて笑い、二人して塹壕に潜り込んだ。

狙撃手にとって最高の時間は、夜中の一時半にはじまる。狙撃手が狙撃場所につく時間だ。相棒とわたしは塹壕に隠れ、ドイツ軍狙撃手が鉄橋に姿を現すのを待った。だが、空が白みはじめても狙撃手は現れなかった。わたしたちは顔を見合わせた。「戻る?」コスティアが尋ねる。明るくなってから現れることはないだろう。わたしはリョーニャの掩蔽壕を思い浮かべた。達磨(だるま)ストーブ、ジャガイモを茹(ゆ)でる飯盒。わたしが軍服を脱ぐあいだに、彼がシチューを火からおろす。治りかけの背中の傷跡に貼る湿布も、彼が用意してくれる。

わたしは記憶を頭から締め出し、渓谷の向こうの鉄橋の残骸に目をやった。「彼を仕留めるまでここにいる」

「おれが見張りをやるから、ひと眠りしろ」

彼のそばで丸くなることにためらいを覚えた。ずっとやってきたことなのに。冬用軍服——分厚い下着と上着、中綿入りのベストとズボン、コート、カモフラージュを施した白いスモック——は凍え死にしない程度にはあたたかい。コスティアの背中にもたれて丸くなり、起こされるまで眠った。そうやって交替で見張りをつづけ、日が落ちて月が昇り、二人とも双眼鏡を目に当てた。〝さあ、来い、ドイツのクソ野郎〟

長く不毛な夜が終わった。交替で眠り、見張りをして、相手が背を向けるあいだに空き缶で用を足す。リョーニャは掩蔽壕で落ち着きなく歩き回っているだろうが、ここで偵察をやめるわけにはいかない。「彼が死んでいたら?」三日目の真夜中過ぎ、わたしは不安を口にした。「ここで最後の出撃を終えたあと、森のどこかでわが軍に仕留められていたら？」

　コスティアは乾燥紅茶をひとつまみとホイルに包んだ砂糖を差しだしただけだ。眠気覚ましに砂糖と紅茶を一緒に嚙んだ。淹れた紅茶で腹を満たせば、空き缶で用を足す回数が増える。「なにがなんでも彼を仕留めたいんだな」相棒が言う。「ふつうのターゲット以上に」

「ええ」どうしてなのかしばらく考えた。時間はいくらでもあるのだから、まともなおしゃべりもできる。狙撃手の隠れ場所では慌てる必要はない。「狙撃手は卑怯だというくだらない考え方に拘ってはいない」考えた末に言った。「ドイツ軍は侵攻してきて、われわれを根絶しようとしている——どんなことをしてでも阻止しなきゃならない。どう見ても奴らのほうが優勢よね。だから、隠れて撃つのはフェアじゃないと言う連中の相手をしている暇はない」

「誰もそんなこと言わないぜ」コスティアの言うとおりだ。混乱を極める悲惨な前線に数週間身を置けば、フェアプレイの熱烈な信奉者ですら、鉤十字を食い止めるためなら手段を選ばぬ兵士になる。フェアプレイの精神は残忍な侵略者には通用しないのだ。そんなものは平和時の学問的議論にすぎない。だが、わたしは学問を志す人間だから、こういう空しく長い夜には思索に耽ることもある。

「狙撃手対狙撃手……」そこで言い淀み、また考え込んだ。コスティアは茶葉を噛みながら先を待っている。「それならフェアな戦いにちかい——そのことにどんな価値があるにせよ——この醜い戦争で見出すことのできる範囲で」

「二対一だけどな」コスティアが指摘する。

「よくもわたしの説を貶したわね。ほぼ一人みたいなものじゃない」そうやって自分を納得させた。鉄橋を眺めながら、敵を罠にかけ、この決闘に勝利したいと切に願った。

月が昇った。乾燥紅茶はなくなり、パンも食べきった。空腹が鉄の鉤爪となって胃を切り裂いても、わたしはうとうとしはじめた。塹壕の壁に背中をもたせてしゃがみ、顎を胸に埋めてうとうとすると、コスティアが肩に触れた。はっと目覚める。彼が鉄橋を指さす。

警戒しろ。決闘がはじまる。

一月の朝まだき、凍てつく曙光が鉄橋に忍び寄り、捻れた鉄の橋桁を縫って歩く男の影を浮かびあがらせた。遅くなったせいか腰を屈めたまま急ぎ足の影——現れたと思ったとたん姿を消した。撃つ暇がなかった。

コスティアと目を見交わす。彼が親指を立てる。わたしはうなずく。相棒は塹壕沿いを匍匐前進して前線にちかづき、わたしは照準器越しに鉄橋を窺う。渓谷の向こう側では、ドイツ軍の狙撃手が狙撃場所につき、ライフルの準備をし、きょうの狙撃のための目印を確認する。目印はそういくつもないはずだ。わたしの目印は彼を下から狙うためのもの。

静寂のなか、空が白みはじめて三十分が過ぎた。両陣営ともに攻撃の支度にかかっているが、迫撃砲はまだ火を噴かない。戦闘機も爆撃機も姿を見せていなかった。白鳥が翼を畳むように、戦争が萎んでゆく。目に入るのは渓谷と、その両側にいる狙撃手だけた。わたしは唇に指二本を押しあて、ヴァルタノフ直伝の小鳥のさえずりに似た音を出した。すぐにコスティアがさえずり返す。

視線は鉄橋に据えたまま、意識は相棒の動きを追った。彼はイワンを位置につけた。木の棒に詰め物の胴体を括りつけ、冬のコートを着せて将校用ヘルメットをかぶせた細工物。渓谷の向こう側からなら、ソ連軍将校が持ち場を離れ、朝のストレッチをしようと川岸へおりてゆくところに見えるだろう。

〝時代遅れのトリックだな〟二人でイワンに予備の軍服を着せようと奮闘したとき、コスティアが言った。

〝充分に通用するトリックよ〟と、わたしは切り返した。

鉄橋の反対端からくぐもった銃声が聞こえた。割れたベルが鳴るような音。砕けた橋桁の脇で閃光（せんこう）が走り、わたしは照準器を調整した。〝そこにいたのね〟わたしが思うのと同時に、コスティアが細工物を倒した。〝そこにいたのね、ナチのブタ野郎〟右の踵に体重を預け、ライフルを曲がった枝に載せているであろうドイツの狙撃手の姿は、橋桁に隠れて見えない。だが、照準器は彼の姿を捉えていた。ライフルのボルトを引き、使用済み薬莢をポケットにしまい……隠れ場所からひょいと頭を出してあたりの様子を窺った。

〝十二時〟

そして、引金を引いた。

「大物を仕留めた？」

「すこぶるね。ヘルムート・ボンメル、鉄十字章、第五十歩兵師団、第百二十一歩兵連隊、曹長――」リョーニャに痛む足を揉まれ、わたしはうめいた。彼はわたしを将校専用車から引き摺りおろし、自分の掩蔽壕へと引き摺り込んで服を脱がせて下着姿にすると、毛布でくるんでストーブのそばに座らせ、自分はスツールに腰をおろして膝にわたしの両足を乗せたのだった。

「くねくねするのはやめろ、ミラヤ、足がまるで氷の塊だ。そいつの名前と階級がどうしてわかったんだ？」ジンジンする踵を揉んでもらう。

「彼の軍隊手帳を見たから」まるで流れ星のように、狙撃手の死体は橋から川へと落下した。コスティアの援護を受け、わたしは藪を掻き分け谷へとおり、役に立つ情報を集めようと死体を探った。「それによれば、彼はポーランドとベルギー、フランスで戦い、ベルリンで狙撃兵訓練の教官を務めていた。確認戦果二百十五」霜がおりて白くなった葦の茂みに横たわる、寒さでかじかむバラ色の頰の死体を思い出していた。

てきた。

「どうして顔をしかめるんだ?」リョーニャの両手が、凝って痛むふくらはぎまであがっ

「仕留めた相手の顔を見るのが好きじゃないから」

「〝死の淑女〟も血の通った人間ってことだ」リョーニャがほほえむ。「心配するな、上のほうには言わない」

わたしは鼻を鳴らした。「第七十九ライフル旅団の大佐のこと? 彼はコスティアが撃ったと思っていた。彼の視線はわたしを素通りし、どうやったんだと彼に尋ねたもの」

「後ろ向きになれよ。背中を揉んでやるから……」

リョーニャの力強い親指が円を描くように首筋を揉むと、わたしはまたうめいた。治りかけの傷口はちゃんと避けてくれる。「コスティアが親指でわたしを指したときの大佐の顔ったらなかった。あんなにきまり悪そうな顔、見たことないわ。それで躍起になって尋ねるのよ。〝このヒトラー主義者が勲章を二個ももらっているのに、きみはひとつももらっていないのかね、同志パヴリチェンコ上級軍曹〟それで、今度はドローミンがきまり悪がる番。イタッ!」

「零下三十度の塹壕で乾燥紅茶を嚙んで二昼夜すごしておいて、肩を揉まれて不平を言うかね?」リョーニャは肩甲骨のあいだに唇を押しつけ、しばらくじっとしていた。「きみが心配でいてもたってもいられなかったんだぜ、ミラヤ」彼がしんみりと言った。「あん

な思いをするぐらいなら、百人のヒトラー主義者相手に銃剣で戦ったほうがましだ。掩蔽壕の中を歩き回って、『わが闘争』を胸に押しあてた狙撃手で教官が、きみを二百十六番目の戦果にしたらどうしようって思って」

肩に力が入った。「リョーニャ……あなたがどんなに心配しようと、やめる気はない――」

「いや。そんなこと頼むつもりはない」わたしを自分のほうに向かせて顔と顔を合わせた。すっかり見慣れた彼の顔。広くて高い頬骨、澄んだ青い瞳、片側だけ引き攣る口元。いまは引き攣っていない。「ただ――用心しろ」

「用心できない」正直に言った。「用心深さはミスにつながるから。用心深くなるか、うまくなるか。わたしはとてもうまくなった」

「きみはうまいよ、小さな殺人者」彼がわたしを抱き寄せて腕を揉んだ。二昼夜を塹壕ですごして寒さが骨の髄まで染み込んでいたから、鳥肌が立ったままだ。「世界がそのことを知るようになる」

「どういうこと？」

「ドローミンがきみの功績を握り潰す日々は終わった。きみは」――わたしの鼻のてっぺんにキスする――「有名になるんだ」

18

わたしの回想録、公式版。狙撃手の決闘に勝ったわたしを、ペトロフ少将は祝福してくれたうえで、勝利に甘んじることなく、社会主義国家から敵を一掃することに努力を傾注してくれたまえ、と言い、さらにこう言い渡したのである。狙撃手の決闘の顛末は全セヴァストポリ防衛地区に知らしめるべきであり、戦場で配るビラに載せる写真を撮ってもらいたまえ。ソ連邦の勇敢な兵士たちを鼓舞するためならと、わたしは喜んで承諾した。

わたしの回想録、非公式版。戦場で配るビラ？　フォ・ザ・ラヴ・オヴ・レーニン。

有名になりたがる人の気持ちがわたしにはわからない。正気の沙汰とは思えない。最初にやって来たのが上級政治将校で、つぎがマスコミ連中、そのたびに不快感が募った。沿岸軍に配布されている新聞〈祖国のために〉の陽気なカメラマンときたら、「あなたはとても写真写りがいい、同志上級軍曹、笑って——」。〈コミューンの狼煙（のろし）〉の特派員は、「決闘の詳細を伺えると助かるんですがね……ほんとうにそんなものなんですか？　もっとドラマチックじゃないんですか？　カメラの前ではもっとにっこりしましょう――」。

〈赤いクリミア〉が差し向けた記者は、「恋人に笑いかけるつもりで。決定的な一枚を撮る手助けを、彼にしてもらいましょう！」。

戦争映画のカメラマン、同志ヴラディスラフ・ミコシャは、「この映画のための正しいアングルを探してるんですよ。それが見つからない。ねえ、あのリンゴの木に登って、銃を構えてポーズをとってみて」。

「いいえ」我慢にも限界がある。「わたしはリンゴの木に登りません。それに、ライフルです、銃じゃなく」

わたしの恋人も相棒も役に立たなかった。リョーニャは笑いすぎて立っていられなくなり、コスティアは必死で堪えていたが目はたしかに笑っていた。わたしが二人を睨みつける横で、カメラマンはカメラをいじくっていた。

「いいですか」わたしは民間人にわかってもらおうと努力した。「セヴァストポリでは木の上から狙いません。そういう写真は誤解を招きます。それから、狙撃術やカモフラージュのテクニック、わたしの狩りのやり方に関する質問には答えられません――新聞に掲載されれば、いずれ敵の知るところとなります」

彼は陽気に手を振った。「専門的なことはどうでもいいんですよ、同志上級軍曹、必要なのは心躍らせる話題！　照準器越しにファシストで圧制者の冷酷で暗い目と目が合ったときのこととか——」

「照準器越しに目を合わせたりしませんでした。そんなんじゃないんです」

「——侵略者ヘルムート・ボンメルに対する憎しみに震えながらも、怒りを堪えて引金を引いた——」

「引金を引くときには怒りは感じません。意識が削がれます。冷静な気持ちと自分は正しいという確信を抱いて狙撃場所に向かいます。ヘルムート・ボンメルもおなじだったと思います」わたしは〝助けて〟とリョーニャに目で合図したが、彼は笑いで肩を震わせながら立っているだけだった。

「いいですか、リュドミラ・パヴリチェンコ」カメラマンはおもしろがっていた。「引金を引いたとき、あなたがどんな気持ちでいたかなんてどうでもいいんですよ。いま求められているのは英雄なんです。あなたはその役割のために選ばれた。だから、戦友たちの勇敢な行いや党の指導力には感銘を受けたとかなんとかうまいこと言って、ライフルを手にあのリンゴの木に登れってくれればそれでいい。あと、笑顔ね」

わたしは黙りこんだ。なにもかも茶番だが、英雄が求められているのはたしかだ。自分を英雄だとは思わないが、スラヴカが記事を読めば母親を誇らしく思ってくれるだろう——一年以上も会っていない母親を。だから、わたしは木に登り、ライフルを抱えてポーズをとり、歯を剝き出した。お情けで笑いと呼べなくもないだろう。

〝ここを我慢すればすべてが終わるのだから〟そう思い、コスティアとリョーニャの抑えた馬鹿笑いを無視し、〝目に英雄的輝きを浮かべて！〟がなにを意味するのか考えた。〝いいかげんにしてよ、一人になりたい〟

「それは無理だな、ミリヤ」新聞に記事が載るとリョーニャが言った。「これははじまりにすぎないと思うな」

「記事の内容は間違いだらけよ」わたしは掩蔽壕の中を歩き回りながら新聞の切り抜きを読み、愚痴をこぼした。「聞いてよ。〝夜明けの青白い光のなか、リュドミラは木の根の陰に敵を見つけた……〟舞台を森に置き換えているのよ。鉄橋はドラマチックじゃないから？〝……照準器の中に、ヒトラー主義者の狙撃手の死んだような目と亜麻色の髪、石板のような顎を捉え……〟彼の見た目はこんなんじゃないし、わたしはこんなことひと言も言ってない！〝一瞬にしてけりがついた――ものの一秒で、彼を撃ち果たしたのである。ナチの狙撃手の軍隊手帳を読んだ彼女は、四百人ものフランス人とイギリス人がこのファシストの手にかかったことを知った〟二百十五よ、実際は――」

「〈コミューンの狼煙〉では、ソ連人だけで六百人を仕留めたことになっている」と、リョーニャ。

「そんな話、誰が信じるの？」わたしは切り抜きをストーブに押し込んだ。「ドイツ軍狙撃手がそれだけの数の赤軍兵士を仕留められるチャンスは、これまでにはなかったはずよ。狙撃手の出番は塹壕戦や長引く包囲戦。ドイツ軍がやって来てまだ半年だし、彼らがやってるのは戦車や爆撃機で押してくるだけで、塹壕を掘って照準器越しに狙うなんてことはやってない。陣地の争奪戦となると――」

「またきみの注釈がはじまった」リョーニャは切り抜きを放り、わたしを膝に抱きあげた。「学生のきみから狙撃手のきみを取り除くことはできても、狙撃手のきみから学生のきみは取り除けない」

「どれもこれも中身のないたわごと」わたしは彼の肩に額をぶつけた。

「新聞は宣伝機関だからね、ミラヤ。たわごとを扱う。なんとしてもきみをヒロインに仕立てあげたいんだよ」

わたしはゲッと吐く真似をした。

「――それに、ぼく個人としては、ヒロインと結婚するのは悪くないと思ってる。きみは栄光を手に入れ、ぼくは恩恵に浴す。いろんな人から訊かれるよ。ガール・スナイパーと暮らすってどんな感じ――」

わたしはうめいたが、顔に笑みが広がるのを感じた。「なんて答えたの？」

「ぼくは褒め上手だからね。きみは戦場では最恐だけど、台所ではまったく使い物にならない。これ以上の妻は望んでも得られないだろう、ってね」

「わたしが料理できるかどうか知りもしないで――」

「料理のレシピが詰まった箱をどこかに隠してるんだろう。しかもきちんとした脚注付きで血が飛び散ってる」この最後の言葉に、わたしは噴き出した。彼はわたしを肩に担ぎあげた。「そのうち」「ぼくたちはいつになったら結婚できる？」わたしをベッドに放り投げて尋ねた。

「そのうちって、どうしてなんだ？」二人とも汗にまみれ手足を絡ませ合い、息がまだおさまりきらないころに彼が尋ねた。「どうしてさっさとアレクセイとの関係を終わらせ、ぼくと結婚しないんだ、ミラ？」

ベルベットの手触りのやわらかな彼の髪を、ゆっくりと撫であげ撫でおろした。「愛してる、リョーニャ――でも、ほんとうにわたしでいいの？　そんなに慌てなくても……」

「きみがここですごすようになって一カ月だ。前線での一カ月だぜ。平和時の一年に相当する」眼差しがきつくなる。「離婚のことでアレクセイと向き合うのが嫌で先延ばしにしているとしか思えない」

先延ばしにしている自分に嫌気が差していた。べつの人と結婚したいから離婚してほしいと言えば、アレクセイのことだから難癖をつけてくるにきまっている。戦闘地域にいるいま、これ以上事態をややこしくすると不運を招きそうで怖かった。「慌ててどうするの？」避けたい話題だった。「結婚したことによって、いま以上のなにが得られるの？」

狭い掩蔽壕を指して言った。すべてをあたためてくれるストーブ、夕食をともにするテーブル、寒さから逃れるためのベッド。

「結婚すれば、ぼくが死んだ場合に、ぼくの年金をきみが受けとれるようになる」と、リョーニャ。「なあ、〝死の淑女〟――金のためにぼくと結婚しろよ」

「わたしと結婚したがるのは、わたしの年金目当てなんでしょ。前線での働きによって、上級軍曹としては破格の年金がもらえるだろうから」

「これが終わったあと、きみの生活がちゃんと成り立つとわかれば安心できる」いつものように片方の口角が引き攣った。「戦後しばらくは食糧難がつづくだろう。ぼくは十一歳年上だ。前の戦争のあとのひもじさをはっきり憶えている」

「そのことなら心配しないで」彼の眉の輪郭をなぞった。「わたしはひもじい思いをしないわ。父には知り合いがいるから。けっして飢え死にしない部類の知り合いが。敵対する勢力が飢え死にしようともね」

「だったらよけいに結婚してくれ。娘を略奪したとお父さんに訴えられて処分されないように」リョーニャはわたしの腰に腕を回したまま仰向けになり、にやりとした。「死体になって川に浮かぶ前に、誠実な人間だとわかってもらわなきゃ」

「男の人がわたしのせいで川に浮かんだとしたら、そう仕向けたのはわたし。父じゃなく」リョーニャの肩に顔を埋める。「もっとも、あなたが結婚の承諾を求めたら、父は喜ぶと思うわ」

「だったらこうしよう。ぼくはきみのお父さんに手紙を書くから、きみはアレクセイと渡り合う」わたしは深く息を吸った。ええ、わたしならできる。この戦争でもっとひどい事態に直面してきたのだから、これ以上先延ばしにするのは言い訳が立たない。「折りを見てまずスラヴカに手紙を書く。この展開に慣れさせるために。あなたはまだ彼に会ってもいないし、わたしは彼の気持ちを考えて決断をくださなきゃならない」

「ぼくは彼のことを知らないけれど、でもきみの息子だからね、彼のことも愛せると思う」リョーニャは片方の眉を吊りあげた。「自分の子どもじゃない子を育てることを、ぼくが嫌がると思う？」

嫌がる男には何度もお目にかかった。アレクセイは自分の子どもを育てることすら嫌がった。でも、リョーニャはそうではない。「アレクセイはわたしたちを捨てたのよ」ゆっくりと言った。「自分は父親に求められていないことがだんだんわかってくると、スラヴカは傷ついた。スラヴカの人生にほかの人を引き入れて、それがうまくいかなかったら、彼はまた傷つくことになる。だから、覚悟してほしいのよ、リョーニャ。ほんとうにいいの？」

彼がわたしの指に指を絡めた。一本ずつ。「きみに会ったときから覚悟はできていたさ、ミラ。なぜわざわざ尋ねるんだ？」

「戦時中だからよ。ふつうじゃないもの、わたしたちが送っている生活は」二人ですごせるのは夜の数時間だけだ。リョーニャがぐっすり眠っている真夜中に、わたしは足を引き摺って緩衝地帯へと向かう。ライフルを担いで昼過ぎに戻ると、彼は中尉の職務を果たすべく出掛けたあとだ。夕方、彼は指揮所から戻り、「夕食の支度ができたよ、ミラヤ」と言ってわたしを起こす。それからが二人きりの時間だ。食事が終わると一緒にベッドに入るが、数時間もするとわたしはそっと起きだし、軍服を着てコスティアと狩りに出掛ける。

「これはほんものの生活じゃない──でも、そのことに気づかないふりをしている」恐れていることを、わたしは口に出した。「ふつうの生活に戻ったときに、うまくやっていけないとわかったら？　そもそも、ふつうの生活ってどんなものなの？」

「だったら、教えてあげよう」手と手を絡ませたまま、彼が言った。「ぼくはモスクワで就職する──電気技師の資格を持っているからね。ぼくみたいな技師は引く手あまただ。きみは論文を書きあげ、博士号を取得し、歴史学者か図書館員になる。おなじ時間帯で生活し、毎日おなじ時間に出勤する。毎朝、ぼくがきみの紅茶にジャムを入れるあいだ、きみは二人分の弁当を詰め、職場がちかければ昼休みを一緒にすごす。スラヴカが学校から帰ったら、ぼくと一緒にゴーリキー公園でホッケーをやる」

「いまの生活との唯一のちがいはだ、リュドミラ・ミハイロヴナ、〝きょうはナチを何人殺した？〟と尋ねる代わりに〝きょうは脚注をいくつつけた？〟と尋ねることだ」

わたしは起きあがって毛布を肩まで引きあげた。体の震えを隠すために。寒さのせいではない――渇望して体が震えるのだ。わたしには見える、感じられる、手で触れることさえできそうだ。共同住宅、ジャム入り紅茶、公園で弁当を広げたりスポーツに興じたり。輝かしくもすばらしいそのとき、侘しく血に染まるいま。

〝そのとき〟ははたして訪れるのかな。心の声がささやく。恐怖はいまもたまに喉を絞めつける。つぎの銃弾でやられるという確信……リョーニャが語る未来は意味をなさない。わたしの未来は棺桶の中にしかないから。

「ところで――」リョーニャが首筋にキスした。「上級軍曹に電話して、連隊の倉庫からきみ用の行軍軍服を探し出すよう頼んだ」

「わたしはいつだって茂みみたいな恰好ですごしてるのよ。あたらしい行軍用軍服がどうして必要なの？」

「はじめてなの？」同志オニロヴァ上級軍曹が見下したように尋ねた。「はじめて人前で話したときは、わたしも緊張してたと思う。でも何度もやってるうちに、そのときのことは忘れたわ」そう言って赤旗勲章をまっすぐに直した。あなたが機関銃手としての英雄的行為によりその勲章を受章した場に、わたしもいたのよ、と言いたかったが、緊張しすぎて声が出なかった。緊張しようとしまいと、わたしにくだされた命令は明らかだった。

〝一九四二年二月二日、小隊指揮官パヴリチェンコ、L・M上級軍曹は前線を離れ、セヴァストポリ防衛区の女性活動家会議に出席し、狙撃手の作戦および行動について十五分間の演説を行うように〟

「人前で演説？」信じられなかった。「わたしは遠くから人を撃って、絶対に見つからないよう最善を尽くしてきたのよ。それが、聴衆が詰めかけたホールの演壇に立ち、ぎらつく光を浴びて演説しろって？　まあ、努力はするけど、それにしたって――」

「つべこべ言うな、ミラ、きみならできる」リョーニャは言った。

「お偉いさんたちはなんにも考えていない。もしわたしが失態を演じたら？　セヴァストポリ防衛区女性活動家の士気がさがるんじゃない？」

　「お偉いさんたちは、ふだんからなんにも考えちゃいないさ。それに、きみは失態を演じない。きみは生きるために鉄十字の狙撃手の目を撃ち抜いたんだろ。たかが演説ぐらいで怖気づいてるなんて言っちゃいけない」

「怖気づいてない」わたしは嘘を言った。そんなわけで、連隊指揮官の車に乗り、八カ月ぶりに軍服のスカートとストッキングを履き、演説の論点をメモした紙に目を通した。読めば読むほど馬鹿ばかしい内容に思えてくる。

「あなたがガール・スナイパーなのね？」オニロヴァがつづけた。多少は興味を持ったようだ。「メモを持ってるなんて言わないでよ。まあ、驚いた、わたしはメモなんて必要としたことないわよ。メモを読みあげるのはやめたほうがいい、途中で立ち往生する。それから、演壇では胸を張ること――」

前線からセヴァストポリまで、彼女のおしゃべりは機関銃みたいにタカタカ、タカタカけたたましくつづいた。わたしは唇を噛み、ストッキングを摘まんだ。たるむうえに痒いのだ。車は市の中心地へと入った。久方ぶりに見る市街地の様子――くすんだオリーブ色でなく、金属や帆布でできているのでもない家屋や尖塔――を目に焼きつけるはずが、緊張のあまりそれどころではなかった。会場である教員会館が目の前で渦を巻いたかと思ったら、いつの間にか女性でいっぱいのホールに立っていた。機関銃手のオニロヴァを熱心なファンがわっと取り囲み、わたしは目を瞠って佇むばかりだ。これほどの人数の女性が集まっているのを見るのは何カ月ぶりだろう。ブルーのドレス、バラ色のブラウス、痩せた腰の上で揺れる長い三つ編み……派手な服を汚すくすんだ点、それがわたしのような女性兵士の軍服だ。やさしい家猫の群れのなかで警戒するオオヤマネコ。

居並ぶ民間女性たちの厳しい表情を見て、〝それほどやさしくないのかも〟と思った。包囲戦の只中で日々の暮らしをつづけているのだ――都市が陥落すればどんな代償を払うことになるのかわかっている。将校たちの退屈な演説が終わると、女性たちがつぎつぎに立って傾聴に値する話をした。わたしみたいにメモを手にする者もいた。自らの話を思いつくまま話す者もいた。黄色いネッカチーフの女性は、防空壕で毎日子どもたちを教えているそうだ。ふっくらしたリンゴの頬っぺたの女性は、十二時間交替で手榴弾（しゅりゅうだん）を作って家族を養っている。空爆で左腕を失った女性は、ここに踏みとどまって働いている——毎日のノルマを果たすのは、わたしなりの敵との戦いです、と彼女はきっぱり言った。飾りのようにドレスに留めた空っぽの左袖が、オニロヴァの赤旗勲章に匹敵する輝きを放っていた。彼女のたちの真摯な語りのあとでは、クリミアの森からナチを一掃する話をしても絵空事に聞こえそうだ。

自分の番がきたときには、目に涙が浮かんでいた。メモを握り潰して語りだした。「肝に銘じておくべきは、けっしてミスは犯せないということです。戦争でも、民間人の生活でも、ミスを犯してはならない。なぜならそれが命取りになるからです」

わたしは思っていることを心をこめて話した。

「どうだった？」戻ったわたしに、リョーニャが尋ねた。

「ひどかった」正直なところだ。「しどろもどろだったし、おなじことを繰り返したし、何度もつかえたし。それでも、聴衆は盛大な拍手をしてくれて、わたしたち一人ひとりのためにナチを一人ずつ殺して、と言った。だから、そうすると約束したわ。わたしは正しいことをしてきたのよね」行軍用軍服を脱いでほっとし、中綿入りのズボンとカモフラージュ用のスモックを早く着たくてうずうずした。

「きみは前線一の美脚の持ち主だな」丁寧にストッキングをおろすわたしを眺めながら、

リョーニャが言った。

「裏付けのない推論ね。広範なデータを集めもせずに、前線一の美脚の持ち主だなんてよく言える」

「これ以上データを集める気はないね。コスティアや老ヴァルタノフのスカート姿なんて見たくもない。きみは本気でその女性たちのためにナチを殺すつもり？」

「殺さなければこっちがやられるもの」ズボンを引きあげ、ベルトのバックルを留めた。

「証拠として彼らの耳を持ってきてと頼まれても不思議はなかった」

「女は血に飢えた生き物だからな。イギリス人やアメリカ人が、女性は繊細すぎるから前線に送れないと思っているとしたら、ほんものの馬鹿だ」リョーニャがブーツを渡してくれた。「人前で話す最初の機会だったわけだ——つまり一番目の里程標」

「最初？」わたしは鼻を鳴らし、厚い靴下を履いた。「きょうの演説を聞いたら、誰も二度とわたしを人前に出さないわよ」

運命というのは、とんでもないいたずらをするから困ったものだ。

19

わたしの回想録、公式版。一九四二年三月四日。その日……。

わたしの回想録、非公式版。……


春！　巡りくる季節をこれほどの喜びで迎えたことはなかった。一週間前には嵐雲が低く垂れ込め、雪が舞い、足元で霜がザクザク音をたてていた。きょう、雪は融け、太陽は輝き、気温は零度を遥かに上回った。クリミアの高地では、セイヨウネズやイトスギやヒマラヤスギの鮮やかな新芽が、黄色くなった葉のあいだから顔を覗かせている――スラヴカのために、葉や花をまた採取できる。双眼鏡で渓谷を眺めながら顔がほころぶ。

「春は攻撃のシーズン到来でもある」ヴァルタノフがかたわらでうなった。「奴らは長くなりを潜めていたからな」

「だったら目覚めさせてやりましょう」きょうは小隊の七人のメンバーを引きつれていた。われわれの地図では名前もつけられていない高地に、ナチの狙撃手のグループが陣取って、眼下を走る泥道の通行を妨害していた。きのうは四五ミリ対戦車砲の要員の半数が撃たれ、わが軍は報復砲撃したものの、彼らは場所を移動して狙い撃ちをつづけていた。「部下たちを連れてゆけ、リュドミラ・ミハイロヴナ」そう命令され、小隊のほぼ全員がここに集まっていた。

「ちゃんと茂みに見えるようにね」わたしは命じた。前夜、リョーニャの掩蔽壕にヴァルタノフとコスティアを呼び、三人でセイヨウネズの長い枝を束ねて合計六つのおとりの茂みを作った。「ぼくたち、共同で花環(はなわ)を作る新婚夫婦みたいだ。軍人色が強すぎるけど」手伝いを買って出たリョーニャが言うと、コスティアが言い返した。「おまえみたいな醜い花婿は見たことないぞ、キツェンコ」茂みのなかで二人が腕相撲をはじめる前に、わたしは割って入った。「二人ともやめなさい！」リョーニャはわたしのうなじにキスし、コスティアはわたしにセイヨウネズの葉を投げつけた。午前三時、掩蔽壕の出入口でさよならのハグをし、おもてに出ると今度は敬礼した。掩蔽壕から一歩出たらもう恋人同士ではない。連隊の同志だから正式の挨拶を交わし、「よい狩りを」と言い交わす。

そしていま、ひと晩かけておとりを設置し終え、わたしは双眼鏡を構えてドイツ軍狙撃手が餌に食いつくのを待った。なにもなかった丘腹にひと晩にして茂みが六つ出現すれば、この丘のことを知り尽くしている敵はおとりだと思う。日が昇るとわたしのやにや笑いは止まらなくなった。ドイツ兵たちがおとりの茂みめがけて狙撃しはじめたのだ。隠れ場所として茂みを設置したと思い込んで。

「あそこ――」コスティアがドイツ軍狙撃手の隠れ場所のひとつを指さし、そこから下方向に辿って「それにあそこ――あそこにも――」と隠れ場所を見つけていった。狙撃がやみ、ナチの狙撃手が被害の程度を確かめようと顔を覗かせたとたん、わたしたちのライフルが火を噴いた。

「上へ!」あたりが静かになると、わたしは叫んだ。「前進!」名もない高地を百メートル駆けあがると頂を越えて敵の塹壕に飛び込んだ。狙撃手が隠れる塹壕だけでなく、補強された深い連絡通路や機関銃巣、MG34機関銃三挺と弾帯……ヴァルタノフが〝奪取〟を意味する赤い閃光弾をあげると、〝よくやった!〟を意味する緑の閃光弾が味方陣地からあがった。眼下の泥道では、味方の部隊が慌ただしく動きはじめたが、小隊のメンバーたちはわたしの命令を待っている。

「ここで待つのか」コスティアが尋ねた。「それともおれたちで掃除する?」ナチの残党がいるにちがいなく、少しのチャンスがあれば待ち伏せするだろう。

わたしは相棒に笑いかけた。「掃除する」

わたしたちは几帳面なオオカミみたいに塹壕から塹壕へと駆け抜けた。手榴弾を投げ込んで爆風から身を守り、たがいの背後に目を配りながらつぎへと向かう。ワルサーを手にした敵の伍長が叫びながらわたしに突進してきたのでピストルを構えたが、コスティアがフィンランド製のコンバットナイフでこれを倒した。銃を乱射してフョードルの耳たぶを削り取ったドイツ軍大尉も倒した。地下の将校の居所を掃除すると、携帯無線機とトランシーバーや乾電池、天井を貫くアンテナ棒を見つけて歓声をあげた。「偵察将校がこれを見たら小躍りするな」ヴァルタノフが得意げに言い、持ちだすために無線機の接続を断った――ちゃんと使える敵の無線機は貴重な戦利品だ。しかもイヤフォンや暗号書や記簿まで手に入った。部下たちに分担して持たせる準備をしていると、耳の中で血がドクドクいった。〝やりつづけろ、やりつづけろ〟

「ミラ！」蔽壕の東端からコスティアの声がしたので急いで駆けつけると、ドイツ軍の軽機関銃手の一団がハシバミの木立を縫う細い道を登ってくるのが見えた。二十人はくだらない。小隊のメンバーがわたしを囲み、八挺のライフルの床尾が肩に当たり、八つの銃身が胸壁に載った。わたしは素早く計算して部下に指示し、こう結んだ。〝下向きに狙って、いいわね、撃ち損なうな〟――わたしが最初の一発を発射し、つづいて銃弾の雨が降った。

「何人仕留めたんだ？」数時間後、わたしたちを任務から解放した若い大尉が尋ねた。

「三十五人です」わたしが言うと、小隊のメンバーが集まってきて歓声をあげた。わたしは喉が詰まってなにも言えず、彼ら一人ひとりと兄弟にするように両頰にキスした。どし歩くフョードルと寡黙なコスティアはいまでは下級軍曹だ。老ヴァルタノフ、それに不器用な新兵から冷静で有能な狙撃手にわたしが育てあげた者たち……いまでは藪や森を影のように移動できる。狙撃が必要とされれば、暗く寒いなか、六時間ぶっ通しでじっと待つことができる。「ドイツ軍に第三波攻撃をさせようじゃないの」彼らの肩に担がれて味方陣地に戻ったとき、わたしは歓声に負けじと声を張りあげた。「わたしの小隊に高い場所と充分な銃弾を与えてくれれば、奴らの東方侵攻を食い止めてみせる！」

「今回のことで受章はきまったな」その晩、リョーニャが言った。「きみとコスティアに。ドローミンは天水桶に落ちた仔猫みたいに大騒ぎするだろうけど、ペトロフが勲章を与えるのを阻止できない。じきにたくさんの勲章がきみの軍服を飾ることになる。晩餐会でも催さないとな、ミラヤ。ところで、確認戦果はいくつになった？」

「二百四十二」わたしは戦闘用ブーツで爪先立ちして彼にキスした。「愛することで狙撃にいい影響が出てきてるのよ。あなたのもとに戻れると思うと、銃弾が思いどおりの弾道を描くの……」

「まったくきみって人は、愛を語るのに死者の数を持ちだすんだから。そこがまさにミラ・パヴリチェンコだけどな」彼がキスを返してくれて、わたしはブーツを履いたまま蕩けそうになった。「褒美としてセヴァストポリに出掛ける許可がおりた。ぼくも休暇をとる──町で午後をすごすなんてどうかな？」

「丸一日休めるの？　二人一緒に？」前回、半日の休みをとったときは、医療大隊にアレクセイを訪ね、じかに会えなかったので、一刻も早く離婚手続きを終わらせるための話し合いをしたい、とメモを残した。いまだに返事はなかった。彼の居所を突き止めるべきだとわかっていたが、せっかくリョーニャとセヴァストポリですごせる休日を、アレクセイのために費やす気はない。

海辺の曲がりくねった道を彼とそぞろ歩く週末が訪れるとは、この世にこれほど不思議なことがあるだろうか。膝のまわりで揺れるのは重いコートではなく着古した花柄のスカート、リョーニャも軍服ではなくカーディガン姿だった。腕を組む二人は日曜の午後を楽しむごくふつうのカップルだ。大海原を眺め、ときどき立ちどまっては潮の味のするキスを交わす。彼が早咲きのヒヤシンスの花束を買ってくれた。沈没船のモニュメントを見て大騒ぎして花束を落としそうになると、さっと受け止めてくれた。「クリミア戦争で沈没した黒海艦隊を讃えて建てられたのよ！　前にレポートを書いたことがある。帝政時代の数少ない記念碑のひとつで、無駄な装飾を排して単純化し——突き出た岩の上に花崗岩の円柱が一本だけ、そこに波が打ち寄せる。これを設計したのは——」

「誰が設計したのかは知らないけれど、きみの講釈を阻止できるものがこの世にひとつもないことはわかる」リョーニャがそう言ってわたしを後ろから抱き締め、身振り手振りでしゃべりつづけるわたしの頭に顎を休ませた。

「歴史はいたるところで息づいているのよ」わたしは満足して話を終えた。冬眠から目覚めた学生のミラは、アマンダス・アダムソンの業績とロシアのアールヌーボー様式に与えた影響に関する短めの講義を行ったのだ。「町の角という角で歴史の香りを吸いこむことができるわ。フルンゼ通りの博物館に行ってみない？　会議で会った女性が歴史を辿る特別展をやっているって教えてくれたの。一八五四年の第一次包囲戦から革命まで――」

「きみと暮らすと、たくさんの博物館を巡り歩かされるわけか」リョーニャが不満そうに言った。

「――工場製品の展示ですって！　旋盤工組合が特別な――」

「はい、はい、その博物館に連れてってあげるよ……」

　前線に戻った翌朝もまだ、博物館のことで頭がいっぱいだった。夜になればいつもの任務に就くにしろ、その朝は、ふつうの兵士のように夜が明けると起きて、おもてで春の陽射しを浴びながら朝食をとった。セヴァストポリが革命に果たした役割に関する展示を思い出し、論文のテーマとの共通点に思いを馳せながら、生ぬるいコーヒーを手にリョーニャと合流した。彼は飯盒片手に倒木に座ってコスティアをからかっていた。

「おれの親父は月夜にオオカミに変身したりしない」コスティアはそう言い、カモフラージュ用スモックにけば立ったネットを縫い付けていた。「親父には一度会っただろ。狼男に見えたか？」

「にやりとすると長い牙が見えたもの。きみの妹もだ」

「半分オオカミ。きみの家族はみんな凶暴だ、極悪非道のシベリア人――」

「腹違いの妹」

　横っ腹をつつき合う二人に並んで、わたしも倒木に腰をおろした。リョーニャが上の空でわたしの肩に腕を回し――「おまえみたいなやわな南部少年は、シベリアの原生林では一日と持たないぜ、リョーニャ」――「上司の命令だ、コスティア、ブーツを脱げ、足に生えてるのは爪じゃなくてオオカミの鉤爪に決まってるんだから」――わたしはリョーニャの飯盒から黒パンのかけらを盗んで、セヴァストポリのスズメに撒いてやった。スズメは怖がりもせずに足元までやって来て、さえずりながらパン屑をつついた。こんなに小さくてか弱いのに、どうして怖がらずにいられるのだろう？

「ああ、朝の室内楽だ」いつものドイツ軍の長距離砲の攻撃がはじまったのだ。「きょうのはブラームスかな、ワーグナーかな？」最初の砲弾が遥か後方で炸裂する音に耳を傾けた。「ワーグナーだ」リョーニャが断定した。二度目の一斉射撃も遠かった。「ティンパニーが加わったからな」

　わたしは笑い、コスティアも笑い、リョーニャはわたしの肩をぎゅっと握って笑った。

「よく眠れた、ミラヤ？　疲れてないのか？」そのとき、三度目に放たれた砲弾がわたしたちの背後で爆発した。

　三人とも頭を腕でかばって地面に突っ伏した。リョーニャがわたしに覆いかぶさり、破片が空気を切り裂いた。耳がガンガン鳴り、わたしは硬い地面とリョーニャの重たい胸に挟まれてぺしゃんこになっていた。頭に回した両手を解いて見あげたとき、騒音がおさまった。

「ミラ?」コスティアも同様にあたりを見回していた。破片で切った額から血が流れていたが、起きあがりかけていた。リョーニャがうめいてわたしの上からおり、倒木にもたれて上体を起こした。耳はガンガン鳴りっぱなしだが、わたしはなんとか這い進んだ。

「潰されるかと思ったわよ」ほほえんでそう言いかけ、リョーニャのハンサムな顔が真っ青なことに気づいた。彼の右肩が赤く染まっているのを見て、なにかおかしいと思った——ひどくおかしい——袖に包まれた右腕がだらんとぶらさがっている。自分の肋骨全体が陥没したような気がした。上体を起こしたとき目に入ったのは、彼の背中の赤い残骸だった。

わたしに覆いかぶさって守ってくれたとき、破片が軍服と下着を突き抜け、背中に突き刺さったのだ。

「金管の音色に耳を傾けてごらん」彼はほほえもうとし、それからゆっくりと横ざまに倒れた。

またしても医療大隊へ。勝手知ったるわが家だ。ただし、担架に乗せられ手術室に入ったのはわたしではなかった。「リョーニャ、息をして、頼むから息をして。もう大丈夫だからね」車に揺られて消毒剤とぎらつくライトの地下地獄に到着するまで、わたしは彼の青白く汗ばむ額に手を当てたままだった。いま、彼は担架に乗せられて離れてゆき、やわらかな彼の髪が幻影のようにわたしの指先からするりと消え去った。

愚かにもあとを追おうとしたわたしを、コスティアが引き留めた。「外科医の邪魔をするな」リョーニャを毛布に乗せて一緒に救護所に運んだ彼が、いまはわたしを彼から引き離そうとする。

「血液」自分が負傷したときを思い出し、わたしは喚いた。「彼には輸血が必要でしょ。わたしたちおなじ血液型だから――」わたしは袖を引き裂いて腕を剝き出しにし、看護婦に差しだした。なんなら歯で千切って血管を開き、リョーニャの体にじかに血を送り込んでもいい。指揮所ですごす中尉は負傷しないはずだし、これはちゃんとした攻撃ですらなかった――朝の室内楽だ。なのになぜ彼は負傷したの？

「ミラ」コスティアがわたしの肩を摑む。目の前にぼんやりと浮かぶ彼の顔は片側に乾いた血が筋を引き、まるで道化の仮面だ。彼もまた袖をまくりあげていた。看護婦はわたしと相棒の血液それぞれ一パイントを手術室に持って入った。「あとは待つだけだ」

そうして、わたしたちは待った。わたしは地下の廊下を行ったり来たりし、コスティアは壁にもたれ立てた膝に肘を突いて、張り込みのときみたいに微動だにしなかった。ほかにも待っている者たちがいるのか、わたしにはわからない。わたしは歩きつづけ、琥珀の数珠を繰るように時を数えた。

やがて二人の外科医が出てきた。手袋は肘まで血にまみれていた。

「気をたしかに、リュドミラ・ミハイロヴナ」年長の外科医が引き攣った顔でわたしの手を握った。「右腕を切断せざるをえなかった。睫一本でくっついていたんだから」

呼吸をしているのに、息が入ってこない。ぼんやりとコスティアの声を聴いた。「腕がなくても生きてゆける」

もう一人の外科医が話しだし、それがアレクセイだとわかって鈍いショックを受けた。

「それより厄介なのは背中に刺さった七つの破片だ。三つは取り除いたが、残りは——」

そこでなにが起きたのか憶えていない。まったく憶えていない。気づいたらどこかの部屋にいて、狭いベッドに座っていた。手が無意識にホルスターを探り、空っぽなことに気づいた。「わたしのピストルはどこ?」看護婦に尋ねた。

「武器はのちほどお返ししますよ、あなたがその——」

「だめ」体を捻ってなんとか立ちあがった。「返して。いますぐ返して」

「ミラ、やめろ」コスティアの声、コスティアの腕が、看護婦に摑みかかろうとするわたしを押し留めた。

「わたしが自分を撃つと思う?」絶叫だった。「いいえ、まさか、そんなことしない」わたしは暴れるのをやめ、相棒の襟を摑んでぐいっと引き寄せた。鼻と鼻がぶつかりそうだ。

「返して。わたしのピストル」

コスティアが取り返してくれた。その眼差しからひどい疑念と身内に渦巻く緊張が見てとれた――が、わたしは感覚のない指でピストルをホルスターに戻した。手元に武器がないと、どうやって心を鎮めればいいのかわからない。焦点の定まらない目で見返す。「さあ、彼のところに連れてって」

愛しい人は白い包帯を巻かれ、カーテンで仕切られたベッドに横たわっていた。静かに。わたしはかたわらに膝を突いて、残ったほうの手に触れた。「リョーニャ」はっきりと穏やかに言うつもりだったけれど、唇が空しく動くだけで声は出てこない。胴体には包帯が巻かれ、右腕は肩から下がなくなり切断面はガーゼで覆ってあった。顔に血の気はなく、笑いじわも目尻のしわも、笑うと溢れるユーモアたっぷりの活力もなくなっていた。

ホルスターからピストルを抜くと、コスティアがまた緊張するのがわかった。リョーニャのだらんとした手にピストルを握らせ、それを手で包み込んだ。愛用のスリーラインではないが、おなじ歌を知っている。「あなたならやり抜ける」ささやきかけると目が涙でぼやけた。「そうしたら、わたしはナチをあと百人倒す。あなたを倒した迫撃砲を発射した代償として」

彼の手を握り締めても反応はなかった。虚ろな顔に生気は戻らない。喉が詰まった。ピストルをナイトスタンドに置いて、彼のかたわらに身を横たえ顔を肩に埋めた。そうやってたくさんの夜をすごした……いいえ。たくさんではない。一緒に暮らすようになってほんの二カ月だ。とても足りない。もっとたくさんの時間をともにすごさないと。彼ならやり抜ける。

「意識が戻るかもしれません」看護婦が抑揚のない声で言った。「本を読んで聞かせたり、話しかけたりしてあげて」

そうしたかった。なんとしてもそうしてあげたかったのに、出てきたのはすすり泣きだけだった。リョーニャの肩に顔を埋めてただ震えていた。コスティアはベッドの向こう側に座り、彫りの深い顔からわたしとおなじ無力感を抱いているのがわかった。二人とも狙撃手だ。静寂と闇の世界に生きている。明るいライトに照らされ、騒々しい人声のするこの恐ろしい場所では、二人とも無力だ。

わたしがなにも話せないでいると、彼が背嚢から血の染みがついた『戦争と平和』を取りだした。英語に翻訳された文章をロシア語に直しながら読みはじめたとき、彼の声は掠れていた。「〝ヴェラ〟彼女はそりの合わない長女に話しかけた。〝どうしてそう機転がきかないのかしら？　場違いだとわからないの？〟」

コスティアは読みつづけ、看護婦はいなくなり、わたしの涙は流れはじめた。〝場違いなのよ〟わたしは〝死〟に向かって言った。肩にかかる息はかすかだが非情だ。〝取るならわたしの命のはずでしょ。彼のではなく〟

死はおかまいなしだ。わたしの肩先に立つ死は、執念深く揺るがない。日が暮れて夜になってもコスティアは読みつづけ、リョーニャはときおり錯乱状態で目を覚まし、虚ろな目を開いたが、墓石のように微動だにしないときもあった。一度、顔をわたしのほうに向けた——きっと笑いかけてくれたのだと思った。コスティアがそこで読むのをやめた。掠れ声さえ出なくなっていた。

わたしはリョーニャの手を両手で挟み、青白い頬にキスした。「結婚しましょうね」ささやきかける。「憶えているでしょう?」彼は動かない、ほほえまない、話さない。死が私の肩に息を吹きかけつづける。「離婚が成立したのよ。あなたと結婚できるわ」彼をこちらに、わたしのそばに留めておけるなら、なんだって言う。「すぐに結婚できるわ。あしたしましょう」

彼が逝ったあともずっと、わたしは話しつづけた。

ソ連派遣団：一日目

一九四二年八月二十七日
ワシントンD・C・

20

ホワイトハウスで催された歓迎朝食会は終わろうとしていた。ティーカップは空になり、メープルシロップの染みは拭きとられ、おしゃべりも途絶えがちだった。射手がカップの底のコーヒー滓を掻き混ぜながら頭の中で計画を練っていると、ガール・スナイパーに質問が飛んだ。彼女が到着したときから誰もが考えていたことを、勇気を掻き集めて口に出した者がいたのだ。

「ミセス・パヴリチェンコ、どうしても好奇心が抑えられなくて伺うのですが……あなたが、その……狙撃手だというのはほんとうですか？　つまり、あなたは、ええと、その」——誰も〝殺す〟という言葉は口にしたくない——「三百九人の敵を片付けたんですか？」

その場が沈黙に包まれた。居並ぶアメリカ人の視線がリュドミラ・パヴリチェンコに注がれた。ある者は非難がましく、ある者は疑いながら彼女を見つめたが、全員が興味津々であることは間違いない。射手は椅子の背にもたれ、彼女がどう答えるか少なからず関心を抱いた。

ロシアの小娘の整った美しい顔には苛立ちのかけらも浮かばない。テーブル越しに慎ましやかな笑みを送り、通訳を介して言った。「ええ、ほんとうです」

〝嘘っぱちだ〟と射手は思った。銃を撃てる女はいる。森の奥で暮らす女は家族を食わせるため、なんでも殺してシチューにぶち込む。社交界の華はランチにマティーニ三杯飲む前に、射撃の練習をしているという噂だ。スポーツ好きの女は、射撃大会で獲得したリボンを部屋にずらりと並べている。だが、女が三百九人もの男を撃ち果たしたなんてたわごとは信じない――もしほんとうなら、いまごろは手錠をかけられているか、拘束衣を着せられているかだ。三百九人殺しておいて、大統領夫人のかたわらで紅茶をすするなんて真似が、女にできるはずがない。よっぽど冷血でないかぎり。

テーブルのまわりで懐疑的な意見がひとしきり取り交わされた。疑いを抱いているのは射手だけではないようだ。だが、エレノア・ローズベルトは頰杖を突き、考え込んでいた。

「彼らの顔を憶えていますか？」

通訳を務める中尉の肩章をつけた若い将校が耳元でささやくと、彼女は応えた。「彼らの顔ですか、ミセス・ローズベルト？」

「あなたが撃った男たちの。照準器を通して敵の顔がよく見えるでしょうに、それでも撃ち殺す……そういうのは、アメリカ人女性にとっては理解しがたいのよ、リュドミラ」

ガール・スナイパーは長いこと大統領夫人を見つめた。列席者が椅子の上でもじもじしはじめるぐらい長く、射手の血管の中で血がチリチリいいだすほど長く。上着に隠した武器に手をやりそうになったが、むろんホワイトハウスにはポケットナイフすら持って入れない。だが、にわかに銃が手元にあったらと思った。

「ミセス・ローズベルト」ミラ・パヴリチェンコが話しはじめ、それが英語だと気づいて射手はぎょっとした。ロシア語訛りがあるし、意図を正しく伝えようと口ごもることはあったが、発せられた言葉は明解だった――それに激烈だった。「あなたの美しい国を訪れることができて嬉しく思います。その繁栄ぶり――苦闘とは無縁の生活を送っておられる。誰もあなたの町や都市や畑を破壊しない。誰も市民を殺さない。あなたの姉妹や母親を、父親や兄弟を殺さない。わたしが暮らす国では、爆弾が村を灰にし、ドイツ軍の戦車が残す轍(わだち)をロシア人の血が塞ぎ、罪もない市民が毎日死んでいます」

彼女はそこで言葉を切り、ゆっくりと息を吐きながらつぎの言葉を探した。誰も動こうとしなかった。射手はなおのこと。

「わたしのような狙撃手が正確に放つ銃弾は、敵への報復にほかなりません。わたしの夫はセヴァストポリで命を落としました。わたしの見ている前で。わたしの腕の中で息を引きとったのです。わたしにかぎって言えば、照準器越しに見るヒトラー主義者はすべて彼を殺した者なのです」

その場が水を打ったように静まりかえった。動いているのは、それぞれの反応を分類すべくテーブルを囲む人びとを眺める射手の目だけだった。ソ連派遣団の団長はバターナイフを握り締めていた。彼女の首をそれで切り落とし、窓から庭園に投げ捨てたいと思っているのだろう。フリルと真珠で飾りたてたワシントンの女たちは啞然（あぜん）としている。大統領夫人はというと……

面食らっている？　大統領の馬面女が面食らう？

「ごめんなさいね、リュドミラ」彼女は静かに言い、ナプキンを置いた。「お気に障ったのなら許してちょうだい。とても大事なことだから、日をあらためてそれにふさわしい場で話しましょう。残念ながらこれでお開きにさせてください。仕事が詰まっていますし、あなたも大使館で写真撮影があるようですから」

大統領夫人は席を立ち、短い挨拶をして退場した。ガール・スナイパーに返事をする暇を与えずに。「きみはなにを言ったんだ？」団長がきつい声で尋ねた。「彼らを怒らせるなと命じられているんだぞ」

「彼らがわたしを怒らせたんです」リュドミラ・パヴリチェンコがロシア語で言い返す。声は潜めていたが怒りが伝わってきた。射手は大統領夫人の後ろ姿を見送りながらも、二人のやり取りに耳を傾けた。「わたしがここに来た目的は、戦友たちのため、前線にいる友人たちのため、塹壕で日々命を落とす者たちのために、援助を求めることです。それなのに大統領の妻が心配するのは、夫の支持者たちにこのわたしが気に入られるかどうかってことだけ」

「リュドミラ・パヴリチェンコ、きみは命令に従い――」

ロシア語による小声のやり取りはどんどん速くなり、射手はとてもついていけなくなった。いずれにせよソ連派遣団は席を立ったので聞きとるもなにもなくなった。椅子が引かれ、ふたつの言葉で挨拶が交わされ、夫人の側近がちかづいてきた。「ミセス・ローズベルトから、大使館に戻られる前にホワイトハウス内をご案内するよう申しつけられましたので……」射手は招待客に交じって部屋を出しな振り返り、いま一度ガール・スナイパーの様子を窺った。頬は怒りで赤く染まり、目はぎらついていた。

ほんの一瞬、射手は不安になった。〝彼女が宣伝どおりの女だったら?〟

大統領夫人の覚書

「彼女に思いあがりをたしなめられたわ」わたしはフランクリンに報告した。多少恨みがましく。「ほかに言いようがない」

「ロシア人にそんなことができるとはな。会ってみたいものだ」彼がにやりとする。

「彼女を憤慨させるつもりはなかったの……これがアメリカ人女性だったら、こっちがむっとしたわね。ソ連派遣団にとってここでの日々が実りあるものであってほしいだけ。でも、ヴァージニアに住む平凡な主婦でもワシントンの女主人でも、ミセス・パヴリチェンコみたいな女性は扱いかねるのよ」わたしは内心で顔をしかめながら、夫にあたらしい万年筆を手渡した。招待客にこれほど手こずるとはわたしらしくもないが、フランクリンの身を案じてばかりで、けさは気もそぞろだったのだ。

「アメリカの主婦のどこが悪いんだ。彼女の相手はアメリカ人記者たちに任せればいい」万年筆のキャップをはずす彼が元気そうなのでひと安心した。「今夜の記者会見で、彼女が記者たちの思いあがりをたしなめるかどうか見物だな」

予定される西部の防衛施設視察旅行について話し合っていると、彼は万年筆を下肢装具にトントンと打ちつけ考え込んだ。ソ連への援助に関して世論を味方につけようとする彼の聖戦に、ガール・スナイパーが役立つかどうか思案しているのだろう。彼がそう願うのは、ヨーロッパに第二戦線を開きたいからだけでなく——太平洋戦域が手薄になるからと反対意見が多かった——有能な女性を偏愛していたからだ。彼は有能な女性たちを集めた。多種多様な才能を持つ綺羅星のごとき女性たちを。気のきかない妻だったわたしをものの見事に自分の目と耳にし……何事にも動じない秘書の〝ミッシー〟・ルハンドは、ホワイトハウスを取り仕切る手腕を第二戦線にも発揮し……彼の労働長官フランシス・パーキンズはニューディール政策の影の立役者であり、閣議で強い男たちをきりきり舞いさせ……

フランクリンの女たち。彼はわたしたちを集め、賛美し、磨きをかけ、それからためらうことなくこき使い、精魂尽き果てるまで働かせるのだ。そのような仕打ちに無言の抵抗を試みても――夫婦の関係がつねに良好とはいえないから、ときにわたしも抵抗したくなる――彼が容赦なく自分を痛めつける姿を見るとなにも言えない。わたしたちはみな彼のために死ねる。彼がわたしたちみなのために死に物狂いで頑張っているのだから。

彼を上流階級の社会主義者とか、共産主義賛美者とか専制君主と揶揄する政敵たちは、そのことに気づいているのだろうか？　彼らに脅かされていることを、夫は認めようとしないだろうが。下肢装具をつけたこの男こそ、西欧世界の崩壊を食い止める防波堤なのだと、なぜ彼らは気づかないのだろう？

気づいていてもなお彼を失脚させたいのだろうか？　崩壊する様を見たいがために？

五カ月前

一九四二年三月
セヴァストポリ前線、ＵＳＳＲ
ミラ

21

わたしの回想録、公式版。わたしの夫、A・A・キツェンコ中尉の葬儀には、わたしの小隊全員と、第五十四連隊の非番の将校全員が出席した。弔辞は力強く、礼砲には心がこもっていた。

わたしの回想録、非公式版。彼は法律上は夫ではない――わたしはその機会を逃した。自分の怠慢のせいで正式の夫婦にならず、心にぽっかり穴が開いた。それでも、リョーニャはあらゆる面でわたしの夫だった。死ぬまで彼を夫と呼びつづけるつもりだ。

「外傷後神経症だな」アレクセイ・パヴリチェンコは診察もせずに言った。「二週間の入院が必要だ」

席を立とうとするわたしを制してつづける。「キツェンコの葬儀で政治指導官を絞め殺しかけたじゃないか」

わたしは無言で睨んだ。リョーニャの棺に向けてみなが礼砲を放ったあと、指導官が、どうしてきみだけ礼砲を放たなかったのだ、とわたしに食ってかかったからだ。わたしは彼の襟を摑んで言った。〝わたしは礼砲をナチに向けて放ちます〟葬儀で憶えているのはこれだけだった。

「小隊の連中が寄ってたかってようやくおまえを彼から引き離したんだぞ」と、アレクセイ。「彼は謝罪を求めている。ショックで神経がやられたせいだ、とおまえの相棒が彼を宥めた」

「だったら、どうして外科医がわたしを診るの、神経病理医ではなく」

「外傷後神経症の診断は専門医じゃなくてもくだせる。それに、指導官に言ったんだよ。おれは夫だから、彼女のことはおれに任せてくれってな」アレクセイがお気楽な笑みを浮かべた。太陽みたいに輝いて元気いっぱいだ。

「おまえが離婚手続きを終わらせたがっていたのは知っているが、もうその必要はなくなったんじゃないのか？　それに、この状態も悪くないだろ。おれはおまえを助けられる立場にいる。例の政治指導官に謝罪のことは忘れさせることができるんだ。おまえがちゃんと頼みさえすれば」

「あなたに頼みごとをするぐらいなら、ウラジオストクまで裸足(はだし)で歩くわよ」飛びかかって首を絞めてやりたかったが、両手がひどく震えるのでそれもできない。膝の上で握り締めていないと、彼に診せろと言われる。この三日間震えが止まらないなんて認めるわけにはいかなかった。

「二週間の休養」わたしの毒舌は無視し、アレクセイはつづけた。「神経を鎮めるために、カノコソウの根とブロム剤を投与する——」

「彼を殺したの?」

アレクセイがびっくり仰天するのを見たのはこれがはじめてだった。「なんだって?」

「あなたが、リョーニャを、殺したの」怒りを堪えて発した言葉だった。「あなたが執刀した。わたしたちが結婚したがっているのを知っていた。彼の背中には七つの破片が刺さっていて、あなたは三つしか摘出できなかった——」喉で怒りが沸騰し、先がつづけられなかった。アレクセイが血だらけの手袋をしたまま手術室から出てくるのを見たときから、疑惑にとり憑かれていた。「くそったれ、彼を殺したの?」

アレクセイの顔が崩れた。わたしはそこに怒りを見たが、それだけでなく燃え滓のような悲しみも浮かんでいた。「おれにそんなことができると思うのか? 手術台の上で人を殺すなんてことが?」

わたしは目をそらさなかった。「やったの?」

「いいか、おれのことをろくでなしの夫だと思っているんだろう、ろくでなしの父親だと——」

「あなたはろくでなしの父親よ」

「──だが、ろくでなしの外科医とは呼べないはずだ。おれは毎日十五時間手術を行っている。名前や顔をいちいち憶えていると思うのか？　手術がすむまで、おまえの愛する中尉だと気づきもしなかった。手の施しようがないと自分の口から伝えたのは、夫婦のよしみ──」

「わたしは感謝しないから。医者の務めをきちんと果たしもしないで。あなたがもし──」

「おれの目の前で、手術台の上で、彼の体にあの破片が突き刺さったとしても、救うことはできなかった。ミラの聖ニコライが魔法を使ったって彼の肺から破片を抜くことはできなかった。おまえが信じようと信じまいとな、ミラ」

出ていく彼の後ろ姿には疲労が重くのしかかっていた。わたしはただ座っていた。頭に鈍い痛みがあった。彼を信じるかどうか自分でもわからない。自分がなにを言い、なにを見、なにを考えているのかもわからないのだ。三日三晩、一睡もしていなかった。リョーニャの掩蔽壕のベッドに疲れた体を横たえても、眠りは訪れなかった。新任の中隊指揮官のために、掩蔽壕を明け渡さねばならない。

「ベッドを用意しましたから、同志上級軍曹」わたしが自分で立ちあがれないとわかり、手を貸してくれた衛生兵がそう言った。「二週間の入院、たったいまからです」

〝いやよ。狩りに行きたい。リョーニャを殺した男たちを殺したい〟でも、わたしにそれができないことは火を見るより明らかだった。葬儀が終わって掩蔽壕に戻り、行軍用軍服を脱いでカモフラージュ用スモックを羽織り、スリーラインを手に取ると……両手が激しく震えて弾を装塡することさえできなかった。装塡しようとしても、弾は指からこぼれ落ちた。ライフルは棍棒代わりにはなっても、真夜中の凶暴な相棒としての歌を聞かせてはくれない。撃とうとしてもことごとく標的をはずすだろう。自分自身や小隊を危険に曝すことになる。

〝頑張れ、パヴリチェンコ〟衛生兵に連れられベッドへ向かうあいだ、震える手に語りかけようとした——が、頭に浮かぶのはこのことだけだった。離婚手続きにこれほど手間どらなければ、キツェンコと名乗ることができたのに。「あなたと結婚すべきだった」ベッドに沈み込みながらつぶやいた。

いまとなっては遅すぎる。もう彼とは結婚できない。彼の仇を討つこともできない。

なにもかも遅すぎた。

入院中だったあるとき、わたしに毎日薬を渡してくれる手がレーナのものでも、看護師のものでもないことに気づいた。男の手だった。オリーブ色の肌の屈強な手、狙撃手のたこができた手だった。「こんにちは、コスティア」久しぶりに出す声がガラガラなのに驚いた。彼は痩せて目が落ち窪み、ひどい有様だった。わたしはコップを見おろした。「ウォッカならよかったのに」

「ウォッカならあるぜ」彼が背嚢を指さす。

わたしはゆっくりうなずいた。「でも……飲んでいいの？」

彼はあたりを見回した。「ここではまずいな」

午後も半ばで、衛生兵も看護婦も外科医の手伝いをしているし、負傷者は静かに横になっている。「わたしが入院してどれぐらい？」

「九日」

「小隊は？」

「あんたが戻るのを待っている」

手を掲げた。まだ震えている。毎日、震えないようにいろいろやっているのに治らない。

「ここを出たい」つぶやきだった。「でも、出られない。こんなんじゃだめよ。あなたを死なせてしまう」

コスティアが立ちあがった。「ここを出よう。車を借りた」

「運転できない」アレクセイはできる。運転のうまさを自慢していた。わたしは運転を習う必要がなかった。

「おれが運転する」

コスティアの速いがいいかげんな運転で第四防衛区へと向かった。道の途中でどこへ向かっているのかわかり、クリミア産石灰岩の塀と立派な鉄の門が現れると、わたしは頰の内側を思いきり嚙んだ。友愛墓地だった。

南側から入って車を駐め、丘の頂にある爆撃でやられた古い教会へと歩いて向かった。教会は帝政時代にミラの聖ニコライを祀るために建てられたもので、アレクセイの怒りの言葉を思い出させた。いまはもう教会ではない。残骸だ。黒ずみ崩れ落ちたドームは狙撃手の巣として使える。

葬儀のときには、大理石の古い墓石にも、木製の星以外なんの目印もないあたらしい墓石にも目がいかなかった。リョーニャの墓を前に大きく息を吸った。星は丁寧に色付けされ、碑文は長かった。誕生日と亡くなった日、正式の名前が、見覚えのあるきれいな四角い文字で記されていた。「あなたがこれを?」詰まった喉から声を絞り出した。コスティアはうなずき、わたしは指で文字をなぞった。「彼がどんな人間だったか伝わるといいわね。みんなを笑わせてくれたことを。わたしも彼といると笑った」

「彼はこの世でいちばんの友人だった」コスティアが言う。

「話して」墓のかたわらに二人並んで座れるぐらいの切り株があった。先に腰をおろし、コスティアを隣りに座らせた。「もっと——彼のことをもっと知りたい」

長い沈黙のあと、コスティアはようやく語りはじめた。「子どもってのは残酷だ。おれの名前はコンスタンティン・アンドレイヴィチ・シェヴェライオフだが、おれの父親がアンドレイ・シェヴェライオフでないことは誰もが知っていた。おれの実の親父はバイカル湖畔の猟師で、おれが生まれるころになって、親父に妻子があることがわかった。イルクーツクに毛皮を売りに来ていた親父は、そんなことひと言も言わなかった。それで、母はアンドレイ・シェヴェライオフと結婚した。だが、まわりの子どもたちはみんな、おれの父親が湖からやって来る凶暴な老マルコフだと知っていて、おれが遠く離れたドネックの学校に進学してからも、誰かがそのことを探りだし、母のことを売春婦、おれのことを私生児と呼んだ」そこで息を継ぐ。「リョーニャだけはちがった……」

並んで座るコスティアの訥々とした語り口から、彼が出会ったころのリョーニャの姿が浮かびあがった。肩幅の広い、長い手足を持て余しているような、将来有望な若きアスリート、ホッケーに夢中で試験の成績はからっきし。だが、たいていの将来有望な若いアスリートにはない資質を備えていた。やさしさだ。

「彼は友だちを作るのが得意だった」コスティアが静かに語り終えた。「おれは不得手だ。でも、そんなことはどうでもいい。おれには彼がいたんだから」

コスティアが話すあいだ、携帯用酒瓶のウォッカを交互に飲んだ。わたしはいまひと口飲んでから、ずらっと並ぶ墓に目をやった。リョーニャの墓はまだ黒土が盛りあがっているが、じきに土も乾いてまわりと同化し、描かれた星も色褪せるのだろう。お供えの花を持ってこなかったので、ガスマスクを入れている帆布の袋からパンの耳を取りだし、千切って土に撒いた。セヴァストポリのスズメがやって来てさえずってくれるだろう。わたしの将来有望な前線の夫のために。

コスティアはウォッカを墓に注いだ。「安らかに眠れよ、兄弟」

なにか言いたくても喉が塞がって声が出なかった。だから黙って座り、ウォッカをやり取りしながら一時間ほど午後の風に吹かれていた。よく晴れた日だった。

「上級軍曹に昇格したそうね」わたしが言うと、コスティアはうなずいた。「小隊はあなたのものよ」

彼は頭を振った。「おれたちにはあんたが必要だ、ミラ」

わたしは手を挙げた。まだ震えている。彼が酒瓶を握らせてくれたので、わたしはひと口の飲み、喉を焼く液体が胃に落ちてゆくのを感じた。「あなたはわたしを必要としない。あなたに必要なのは撃てる人」

「あんたが必要なんだよ、ミラ――」

「やめて」わたしは彼を突き飛ばした。彼は切り株から落ちそうになったが、すぐに体勢を立て直し両手を開いて立った。黒い瞳は揺るがない。

「あんたがいちばんだ」彼の声は花崗岩のように硬かった。「ナチはあんたを恐れている。小隊はあんたを信じている。戻ってきてほしい」

「わたしは撃てないのよ」ぱっと立ちあがってまた彼を突き飛ばした。彼は踏ん張って堪えた。つぎに拳固（げんこ）で胸を殴ったが、今度も彼は堪えた。「なんとしても彼らを殺したいのに、撃てない――」

「撃たなきゃならないんだ」彼は言った。「おれたちにはあんたが必要だ」

ウォッカを呷って酒瓶を彼の足元に投げつけた。「怖いからじゃない」舌がもつれ、すきっ腹にウオッカが思いきり効いたことに気づいた。

「怖がってるなんて言ってない」コスティアが間合いを一歩詰めてきた。わたしはまた彼の胸にパンチを食らわした。彼と背丈がおなじぐらいだから、殴りあげる必要はない。

「ミラ――」

目が泳いでいた。両手をあげようとしてよろめき、墓を見おろした。「危険な仕事を引き受けるのがわたしの役目だった。そのはずだった」

「そうじゃない」相棒が断言する。

「みんなを死なせてしまう」ささやき声だ。

「だったらリョーニャみたいに死ぬだけだ」コスティアの黒い瞳に涙が浮かんでいた。

「おれたちは兵士らしく死ぬだけだ」

「肺に鉄の破片が突き刺さって苦しみながら死ぬことが？」呂律（ろれつ）が回らない。飲みすぎだ。どうしてウォッカは苦しみを和らげてくれないの？

「おれたちは勇敢に死ぬんだ。彼みたいに」コスティアがわたしの肩を摑んだ。わたしだけでなく、自分自身を支えるために。シベリア人だから酒には強いはずなのに、やはり飲みすぎたのだろう。「あんたやおれはどうする、ミラ？　おれたちは撃ちながら死ぬ」

彼の胸に抱き寄せられる、二人して嗚咽(おえつ)を洩らした。首を絡ませて泣き、リョーニャの墓のかたわらで抱き合って揺れていた。悲しみを爆発させて涙に流し、どれぐらいそうしていたのだろう。最後には切り株に戻りもたれ合って座っていた。顔には涙が筋を作り、胸は激しく波打ち、ウォッカの残りを飲み干すと迫りくる夕闇を眺めた。あたりが暗くなってもまだ座っていた。狙撃手の沈黙のなか、死んだように動かずに。死はまだ肩先をうろつき、闇と沈黙を吹きかけてくる。

コスティアがわたしの顔を覗き込んだ。「同志上級軍曹？」正式の呼び方をした。

わたしはフーッと息を吐いて手を掲げた。一週間以上眠っていなかったし、目は泣き腫らし塞がっていた。腹はウォッカでいっぱいで、心は憎しみでいっぱいで、魂は悲しみでいっぱいだった――それでも、手は岩のように不動だった。

「あすの夜から」わたしは相棒に告げた。そして、戦場に戻った。

22

わたしの回想録、公式版。赤軍の勇猛果敢な精神と勇敢な将校たちの指導力のおかげで、セヴァストポリが陥落するとは誰一人信じていなかった。

わたしの回想録、非公式版。これまでだ、と思った瞬間を、わたしは憶えている。


三月、四月、五月はこともなく過ぎていった。毎晩、緩衝地帯で狩りをして、昼間は死んだように眠る……ところが、五月半ば、にわかにナチはケルチ半島を奪おうと猛攻撃を仕掛けてきた。それにつづき、黒海艦隊の海軍基地が大規模な空爆を受け、セヴァストポリは炎と煙の海となった――そして、六月の一週目にドイツ軍は満を持して猛攻撃に打って出た。

「心理攻撃だな」防衛部隊の前線に津波のように押し寄せてくるドイツ軍歩兵部隊を見て、コスティアが言った。彼が連想したのは、ナポレオン軍を模した縦列を組み、絶叫する司祭に率いられて前進するルーマニア軍だ。数ばかりか恐怖によってわれわれを圧倒しようとする。

わたしたちは狙撃手の塹壕に腹這いになり、ムカデのように進んでくる戦車やモーゼルを持ったライフル兵、MP40を担ぐ軽機関銃手を双眼鏡越しに眺めていた。明け方の砲撃であたりに渦巻く黒い煙に、彼らの姿が見えつ隠れつする。「新人のお出ましね」ナチの軍服に包まれた体は栄養充分で、ロシアの寒さとロシア軍の抵抗によって疲弊してはいない。「ドイツ帝国陸軍。ドネツクから移ってきた第十七軍」双眼鏡を置き、ライフルを肩に当て、小隊と並んで歩く将校に狙いを定めて引金を引いた。ライフルが跳ね、将校が倒れる。「去年の二回の攻撃同様、今回も吠え面をかかせてやる」

そう信じていた。リョーニャを失ってからずっと、激しい怒りに突き動かされてきた。三カ月というもの、週に六夜ぶっ通しでナチを殺し、七日目はスラヴカに手紙を書き、論文の頁に乾燥させた花々を挟むことに費やした。第三波の攻撃がはじまると、わたしは小隊とともに行動し、わが軍が負けるなんて思いもしなかった。

だが、毎日、鉄槌が振りおろされた。五時間にわたる砲撃、メケンジー丘陵の鉄道駅に通じる道をやって来る戦車と縦列を組む歩兵。来る日も来る日も、ナチはネズミのように防衛線を食い荒らし、湾の北側へじりじりと攻め込んできた。戦闘は十日間、十一日間途切れることがなかった。どこへ行けば食事と休息をとれるのだろうと思いながら、マルティノフ渓谷をとぼとぼ歩いていると、連隊の共産主義青年団オルガナイザーが率いる少年の一団と鉢合わせした。「同志パヴリチェンコ上級軍曹」オルガナイザーは敬礼した。「しゃきっとしろ、みんな！　わが軍の女性狙撃手、母国のほんものの英雄だ。いくつまでいきましたか、リュドミラ・ミハイロヴナ？」

「さあ、わかりません」わたしはうんざりと言った。三百？　どうだっていいでしょ。

「ヒトラー主義者たちは、彼女のライフルの影をも恐れる」オルガナイザーが言う。少年たちは疲労困憊で顔色が悪く、無表情だった。まだ若い――せいぜい十四歳というところだろう。わたしは敬礼を返しほほえもうとした。オルガナイザーの陽気な表情が一変、口に手を当てて震えを隠そうとした。わたしは彼をかたわらに引っ張っていった。

「そんなにひどい状況なのですか？」わたしは声を潜めて尋ねた。

「カミシュリー渓谷全域が敵の手に落ちました。鉄道駅、ヴェルフニー・チョルグン、ニジニ・チョルグン、カマリーの村々……友愛墓地の周囲でも戦闘は激化する一方で」

腸が捻じれる思いだった。リョーニャの墓――ドイツ軍に踏みにじられ、赤い星はズタズタにされたかもしれない。

共産主義青年団のオルガナイザーは淡々と語りつづけた。「わたしの教え子たちで残ったのはここにいるだけ――」顔色の悪い少年たちを身振りで示す。「九日間で三分の二を失いました。銃弾の補給はなくなりました。食糧と水も……」

〝負けるかもしれない〟灼熱（しゃくねつ）の太陽の下、くたびれ果て立っているのもやっとの哀れな少年たちを見ながら、わたしは悟った。彼らはスラヴカとそう歳もちがわない。息子から来た最近の手紙には、書き取りで優をとり、暗算で良をもらったと書いてあった。わたしを恋しいと思いながら、送ってもらった植物の標本を一冊の本にしたそうだ――生物学では共産主義少年団中一番なんだよ、マモチカ……。

もしスラヴカがここセヴァストポリにいたら、ライフルを担いでいるだろう。セヴァストポリは陥落寸前なのだから。

「少年たちを元気づける言葉をかけてもらえませんか?」オルガナイザーが言った。「ひと言でいいので」

わたしには元気づける言葉も希望もなかった。それでも、少年たちの顔を記憶に焼きつけて言った。「あなたたちのために、血の最後の一滴まで戦うことを誓います」

「われわれは誓います――そう誓います――われわれも誓います」小麦畑を渡る熱く乾いた風のように誓いの言葉が渓谷を吹き抜けていった。敬礼を交わして彼らと別れた。臨終に向かう都市をそれぞれに守るために。小隊に戻るとナチのあらたな攻撃を迎え撃った。縦列を組んで向かってくる歩兵たちのふっくらした白い顔を見たら、憎悪の波に呑まれて目の前が真っ白になった。

「一列目を狙わないこと」わたしは部下に指示した。「二列目を、腹を狙って――はずさないこと」ライフルが火を噴き、二列目の兵が悲鳴をあげて体を二つ折りにし、三列目の兵がそれにつまずき、一列目の兵が悲鳴を聞いて振り返った。縦列がばらばらになる。「つづけろ」わたしは叫び、ドイツ兵のやわらかな腹につぎつぎと鉄の弾をぶち込んだ——情け深く一発で即死させることを誇りにしてきたわたしが、相手を不具にするために撃っている。「彼らの集中力を断つ。彼らを傷つける。じわじわと倒す」

彼らがセヴァストポリを落とすにしても、ミラ・パヴリチェンコがその代償を払わせてやる。

セヴァストポリ陥落まで一カ月ちかくかかり、ドイツ側の損害は兵士三十万、戦車四百台、戦闘機九百機以上にのぼった。だが、わたしはその場にいなかった。

黒海前線でわたしにとって最後の戦いとなったその日、ドイツ軍監視兵を狙い撃ちするのに使った教会の廃墟を出て丘をくだっていたときのことだ。監視兵はまるでカラスだ。木々や丘の頂上や建物の上階に巣をかける——コスティアに背後を守ってもらうべきだったが、小隊は人数が減り二人ひと組で行動できなくなっていた。通りの向かいの建物から彼が出てくるのが見えた。顔に埃が筋を引いている。「九人やった」

「こっちは十二人」それで大勢に変化があるわけではない。監視兵十二人を仕留めても、すぐに補充される。火に包まれた都市にさらなる攻撃が加えられるだけだ——ドイツ空軍の爆撃機はセヴァストポリの瓦礫が山をなす通りで、車や通行人めがけて機銃掃射を行っていた。リョーニャと腕を組んで歩いた街、沈没船のモニュメントを眺め将来のことを語りあった街が、食肉処理場と化していた。「フォードルは？」

「一ブロック先のパン屋の屋根」

わたしたちはライフルを腕に抱え、足並みを揃えた。頭上でどよめく砲声や、死に際の悲鳴や、石造りの建物が崩れ落ちる音にも竦んだりしない。もうこれは朝の室内楽ではなかった。死の交響曲だ。終わることのない交響曲。

フォードル・セディフが煙突の陰に隠れて監視兵を撃っているパン屋の屋根に、わたしたちものぼっていった。コスティアが屋根にあいた穴からわたしを引きあげた。「フォードル？」と声をかけたが、どしどし歩く雄牛の下級軍曹の耳には届かなかった。空からの爆撃で煙突が倒れ、折れた梁や割れた煉瓦が彼に降りかかったのだ。顔の下半分がなくなっていたが、それでも目が訴えていた。コスティアとわたしはズタズタの巨体を挟んでひざまずいた。コスティアがフォードルの手を握って問いかけた。もしもこういう日がきたら、どう答えるべきかみな心に留めている。フォードルは煩悶しながらうなずいた。その目はわたしをひたと見つめていた。わたしはうなずき返した。「ソ連邦英雄、フォードル・セディフ」声がしゃがれる。「その名誉はわたしが担う――」

そして、わたしは慈悲の一発を撃った。

コスティアもわたしも心がぼろぼろで泣くこともできず、屋根からおりた。束の間抱き合って体を離し、連隊の司令部へ向かった。わたしと彼を除くと小隊は残り四人だ。「ヴアルタノフやほかの人たちの無事を確かめて」偵察将校からあらたな命令がくだるのを待つあいだにコスティアに言った。そのときだ、砲弾が塹壕に命中したのは。

相棒に警告を発する間もなかった。

身を守る間もなかった。

そんな間はなかった。


汗、油、淀んだ空気、それに汚れっぱなしの体に囲まれていた。瞼が張りついて開かない。閉所恐怖を起こしそうな狭い空間に押し込まれているのだ。ディーゼルエンジンの脈動が骨を震わせる。意識が完全に戻る前からパニックを起こしていた。

「てっきり死んだと思ってました」どこかから短調な声がした。

わたしは無理やり瞼を剝がした。低い天井が迫っていた。床に敷かれたコルクマット、金属の仕切り、大勢の兵士たち。ある者は座り、ある者は横になり、ある者は丸くなっている。大半が包帯を巻かれ、虚ろな目で遠くのどこかを見つめていた。だが、遠くなんてどこにもない。この部屋に窓はなく、ライフルの銃身みたいに密閉されている。「ここはどこ？」見回すと第五十四連隊の痩せぎすの伍長が目に入った。食事の列に並んでいると き世間話をしたことがある。「あなたはミーシャ——同志スターノフ伍長、でしょ？　第三中隊よね？　ここは——」

「ノヴォロシースクのツェメス湾に向かう潜水艦の中です」伍長が言った。「Ｌ－４――もとは機雷敷設型潜水艦で、いまは輸送潜水艦。ポリャノフ海軍少佐の指揮で夜明けに出航しました――あなたは担架で運びこまれてからずっと気絶したままだった」

彼の言ってることが理解できなかった。潜水艦？　銃弾や燃料や物資を積んだ潜水艦数隻が、セヴァストポリに向かっているという噂があったが、それ以上のことは誰も知らなかった。潜水艦がやって来て荷を降ろしたのなら、むろん積めるだけの負傷者を乗せて戻るだろう……。

コスティア。ヴァルタノフ。わたしの小隊。起きあがろうとしたら、頭が割れるように痛んだ。なるほど、脳震盪、鼓膜損傷、砲弾ショック。すすり泣きが聞こえ、どうやら自分が洩らしているらしいと気づき、耳に手をやると耳たぶのきれいな縫い目が指先に触れた。

「爆風で吹っ飛び、破片で耳たぶをザックリやられたようですね」スターノフ伍長が恨みがましい目でわたしを見た。「医療大隊にどんなコネがあるのか知りたいもんですよ。耳たぶを切ったぐらいで撤退者リストに加えてもらえたんだから」

「レーナ――彼女はここにいるの？　「レーナ・パリイを知ってる？　優秀な衛生兵で――」

「死んだ、そう聞いています。救護所に迫撃弾が落ちた」

まさか、レーナが、レーナにかぎって。「わたしの小隊は」割れた唇を唾で湿らせ、激しい頭痛を顧みず起きあがろうとした。「シェヴェライオフ軍曹、ヴァルタノフ伍長――」

伍長は肩をすくめただけだった。

「第二中隊は？」友人や指揮官たちの名前が、罠にかかったコウモリみたいにむやみに羽ばたく。

「みんな死んだんじゃないかな」にわかにスターノフの顔がくしゃくしゃになった。「おれの中隊もやられた。生き残ったのがおれだけなのかどうか……」

わたしは矢も楯もたまらず彼の手を握っていた。「ここにはいられない」そうつぶやいていた。相棒があっちにいるのに、部下たちがあっちにいるのに、リョーニャの墓だってあっちにあるのに、わたしはここでなにをしてるの？　知らぬ間に担架で潜水艦に運びこまれ、滅びかけている都市から逃げだした？　沈没船から逃げだすネズミとおなじだ。撤退命令がくだされたとき意識があったら、全力で戦っただろう。自分の体を担架から引き剝がし、手も膝も血だらけになろうと這ってセヴァストポリに戻っただろう。「戻らなきゃ」

「あなた一人のために潜水艦を引き返させると思いますか？」スターノフが泣き顔で歯を剝いた。「いくら〝死の淑女〟だって、そんな特権は与えられない」

〝その呼び方、やめてよ！〟

彼は涙を流しながらむっつりと離れていった。わたしは振動する金属の仕切りのほうに寝返りを打った。と、チクリと痛みを感じた。背嚢の上に横になっていたのだ。盗まれなかったのはそのおかげだろう。ライフルはなくなっていた――まだセヴァストポリを守れる人間に投げ与えられたにちがいない。美しいモシン－ナガン・スリーライン。コスティアが、標準仕様のライフルをわたしの手に合う狙撃手の武器に変えてくれた……震える指がほかの持ち物を探りあてた。家族からの手紙の束。スラヴカの写真。ぼろぼろの論文。ヴァルタノフからもらったナシの木のパイプ。ほかにも。

背嚢から現れたのは、血と油が染みた英訳版の『戦争と平和』だった。コスティアのだ。塹壕に胸壁を作る時間がないと、彼はこの本をライフルの台にした。長い張り込みのあいだ、この本を取りだして読んでいた。マッチを切らすと、最後の白い頁を慎重に破りとって燃やし、煙草に火をつけた。おばあちゃんよりも大事なんだろう、とみんなでからかったものだ。「祖母の本なんだ」と、彼はむきになった。

わたしが戦場から運び出されたとき、コスティアが別れのしるしにこの本を持たせてくれたのだろうか。それとも、彼はあそこで死に、思いやりのある衛生兵が、彼を思い出すよすがにとわたしの荷物に入れてくれたのだろうか。きっと永遠にわからないだろう。わたしの相棒。

本を握り締め、体を二つ折りにして泣いた。わたしの気持ちを無視して、潜水艦は安全な場所へと見知らぬ海底を潜行している。愛する者たちを見捨て、死から離れてゆくのだ。いまなら喜んで迎え入れられる死から。

潜水艦がノヴォロシースクに入港し、負傷兵たちを降ろしてから十二日が過ぎていた。わたしを含む負傷兵たちは病院に収容された。ベッドから解放された翌日、指揮所に出向いて経過を報告しろと命じられた――ふたたびライフルを抱えられるほどには回復していた。するとそこにペトロフその人がいて、エンジンをかけた専用車からこちらに向き直り、笑みを浮かべてちかづいて来たのだ。オデッサから撤退する日に会ったことを思い出した。鉄橋での決闘のあと、わたしに初の戦闘賞を与えるよう推挙してくれた恩人だが、あれから言葉を交わしたことはなかった。首筋から耳にかけてムカデのような縫い目が這う、にこりともしないやつれた顔を見てわたしだとわかったとは、たいした記憶力だ。

「リュドミラ・ミハイロヴナだな？」

ノヴォロシースクの指揮所に向かう途中、声をかけられ振り向いた。上等なコートを着て側近を従えた、厳めしい顔に疲れた表情を浮かべた男が誰なのか、すぐにはわからなかった。そこで階級章が目に入り、慌てて敬礼した。「同志ペトロフ少将」

彼は挨拶抜きで切りだした。「耳にしているな？」

「はい、同志少将」共産党中央機関紙〈プラウダ〉に記事が載っていた。〝赤軍最高司令部の命により、七月三日、ソ連軍はセヴァストポリから兵を引いた……〟この二十時間、目についたドアというドアをノックして、セヴァストポリの生存者に関する情報を集めた。生存者がいたはずだ。わたの小隊の生き残った者たちは……

「チャパーエフ師団のメンバーできみとともに生き延びた者はいるのか、リュドミラ・ミハイロヴナ?」ペトロフ少将は最後まで踏みとどまったそうだ――都市陥落の直前に残りの高級将校たちと撤退した。わたしは知りうるかぎりの名前を伝えた。一緒に潜水艦で抜け出した兵たち、そのあと病院で会った者たち。彼はつぶさに記録に留めた。「きみに伝えたい名前がある、同志上級軍曹。きみの医者の夫、アレクセイ・パヴリチェンコは最後の輸送船に乗っていた」そこでほほえむ。「負傷者に尽くした功績により勲章を授与される。赤軍の勇敢な外科医として」

「勇敢ですか」わたしは鸚鵡返しに言った。コスティアの静かな禁欲主義、ヴァルタノフの敵意に裏打ちされた忍耐力、戦火のもとで発揮されるレーナのユーモア――彼らこそ勇敢な者たちだ。だが、数千まではいかなくとも数百の命を救ったアレクセイの外科医の腕は否定できない。それに、少将はわたしに嬉しい知らせをもたらしたと思っている。だからうなずいて感謝し、どうしても訊きたかったことを尋ねた。「師団の者たち、六月の末にわたしが撤退させられたときセヴァストポリにいた者たちはどうなりましたか?」

「チャパーエフ師団はもはや存在しない」ペトロフがやさしい口調で言った。「彼らは最後まで戦った――書類をすべて焼き、師団印は土に埋め、師団旗は海に捨てた。ヒトラー主義者たちは、きみの連隊の軍旗を戦利品としてベルリンに持ち帰ることはできない」

またしても涙がこみあげた。必死に堪えてぎこちなくうなずいた。少将が浮かべた笑みは骸骨の冷笑のようだった。セヴァストポリから逃げだすぐらいならと、彼がピストル自殺を図ったという噂を思い出した。軍事評議会のメンバーの一人が止めたそうだ。もみ殻同様どこにでも飛んでゆく軍隊の突拍子もない噂の類だと思っていが、この噂は信じられる気がした。ペトロフ少将はなにかにとり憑かれ、死に急いでいるように見える。「どうなんだ、同志上級軍曹、あたらしい命令は受けとったのか?」

「いいえ、まだです」情けないことに、こぼれた涙を拭わざるをえなかった。「将校として前線に戻りたいと思います」

ペトロフの側近が促すように待たせている車を目顔で示したが、少将はわたしにまた顔を向けた。「将校として?」

「はい、そろそろ昇格してもいいころかと」無遠慮な言動だとは思ったが、精魂尽き果てていたから本音が出たのだ。「去年一年で指揮の執りかたを学びました、同志少将。戦闘において部隊のことを考えること、責任をとることを。それに、死んだ戦友たちの仇をまだ討っていません」レーナ、フョードル、リョーニャ。ああ、リョーニャ。つぎの配属先で将校になれれば、命令をくだす立場に立ち、つぎは部下をもっと多く救えるだろう。

「ヒトラー主義者たちはいまだ進軍しています。オデッサとセヴァストポリで、彼らが民間人になにをしたかこの目で見てきました……彼らの足元は火に包まれるべきです」

少将はしばらくわたしを見つめていた。「三日後にノヴォロシースクを発ってモスクワに向かう。きみも同行したまえ――あたらしい配属先を決めようじゃないか」

23

わたしの回想録、公式版。モスクワはソ連邦の想像力を石と鋼鉄に注ぎ込み、完璧に具体化したものだ。

わたしの回想録、非公式版。モスクワは巨大で厳粛で恐ろしい。だが、それを――それにわたしを――見た母の目は真ん丸になった。

「まあ、あなたったら。戦争の英雄で中尉で、それにまるでモスクワっ子じゃないの！」母は乏しい食料のせいでいっそう痩せていたが、長い三つ編みも輝く瞳ももとのままだった。わたしは母をストロミン通りの宿舎に案内した。モスクワに来て以来ここで暮らして一カ月以上が過ぎた。「あなたがレーニン勲章をもらうと知ったときのお父さんの姿、見せたかったわ。雄鶏（おんどり）みたいに大威張りで仕事に行ったのよ」

目の奥がチクチクした。父もモスクワに呼べたらどんなによかったか。でも、特別許可証は一人分しかもらえなかった――それに、父はそんなに長く仕事を休めない。片道千キロ以上の旅になるのだから。そんな長旅は子どもにも無理だ。わたしは喉を詰まらせながら尋ねた。「スラヴカはなんて言ってた？」

「とても誇りに思うって」母は柳細工の旅行鞄をテーブルの下に置いた。「訊かれる前に言っとくけど、わたしはいとこを訪ねることになってるのよ」

「よかった」わたしが前線から戻ったことを知ったら、息子は会いたいとごねるにちがいない。彼にそんな思いはさせられない。子どもに会いに帰ってもほんの短時間しかいられないと、別れ際に胸が張り裂けそうになる、とある兵士が言っていた。

「ああ、マリシュカ、泣かないで。正しいことをしているんだから」母が抱き締めてくれた。子どもみたいに母の腕に抱かれたいとどれほど願っていたことか。しばらくそうしていると、母が短く息を吸って体を強張らせた。ゆうべ飲んだウォッカがまだ残っていて、母はわたしの息から嗅ぎとったのだ。

スラヴカは連れてこないでと母に頼んだもうひとつの理由がそれだった。彼のよく笑うマモチカ、勉強を見てくれて、バーバ・ヤーガの召使いの〝真夜中の淑女〟のお話をしてくれた女性が、ピカピカの軍靴に将校の階級章をつけた無慈悲な女性、にこりともしない女性になったことを知らせたくなかった。その女性はウォッカがないと夜も眠れない。

だが、母はウォッカのことを口にしなかった。「なんて贅沢なんでしょう」代わりにそう言い、部屋を見回した。「十六平米の部屋をひとり占めなんて！　いつまでここにいられるの？」

「わからない。第三十二親衛空挺師団の狙撃小隊を任せられたんだけど、まだ前線に出る命令は受けていないの」モスクワに来てから抱え込んだままだった欲求不満が、テーブルに黒パンとピクルスを並べているうちに融け出した。「母さん、わたしいまね、地元の訓練センターの教官をやってるのよ。教壇に立っていないときは、演説をしてほしいって、全連邦共産主義青年団中央委員会の書記から言われているの」

「当然のことでしょ」母が笑った。「あなたは英雄なんだもの」

「演説は得意じゃないわよ」書記にもそう言ったのに、相手にしてもらえなかった。〝人びとはこの戦争の話を聞くべきなんだ。ただし、楽観的な内容にしてくれたまえ！〟

楽観的。自分の小隊を失った話を、楽観的に語れるはずがない……いまのところ誰の安否もわかっていない。それでも情報を求めてドアを叩きつづけた。〝コンスタンティン・シェヴェライオフは英語が堪能だから、セヴァストポリを抜け出し、どこかの大使館で通訳をしているのでは？　アナスタス・ヴァルタノフ、クリミアの老森番の安否を知る人はいませんか？〟

なにもわからなかった。

「あなたはこれまでに、演説や弾道学を教える以上のことをやってきたんじゃないの！」

母がにっこり笑ったので、わたしは思わず身構えた。好きな人はいるの、と尋ねられたらどうしよう。叫びそうになる。〝いいえ、好きな人なんていない。毎晩、リョーニャを思いながら眠りについくのよ、この先もずっと〟だが、怒りに任せた言葉は胸に留めた。母はリョーニャのことを知らない。家族に手紙で知らせる前に、彼は殺されてしまった――アレクセイとの離婚が成立してから両親に彼を紹介するつもりだったし、リョーニャが亡くなってからは、その名前を紙に記すなんて耐えられなかった。わたしが悲嘆に暮れていることを、母は知らないし、恋愛について尋ねるつもりもないようだ。というのもこんなことを言いだしたからだ。「ラヴレニョフの小冊子だけど」

「ああ、あれね」

　赤軍政治宣伝総局に依頼され、ラヴレニョフが彼の人気シリーズ〝前線文庫〟の一冊として書いた本のことだ。狙撃手リュドミラ・パヴリチェンコの戦場での英雄的行為を、かの有名な作家ボリス・ラヴレニョフが活写した作品。

「どんな人だった？」母が知りたがるのも当然だろう。軽食を用意するわたしを、母は無理やり椅子に座らせ、サラミは自分が切ると言い張った。「前から大ファンだったのよ、『四十一番目の男』とか――とってもロマンティック！　作家自らあなたにインタビューしたの？」

　まあね。偉大なる小説家は鉄のフレームの眼鏡の奥からわたしを眺めまわし、わたしの言葉を遮り、わたしの人生をどんなふうに大衆に提供するか、その〝ビジョン〟を説明しはじめた。(彼には〝ビジョン〟が、それも大文字ではじまるビジョンがあるのね、とわたしは思った)「きみはわたしのマリユートカそのものだ」彼は親切ごかしに言った。「わたしの『四十一番目の男』のヒロインだがね。むろん知っているね。細かなことをいくつか話してくれれば、一週間で書きあげる」

正直に言うと、うまく対応できなかった。二日酔いだったし、疲れていたし、彼の眼鏡の独りよがりの輝きにこめかみがズキズキ痛んだ。「あなたが創りあげた無口な工場労働者の少女には、これっぽっちも似てませんよ」わたしはにべもなく言った。「あなたの小説の前提はすべて作り物です。あなたに人生を切り刻まれることを、わたしが望んでいるとお思いでしたら——」

そこから事態は一気に悪化したが、彼が執筆を取りやめるほどには悪化しなかった。小冊子は年末に発刊されるが、わたしは事前に内容を知ることができた。〝ある晴れた朝、狙撃手の少女とわたしがコミューン広場の並木道を歩いている。二人でベンチに座ると、彼女の初々しい額にかかる短く切った絹のような髪を風が揺らす。彼女の張り詰めた繊細な顔には、彼女らしい深い情熱が脈打っている。その瞳は悲しそうだが、わたしの巧みな質問によって子どもらしい熱意に輝く〟

この部分が書かれたのは、わたしが彼を〝月並みな三文文士〟と呼び、彼が〝凶暴なウクライナのあばずれ〟と言い返す前だったのか、それともあとだったのだろうか。

「忘れる前に渡さないと、リュドミラ――先週、あなた宛に手紙が届いたのよ」母が巾着袋をごそごそやった。「転送するつもりだったんだけど、こっちに来られることになったから……」

わたしは封を切り、染みだらけの四角い紙を広げた。心臓がバクバクいう。小隊のみんなと家族の住所を交換し、誰かが倒れたら、あるいは小隊からはぐれたら、家族に手紙で知らせると誓い合った。部下全員の家族にすでに手紙を出した。いまごろ誰が手紙を寄越すのだろう？

小さな四角い文字には、自分の鼓動とおなじぐらい馴染みがあった。

ミラ、

おれは生きている。膝を粉々に砕かれ、セヴァストポリから最後に引き揚げた。クラスノダールの病院で元気を取り戻し、これから船であたらしい任務地のモスクワ軍事地区へと向かう。きみはどこにいる？

――コスティア

「大丈夫なの？」母の手が額に当てられた。「なんだか変よ――」

「大丈夫よ、お母さん」相棒の手紙から顔をあげ、笑みを浮かべた。爪先まで伸びてゆきそうな笑みだった。「お母さんは、この数カ月で最初のよい知らせを持ってきてくれたのよ」

コスティアが生きていた。わたしの相棒、わたしの影、わたしの半身。身内に巣食っていた暗い底なしの痛みが和らいでゆく。まるで麻痺(まひ)していた片脚にふたたび血が巡り、ジンジン痛むけれど喜ばしい感覚とともに甦ったみたいだ。

コスティアが生きていた。

母を抱き締めた。足が浮くほどきつく。「持ってきたなかでいちばんのドレスを着て、マモチカ。モスクワのすべてを見せてあげるわよ。手始めはバレエ」

「バレエですって！」母はクスクス笑った。「あなたのバレリーナのお友だちを思い出すわ。ヴィカだった？　彼女は花形バレリーナの座を捨て、なんと戦車部隊でT－34を操縦しているそうよ。バレリーナ転じて戦車操縦士、この戦争がわたしたちにもたらした変化なのね。ありがたいことに、あなたは前線から戻った……」

唯一の望みが前線に戻ることだなんて、母には言えない。相棒を探し出し、わたしの小隊に配属してもらい、戦場に戻る。仕事はまだ終わっていないし、いまのわたしにできることはほかになかった。

「よい知らせだ、リュドミラ・ミハイロヴナ！　戦場に戻れるぞ」

わたしは疲労でざらつく目をしばたたいた。訓練センターで二十四時間ぶっ通しで働いたあと、人事局の事務所を訪ね歩き、コスティアがモスクワ軍事地区に着任したかどうか訊いてまわった。それから到着したばかりのトラック四台分の武器の配分を手伝った。そしていま、第一書記の執務室に呼び出され、軍服姿がいれば背広姿もいる男の一団を眺めていた。「命令が出たのですか？ 前線に出ろという命令が？」

「そっちの戦争ではない」第一書記が笑った。「なによりも大事な戦争だ——プロパガンダ戦争」

「先を急ぎすぎですよ」背後から聞き慣れた声がして、振り返るとアレクセイの笑顔が目に入った。会うのはセヴァストポリ以来だし、彼のことを考えるのはペトロフから安否を聞いて以来だ。彼のことだから勲章に磨きをかけ、さらなる昇格を狙っているのだろう。

「やあ、クロシュカ」快活な挨拶をしてわたしの両頰にキスする。「おれたちはアメリカに行くんだ」

ソ連派遣団：一日目

一九四二年八月二十七日
ワシントンD.C.

24

射手に嫌いなことがあるとすれば、不安がるクライアントを安心させねばならないことだ。〝不安を宥めてほしかったら精神科を受診しろ〟ポケットチーフ野郎と並んで日向の歩道を歩きながら、顔には出さなかったが内心で苛立っていた。けさがた、ホワイトハウスの朝食会の前に最新情報を与えたではないか。日に二度会うのはやりすぎだ。雇い主との接触は最小限に留めたい。頼むからそうさせてくれ——双方にとってそのほうが安全だ。それでも彼はここにいて、相手を宥め、安心させなきゃならない。

「われわれは知る必要がある」ポケットチーフ野郎はいつも以上に汗をかき、背後をちらちら見ていた。ウィスキーの香りがする薄暗いバーで話をすることがかなわず、暑さに辟易しているのだろう。バーには耳をそばだてる連中がいて油断ならないから、仕事の話は戸外でするにかぎる。「歓迎朝食会がすんだら詳しいことがわかる、ときみは言ったじゃないか。それで?」

「着々と進行中ですよ」射手は歩みを速めた。角を曲がった先にソ連大使館がある。一時間後には、ソ連派遣団の挨拶がラジオで生放送される。

「だが、詳細を知りたい」ポケットチーフ野郎が非難がましい声で言った。

「あんたらは結果に金を払っているんでしょ。詳細ではなく」会議最終日の九月五日の計画はすでに固まっていた。その日、馬面の大統領夫人が、会議に出席した学生たちを招待して歓送会を催すことになっている。大統領も出席するだろうし、新聞各社の幹部連中も顔を見せる……ポケットチーフ野郎の雇い主が手を回してくれたおかげで、射手も招かれることになっていた。「手筈はすべて整ってます」ほとんどすべて、だが。

「アカの小娘についてなにかわかったか？」ポケットチーフ野郎がまわりを気にするものだから、買い物途中で急ぎ足の中年女二人の注意を引きつけた。「彼女が罪をかぶることになると確約できるんだな？」

「確約はできません」射手はヴァージニア訛りをきつくして、宥めにかかった。「彼女に目をつけさせたあんたらの読みは正しかった。あれ以上のカモはめったにいません」

ポケットチーフ野郎は、眼前に聳える巨大な石造りの大使館を見あげた。大勢の新聞記者やカメラマンが、警備員にプレスバッジを見せて足早に入ってゆく。「彼女はほんとうに狙撃手なのか？」

「いや」朝食会が終わるころ、リュドミラ・パヴリチェンコが怒りの形相で〝わたしのような狙撃手が正確に放つ銃弾は、敵への報復にほかなりません〟と言ったとき、もしかしてほんものか、と思った……が、それも一瞬のことだった。頭に血が上る女は狙撃手にはなれない。「彼女は宣伝用のポスター・ガールですよ。くだらない質問に泡食って怒りだすんだから。記者たちの質問だって似たようなもんだから、先が思いやられる。狙撃手の特集記事を組んでもらおうなんてとんだ誤算ですよ。彼女なら戦争の英雄ともてはやされると思っていたんだろうけど」ソ連では戦争の英雄かもしれないが、アメリカでは通用しない。かわいいブルネットはファシスト狩りなんてしないで、クッキーを焼いてろって国だもの。「ミセス・パヴリチェンコは彼らが望むようなセンセーションは巻き起こせない。どこに行っても、奇人変人扱いされるだけ」

実のところ、彼はそうなることを当てにしていた。

「ミセス・パヴリチェンコ――」

「ミセス・パヴリチェンコ――」

わたしは怯むまいと気を引き締めた。目の前で焚かれるフラッシュはまるで手榴弾だ――記者たちは兵士にインタビューしたことないの？　歴戦の兵(つわもの)の眼前でなにかを爆発させれば、刺殺されても文句は言えない。

「笑うんだ」団長がささやく。この会議に選出されたわれわれ三人はともに学生であり兵士だが、彼が派遣団の責任者だ。ニコライ・クラサフチェンコ、二十六歳、体格がよく熱心。スモレンスクでよく戦ったが、団長に選ばれたのはそのためではない。横柄で退屈なこの若者は、今回の旅行の意義について独自の見解を持つ懸念がないから選ばれたのだ。〝驚くことではないわね〟とわたしは思い、彼のフォルダーに〝承認〟の印が捺され、こんな言葉が口にされる光景を思い浮かべた。〝生粋の党員！〟

クラサフチェンコは選ばれたことを喜んだのだろうが、わたしはちがう。モスクワでエレノア・ローズベルト主催の国際学生会議について詳細な説明を受けたとき、最初はびっくりし、信じられない思いだったが、だんだん腹が立ってきた。同志スターリンのもとに届いた招待状には、〝社会におけるもっとも進歩的な要素である学生が、反ファシズムの声をあげる機会を提供する〟旨が記されていたそうだ。モスクワ軍事地区の数百の候補者の中からわたしたちが選ばれたのは、元学生で現在は兵士であるからだけでなく、共産主義青年団の団員だからであり……わが国のため、わが党のために発言し、アメリカの援助が不可欠であることを訴えねばならず……。

「笑うんだ」クラサフチェンコが繰り返し、わたしを睨みつけた。ホワイトハウスの朝食会でわたしが怒りを爆発させたことを彼は苦々しく思っているのだ。彼の命令には従うしかないので、カメラに向かっておとなしくにっこりした。会議がはじまるのは数日先で、今夜大使館で行われる記者会見は、全米にラジオで生放送されるそうだ。わたしは不安を抑え、カメラとおしゃべりの波を見渡した。こういう光景は、月の表面くらい馴染みのないものだ。わたしの望みはコスティアを見つけ出して戦場に戻ることだけだった。それなのに、われわれのことなど眼中にない資本主義者の大陸に放り込まれた。プロパガンダ使節団として。アメリカ人はロシア人を好きではない。同盟国と言いながら、われわれを見殺しにしていた。そんな状況を変えるために、この記者会見でわたしになにを言えというのか？

「水を持ってきてやろうか、クロシュカ？」アレクセイがつきまとってささやく。

「水ぐらい自分でとってくるわよ。専属医師の手を煩わせるまでもない」

彼が手に入れた地位がそれだった。ワシントンに送られるソ連派遣団の専属医師。「どんな手を使って潜り込んだの？」モスクワで彼に再会したとき、呆然としながらも言わずにいられなかった。「学生の派遣団に野戦外科医は必要ないだろうに」

「派遣団の健康管理はソ連人医師の領分ってわけだ。輝かしい軍歴を誇る兵士であればなおいい。このおれは、なにしろ総合診療医の心得もある」バリッとした軍服姿のアレクセイからは、セヴァストポリの恐怖は微塵も感じられない。「どうやってこの任務に就いたかだが……当然ながら、妻の動向にはつねに目を光らせているからな」わたしの胸のレーニン勲章を直す彼の指は、赤いリボンをしつこくいじくっていた。「それに、夫が妻の外遊に同行したいと思うのはしごく当然のことだ、長期間にわたるならなおのこと――」

「前線から逃げだして楽な仕事に就くために、わたしを利用したってわけね」なにを言っても無駄だ。地球を半周しても、夫から逃れられない。

それに、彼は以前にもまして執拗だった。最初はモスクワで指示説明と旅行準備に追われていたときに、つぎがモスクワからテヘランを経てカイロまでの長いフライトのあいだ。彼はちゃっかり隣りの席に座り、離陸のあいだ椅子の肘掛を握り締めるわたしに、怖かったら手を握ってやろうかと宣った。

「狙いはなに？」わたしはぶっきらぼうに尋ねた。

彼はにやりとするだけだ。「自分の妻になんて勇敢なんだと言うこともできないのか？はじめてのフライトなんだろ。よく頑張ってるよ、クロシュカ」

「あら、それじゃあなたはもう何度も飛行機に乗ってるってわけね」わたしの嘲笑を彼はものともしなかった。カイロからマイアミに到着すると、彼はホテルの部屋をノックして、海辺を散歩しないか、と誘った――「そのかわいい顔に太陽を当てようぜ」本人は気を遣っているつもりだろうが、二日つづきの張り込み以上にわたしを苛立たせた。

彼を追い払うと、マイクやカメラに視線を戻し席に向かった。「ミセス・パヴリチェンコを真ん中にしてお座りください……」指示されたとおりにし、夫をこの場から締め出すことは無理にしても頭からは締め出した。クラサフチェンコはわたしの右隣りで読みあげる予定の声明文に目を通していた。左隣りは三人目の代表、横柄な感じのプチェリンツェフ上級中尉だ。「上着にコーヒーの染みがついてるわよ」わたしが言うと、彼は慌てて拭こうとしてカップをひっくり返しそうになった。プチェリンツェフを嫌っているわけではない――彼とは共通点があった。戦争がはじまって紆余曲折（うよきょくせつ）の末狙撃手になる前は、彼も熱心な大学生だった。だが、彼を皮肉な目で見ずにはいられない。わたしより三歳年下で、確認戦果もわたしの半分なのにすでに上級中尉だし、レーニン勲章ばかりかソ連邦英雄を授与されていた。彼の胸の金色の星に恨み骨髄とまではいかないが、若きプチェリンツェフ上級中尉を見るたびに、もしわたしが男だったら彼とおなじ地位に就いていただろうにと思わずにいられなかった。

〝戦果四百をあげてみなさいよ、ぼうや〟モスクワで彼に不遜な態度をとられたとき、わたしは思った。〝わたしを見下すのはそれからにしたら〟

もっとも、わたしがプチェリンツェフやクラサフチェンコと並んでこの場にいるのは、見事な戦果のおかげではなかった。いま着ているスカートの軍服を試着していたとき、モスクワの私服組二人がわたしの選出を巡って議論するのを偶然耳にした。「レニングラード文芸プログラムのヴァシリーなんとかを選ぶべきだったんだ。派遣団に女が必要か？すぐ感情的になるし、人の言うことをきかない」

「でも、この女は美人だぞ。ソ連邦のよさが伝わる……」

「そろそろはじまるぞ」クラサフチェンコのささやき声に我に返った。「いいか、こっちの通訳の言葉に耳を傾けるんだ。あっちの通訳ではなく」

コスティアが静かに通訳席に着くのを見て、喉が詰まった。

アレクセイが派遣団に加わるため手を尽くしたのなら、わたしだって——クラサフチェンコが通訳を連れていきたいと言うのを聞いて、相棒に横にいてもらうためにわたしも策を講じた。といっても単刀直入に言っただけだ。「すばらしい通訳を推薦します。モスクワ軍事地区に移ってきたばかりの受勲者の兵士で、英語とロシア語に堪能です」目の前にいるあたらしい敵と、まとわりつく古い敵と一緒に地球を半周するのなら、相棒にそばにいてほしい。

そんなわけで彼がここにいる。アイロンのかかった軍服とひげのない顔が別人みたいなわたしの相棒は、セヴァストポリ陥落で膝をやられいまも杖に頼っている。こっちを向いて笑って、と念じたが、彼は書類をめくりマイクを調整していた。〝記者会見が終わったら、ようやく話ができる〟そう思ったら、フラッシュがふたたび焚かれ、ラジオ放送がはじまった。

出席者が紹介されるあいだ、わたしは椅子の上で身じろぎしながら、丸腰で人目に晒され、狙われているという感覚を拭い去ろうと必死になった。クラサフチェンコはこういう場に慣れているのかまるで動じていない。わたしはスリーラインを手に、茂みみたいな恰好でいるほうがいい。だが、前線に戻るためにはこのツアーをやり遂げねばならない。

〝われわれがナチズム相手に奮闘している事実を、アメリカ人に知らしめる必要がある〟

モスクワで受けた講義で耳にした言葉だ。〝増援を必要としていること——それを訴えるのが派遣団の真の目的であり、よその国の学生たちと話し合う場にただ座っていればいいわけではない。これは同志スターリン直々の指令である。この機会を逸するわけにはいかないのである〟一同厳粛な面持ちだった。

わたしの背筋もぴんと伸びた。ライフルは手元になくても、任務は任務、つまるところはおなじだ。〝ミスを犯すな〟

「宣伝用ポニー」放送がはじまると、最前列のアメリカ人記者がにやにやして言うのが聞こえた。声を潜めもしない。われわれには理解できないと思っているからだ。「どんな走りをするか見てやろうじゃないか」

わたしは顎を突きだした。〝ええ、見せてやろうじゃないの〟

はじめのうちは順調だった。クラサフチェンコが声明を読みあげ、わが国の苦境と一般市民の団結を訴えた。つぎにプチェリンツェフが声明を読みあげ、赤軍にはドイツ軍に反撃する覚悟があることを示した。わたしも声明を読みあげた——党が承認したソ連の女性たちからのつまらない挨拶からはじまり、本題に入るとほっとした。「ソ連人はあなたがたの援助に感謝していますが、わが国が行っている戦いはわれわれにさらなる犠牲を強いています。わたしたちは積極的な支援と第二戦線の設置を心待ちにしています」コスティアが通訳する静かな声が流れ、記者たちの鉛筆が紙を擦る。わたしは背筋を伸ばした。

「わたしはロシアの兵士としてこの手を差しだします。わたしたちは手を携え、ナチの怪物を打ち負かさねばなりません」印刷された声明はそこで終わりだが、わたしはほほえみ、英語で言い添えた。「勝利へ突き進みましょう！」演説のまとめに最適なスローガンだ。話はこれで終わりですよと知らせ、拍手の準備をさせるスローガン。

大使が質問があればどうぞ、と言い、わたしは事実と数字を頭の中で整理したが、質問はおそらくクラサフチェンコに集中するだろうと思った。

ところが、質問はもっぱらわたしに向けられ、それも戦争に関係ないものばかりだった。

「〝死の淑女〟のあだ名で呼ばれているのはほんとうですか？」

このあだ名が〝真夜中の淑女〟をもじったものだと言おうとしてやめた。誰もややこしい答えを求めてはいない。新聞のキャプションに使える簡単なコメントが欲しいのだ。

「はい」わたしはコスティアを通して言った。質問に答えるときは必ず通訳を介せと指示されていた。わたしの英語力で応じられるときでも。（かっとなりやすい女が暴走しても、通訳が言葉をふるいにかければ丸くおさまる。呆れた話だが、記者たちには過小評価されるほうが気が楽だから、英語がほとんどわからないと思わせておくにかぎる）「〝死の淑女〟と呼ばれることもありますが、森を移動する様子から〝オオヤマネコ〟と呼ばれることもあります」

「リュドミラ、前線では熱い風呂に入れるのですか？」

わたしは目をぱちくりさせた。質問にも驚いたが、記者が階級をつけずに呼んだことに面食らったからだ。「なんですか？」〈ワシントン・ポスト〉紙のひょろっとした記者が繰り返した。「熱い風呂」

「風呂ですよ」汗をかく真似をする。

わたしは記者を見つめた。「ええ、一日に二、三度は熱い風呂に浸かってます。塹壕に潜んでいて砲撃を受けると熱いですよ。まるでほんものの風呂、ただし、埃の風呂」

わたしの応対が意外だったのだろう、笑いが起きた。つぎにチェックのネクタイの男が立ちあがった。「女性兵士は口紅をつけてもいいんですか？」

わたしはクラサフチェンコをちらっと見た。答えてよろしい、と彼は小さく手振りで促した。「銃弾が飛んできたら、口紅よりライフルに手を伸ばすでしょうけど」コスティアは無表情で通訳しているが、内心でおもしろがっているのがわかった。

つぎは女性記者で、わたしに向かって口をすぼめた。「それは行軍用の軍服ですか、それとも通常の軍服？」

「行軍している暇はありませんから――」

「着映えするデザインとは言えませんよね。スカートがその長さだと太って見えるし。気になりませんか？」

わたしはゆっくりと息を吐いた。怒りで目の前が白くなる。モスクワで言われた言葉が甦る。〝アメリカ人のなかには、きみが成し遂げたようなことは女にできるはずがないと思っている連中もいるんだ、リュドミラ・ミハイロヴナ――きみを宣伝用に創られた張りぼてだと思っている連中がね。彼らの誤解を解いてやれ、ただし、やんわりとな〟けさの朝食会で決心したことがあった。屈辱的な質問を受けたら、やんわりと答えたりしないと。

「わが軍の軍服に誇りをもっています」わたしは女性記者に向かって言った。「これには戦闘で倒れた同志たちの血が染み込んでいます」恐ろしい記憶が甦る。爆弾の破片が氷のスパイクとなってリョーニャの肺に突き刺さり、彼の血がわたしの軍服を染めたこと。セヴァストポリの屋根の上、フョードル・セディフの苦しみを終わらせる一発で灰色の脳みそが飛び散ったこと。深呼吸、深呼吸。「あなたも空襲を経験されればおわかりになりますよ。服のデザインなんてどうでもいいってことが」

怒りで視界が曇り、つぎの記者の姿は見えなかった。ただ、嫌らしい口調は聞きとった。「リュドミラ、何色の下着がお好みですか?」

コスティアは通訳しなかった。大使館の通訳がロシア語に訳すあいだ、相棒は冷たい怒りを発散しながら座っていた。両隣のクラサフチェンコとプチェリンツェフも同様だった。不思議なことに、それでわたしの怒りはおさまった。けっきょくのところ、わたしは小隊とともにいるのだ。

わたしはその記者ににっこり笑いかけた。判断力のある新兵なら、たじたじとなる笑みだ。「ロシアでは」わたしはコスティアに通訳してと目顔で合図した。「そんな質問をしたら顔を叩かれますよ。してもいいのは妻か恋人に対してだけです。わたしはそのどちらでもないので、もっとちかくに来てくだされば、喜んで叩いてさしあげます」

驚いたことに、どっと笑いが起きた。質問した記者は、わたしの鋭い返しに潮垂れていた。ここでやめておかないと自分でもなにを言いだすかわからないから、わたしは拍手が静まる前に席を立った。「これぐらいでよろしいですか」

駐米大使から叱責を食らうと覚悟して廊下に出たところ、彼は苦笑いしていた。「よく言った、リュドミラ・ミハイロヴナ。ワシントンのゴキブリ野郎……」

「記者たちの失礼をお詫びしないといけませんね」大統領夫人の真剣な口調に、派遣団の全員が襟を正した。「これも一種の試験だと思ってください」彼女の後ろには秘書や従僕たちが彗星のように尾を引いていた。本人は実用的なネイビーブルーのディナードレス姿だ。〝わたしは働く女です。着飾る女ではなく〟ドレスがそう主張している。予想に反して地味な人だ。モスクワの説明会では、〝上流階級で億万長者で、搾取する側の人間〟だと総括されていたが。

ほんとうにそうなの？　会うのはこれが二度目で、一度目はけっしてなごやかなものではなく……でも、その笑顔はけさ紹介に預かったときと変わらずにこやかだ。わたしに腹を立てていても、表に出さないだけなのか。

「前の駐ソ連アメリカ大使の令嬢、ミセス・ハーブが自宅で催す夕食会にみなさんご招待されました」大統領夫人はつづけて言い、わたしたち全員に笑顔を振りまいた。「このまま直行されてはいかがでしょう」

段取りをきめるのに二カ国語が飛び交うなか、わたしは一服しようとバルコニーに出た。ニコチン補給もだが、一人になりたかったのだ。またしても興味津々の第三者に囲まれるパーティー。無様な朝食会にはじまり、会議に写真撮影に演説……マッチを手探りしていると、バルコニーに出てきた人がいた。煙草を吸っている――それも煙草を指に挟むのではなく、手で隠して吸っている。居場所を知られてはまずい狙撃手の吸い方だ。わたしは煙草に火をつけ一服してから相棒と並んだ。コスティアは柱のように動かず、街を見渡している。電灯の光の洪水！　さながら闇に宝石を撒き散らしたよう。美しいと思うべきなのだろうが、わたしは暗視能力が損なわれる心配をする。

「三つ」コスティアが言った。

「四つある。あなたのはどことどこ？」

彼が指さしたのは、正面の建物の屋根の上と、対角線上にある建物の上階の窓、それに隠れた隅の電話ボックス――いずれも立っているわたしたちをまっすぐに狙える有利な場所だ。「あんたの四つ目は？」

わたしは真上を指さした。大使館の六階の窓だ。「窓の桟のあいだから真下を狙って撃つ」

「横風が厄介だ」

「わたしなら撃てる。あなただって」

話したいことは山ほどあった。話す時間はたっぷりあったはずなのに――モスクワでの準備期間、長時間のフライト。それに、カイロで過ごした数日。イギリスとアメリカの大使に挨拶に行かされ、カクテルパーティーでいろんな人に紹介され、カメラマンに囲まれた。そのあいだ、コスティアとはほんの二言三言言葉を交わしただけだった。派遣団の通訳に彼を推薦した二日後、わたしは彼と再会を果たしたのだった。それも思いがけず第一書記の執務室で。彼は日に焼けやつれ、胸に赤旗勲章を輝かせていた。あのとき、仲間としてハグし、セヴァストポリの日々を懐かしむ時間があればどんなによかったか。ところが、わたしたちはぎこちなく見つめ合うだけだった――あたらしい勲章をつけたスカート姿のわたしを、彼はすぐに見分けられなかった。わたしは彼の手の杖と口元に刻まれた苦痛のしわに目をやるだけで――時間はいたずらに過ぎていった。それ以来、部屋にはつねにほかの誰かがいて、話をする機会はなかった。党の覚書についてくどくど話すクラサフチェンコとか、プチェリンツェフとわたしがほんものの兵士かどうか怪しいものだと、聞こえよがしに言う駐エジプトイギリス大使とか、わたしにつきまとうアレクセイとか……。

　そしていま、ようやく二人きりになれたというのに、想像上の決闘に備えて射線を確認し合っている。〝狙撃手ときたら、まったくヘンテコな奴らばかり！〟リョーニャのからかう声が聞こえる気がした。苦悶が銃弾となってわたしを貫く。リョーニャがいないと、どうやって笑えばいいのかわからない。

「ヴァルタノフのパイプ、まだ持ってる？」コスティアがわたしの手の煙草を見ながら、意外なことを尋ねた。

　ポケットからパイプを取りだす。肌身離さず持ち歩く幸運のお守りだ。「彼があれだけやり方を教えてくれたのに、いまだに吸い方がわからないのよね」琥珀の吸い口を撫でると胸が締めつけられた。「彼がどうなったか教えてくれなかったわね」

「腿を撃たれた。おれが撃たれて撤退した前日。大腿動脈をやられた。衛生兵を呼んでくる前に出血多量で逝った」

　わたしは老森番を悼んで首を垂れた。森の中を幽霊みたいに動き回れた森番を。「ほかの人たちは？　ブロフ、ヴォルコンスキー――」コスティアが一人ひとりの安否を教えてくれた。何人かは彼とともに撤退したものと思っていたが、儚い望みだった。「小隊のうち、生き残ったのは……」

「おれたち」オデッサからの撤退後、セヴァストポリで再会したとき彼が言った言葉とおなじだった。「おれたちだけ」

いまここに、ウォッカと二人きりになれる場所があったらどんなにいいだろう。リョーニャを失って心が粉々に砕けたわたしたちは、たがいの肩に顔を埋めて泣き、悲しんで怒って、なんとか立ち直った。戦場で友人を失うと、わたしたちはそうやって死を悼む。でも、ワシントンのバルコニーにいるいま、忌々しい公僕の務めを果たせといつ呼び出しがかかるかわからないし、二人のあいだで琥珀のように凝固した悲しみと、どう戦えばいいのかもわからない。

「コスティア」なにを言いたいのかわからないまま、わたしは呼びかけた。〝あなたの『戦争と平和』、わたしが持っているわよ、読みたいなら言って。この旅に無理やり引っ張りだしてごめんなさい。あなたは前線で戦友たちの仇討ちをしたかっただろうに。わたしだってここにいたいわけじゃない。フラッシュを浴びて、くだらない質問を受けるなんてまっぴらなのよ〟

「ここにいたのか」クラサフチェンコの大きな声に、二人とも飛びあがった。「ミセス・ハーブの屋敷に出掛けるぞ。ただ、車のことで手違いがあり、大使館のキャディラックには派遣団の二人と通訳二人しか乗れないそうだ」

「ミセス・パヴリチェンコはわたしとご一緒にどうぞ」煙草を揉み消してなかに戻ると、大統領夫人が言った。わたしは顔をしかめたくなったが、慌てて表情をつくろった。「わたし、自分で運転しますから、助手席が空いてるのよ」

「いいんですか？」わたしはけさの彼女の言葉を忘れていなかった。〝そういうのは、アメリカ人女性にとっては理解しがたいのよ〟わたしはこれを、わたしを理解しがたいと思っているのは彼女自身だと受け止めた。それなのに、自分の車にわたしを乗せるってどういうこと？

いまさらながら、彼女をしげしげと見つめた。長身の女性、お洒落というよりきちんとしている。まるで嵐雲みたいにエネルギーを放射している。出っ歯で、親切そうな眼差し、わたしに向けるほほえみは間違いなく友好的だ。「あなたをよく知るまたとない機会ですもの、リュドミラ」

公平を期して言えば、わたしはそう簡単に怖気づかない。オデッサ包囲戦を生き抜き、セヴァストポリ陥落を生き抜いた。〝死の淑女〟のあだ名はだてじゃない。

その〝死の淑女〟が、名運尽きたと思い定めることになろうとは。

「夕食会にはハリー・ホプキンズも招かれているのよ。両国間の親交関係の樹立を熱心に提唱してきた人なの」大統領夫人は二人乗りのコンバーティブルを繰って、ワシントンの広い通りをトルネードさながら疾走した。大使館のキャディラックとソ連とアメリカ両方の警護の車を、最初の信号で置きざりにした。わたしは座席にしがみつき、彼女の英語についてゆくのがやっとだった。大統領夫人はみなこういうことが許されているの？　同志スターリンの夫人（彼に妻がいるとして）が、モスクワの通りを無誘導ミサイルみたいにすっ飛ばす姿など、とても想像できない。「ハリーはあなたとぜひ話がしたいそうよ。レニングラードやオデッサやセヴァストポリの戦いについて」

「わたしはレニングラードで戦っていません、ミセス・ローズベルト」曲がり角にちかづいていたので、わたしはシートの上で身を竦めた。フォ・ザ・ラヴ・オヴ・レーニン、曲がり角でスピードを落とすわよね、ちがうの？

「あなたがどこで戦ったにしろ、彼は詳しい話を聞きたがるわよ」彼女は車体を傾けてカーブを曲がりきった。外側のタイヤはたぶん浮いていた。わたしはドアハンドルを握り締めた。「彼は前々から大統領に助言していたのよ。あなたたちロシア人は前例のないドイツ軍の攻撃を持ち堪えるだろうが、援助の手を差し伸べるときがきた、とね」

「過去形ですね」わたしは言わずにいられなかった。さすがに嘲笑はしなかったが。

「あなたの国が第二戦線をなんとしても必要としていることは、理解していますよ、リュドミラ」べつの長い道に車を飛び込ませながらも、ミセス・ローズベルトの声は穏やかで毅然（きぜん）としていた。「そのような措置をとるために、われわれがどんな困難に直面しているのか、あなたはわかってないみたいね。いまは太平洋で手いっぱいなの——シンガポール陥落、フィリピンからの撤退。日本に戦力を集中すべきだと主張する人たちもいる。太平洋とヨーロッパに二分せずに。そういった懸念にも耳を傾けねばならない」

わたしは目をしばたたいた。これまで考えたこともなかった――アメリカもまたこの戦争に資源をどう割り振るか苦慮しているとは。豊かな資源を持つ国なのだから、われわれに援助の手を差し伸べるのは容易いだろうと思っていた。大統領の手のひと振りで決着することだと。むろんそう簡単な話ではない。暗い車内で、わたしは赤面していた――朝食会で大統領夫人を狼狽えさせたかもしれないが、彼女はいま、端的な言葉でわたしを打ちのめした。

「第二戦線は――赤軍兵士にとって強迫観念みたいなものです」英語の適切な言葉を必死に探しながら、わたしは言った。この言葉は自分の視野の狭さを謝罪するオリーブの枝だ――彼女の国からただ闇雲に援助を得ようとしたことを、謝罪の言葉を使わずに伝えるために。「わたしたちは戦闘のむごさに晒されつづけて、物事を客観的に見られなくなっていました。それに、わたしは狙撃手として物事を捉えます。照準器に映るものだけに集中して――」先をつづけられなかったのは、赤信号で彼女が急ブレーキを踏んだため、フロントガラスを突き破らないよう両足を踏ん張ったからだ。

「あなたが塹壕で戦う人たちをいちばんに考えるのは当然のことだわ。彼らのことを忘れてはいませんよ。今夜の夕食会には、あなたがたの大義を支持する人たちも招待されていますが、中傷する人もいるでしょう……」大統領夫人は話しながらハンドルから手を離し、出っ歯を光らせた。まるで孫の自慢をする噂好きの五十八歳だ。もっとも彼女が話題にしているのは、反ソビエトを掲げる派閥のこと、それに夕食会で会うことになるそのメンバーたちのことだ。彼女は息つく間も惜しんで話しつづけ、信号が変わるとふたたび夜の街をぶっ飛ばした。列車をも凌ぐスピードだ。〝大統領の妻はスピード狂〟わたしは命からがらドアにしがみついた。彼女はおもしろがっている。あなたの考えはお見通しよ、と言いたげな一瞥をくれたが、わたしだって、スピードを落としてください、とは意地でも言わない。言っても彼女は聞かないだろう。

「あなたの確認戦果はほんとうに三百九なの？」

〝はい。いいえ。たぶんそれぐらい〟確認戦果が三百を超えたのはわかっていたが、セヴァストポリ陥落までの混沌のなかで数えるのはやめた。ドイツ軍がじわじわと攻め込んでくるときに、そんな余裕がある？「だが、アメリカ人は正確な数字を知りたがるだろう」モスクワで第一書記にしつこく言われ、三百九に落ち着いたのだ。異を唱える気もなかった。おそらく四百を超えているだろうが、そういったややこしい話は誰も聞きたがらないはずだ。「三百九です、はい」大統領夫人に向かってわたしは言い切った。

「今夜の夕食会のような場では、あなたの英語力が力になってくれるはずよ」彼女はスピードを落とすことなく黄色信号を突っ切った。「とても上手ですもの。どこで習ったの？」

「最初のレッスンは母から、子どものころに」

「お母さまは学校の先生なの？」

「ダー――」わたしが唇を嚙んだのは、ダークグリーンのパッカードを擦らんばかりに追い抜いたからだ。「こんな話、おもしろいですか、ミセス・ローズベルト？」

「アメリカ人はね、人を好きになりたいの」彼女が意外なことを言った。「みんなを好きになりたいの。それがわたしたちの美徳のひとつね。でも、それには理由が必要なのよ、リュドミラ。あなたたちの声明やら論点やらは――政策委員会では受けるでしょう、でも、アメリカ人はあなたのことを知りたいの。公式声明の陰に隠れた若い女性のことを。家族のこと、好きな食べ物のこと――」

「どんな下着をつけているかとか？」つい口が滑った。レーナならクスクス笑っただろう。〝大統領夫人といったって、あつかましいヤンキーに変わりない！　あつかましいヤンキーの好きにさせちゃだめよ〟「アメリカ人ってそういうことを知りたがるんですか――下着のことを？」

「あなたの性格の一端を垣間見たいのよ」ミセス・ローズベルトは如才ない。「あなたの服の一部に関する質問はむろん無視していいわよ」

「でも、わたしの性格とか家族とか――どうでもいいことでしょう。一般の人たちには」

わたしが適切な言葉を探していると、車はタイヤを軋らせて大邸宅の前で停まった。煉瓦造りで広大な芝生の庭があり、窓という窓には灯りがともっていた。窓ガラスの奥にはサテンのドレスの女性たちや、オードブルのトレイを掲げたウェイターが動き回っている。

「大事なのはわたしがここにいる理由でしょう。大統領顧問のミスター・ホプキンズがわれわれの戦いの詳細を知りたがっている、とおっしゃいましたよね――ほかの誰もそのことに関心を示さないのはどうしてですか？」声がうわずっていた。「記者たちはどうして関心を持たないんですか？　新聞の読者たちはどうして？」

「彼らにあなたのことを知ってもらいましょう」エレノアが言った。「彼らに関心を持たせるのよ」

「彼らを失望させるな？」

「そういう言い方は嫌いだわ、リュドミラ、でも、あなたはここに長く滞在できない。かぎられた時間の中で、アメリカの人たちを味方につけなきゃならない」

「ご心配なく、ミセス・ローズベルト」わたしは屋敷を見つめながら腹を括った。「狙いを定めたら、わたし、撃ち損じませんから」

大統領夫人の覚書

彼女はよくやった。ワシントンで開かれる夕食会に足を踏み入れるだけでも大変なのに（わたしも新婚間もないころは、カクテルを手にした優雅な既婚婦人たちの前に出るだけで膝がガクガクした！）、物見高く物憂げな視線に晒されても臆することがなかった。しかも外国語で話しかけられるのだから――彼女の英語は文法的には非の打ちどころがない。発音はべつにして。

ソ連からの訪問客たちをホワイトハウスに連れ帰ったのは、真夜中ちかくだった。みんな精魂尽き果てたという顔で部屋に引き揚げていったが、わたしにはまだ仕事があった――ブルックリン海軍工廠で行う挨拶の下書きやコラム〝わたしの一日〟の原稿に目を通さねばならない。フランクリンはもう眠っているだろう。そうであってほしい。政敵たちが陰でなにを企んでいるかくよくよ考えるのは体によくない。そうさせないいちばんの方法は彼の関心をほかに向けることで、わたしはやり方を心得ている。彼のベッドルームの前の暗い廊下で足を止め、巡回中のシークレットサービスの職員に挨拶し、〝エレノアの篭〟用のメモを走り書きしドアの下に押し込んだ。あすの朝、読んでもらうために。海軍工廠の挨拶に目を通しながら自分の書斎に向かった。足が痛い。一刻も早く靴を脱ぎたかった。

〝リュドミラ・パヴリチェンコを好きになるわよ〟と、フランクリン宛のメモに書いた。それに、彼女のおかげでいい考えが浮かんだ。

25

新聞の見出し。狙撃手リュドミラ・パヴリチェンコはワシントン最初の夜を大統領官邸で謳歌。

事実。狙撃手リュドミラ・パヴリチェンコは、大統領官邸にいても身の安全は保障されないと知った。

わたしはそれをしばし見つめていた。なんの変哲もないその紙は折り畳まれ、宛名のない封筒に入れられ、わたしが眠っているあいだにドアの下に差し込んであった。挨拶の言葉も署名もなく、ごついキリル文字が寝ぼけ眼に霞んで見えた。

国に帰れ、共産党の売春婦め

さもないとここで死ぬことになる

紙を摑む手が震えていることにぼんやり気づいた。言葉のせいではない——以前にも売春婦と呼ばれたことはある。殺すと脅されたこともあった。手が震えたのは、ホワイトハウスにいるわたしに手紙が届けられたせいだ。朝起きてすぐにわたしが手紙を目にするよう、夜のあいだに部屋にちかづいた人間がいたということだ。

それが何者であれ、どこにいようがおまえにちかづける、とわたしに知らせたいのだ。

前日の朝、ミセス・ローズベルトが案内してくれた広い寝室をぐるっと見回す。「ミスター・チャーチルもノルウェーのマッタ王女もここに泊まられたのよ」王室には興味がないけれど、イギリスの首相とおなじベッドで眠るのかとしばし感慨に耽った。バラ色の天蓋の大きなベッド、縞柄のソファー、レースが掛かった小さなテーブル、化粧と着替えのための部屋。バスルームはわたし専用だから、モスクワ人八人と共同で使わずにすむ……大きなバスタブにたっぷり湯を張って贅沢気分を味わい、信じがたいやわらかさの枕に頭を埋めた。前線のぬかるむ塹壕とはなんたるちがいだろう。こういうベッドだと、わたしみたいな人間でも安心して眠りに落ちることができる。

手の中の脅迫状に視線を戻した。〝もう安心して眠れないじゃないの〟

「なんだか元気がないわね」朝食におりてゆくと、大統領夫人がわたしを迎えて言った。クラサフチェンコとプチェリンツェフはすでに食べはじめていた。「よく眠れなかったの？」

「お友だちのミスター・ホプキンズが、セヴァストポリの前線について尋ねながら、ウィスキーをどんどん注がれたもので」わたしは大きな笑みを浮かべて新聞を開いた。

「きのうの記者会見を好意的に取り上げてくれているわよ」大統領夫人はそう言って、熱い紅茶を華奢(きゃしゃ)な磁器のカップに注いだ。「〈ニューヨーク・ポスト〉でエルザ・マクスウェルがあなたをこんなふうに褒めている。〝パヴリチェンコ中尉はたんなる美しさ以上のなにかを備えている。その落ち着きと自信は困難に耐え忍んだ証である。コレッジョが描いたマドンナの顔、子どものような手、赤い染みのあるオリーブ色の軍服は激戦の炎で焼け焦げ――〟」

大げさな言葉に顔が赤くなり、つぎの記事――〝氷の目の冷血な殺人者〟と描写してある――で真っ赤になった。ワシントンに一日いただけで、すでに嫌われた。いや、そればかりではない――新聞を脇に押しやると、ポケットの紙がカサコソいった。〝国に帰れ、共産党の売春婦め、さもないとここで死ぬことになる〟

ワシントンに一日いただけで、すでに背後を気にしている。

「数日後に学生会議がはじまるので、きみたちはまたホワイトハウスに滞在することになる」昼の記者会見のあと、大使館で大使から言われた。「だが、今夜からは大使館のちかくに泊まってもらう――数ブロック先のホテルに。午後は自由時間なので観光をするなりなんなりしたまえ。ただし、今夜は国立劇場で公演があるから全員出席のこと」メモを見る。「オペラ『蝶々（ちょうちょう）夫人』だ」

オペラは、戦争が勃発した日、オデッサで『椿姫』を観て以来だ。幕間に劇場をあとにしたから、ヴィカの踊りは観ずじまいだった。彼女はいまも戦車を操縦しているのだろうか、それともトウシューズを履いて傾いた舞台に立っているのだろうか。

それとも、亡くなったのか。たくさんの知り合いが命を落とした。それなのにわたしはここでオペラ見物……。

闇雲に新鮮な空気を吸いたくなった。解散の声がかかったら散歩に行こう。せっかくだから、列車の窓越しではなく、マイク越しでもないアメリカを――この国の輝かしい繁栄ぶりをじかに見ておきたかった。つぎの当たってないピカピカの靴を履く男たち、粋な帽子に誂（あつら）えの服を着た女たち、栄養が足りたふっくらした頬の子どもたちを見ていると、戦争が別世界のことに思える。きれいに磨かれた自動車、弾孔のない建物、ドアの外まで行列ができていない店……わたしはここに溶けこみ、道行く人たちはわたしの帆布の靴やレースの襟のドレスに見向きもしない。わたしもショーウィンドウを覗き込む通行人の一人だ。道行く人たちが、けさ、コーヒーを飲みながら新聞で目にしたであろう〝氷の目の冷血な殺人者〟ではない。〝共産主義の売春婦〟でもない。

気分を暗くするだけの手紙のことは忘れよう。「今夜のオペラ、愉しみにしているんでしょう？」すぐ後ろを歩く〝番人〟に思いきって尋ねた。「プッチーニはお好き？」

「いいえ、同志パヴリチェンコ。西欧のものだから堕落している」

わたしはため息をついた。派遣団のメンバー全員に番人がついていた。厚ぼったい背広姿の目立たない党の職員で、大使館を出たわたしたちに張りつくのが仕事だ。前日、わたしはいちおう抗議した――わたしがなにをすると思ってるんですか、亡命？　息子を祖国に残して？――だが、番人は必須であり、わたしの番人ユリ・ユリポフは灰色のウールのコートを着るとセメントの塊みたいで、性格もセメントそのものだった。彼を従えてウィンドウショッピングするのは、コンクリートの腕輪をして泳ぎに行くようなものだ。「なにか買ったらどうですか、同志ユリポフ？　モスクワの奥さんにちょっとした贅沢品を」

彼はわたしをじっと見つめるだけだった。内務人民委員部でキャリアを積む人間に、陽気なユーモアのセンスを求めてはいけないが、たまにはにっこりしたらと思う。〝ああいうのがパーティーで思いきり羽目をはずすんだから〟レーナならクスクス笑いながら言いそうだ。彼女がここにいてくれたら。きっとブティックのショーウィンドウに鼻を押しつけて、マネキンのドレスに秋波を送るだろう。〝見てみて、このきれいなドレス〟と歓声をあげる。〝これを着たらあたしだってヘディ・ラマーに見えるよ！〟

「ええ、そうね」わたしは声に出して言い、ウィンドウのドレスを見つめた。黄色のイブニングドレス、とろっとした陽射しの色のサテンで、胸元は深く抉れて、スカートはきゅっと締まったウエストから床へと流れ落ちる。その色から目が離せない――狙撃手がけっして身にまとわない色、動く標的の色だ。この一年、自分をまわりに溶け込ませることに心血を注いできて、いま、不意に色をまといたくてたまらなくなった。

だったら買えばいいじゃない。ポケットにお金が入っている。使う機会がなかったから軍隊の給与がそっくり残っていた。それに、〝死の淑女〟だってたまには変化を楽しみたい。〝真夜中の淑女〟だって陽射しを浴びたいものよ。

「ここで待っててもらえませんか？」ユリに頼んだ。「それとも、試着室までついてきます？」

「いや、同志パヴリチェンコ。そこまで命令されていない」

「ささやかな贅沢」わたしはつぶやいて店に入った。半時間後、買物袋を手に店を出ると、嫌なものが目に入った。アレクセイが街灯にもたれ、ユリと一緒に煙草を吸っているではないか。

「美しいレディが自分のために美しいものを買うの図」夫が言った。

「わたしが西欧の退廃に屈服したと報告するつもり？」わたしは言い返した。「派遣団の男性の半分が、モスクワの妻とボリショイバレエ団の愛人のために口紅やナイロンストッキングをまとめ買いしてるっていうのに？」

「この手の旅には特典がつくことぐらい、みんな承知している。ナイロンストッキングや口紅は序の口だ」アレクセイが並んで歩く。すでに西欧風の背広で決めていた。上等でしなやかなツイードが引き締まった長身にくだけた優雅さを添えている。「角を曲がったところにホット・ショップスって店がある――オデッサのシェブレキが売り物のカフェをうんと上等にした店だ。ルートビアをおごってやるよ」数歩後ろを歩く番人をちらっと見る。「ユリもどうだ」

「ルートビアは指示書に記されていない」ユリは無表情だ。

「右におなじ」ここからそう遠くないところに公園があると聞いていたので、ディケーター通りを反対方向に歩いた。狙撃手はウィンドウショッピングに向かない。すぐに木々や茂みが恋しくなる。

というより隠れ場所を求めているのだ。けさ、脅迫状を読んで以来、肩甲骨のあいだがムズムズしてたまらなかった。アレクセイにしつこくされているからなおさらだ。

「待てよ、クロシュカ」夫がついてきて、その後ろにユリだ。アレクセイは番人がつくほど重要人物ではなく（それが彼にとっては癪の種にちがいない）、傍(はた)から見ればわたしが行軍を率いている。「ルートビアを一緒に飲もうぜ。きっと好きになる」

「なにが嫌いって、あなたから施しを受けることよ、アレクセイ」

「その昔はおれをアリョーシャと呼んでたじゃないか。人前ではともかく、二人きりのときには。それにあのころは喘ぐ以外あまりしゃべらなかったよな」

ディケーター通りとブラグデン通りの角で立ちどまったら、エナメルのバッグを持つ女性にぶつかりそうになった。「アレクセイ、なにが望みなの？　あなたってどうしていつもそうなの？」

彼の目が踊っている。「そうって、例えば？」

わたしは喚きそうになった。わたしばかりが無駄にいらつくなんて不公平だ。まったくもって不公平。「もういい。わたしは公園を散歩するから」

「だったら、おれも一緒に散歩する。ちょっと離れててもらえるかな、同志ユリポフ？　妻と二人きりで話がしたいんでね」

ユリはわたしに断りもなく二十歩ほど離れた。アレクセイがわたしの夫であることを、派遣団のみんなが知っているわけではないが、内務人民委員部では共通認識なのだろう。わたしはため息をつき、言ってやりたい気持ちを抑えた。あなたと散歩するぐらいなら、無差別砲撃地帯に足を踏み入れるほうがまし、と。でも、夫ととことん話し合うなら、大使館の外のほうがいい。だからわたしは肩をすくめ、ホテルの受付で教わったロック・クリーク公園へ向かってずんずん歩いた。都会にありがちな整備された公園だろうと思っていたら、首都のど真ん中に森が出現した。数キロ四方が灌木（かんぼく）と巨岩と樹木に埋め尽くされ、緑の針葉を残す木々があり、輝かしい紅葉に染まる木々がある。むかつく付き添いがいてもなお、魅了されずにいられなかった。

「ハンバーガーのほうがよかったんじゃないのか?」アレクセイが言った。ブナやオークの木立を縫って歩くわたしに、彼はぴったりついてくる。「マイティー・モーとかいうのを試しに食った——焦げた肉と香りのない白パンなんだが、不思議と病みつきになる。アメリカの料理をいろいろ試してみようと思ってね。この国のことをいろいろ知って……」

名もない小径を塞ぐ枝を潜った。「滞在はせいぜい一週間よ」

「だが、おれにとってははじまりにすぎないんだな。おまえは〝ボス〟に気に入られた。つまり、これからも海外旅行に行けるってことだ。もっと旅行して、もっと特権を与えられ……おれたち家族は名声の恩恵に浴するってわけだ」

「名声なんて儚いものよ」〝おれたち〟は無視し、買物袋を揺らしながら歩いた。「前線に戻るつもり。あと一年生き延びられる確率はどれぐらい? わたしが死んだら、名前を憶えているのはわたしの家族ぐらい。それで充分だけどね」

「党はおまえのためにでっかい計画を立ててるだろう」アレクセイは差しかかる枝をものともせず、突きだした岩めがけ、斜面を登るシロイワヤギそのものの確固たる足取りで坂を登ってゆく。

わたしがつまずくと、彼がさっと手を差し伸べたが、無視した。露出した岩の上に立つと、眼下は一面ハナガサシャクナゲの茂みで、ツグミの羽ばたきが聞こえた。〝張り込みにうってつけの場所〟ついついそんなことを思った。腹這いになってライフルを構えれば、斜面を登ってくる者を狙い撃ちできる。

「スラヴカはどうしてる?」アレクセイが新品のカフスボタンをいじくりながら言った。

「息子がどうしているか、一度も尋ねたことなかったわよね」岩場を離れ引き返した。スラヴカの名前を耳にしたとたん神経が張り詰めた。

「おれには知る権利があるからな」

「異論の余地あり」わたしは曲がりくねった道でもペースを落とさなかった。「どうしても知りたいというなら教えるけど、彼は健康よ。勉強もよくできる」

「あいつと最後に会ってずいぶんになるが、いい男に育ったろうな。目はおれに似ているとずっと思っていた」

「自分に似たところはひとつもない、とあなたが言ったこと、憶えているわよ。ほんとうにおれの息子なのかって尋ねたじゃないの」

「あのころはろくでなしだったからな」アレクセイが悲しげにほほえんだが、その声には険があった。「すべておれのせいって言えるのか?　おまえの親父が無理やり結婚させたんだ、こっちの覚悟が決まる前に。おまえと結婚するか、誰かを差し向けられて親指を切り落とされる心配をして暮らすか、ふたつにひとつだった。いやなものはいやって言えばよかったって?　脅されてたんだぞ」

「十五にもならない少女を誘惑しろって、誰も脅さなかったはずよ」声がだんだん大きくなる。

「だから謝ってるじゃないか、ミラ」彼のいつもの〝落ち着けよ〟の仕草を見たとたん、手近にセメントのオブジェがあったらそれで殴ってやろうかと思った。いまのところ、それに相当するのは同志ユリ・ユリポフで、わたしたちのあとをついてきて、内務人民委員部の人間らしく、わたしが国家機密をちかくのニレの木にばらさないよう見張っていた。

「おまえと喧嘩するためにここにいるんじゃない」アレクセイが言う。「仲直りするためだ。国に戻ったら息子に会いたい」

わたしは歩くペースを崩さなかった。「会わせない」

「ミラ、男が過ちを認めているんだぞ。離婚問題に片が付いても、スラヴカがおれの息子であることに変わりはないんだ」

ここに散歩に来たことを後悔した。ここはわたしが思い浮かべる公園とはちがう。遊び回る子どもたちも、乳母車を押す母親も、弁当を広げる生徒たちもここにはいなかった。明るい色の上着姿でハイキングする人と、双眼鏡を構えるひょろっとしたバードウォッチャーをたまに見かけるだけ……それ以外、しんとした森にはユリを除けば人っ子ひとりいなかった。それに、アレクセイがわたしに手をかけたとしても、ユリが止めに入るとは思えなかった。彼の任務はわたしのふしだらな振る舞いを止めることであって、夫婦喧嘩の仲裁をすることではない。小川のせせらぎが聞こえたので、わたしはそちらに向かった。

水が流れていれば開けた土手がある。わたしには動ける空間が必要だ。「男の子には父親が必要だと認めたらどうだ」アレクセイがわたしを宥めにかかる。こっちの不安には気づきもしない。「ホッケーのやり方を教え、勉強を見てやれる誰か――」

リョーニャならすべてを叶えることができた。夢でしかなくなった未来を思い描くのはあまりに容易い。冬には三人でゴーリキー公園の池でアイススケートに興じる……わたしは瞬きして涙を払い、小川の畔に立った。深くはないが幅があり、岩が点在している。左手には橋が架かっていた。巨大な石の塊から切りだされたようなアーチ形の古い橋だ。ちかづいていった。

「スラヴカには父親が必要だってことは、おまえにもわかってるんだろ。あの中尉と懇ろになったのはそのためだったんじゃないのか？」アレクセイが言った。前を歩くわたしの顔は見えないのに、心は読めるようだ。「だが、彼が亡くなって、おれは気づいたんだ。大事なものを失うところだったことに」

わたしは橋の真ん中に立ってあたりを見回した。美しい場所だ。小川の両側には鬱蒼とした森が広がり、川床の石のあいだを水が楽しげに粟立って流れ、頭上には紅葉した木々が枝を差しかけている。都会の真ん中でこれほど美しいものに出会えた喜びを感じ、石造りの建物や石畳の道に疲れた心を慰めてくれる手つかずの自然に感謝しながらも、かたわらの夫の一挙手一投足が煩わしかった。

「なにが欲しいの?」わたしは尋ねた。冷静だった。彼がなにを望んでいるか聞かなくてもわかるが、彼の手間を省いてやる気は毛頭なかった。

「おまえに戻ってきてほしい、ミラ」彼は橋の欄干に手を置いた。誘いかけるように掌を上にして。「おまえとおれとスラヴカ。ちゃんとした家族に戻るんだ。おれたちが出直すのにこの旅は絶好の機会じゃないか」

「いいえ。千回でも言うわよ。いいえ」

彼の笑顔は崩れない。「おまえを取り戻すためには努力しないとな、クロシュカ。きちんと求婚する。最初にやるべきだった」

「いまのわたしは歳を食いすぎてるんじゃないの?」ディケーター通りですれ違った十代の少女の肉薄の尻を、彼は目で追っていた。

「あのころはおまえも少女だった。いまは女だ。男も歳をとると、女のよさがわかるようになるのさ――」

「戦争の英雄のよさがわかるって意味でしょ。党から特権を与えられる見込みの女」わたしが戦争を生き抜いたら行けるはずの海外旅行を当てにしているぐらいだから、ほかの特典も計算に入れているにちがいない。モスクワの広いアパート、キャビアやシャンパンにありつける党のパーティー、贈り物に賄賂、高級将校と肩を並べられる座席。名声、快適さ、富――努力すれば彼だって手に入れられるだろうに、自分で走るよりほかの人間を走らせておこぼれに与ろうという魂胆なのだ。

彼に必要なのは、掲げ持つ首輪におとなしく首を入れる牝馬だ。

「おれたちの人生を想像してみろよ」彼がやさしく懐柔しようとする。「ドレスや宝石はおれが与えてやるし、スラヴカが享受する特権――」

「あなたが考えているほどわたしは有名じゃないわよ。あなたが考えている贅沢な生活は、わたしに与えられるもので――」

「おれたちに与えられるものだ」

「たとえそれが可能だとしても」――わたしの悪名など一瞬にして消え去るだろう――

「あなたがなぜ必要なのかしら？　あなたが息子にしてやれることは、すべてわたし一人でしてやれる」アレクセイが差し伸べた手を無視した。「あなたが言う特権とやらは、どれもわたしのおかげで生じるものでしょ」

「名前以外はな」彼の笑顔に揺らぎが生じた。「おまえはいまもおれの苗字を名乗っている。その名前で知られている」

「わたしは〝死の淑女〟として知られているのよ。自分の力で得たあだ名。あなたの苗字のおかげじゃない」

「ほかにもおれに借りがあるだろ。セヴァストポリでおまえと中尉の仲を引き裂いたか？　知らん顔をしてやったじゃないか」

怒りで息ができない。「わたしに借りが——」

「長くはつづかないってわかってたから、知らん顔してやったんだ。遅かれ早かれ彼は戦死しただろう。あるいはおまえがな。だから、騒ぎたてなかった……ふつう亭主ってのはそこまで寛大じゃないんだぜ。だが、事情が変わったいま——」

ちかくの茂みからツグミが飛び出してきて、双眼鏡を手にバードウォッチャーが土手伝いにやって来た。レンズが光る。突然の騒音にわたしは跳びあがりそうになり、アレクセイの笑みが少し大きくなった。「モスクワに戻りしだい離婚するつもり」弱みを見せなかったことを願いながら、ユリがいる土手に向かって来た道を引き返した。森から出たかった。ホテルの部屋で一人になりたかった。夫も匿名の脅迫状を寄越した敵も、頑丈なドアの向こうに鍵をかけて閉じ込めたかった。

「おまえもそれを望んでないんだろ、ミラ」振り返らなくても、アレクセイの声からにやにやしているのがわかった。あの男を怒らせることはできない。なぜなら、つねになんでもわかっているし、つねに冷静だからだ。つねに。「自分がなにをしたいのか、おまえはわかっていない」

つい振り返った。そうすべきでないとわかってはいても。彼の目が輝く。〝癇癪を起こすのって愉しいかい？〟彼の目が言っている。

「わたしはほっといてほしい。あなたに戻ってほしいなんて、未来永劫思わないから」

「おまえの気持ちを変えてみせる」彼がやさしく言った。「おまえだってまんざらでもないんだろ、クロシュカ」

「今夜のオペラ鑑賞者リストからドクター・パヴリチェンコをはずしてください」わたしは大使館の書斎でクラサフチェンコに言った。彼はここを自分の書斎にしていた。「この旅のあいだ、彼のことは公にするなと指示されました。アメリカの報道機関は、夫と別居している女をよく思わないだろうから。だったらよけいに、この先の行事すべてで、彼とは距離を置きたいんです」

クラサフチェンコは困惑している。「きみたちはいずれ元の鞘におさまると、彼は断言していたんだが」

「わたしにはそんなつもりはありません。わたしは自分の任務に集中したいのに、彼につきまとわれて迷惑なんです。それをやめさせるのがあなたの務めなんじゃありませんか」

クラサフチェンコがなにを思っているか、目を見ればわかる。〝過剰反応するところは、やっぱり彼女も女だよな〟「きみももう少し冷静になったらどうかな――」

「わたしはいたって冷静です。よけいな挑発をされないかぎり、わたしはとても理性的で、冷静で、静かな人間です。ところが、ドクター・パヴリチェンコがわたしを挑発しにかかるものだから。これだけは言っておきます。もし彼とわたしがおなじ場所にいたら、ひと騒動起きますよ」

ため息。「今夜のオペラ鑑賞から彼をはずす」

「ありがとうございます」

〝あとは記者会見をうまく切り抜けるだけ〟自分に言い聞かせてホテルに引き揚げた。帰国したら前線に戻る。そうなればわたしが生き延びる可能性はゼロにちかく、そんなに甘い汁は吸えないことをアレクセイは知っている……。

短い髪を梳かす手がふと止まった。そういえば、肩先に死の影をしばらく感じていなかった。残された時間の短いことを思い出させてくれる死の影。限りある時間を、わたしはここで無駄にしている。だったら、思いきり愉しんだほうがいい。最後の突撃の前の最後の長いひと呼吸だ。

〝オペラを愉しもう〟ためらいながらもワクワクし、ブティックで買った黄色いサテンドレスの包みを開いた。久しぶりに自分のために買った美しいもの――しわを伸ばすためハンガーに掛け、腰を振ってスリップをまとい、顔に粉を叩いて口紅を塗った。髪はうなじにかかる程度の短さだが、カールや艶が戻っていた。額に受けた傷を治療するので剃られた髪も元どおりだ。片側に流してクリップで留め、砲撃でやられて縫合痕が残る耳にかぶさるように垂らした。傷跡はこれで隠れた。ドレスを頭からかぶり、背中にずらっと並ぶサテンのくるみボタンを留めた。

ドアにノックがあった。ノックの仕方で誰かわかるなんて不思議だ――クラサフチェンコのノックは本人同様尊大だ。アレクセイのはご機嫌取りのノックで、ほっとくとドアの隙間から滑り込んできそうだ。コスティアのノックは静かだ。指関節で撫でる感じ。名前を名乗らなくても相棒だとわかる。

「すぐにおりていくわ」部屋には小さな鏡しかなく、わたしは体を捻じって背中を見ようとしていた。「着替えに手間どってるってクラサフチェンコに言って」

コスティアの声が流れてくる。「どうして？」

背中が見えないからよ。苛立ちの息を吐き出す。「入ってきてもらえる？」

相棒をひと目見て、わたしの眉が吊りあがった。体にぴったり合った黒と白の夜会服が日焼けした顔を引き立て、黒っぽい杖は寄りかかる道具というより騎士の剣だ。「ブラックタイ姿のオオカミを見るのははじめて」冗談めかして言った。

彼はなにも言わずわたしを見た。不意に気恥ずかしくなり、黄色いドレスの胸を腕で覆った。剝き出しの肌を意識するなんて。剝き出しの腕、うなじでカールする髪、ストッキングに包まれた脚を擦るサテン――相棒は軍服姿のわたししか見たことがない。カイロの公式行事で夜会服を着たが、モスクワ基準の夜会服とアメリカのそれはまったくの別物だ。コスティアは無表情を装っている。

「試着しないで買ったの」沈黙を埋めたくてよけいなことを言った。「店員がぴったりだと請け合うものだから……背中のことまで考えなかった」

くるっと回る。黄色いサテンドレスの背中はV字に深く開いており、いくら体を捻じっても背中がどこまで剝き出しかわからない。「見えてる？」セヴァストポリで入院を余儀なくされた怪我は、右肩甲骨から背骨にかけて赤らんだ二股の長い傷跡となって残った。レーナが合わせ鏡で見せてくれたので、どんな傷跡か知っている。「火の鳥に爪を立てられたみたい」彼女は陽気に言った。いままで、恥ずかしいと思ったことはなかった。恥ずかしがる必要がどこにある？　傷跡を見たのはレーナを除けばリョーニャだけだ。裸の背中を彼の胸に押しあてて眠るとき、彼がそれを指で辿ったものだ。それ以外のときは軍服が隠してくれた。どんな服であれ隠してくれた——衝動買いしたこの愚かしいドレス以外は。〝死の淑女〟だって美しく見られたい。

黄色いサテンのあいだから覗く傷跡を見て、美しいと思う者はいないだろう。耳の傷跡は髪で隠せたけれど、これは無理だ。「彼らにあなたを知ってもらいましょう」と、大統領夫人は言った。アメリカ人の扱い方を伝授してくれたときに——だが、戦傷を見せつけられれば不快感が先に立ち、わたしを知ろうなんて思わないだろう。

「見えてるの？」沈黙がつづき、わたしは再度尋ねた。

相棒の静かな声がすぐ後ろから、肌がムズムズするほどちかくから聞こえた。「ああ」

「着替えるわ。クラサフチェンコにそう言って——」

コスティアの両手がわたしのウェストを摑んだ。彼は屈み込み、引き攣れた傷跡に唇を押しあて、しばらくじっとしていた。「見せつけろ」彼が唇を押しあてたまま言った。唇は肩甲骨からはじまって背中まで、傷跡を辿っていった。「誇りを持って見せつけてやれ」

わたしは身じろぎひとつできなかった。ドアが小さくコトリといって彼が去ったことを告げた。

ホテルのバーで一人ウォッカを飲む長身で金髪のロシア人に、射手はちかづいていった。「隣り、いいですか?」ひどいロシア語で言い、記者証をちらっと見せた。「ドクター・パヴリチェンコですよね? 派遣団の専属医師」〝ポケットチーフ〟が渡してくれた派遣団の小者リストに名前が載っていた。

「おなじものを」アレクセイ・パヴリチェンコは名前で呼ばれてご満悦だ。「どうぞ、座って。母国語でのおしゃべりはいつだって大歓迎です」

「こんなひどいロシア語でもですか? 数年前にアメリカ共産党を取材する機会がありましてね……」儀礼的な挨拶を交わし、酒を酌み交わしながらのおしゃべりを円滑に進める。標的にちかい人間とは接触しないことにしている――接点が少ないほどうまくいくというルールに従って――だが、新聞記者になりすます練習はしっかりやったから、ひと晩中おしゃべりしてもぼろは出さない。それに、かつらや補高靴など変装道具を使ったり、訛りや髪の色を変えたりすれば、つぎに会ったとき、アレクセイ・パヴリチェンコに気づかれる心配はまずない。

「それで、ドク」お代わりを頼んでから彼は言った。「あなたご自身も戦争の英雄だそうですね。なのにどうしてほかの方たちと一緒に国立劇場に行かなかったんですか？」

医者の笑顔が崩れた。「人前に出ることにうんざりしましてね。報道陣が詰めかけて、注目の的になることに……」

〝招待されなかったんだろ〟射手は今夜の『蝶々夫人』の一幕目を観てきた。ソ連派遣団はたしかに歌手たちより注目を集めていた。幕間には舞台に引っ張りあげられ、観客に向かってお辞儀していた。黄色いサテンドレスのリュドミラ・パヴリチェンコは見るからに緊張した面持ちで、ワシントンに来られて嬉しいとか、ロシアがどれほどアメリカの援助を必要としているかとか、通訳を介してちょっとしたスピーチを行った……観客が赤軍へのカンパを集めて帽子を回した頃合いを見て、射手は席を立ち、派遣団の宿泊ホテルまでぶらぶら歩いてきたのだった。派遣団だけでなく、小間使いや番人も泊まっている。

「ところで、あなたの名前ですが」射手はふと思いついたというふうに言った。「女性狙撃手とおなじですよね。あなたがたは兄妹とかいとこ――」

「夫です」医者はウォッカを呷った。

「彼女は未亡人だと思ってました」驚いたふりをする。

「それが複雑でしてね」秘密めかした笑み。「女が絡むとなんでも複雑になるでしょ？」

射手は笑みをグラスで隠した。医者の声から嫉妬を聞きとる。それに妬み、恨み、渇望……ボルダー橋での言い争いは夫婦喧嘩だったのか。あの場では確信が持てなかった――地元のバードウォッチャーに化けてレッド・クリークの土手をうろうろしていたのだが、話がよく聞こえるほどちかづけなかった。それに、ちかづきすぎて野球帽のつばの下の顔を見られてはまずい――それでも、女と医者のボディランゲージから曰く因縁がありそうなのはわかった。二人が一緒に行動したことにまず驚いた。その日の午後、射手は医者を尾行していた。女ではなく。派遣団スタッフのなかで接触しやすい人間、リュドミラ・パヴリチェンコをはめるのに使えそうな人間を見極めるために。それで、第一候補はないがしろにされ不満を抱く夫で決まり？

ときとして運命が膝に贈り物を落としてくれる。

さらにお代わりをし、酔いが回ったところで、射手は医者のほうに体を傾けた。「それで、この学生会議というのは……」

26

新聞の見出し。国際学生会議、本日開会。五十三カ国から四百人弱が参加。ラテンアメリカ、アフリカ、アジア、ヨーロッパの学生たちが調和と熱意を胸に集う。

事実。いわゆるインド問題で、ボンベイ大学の学生とオクスフォード大学派遣団が殴り合い寸前までいった。「いずれ独立を勝ち取ってやるからな、植民地主義のげす野郎！」と叫ぶターバンを巻いた若者と一緒になって、わたしが拳を振り回さなかったのは、クラサフチェンコに北極圏に追放すると脅されたからだ。

「あなたたちを連れ出してもいいかしら？」

顔をあげると、大統領夫人がクラサフチェンコとプチェリンツェフに目配せしていた。会議初日のレセプションはだらだらとつづき、わたしたち三人は手つかずのカナッペの皿と、山羊（やぎ）の小便の臭いのする生ぬるい白ワインのグラスを手にしたまま、記者や市民団体の代表者や、仲間の学生たちから質問攻めにあっていた。クラサフチェンコはホワイトハウスの側近の話に辟易し、プチェリンツェフは勲章をぶらさげたアメリカの将軍相手に、レニングラードの決闘を実演してみせていた。そしてわたしは、前線での化粧の手順を知りたがる、しつこい社交欄コラムニストをなんとかかわしていた。「敵の血を張った風呂に入ってますよ」思わず言いそうになった。「顔色が覿面によくなります！」でも、そんなことを言ったら本気にしそうだ。ソ連人はみんな、番人のユリみたいに冗談がわからないと、アメリカ人は決めてかかっているようだから。

　ようするに、会議初日は予想どおりの展開だった。ところがいま、大統領夫人がわたしたち三人を脇に連れていった。「ホワイトハウスで夕食会」彼女はわたしたちに口実を与えてくれて、コスティアも伴い会場をあとにした。いつものダイニングルームに案内されると思ったら、シャンデリアや肖像画や陶器に目を瞠る必要はなかった――案内されたのは楕円形の書斎で、まったくべつの理由でわたしは口をあんぐり開けた。

　部屋の真ん中に、男が一人、背もたれの高い椅子に座り、幅広の肘掛に長い指の手を休め、脚は格子柄のラグでくるんであった。「大統領に会っていただきたかったの」大統領夫人がそれだけ言った。

　わたしは思わず気をつけの姿勢をとり、足を踏ん張っていた。ほかのみんなもおなじで、椅子から放たれる権威に反応したせいだ。コスティアが紹介するあいだ、大統領の鋭い視線がわたしたちの上を這っていった。十年経ってもし問われたら、彼はわれわれ全員の名前と特徴をすらすら言えるにちがいない。「クラサフチェンコ、プチェリンツェフ、パヴリチェンコ――なんとすばらしい」彼はほほえんだ。順番に前に出て長く筋張った手を握りながら、わたしはほほえまずにいられなかった。

「まずは女性の経験談から聞かせてもらおう」椅子に座る人は礼儀正しく会釈した。〝あなたは三百九人を殺した狙撃手でしょ〟わたしは自分を叱りつける。〝アメリカ大統領が魅力的だからって、赤くなってどうするの！〟ところがどっこい、赤くなりかけた。フランクリン・デラノ・ローズベルトは鋭い頭脳と強い意志の人だと言い聞かされていたのに、実物はあたたかみと気迫のある人で、コスティアを介し、一心に集中して質問を繰りだした。わたしがどんな戦いをしたのか。どんな働きによって受勲したのか。われわれの連隊はどう戦ったのか。報道陣は、わたしが宣伝写真用に髪をカールする以外、前線でなにかやっていたとは端から信じていなかった。ところが、わたしが塹壕の掘り方や、完璧な狙撃のためには七時間、八時間待つこともざらで、武器が不足しているため、わたしがはじめて支給されたライフルの銃身には前の持ち主の血がついたままだったという話をするあいだ、彼らの大統領は瞬きひとつしなかった。

「戦争の数年間」わたしたちを順番に尋問したあと、ローズベルト大統領は言った。「われわれサイドは敵を撃退できたためしがないのに、きみたちロシア人はそれを成しえている。それが軍人魂というものか、訓練の賜物（たまもの）なのか？　将校や将軍たちの能力のちがいか？　軍隊と大衆の連帯？」彼は首を傾げ、わたしたちを順番に見つめた。「なんだと思うかね？」

「意志です」クラサフチェンコがためらっているのを見て、わたしが答えた。「守り、戦わなければ死にます。しかし、銃弾やそれを発射するライフルがなければ、意志の力だけではどうにもなりません」

「もっと話してくれたまえ」大統領が静かに言った。

彼はものの数分でわたしたちを虜にした。背後から大統領夫人の有無を言わさぬ声がして、椅子が引かれた。飲み物が注がれ、わたしたちが話し、大統領が耳を傾けるあいだ、ナプキンやカクテルシェイカーを使っておおまかな地図が描かれた。「ところで、われわれの国をどう思う？」彼がわたしたちの顔を順繰りに見ながら最後に言った。「アメリカ人は誠心誠意きみたちに接していると思うかね？」

ほんの一瞬、きのうの朝に受けとった二通目の手書きの脅迫状を思い出した。〝おまえは泣き叫んで死ぬんだ、アカのあばずれ〟おなじ人間が書いたと思われる殴り書きのキリル文字。ホワイトハウスでも滞在中のホテルでも、易々とわたしにちかづける人間がいるということだ。おもてに出るときは、背後を気にせずにいられない。ソ連大使は肩をすくめ、他愛のないいたずらと言ったが……

「われわれはどこへ行っても歓迎されています」クラサフチェンコがコスティアを通して

大統領を安心させた。「あたたかくもてなしていただいています！」

脅迫状をここで持ちだすつもりはなかったが、英語でこう言わずにいられなかった。

「たまにわれわれは思わぬ攻撃の的になります」

大統領が顔をしかめた。「攻撃？」

「記者たちから」大真面目な顔で、目だけで笑って。「彼らはとてもしつこいです。わたしたちを丸裸にしようとします」

ローズベルト大統領はにっこりした。なんという笑みだろう。彼は女好きだ、とモスクワで説明を受けた。彼はたしかにわたしを好いている。わたしの軍服が着映えしないなんて、彼は思わない。だから、深呼吸して言った。「お願いがあります――」

「ソ連邦のためにもっと積極的支援を？」彼は楽々とわたしの心を読んだ。「西ヨーロッパに第二戦線を開き、ヴォルガ河畔からドイツ軍を引き戻せ？」

わたしはうなずいた。第二戦線形成がわたしたちが考えていたほど容易ではないことが、いまのわたしにはわかっていたが、それがわれわれにとって死活問題ではないふりはできない。

彼は思案げに見えた。「きみたちの国にさらに積極的援助を行うことが現状では難しいことを、ミスター・スターリンは気づいておられる。われわれアメリカは果敢な行動をとる準備がまだできていない――」

「真珠湾のあとで、果敢な行動をとったではありませんか」言わずにいられなかった。
　また物思わしげな笑顔。「ヨーロッパ戦線に進出するなら、連合国であるイギリスを援助するのが先決であり、それが足枷となる。だが、われわれは誠心誠意」――また礼儀正しい会釈――「ロシアの友人たちの味方だ」

「なんだな」大統領がべつの会合があるからと席を立ち、わたしたちは夕食をとるため場所を移動した。その途中でクラサフチェンコがつぶやいた。「あれは無用だった」

「彼が胸に手を当てて軍隊を寄越すと約束してくれると思ったんですか？　そんなことをされたら、かえって信用できなかった」わたしはほほえんだ。「われわれはただの学生です。交渉者ではない。われわれにできるのは主張することだけ。少なくとも彼は耳を傾けてくれました。記者連中とはちがって」

　思いがけずコスティアが口を開いた。彼の静かな声が高価な絨毯を擦る足音を制して響いた。「砲火に飛び込む男だ」

「彼はわたしに思わせてくれた……」適切な言葉を探す。「ここではただの学生かもしれないけれど、断じて無用な人間ではないと。彼のような人が独力で国を率い、世界大恐慌や世界大戦を切り抜けられるなら、わたしだって、アーク灯に射竦められたシカみたいにならずに演説できるようになれる、そうでしょ？」

　コスティアは答えなかったが、劇場を出て以来はじめてわたしと目を合わせた。ホワイトハウスの職員や招待客たちが集うダイニングルームへと案内される途中だったが、彼の視線に焦がされた気がして、どう反応すればいいのか混乱し胃が捻じれた。この会議の最終日は、リョーニャの月命日でもある。彼が亡くなって半年が経つ……。

ディナーの席順は大統領顧問ハリー・ホプキンズの隣りだったので、相棒から離れられてほっとした。ホプキンズは目をきらりと光らせ、わたしのために席を引いてくれた。初対面で彼はわたしを気に入ってくれたようだ。アメリカ人の前では口を慎むべきとわかってはいたが、わたしも彼に好意を持った。ボス同様、彼もわたしに質問し、話に耳を傾けてくれる。受容力のある耳には、事実をたくさん滴らせたくなる。「大統領をどう思ったかね？」

「彼を味方と呼べることを光栄に思います」とっておきの外交官口調で言い、グラスに酒を注いでくれた給仕に「スパシボ」と礼を言った。

「ミセス・パヴリチェンコ、煙草会社のフィリップ・モリスがあなたと契約したがってるんですってね」向かいの席の女性が言った。「煙草のパッケージにあなたの肖像画が印刷されるんでしょ！　なんて返事なさるつもり？」

「くたばっちまえ」わたしはとっておきの外交官口調をかなぐり捨て、英語で言った。テーブルは爆笑に包まれた。

「煙草のパッケージは序の口よ」大統領夫人がつぶやいたので、わたしは首を傾げた。

「どういう意味ですか、ミセス・ローズベルト？」
「あら、なんでもないのよ」彼女の目が輝く。「ちょっとした考えがあって……大統領も、あなたたちと会ったあとだから、きっと賛成してくれるわ」

会議二日目と三日目。長く退屈な講演のあとは白熱した議論。わたしの軍服に関する質問への返答。ヨークから来た出っ歯の女子学生と、まだひげを剃ったことがないと思われるすべすべの頬っぺたの北京の学生による、大学の授業に関する意見交換。ドイツファシズムを非難するスラブ民族の覚書を全会一致で採択し拍手喝采。「ファシズムは悪だと決めつけてくれるなんて、彼らは親切よね」わたしはユリにささやいた。「この決定を、同志スターリンに報告する日が待ち遠しい。彼はさぞほっとすることでしょう！」わたしの番人は相変わらず眉ひとつ動かさず、フラッシュが焚かれるあいだ、隅っこから疑いの眼差しを送っていた。

大統領夫人はプチェリンツェフとわたしのあいだに立ち、使いでがありそうな手でわたしたちの手をがっちり握り、カメラに向かってポーズをとれとしつこく言った。彼女の夫は、わたしたちが期待するほどすぐに援助を約束してはくれないだろうが、彼女の采配で、カメラマン全員が手を握るわたしたちの姿をカメラにおさめたことはたしかだ。米ソ軍事同盟の目に見えるシンボルとして。

「注目の的になることに、ようやく慣れたみたいだな」会議の最終日に、アレクセイが言った。閉会レセプションはホワイトハウスの芝地で開かれた。晴れてあたたかな夕暮れで、わたしの影が芝生に長く伸びていた。「上出来だよ、クロシュカ」

「タ・メア・シュース・デ・ウース」彼に言ってやった。煙草休憩のとき、フランス系カナダ人の学生が教えてくれた啖呵、触り魔の講師を追い払う決め台詞――女子学生にとって万国共通の悩みだ。お返しに〝おまえの豚足は自分のポケットにおさめとけ〟をロシア語でどう言うか教えてあげた。ちなみに、〝タ・メア・シュース・デ・ウース〟は〝おまえの母親はクマのなにを吸ってる〟という意味だ。「翻訳するとそうでもないけど、ものすごい侮蔑語なのよ」と、彼女は言っていた。アレクセイのきょとんとした顔に満足し、わたしはモントリオールから来た学生たちの輪に入った。最終日のレセプションは愉しむことに決めていた。モスクワだったら、白いクロスが掛けられたテーブルにダークスーツ、長い挨拶の堅苦しい会になっているだろうが、大統領夫人は裏庭でやるパーティーみたいな気楽な集まりに仕立てた。学生たちはサンドイッチを山盛りにした紙皿とコカ・コーラのグラスを手に歩き回り、人目に触れないラジオから退廃的で愉快なラグタイムが流れていた。ローズベルト大統領も顔を出す予定で、参加者の期待も高まっていたが、砕けた雰囲気は変わらなかった。わたしはホワイトハウスの側近を捉まえて、ロック・クリーク公園のボルダー橋まで散歩した話をした。すると側近がびっくりするような逸話を教えてくれた。ローズベルト大統領がかつてそこをハイキングしていて、印章付き指輪をなくしたそうだ。「ローズベルト大統領がハイキングをしてたんですか？」

「彼のいとこのテディ・ローズベルト大統領のほうですよ、四十年前の話です」側近は言った。「お気に入りの指輪をなくしたので、新聞に公告を出しましてね。〝ロック・クリークのボルダー橋ちかくで金の指輪を紛失。見つけたら、ペンシルヴェニア通り一六〇〇番地に届けてください。テディを訪ねて〟」側近はゲラゲラ笑い、モントリオールから来た学生たちも笑った。「指輪は戻ってきませんでした……」

　わたしはほほえみ、刈ったばかりの草の香りを胸いっぱいに吸い込んだ。側近が渡してくれたサンドイッチは、アメリカ人が〝ホットドッグ〟と呼ぶソーセージロールだった。アメリカの料理はどれも総天然色で、食べ物というよりプラスチックの成形品みたいだ。

「なかなかいけますね」ひと口食べて、言った。「ほんものの犬の肉？」

「ミセス・パヴリチェンコ、あなたっておもしろい人ですね！」

「どうして？　レニングラードでは犬よりもっとひどい物を食べてますよ」みんなお祭り気分だから、わたしの意見など軽く聞き流した。気まずい思いのわたしに、ミセス・ローズベルトが助け舟を出してくれた。

「いいこと」彼女はわたしを脇に引っ張っていった。「この会議は計画に長い時間をかけて実現させたものなのよ。世界中の若者たちにアメリカ人の価値観を広める目的で……でも、あなたたちロシア人がその計画をひっくり返した」

わたしはコカ・コーラをストローで飲んだ。甘すぎるし冷たすぎる。まるで砂糖を絡めた剃刀の刃を吸い込んだみたいだ。「どういうことですか?」

「派遣団のメンバー全員が雄弁よね」――嘘ばっかり、クラサフチェンコの長広舌にうんざりしていたくせに――「でも、あなたたちロシア人は戦争の話をはじめるとたんに情熱的になるわね、リュドミラ。あなたの話を聞くと心が痛むのよ」

「事実を聞いて心が痛んだのなら、ごめんなさい」きつい言い方をしたわたしの腕に、彼女は宥めるように手を置いた。

「いいえ、わたしたちの心が傷つくのはかまわないの。わたしたちアメリカ人は戦争を遠くから眺めることに慣れっこになっている――生者の特権、とオットー・フォン・ビスマルク宰相は言った。北と南にはそれほど強くない隣人、東と西にいるのは魚だけ。真珠湾を攻撃されたけれど、それも遥か遠くの出来事。戦争の代償がいかほどものか、あなたたちはその実態を視覚化する助けになるのよ。自分たちが住む町で、隣人や愛する人たちが血を流し、苦しんでいる……あなたたちはそれを現実のものとし、無視できないものとしてくれた。そのことに感謝しているのよ」

彼女はそこで口を噤んだが、わたしはなにも言えなかった。わたしたちを魅了しようと一所懸命な、鋭い観察眼を持つこの女性に、わたしはどう接すればいいのかよくわからない。ローズベルト大統領は特権階級の生まれだが、脚が不自由になったことで人の痛みを理解できるようになった。大統領夫人はどうなのだろう。彼女はとても友好的で賢い。〝実態を視覚化する〟という言葉から敬意は感じとれた——だが、実際のところ、彼女はなにを知っているというのか？

それに、朝食会の席で彼女がわたしについて言った言葉が忘れられない。照準器越しに敵の顔が見えたからって、それがなんだと言うのか。そのせいでアメリカ人がわたしを好きになれないなら、それでかまわない。

彼女がほほえんだ。わたしの沈黙に気を悪くしてはいないようだ。「この国の人たちが、あなたの言いたいことにもっと耳を傾けないと」

「でも、わたしたちは数日後にはモスクワに戻るんですよ」その日が待ち遠しかった。ホワイトハウスの芝地で開かれたこの催しが最後になるなら、それでかまわない。ワシントンの旅はそれなりに愉しかったけれど、わたしは国に戻りたかった。祖国の土を踏みしめたかった。スラヴカとおなじ大陸にいると実感したかった。

「大使からいずれ正式発表があるはずだけれど、ほかの計画が——」大統領夫人が口を噤んだのは、アレクセイが割り込んできたからだった。

「失礼します、大統領夫人」彼は夫人の手を取ってお辞儀し、ロシア語でささやいた。「きみを借りてゆくよ、クロシュカ。ローズベルト大統領が到着して大騒ぎになる前に、ローズ・ガーデンを案内するよう頼まれたんだ」

あなたと一緒にバラを眺めて歩く気はこれっぽっちもないから、と言おうとしたら、大統領夫人に先を越された。彼女は〝ダー〟と〝ニエット〟と〝スパシボ〟以外のロシア語は話せないが、夫の名前は聞きとった。「大統領がいつ現れるか尋ねているのね？」彼女がわたしを見て言った。「予定が変更になって、顔を出せなくなったのよ、残念ながら。ほかに用事ができて――でも、心配しないで、彼と会う機会は必ずありますから」大きな笑みを浮かべる。「わたしのたっての望みで、大統領がソ連派遣団全員の滞在延長を申し出てくれました。たくさんの都市をまわって、あなたたちがヒトラーと戦う姿を広く知らしめるのよ。モスクワの許可がおりたとさっき大使から聞きました！」

彼女の嬉しそうな顔を前に、わたしは失望をなんとか隠した。「滞在はどれぐらい延長されるんですか？」

「それはこれから決めること。さしあたり、あすの朝、特急列車でニューヨークに向かってもらいます」ここで声を潜める。「とくにあなたにお願いがあるの、リュドミラ。この機会にどんどん話をしてちょうだい。女性のほうがアメリカ人には受けがいいから――女性なら誰でもってわけじゃない。あなたならきっと受ける」

「わたしは受け入れられないだろうって、心配されてたんじゃありませんか」言わずにいられなかった。

彼女はほほえんだ。「あなたには彼らの気持ちを変える力があると思っているわ」

「彼女はなんて言ってるんだ?」アレクセイのロシア語の問いは無視した。沈む心をなんとか引き立て、ミセス・ローズベルトの喜びに合わせせようとした。まだしばらくは帰れないのだ。

〝ポケットチーフ〟のきょうのポケットチーフは青ではなく赤で、彼の顔はそれより赤かった。「説明したまえ」彼は挨拶もそこそこにがなった。きょう待ち合わせたのは、ワシントン・モニュメントが眺められる場所で、巨大な石のオベリスクの先端を足早に雲が流れてゆく。押しかけた観光客に話を聞かれる心配はなかった。「会議は終わり、一発も発射されなかった! 怖気づいたのか、それとも――」

「大統領は姿を見せなかった」射手は言い、乳母車を押してモニュメントに向かってゆく若くてきれいな母親に軽く会釈した。「土壇場でスケジュールが変更になったものでね」

残念至極だ。すべてが計画どおりに進んでいたのに。射手はカメラマンの群れからさりげなく離れて庭園に隠れ、ローズベルトがパティオに登場した瞬間、眉間に一発お見舞いする準備を整えていた。同時に、間抜けなロシアの医者が女房をローズ・ガーデンに連れ出す手筈で、弾が発射されたとき、彼女はパーティー会場から姿を消していて疑いを持たれるという筋書きだった。「わたしがこっそりあとをつけて、お二人の仲睦まじい姿をカメラにおさめ、あすの朝刊に載せますよ」ホテルのバーで射手は彼に約束した。そのころには医者はウォッカでへべれけで、女房と並んで自分の顔が新聞に載ることに有頂天だった。金を握らせる必要すらなかった。自分が騙されているとは思いもしない。暗殺者の妻が大統領を殺害するのに手を貸した夫。犯罪者二人の顔写真として紙面を飾るはずだった。返す返すも残念だ、と射手は思った。

まあ、しょうがない。

「最良の計画でもうまくいかないことはある、と警告したじゃないですか」射手はぐずぐず言う〝ポケットチーフ〟に言った。「ありがたいことに、ソ連派遣団のアメリカツアーは延長されたから、パヴリチェンコがこっちで罰を受ける機会はいくらでもあります。彼女はニューヨークへ発った。あらたな旅行日程の写しが必要になる」

射手は立ちどまり、顔をしかめた。ジャーナリストに化けたのは正解だったが、大統領夫人はリュドミラ・パヴリチェンコがお気に入りのようだから、二人一緒に行動することになれば、女性ジャーナリストが優遇されるかもしれない。もっと女性を登用しろと新聞社に働きかけるのも、馬面女の困った趣味のひとつだ。煩くまくしたてる雌牛をこれ以上増やしてなんになる。「べつの身分が必要だ」射手は〝ポケットチーフ〟にというより自分自身に言い、さよならも言わずワシントン・モニュメントをあとにした。〝死の淑女〟はニューヨークにいる。計画を練り直す時間はたっぷりある。

「スターリングラードにいられたらどんなにいいか」

　車内の沈黙を破って言ったのだが、サイレンの音とキャデラックを取り囲むオートバイのエンジン音が煩くて、コスティアの耳に届いたかどうかわからない。ニューヨークの駅には派遣団を出迎える車が二台待機していた。クラサフチェンコとプチェリンツェフ、それに彼らの番人二人は、カメラの放列と叫ぶジャーナリストのあいだを抜けて一台目に乗り込み、わたしと相棒は二台目に飛び込んだ。ユリは助手席だ。

「ドイツ軍がヴォルガ川に迫る勢いだそうよ。スターリングラードの郊外まで押し寄せているって」赤軍兵士は通りから通りへと退却し、屋根や崩れた建物に隠れて反撃している──狙撃手の出番だ。コスティアと二人でそこにいる姿が脳裏に浮かぶ。瓦礫や半壊した壁に身を潜め、乾燥紅茶と砂糖を嚙み、二挺のライフル、ふたつの照準器で敵を捉える。

　それなのにわたしはキャデラックの車内にいて、明るく賑やかな都会をのろのろ進んでいた。セントラル・パークにちかづくにつれ、わたしたちを取り囲む群衆の怒声が大きくなった。心臓が喉元までせりあがる。ワシントンにも圧倒されたが、ニューヨークの騒音のものすごいこと、塹壕があったら潜り込みたい。

　わたしの神経が尖っているのは、三通目の脅迫状のせいでもあった……ニューヨーク行きの列車に乗り込んだとき、コートのポケットに入っているのに気づいた。送り主はワシントンからついてきたのだ――わたしに触れられるほど間近にいた――ポケットに手紙を滑り込ませる代わりに、背中にナイフを突き立てることもできるほどちかくに。脅迫状の内容はこうだ。〝おまえのライフルで頭蓋骨に穴を開けてやるぜ、殺人鬼のアカのあばずれ〟

大使館が取り合ってくれなくてもかまわない。〝アメリカの変人の仕業〟で片付けても仕方がない。わたしは狩られようとしていて、不案内な領域で丸腰だ。狙撃手にとってそれがどれほど恐ろしいことか。

しかもそのうえ、わたしを殺人鬼のアカのあばずれと思っているだろう人びとが詰めかけた、騒々しくも広大な公園で演説しなければならない。

「リョーニャから聞いたけど、きみはセヴァストポリで演説を行ったんだってな」コスティアがまっすぐ前を見たまま、低く穏やかな声で言った。肩をわたしの肩に押しつけて、まるで狙撃の時を待って塹壕に並んで横たわっているみたいだ。彼に脅迫状のことは知らせたが、あくまでも軽い調子で話した――怖がっていると思われたくなかったから。「どうやって準備したんだ？」

「リョーニャに――」彼の名前で声が引っ掛かった。唾を呑み込む。「わたしみたいな、目立たないように隠れて遠くから人を撃ってきた人間が、聴衆が詰めかけたホールの演壇に立ち、ぎらつく光を浴びて演説するなんてどだい無理な話よ、って愚痴ったの」

「それで、彼はなんて言った？」

「つべこべ言うな、ミラ、きみならできる」

「彼のいうとおりだ」コスティアがまっすぐわたしを見た。「きみならいつだってできる」

「でも――」

相棒が手を目の高さまであげた。わたしはしゃべるのをやめ、同じように手をあげた。動悸は速くなっていても、手は微動だにしない。脅迫状を受けとろうと受けとるまいと、群衆がいようといまいと。コスティアがほほえんだ。口元ではなく、目尻にしわを寄せて、わたしにだけ見えるように。

ほほえみ返さずにいられない。せめぎ合う感情に揉まれてまた胃が捻じれた。安堵と気まずさ、やさしさと困惑、警戒心と――。

キャディラックがセントラル・パークの中央口から入ると、怒号はなおいっそう大きくなった。詰めかけた群衆は車を避けようともしない。わたしは群衆をちらっと見てコスティアに視線を戻した。息を吸い、息を吐く。「わたしの背後を守ってくれる？」

「ここからスターリングラードまでずっと」

車が停まった。「武器があったらよかった」ドアが開く。車を降りて顔に笑みを貼りつけた。騒音に耳鳴りがした。手がわたしを引っ張り、丈夫そうな上着姿の男たちがコスティアとわたしを肩に担ぎあげ、壇上まで運んでいった。壇上ではニューヨーク市長がマイクに向かって話していた。ドイツのファシストに抵抗するロシア人のすさまじい奮闘ぶりについてらしい。

それから、わたしの番がきた。

顔の海とカメラの大海を見渡す。〝しくじるな〟と、自分に言い聞かせる。〝ミスするな〟

「親愛なるみなさん」わたしの声が響きわたる。摩天楼の尖塔まで届きそうなほどに。コスティアが自分のマイクに向かって英語で通訳する。力強く朗々と。「ヒトラーは、同盟国に滅ぼされる前に、わが連邦を叩き潰そうと必死になっています。あらゆる国の自由を愛する人びとにとって、力を合わせて前線を支援することは生死を分ける問題なのです。もっと戦車を、もっと軍用機を、もっと宣戦布告を」

わたしは足を開き背中で手を組んだ。わたしのなかの怒りは前線で戦ったこの一年間、消えることがなかった。その怒りがいま声となって赤く燃えあがる。ロシア語で話していたから、ニューヨーク市民たちは言葉を理解できなかっただろうが、わたしのなかの炎は理解できるはずだ。わたしの怒り、わたしの意志は伝わるはずだ。

〝どうかわたしたちを援助してください。戦うわたしたちを援助してください〟

ところどころでつっかえたり、口ごもったりしたけれど、セヴァストポリで行った演説よりよかった。ワシントンの記者会見で読みあげた声明よりよかった。話し終えると、群衆の喝采が傷めて聞こえづらくなった耳に飛びこんできた。

たぶん彼らは、わたしのことを殺人鬼のアカのあばずれとは思っていない……。

わたしは壇上に立ち、迫撃弾のように降ってくる拍手喝采を浴び、数千のアメリカ人がわたしの名前を叫ぶのを聞いていた。そのときはじめて、アレクセイの言うとおりかもしれないと思った。わたしにもたらされた束の間の名声は、マッチの儚い炎よりも長く燃えつづけるかもしれない、と。

27

新聞の見出し。ニューヨーク市長フィオレロ・ラガーディアがソ連派遣団にファシズムと戦うすべての人びとを讃える大メダルを贈呈、つづいてポール・ロブソンが『祖国の歌』を熱唱。彼のバスは肌の色とおなじく黒く輝いた。どちらの贈り物も魅力的なガール・スナイパー、リュドミラ・パヴリチェンコが受けとり、その演説はニューヨーク市民を熱狂させた。ミセス・パヴリチェンコはこのあとボルティモアに向かう予定……

事実。女が有名になると、おかしな男たちがぞろぞろ湧きだす。

「あなたの演説はすばらしかった、ミセス・パヴリチェンコ、まさに圧巻でした」

「ありがとうございます、ミスター・ジョンソン」わたしは握られた指を引っ込めようとしたが、彼はその指を手からもぎ取らんばかりで、糊のきいた襟とピンストライプの背広の上の目が熱っぽく輝いていた。

「ニューヨークでなさった演説と甲乙つけがたい見事なものでした」

「ミスター・ジョンソン、内容はいっしょですから——」

「ニューヨークでお聞きして感銘を受け、ぜひまた拝聴したいとボルティモアまで追いかけてきてしまいました！」

「まあ……ご熱心なこと！」友好的な笑みが滑り落ちそうだ。コスティアが通訳するあいだに、なんとか顔に戻した。質問はすべて通訳を介して受けろという大使館の指示に不満を感じ、レセプションやパーティーでは英語を話すようにしていた。だが、ミスター・ウィリアム・パトリック・ジョンソン——アメリカ人億万長者で熱心すぎるおかしな人で、冶金会社のオーナーで、ガール・スナイパーにご執心——は、わたしをして、母国語とコスティアの盾の陰に逃げ込ませた。コスティアときたら、求愛者出現をおもしろがり、いまにもにやにやしそうだった。「これ以上にやにやしつづけたら、臼歯を引っこ抜いてやるから」わたしはミスター・ジョンソンに笑いかけながら、ロシア語で彼に警告した。

「ミスター・ジョンソンはニューヨーク郊外の自宅にあなたをお招きしたいそうです」コスティアが大真面目に言う。「二十世紀初頭のロシア、アバンギャルドの芸術作品を蒐集されているそうです」

「ボルティモア港に沈めてやる、って言って」

「ミセス・パヴリチェンコは移動派のアーティストの作品のほうが好みです」コスティアが通訳する。「とりわけヴァシーリー・ヴェレシチャーギンが」

「ヴェレシチャーギンの作品をいくつか手に入れましょう、ミセス・パヴリチェンコ、わが家にお越しくださるのなら」アメリカ人億万長者は、凍傷に罹った手をあたためて甦らせようとするように、わたしの手を擦りっぱなしだった。「それから、母に会っていただこうかと――」

フォ・ザ・ラヴ・オヴ・レーニン。「ミスター・ジョンソン、こちらには長くいられませんの。ソ連派遣団は週末を大統領の一族代々の地所ですごすよう招待を受けていますので」

「戻ったら喜んでお母上にお会いするそうです」コスティアが通訳する。なんとか解放されたころには、彼は体を震わせて笑っていた。

「わたしの確認戦果三百十はあなたで決まりだからね」コスティアに耳打ちしながら、レセプション会場を歩き回った。「このサーカスを終えて国に戻り、スターリングラードに配属されしだい、背後からあなたを撃ってやる」

「〝真夜中の淑女〟、おれはつねにあんたの背後にいるんだぜ」

わたしたちは短く笑みを交わした。一緒にいて居心地が悪いわけではないが、意識し合っていた。心安らぐ沈黙から出たり入ったりするよりも、おしゃべりで隙間を埋めようとしていた。いまも明るく言ってのけた。「ハイド・パークへは行くんでしょ？　アレクセイだってうまく潜り込んだんだから、あなただって」

「アレクセイは行くのか?」ハイド・パークはローズベルトの地所で、ハドソン河畔に位置する。大統領夫人がソ連派遣団とイギリスの学生たち、オランダや中国の学生たちを招待してくれた……「彼をはずすことに、クラサフチェンコは同意したもんだと思っていた」

「病気のプチェリンツェフについてやらないと、って言い張ったのよ」

「プチェリンツェフはただの花粉症だろ」

「わたしもそう言ったけど、耳を貸してもらえると思う?」

ハイド・パークに到着したとき、アレクセイはちゃっかりそこにいて、コスティアとわたしのあいだに割り込んできた。広大な芝地と葉を揺らす木々に囲まれた、ポルティコのある壮大な植民地様式の屋敷を前にすると、彼は物欲しげに目を細めた。「いずれ田舎に別荘を持つのも悪くないな」彼がフーッと息を吐き、わたしの背中に手をあてがい玄関ホールへと向かった。「こういう屋敷を持つんだ。広々として設備が整っていて、狩りができる森のちかくで……どう思う、クロシュカ?」

わたしはなにも言わずに彼の手から離れた。なにを言っても無駄だ。しつこく絡んでわたしを疲れさせ、拒絶する気も起きなくさせる腹だ。侮蔑の決め台詞も彼には通用しない。黙り込んでも追い払えない——人前でわたしを困らせるような真似はするなと注意されているはずだが、カメラやアメリカ人の目が届かない機会はいくらでもある。〝おれの妻だ〃と、派遣団のメンバーに吹聴している。〃別居していたが、それは彼女が若すぎたからで……ほら、若い娘ってのは気まぐれだから、なあ？　いまではすこぶるうまくいってる……〃

〃彼を避けよう〃　わたしはローズベルトの屋敷の広大な緑の敷地を見渡した。客室のある棟へと、ユリたち番人が荷物を運び込んでいた。〃ここには隠れる場所はいくらでもある〃

ニューヨークとボルティモアの喧騒と煙に息が詰まったあとだから、新鮮な田舎の空気を吸ってさぞ癒されるだろうと期待したのに、最初の夜は悪夢に悩まされさんざんだった。リョーニャがわたしの腕の中で息を引きとる場面が繰り返し現れ、なんとか夢から抜け出したと思ったら、謎の人物につきまとわれる夢がはじまった。ワシントンの人気のない通りに声が響く……〃共産主義のあばずれ、アカの女〃……肩息になって目覚めると、〃おまえはここで死ぬ〃と耳元でささやかれた気がした。

「わたしはここで死ぬつもりはない」ベッドルームの闇に向かって言った。どんな変人だろうと、シークレットサービスと森に囲まれた大統領の隠れ場所に、脅迫状や殺意を持って入ることはできない。でも、二度寝はできそうになかったから、夜が明けるのを待って花柄のデイドレスに着替え、屋敷を抜け出した——と、そこにセメントの柱みたいなユリが立ちはだかった。

「正気なの？」声が荒くなる。「ここは大統領の隠れ家でしょ。立ち入り禁止なんでしょ

――この敷地内で好ましくない人物と会えるわけがない。たとえ会いたくたって、もちろんそんな気はないけど。わたしを一人で散歩に行かせて、たまには朝寝坊したらどう」

「それは命令に反する、同志パヴリチェンコ」

言ってみただけよ。「だったら、少し離れてついてきてくれませんか？」わたしはため息をつき、庭へ向かった。朝食の準備がはじまっているらしく、使用人たちが急ぎ足で母屋を出たり入ったりしていた。

屋敷を取り囲む庭には小径が縦横に走り、花壇には秋の花々が咲き乱れ、足を休めるための東屋（あずまや）があり、周囲の暗い森とは対照的に朝日に照らされ平和そのものだ。胸いっぱいに空気を吸い込んではじめて、静かに――黙って――呼吸できる場所をどれほど求めていたか気づいた。狙撃手はつまるところ一匹狼だが、ユリやどこにでもいる記者たちや演説の予定で身動きできず、一人きりになれる時間はあまりなかった。川べりへと歩くあいだに悪夢は消え去った。川の片岸は葦が生い茂っているが、対岸には水浴びをする小屋とボート、小さな桟橋があった。桟橋の突端で川面（かわも）を眺めているのは――

「やっぱりあなたも一人になりたかったのね」コスティアの背中に声をかけてちかづいてゆき、ユリに手振りでそれ以上ちかづいてこないで、と指示した。相棒はラッキーストライクを吸っていた。アメリカの煙草はうまい。彼がもう一本取りだして自分の煙草の火を移し、わたしに差しだす。川面を眺めながら十五分ほど沈黙に浸った。煙草の煙が当てがった指のあいだから流れ出す。

「三つ」彼が言った。

「三つ。水浴び用の小屋――」

「その奥の木立――」

「向こう岸の葦の茂み」わたしはその場所をじっと見ながら、頭の中で塹壕掘りの算段をした。「武器が濡れる恐れがあるわね」

「けさは誰も撃たなくてすんでよかった」

わたしはずらっと並ぶボートを眺めながら吸殻を足で踏み消した。「ベラヤ・ツェルコフにいた子どものころ、姉と二人、平底の手漕ぎボートで川遊びをしたものだわ。ボートを〝コサック・オーク〟って呼んで、北極に霜の精を見つけにいくつもりだった」オデッサでコスティアに言ったことを思い出した。あなたは雪みたいに静かで危険だから、大昔の冬の神を彷彿とさせる、と。わたしは咳払いし、ボートにちかづいていった――革で覆われた細いボートで二本の短いオールがついている。アメリカではカヌーと呼ぶらしい。

「試してみる？　大統領夫人が、なんでもお好きなように、って言ってたでしょ」

　わたしが言い終わらないうちに、コスティアはカヌーに乗り込んでいた。

　わたしが彼の後ろに乗り込むと、コスティアがカヌーを離岸させた。「二人乗りだから！」わたしはユリに声をかけた。ほっとくと乗り込んできそうだから。二人で呼吸を合わせてオールを漕ぎ、川の中ほどへ向かった。傷めた側をかばって漕いでも肩が焼けつくように痛んだが、それも愉しく、川面の広がりや葦の葉擦れの音が心地よかった。「リョーニャにも味わわせたかった」気づけば声に出して言っていた。金髪を風になびかせオールを漕ぐ彼の姿が目に浮かぶ。

「彼は水が苦手だった」コスティアが肩越しに言った。「よくからかったものだ」

「まあ」二人目の夫のことは、よく知らないままだ。脳裏に浮かぶ彼が、手を伸ばして髪を耳にかけてくれる。〝ぼくのことをもっとよく知る機会がなかったからね、ミラヤ〟

その機会は永遠に訪れない。機会を逃してしまった――愛を知る二度目の機会、一度目の結婚で大失敗したわたしに、この世はリョーニャを授けてくれた。最初の弾を撃ち損じたら、二発目はない。狙撃手としてそのことを学んだが、この世は親切にももう一人与えてくれた。それなのに……。

「屋敷にすばらしい図書館があるんですって。ミセス・ローズベルトが言ってた」話の接ぎ穂を探す。「英語の勉強のために本を読んでみようかしら。『戦争と平和』以外の本が見つかるかも」

オールで水を切るたびにコスティアの肩が伸び縮みする。「おれはあす、ワシントンに戻るつもりだ」

わたしは目をぱちくりさせた。「派遣団を離れるの？」

「ほんの数日だけ。庶民の犠牲のうえに建てられた大統領の宮殿に滞在するのはどうにも居心地が悪いから、大使館に戻らせてくれって、クラサフチェンコにごねたんだ」彼の口調からそれが建前だとわかった。「ほんとうの理由は……ワシントン行きの特急に乗る前に、ニューヨークで一日すごそうと思って」

「ニューヨークで？」

彼が漕ぐのをやめると、カヌーは鏡のような水面に浮かんで停まった。「祖母のこと。前に話しただろ、憶えている？」

革命前に伝道団の一員としてロシアにやって来たアメリカ娘。シベリアの雪と白夜に憧れを抱き、革命家と結婚してロシアに留まった。彼がわたしを信頼して話してくれた夜を思い出し、うなずいた――セヴァストポリ郊外の森で、ヴァルタノフや小隊のメンバーたちとお祝いした。あのころはまだみんな元気でよく笑った。不思議なことに、コスティアにアメリカ人の血が流れていることを忘れかけていた。この数週間、彼はアメリカ人に囲まれ、ライフルの代わりに流暢な英語で勝負していたというのに。

「ニューヨークに親戚がいるんだ」コスティアがわたしに背を向けたまま言った。「会ったことのないいとこたち。彼らはおれの存在すら知らないだろう。こっそり調べてみたんだ。それで、祖母の妹の住所を突き止めた。彼女は健在で、リッジウッドに住んでいる」

「コスティア、危険だわ……」彼は長いことアメリカに親戚がいることを隠し、関係書類をなくしたか、あるいは破棄した――派遣団に参加が許されたのは身元調査に通ったからだ。アメリカに親戚がいるのを隠していたことがばれたら……その結果がどうなるか、想像したくなかった。恐ろしいことになるにちがいない。

「一人でワシントンに戻る許可はすんなりもらえた――ぼくみたいな雑魚には番人がついてないからね。最終列車に乗り遅れてニューヨークでひと晩すごしたって話をでっちあげる。まず疑われない」

「それで――どうするの？　大叔母さんの家を訪ねて、ドアをノックする？」

「たぶんノックするな。あるいは、祖母が育った街を歩くだけにするかも」そこでためらう。「わからない」

ニューヨークに住むアイルランド系の家族は、どんな反応を見せるだろう。鋼の肉体のシベリアのオオカミに、地球を半周してやって来たいとこです、と自己紹介されたら。

〝あなたの顔にドアを叩きつけなかったら儲け物ね〟と、わたしは思った。「話をでっちあげる必要が生じたら、わたしが援護してあげる」オールを水に入れ、方向を変えて岸に戻ろうとした。

「気をつけて」と、コスティア。「このボートは喫水が浅い――」

遅すぎた。カヌーが傾き、気がついたら水の中にいた。

〝有名な死の淑女とその相棒も形無し〟水を跳ね散らかしてもがくコスティアとわたしを

からかうリョーニャの声が聞こえる。〝セヴァストポリ最恐の二人の無様な姿をお届けします〟

水は胸の深さしかなかったから大事には至らなかったが、わたしのプライドは傷ついた。水面に顔を出して水を吐いているのに、土手にいるユリは動こうともしない。彼の任務はわたしを亡命させないことで、溺れさせないことではない。コスティアはカヌーをもとに戻し、水を吸った袖をたくしあげ、オールが流れていかないよう摑んでカヌーに放り込んだ。「乗り込もうとしたら、また転覆するわよね」わたしは言い、フェルトの帽子を沈む前に摑んだ。「無様な姿をドイツ軍に見られなくてよかった。笑い転げる相手を狙い撃ちできない」

コスティアはわたしの濡れた帽子もカヌーに放り込み、土手にいるユリの視線を遮る位置にボートを動かした。水中でわたしの手を握って胸に引き寄せ、うつむいてキスした。彼は鉄と雨の味がした。もう一方の手をわたしの髪に絡める。傷跡のあるうなじに狙撃手のたこのある人差し指を感じたとたん、彼が手を離した。

「あんたは察してるんだろ。おれの気持ち」

察していた。ずっと前から。

「セヴァストポリで告げるわけにいかなかった」彼がわたしの髪に絡めた手を抜き、漂っていくカヌーを引き戻した。「あんたはおれの上官だ。おれの相棒だ。それに、おれの親友を愛していた」そこで言い淀む。「いま気持ちを告げるのは早すぎる気もする。リョーニャが亡くなってまだ半年だ」

リョーニャ。気がつくと、コスティアの濡れたシャツを握って押し戻していた。

「一年は待ちたかった。悲しみが薄れるまで。でも、おれたちに一年はない。あすだってあるかどうかわからない」コスティアがためらう。彼のなかの炎はつねに制御され、埋けられてきた。それがいまは瞳の中で燃え盛っている。正視できないほど激しく。「時間がないんだ、ミラ。モスクワに戻ったら――一週間後か二週間後――きみは前線に戻り、おれは戻れない。それぞれの道に進むことになる。だから、いま告げなきゃならない」

「でも、あなたも前線に戻るんでしょ」彼の言葉が地震となってわたしを砕いて崩しているときに、なにをどう考えればいいのかわかるわけがない。ただ、彼抜きで戦場に戻ることを考えたら、全きの恐怖に襲われほかはすべて霞んでしまった。「あなたは相棒だもの。あなたをわたしの小隊に入れてもらうよう頼んでみる。あなたを配置換えしてもらう――」

「この膝じゃ無理だ。二キロの行軍だってできないのに、終日におよぶ進撃なんてできるわけがない。おれは兵士として終わったんだ。おれは狙撃手を養成する教官になり、あんたは戦闘に戻る」彼がわたしの額から濡れた髪を払ってくれた。「早すぎるのはわかっている。でも、いましか時間がない。危険と銃弾が飛び交い、おれたちの命が尽きる前に」

リョーニャ。コスティアもそのことを考えているのだ。

「あんたはいまも彼を愛している。彼を恋しがっている。おれもだ。六カ月経とうが、六年、六十年経とうが、おれたちは彼を恋しいと思いつづける」コスティアの黒い瞳は揺るがない。「彼があんたを勝ち取っても、おれは嫉妬すら感じなかった。あんたはおれが知る最高の男を選んだ。そのことで友人と縁を切るつもりも、相棒と縁を切るつもりもなかった」

彼の声には苦痛の響きがあったが、それは上手に埋められた苦痛だ。彼はあたりまえのようにそれを埋めて煉瓦を敷き詰めた。己の喪失感などいかほどでもないとその目が言っている。それで思い出すのがアレクセイの細めた目だ。入院するわたしを見舞いにくる男という男を油断なく見張る目。犬が捨てた骨をほかの犬に取られないよう見張る目……それに引き換え、コスティアはただ静かにわたしの半身でありつづけ、リョーニャの親友でありつづけ、そのことを全うした。三人の関係を壊さなかった。

そしていま二人だけになった。リョーニャをいちばん愛した二人。

「それだけだ」コスティアが長々と息を吐いた。「おれはただ――愛していると告げずにあんたを戦場に送りだすことはできない」

わたしが震えるのは寒さのせいだけではなかった。唇が燃えていた。手を伸ばし、彼のシャツをもう一度摑んだが、どうしても――コンビを組んではじめて――わたしの影と目を合わすことができなかった。「わたしもおなじ気持ちよ」とても静かに言った。「たぶんずっと前からそうだった。でも、わたしはまだ……死を悼んでいる」

亡くなった人たちすべてを悼んでいる……リョーニャだけでなく。苦しみから抜け出そうとあがいている。

コスティアの指がわたしの指を包んだ。「おれもだ」

彼は手を離し、カヌーの船首を摑んで岸へと引いていった。


「リュドミラじゃないの！」ミセス・ローズベルトの声が響いた。わたしは母屋に向かって芝地を横切るところで、顔をあげると二階の窓から身を乗り出す彼女の姿が見えた。「いったいなにがあったの？」

「泳いだんです」歯の根が合わず、濡れた体を腕で抱くのがせいいっぱいだ。「水着がなかったもので」あとをついてくるユリはコートを差しださなかった。命令に含まれていないのだろう。

「泳ぐには水が冷たすぎるでしょうに」大統領夫人が叱るように言う。まるで母親だ。「さあ、こっちにいらっしゃい」

わたしは感覚が麻痺し、抵抗することもできない。ミセス・ローズベルトの手招きに導かれ、脇の入口へと向かった。そこで待つ彼女は舌打ちをする。「あなたは外にいてくださいな」ユリに向かって丁寧だが有無を言わさぬ口調で言った。さすがのユリでも大統領夫人には命令がどうのと言えない。案内されたのは彼女の私室だった。カヌーのことで支離滅裂な説明をしたものの、高価な絨毯の上を濡れた靴で歩くのはためらわれた。だが、彼女はわたしを隣接するバスルームへ追い立て、やわらかなタオルを押しつけた。(アメリカのタオルときたら！　そのフワフワな感触は驚異だ。ホットドッグについては判断を下しかねているが、アメリカのタオルは、そりゃもう……)「ここで服を脱いでね。すぐに戻ってくるわ」

「すいません、自分の部屋に戻れますから」わたしは言いかけたが、彼女を止めることはできなかった。濡れた服をバスタブの縁にかけ、体にタオルを巻いてバスルームを出ると、彼女がパジャマと裁縫箱を持って戻ってきた。わたしの赤らんだ顔を見て、彼女はほほえみ、メイドを呼んで濡れた服を片付けさせた。それから、濡れ鼠のソ連の狙撃手がペルシャ絨毯を濡らすのは日常茶飯という表情で言った。「わたしのパジャマを着てごらんなさい」

「わ、わたしたち、背の高さがおなじじゃない」歯をカチカチいわせながら言った。

「なんでもないことよ。袖とズボンの裾をあげればいいだけ」

「あなたがですか？」

「ダー、ロシアのお友だち。それとも、ローズベルト家の女は有閑マダムで、指一本あげたことがないと思ってるの？」たしかにそう思っていた。わたしの表情を見て彼女はまたほほえんだ。「いいこと、アメリカの女は働き者なのよ！　さて、それじゃズボンを穿いてみて……」

わたしは呆然として言い返すこともできず、そのあいだも彼女は裁縫箱を引っ掻き回した。パジャマのズボンの中でわたしの脚が泳ぐ。どっしりとしたローズピンクのサテンで、見るからに新品で、縫い目には菫色の刺繍が施されている――こんなに美しいものは見たことがない。それも寝るだけのものだ。ふだんはリョーニャの古いシャツか、寒いときには冬用軍服のウールのライニングを上から羽織って寝た。わたしはタオルを胴体に巻きつけたままで、大統領夫人は巻き尺を伸ばして腕の長さを測った。「こんなことしていただかなくても」試しに言ってみたが、彼女は知らん顔だ。おとなしく測ってもらうしかない。

「まあ」背後から彼女の声がした。背中の傷を見ているのだ。「どうしたことなの、リュドミラ？」

コスティのつぶやきを背中に感じた。〝誇りを持って見せつけてやれ〟――吐息がまざまざと甦り、全身に震えが走った。「金属のかけらにやられました」〝傷跡〟や〝破片〟の英語が出てこない。「去年の十二月、セヴァストポリで」

「機械事故かなにか？」ミセス・ローズベルトは巻き尺を握ったまま、わたしの前に戻ってきた。「それとも、ドイツ軍と戦って負った傷なの?」

「戦闘で」

「かわいそうに」彼女がぽつりと言う。「大変な目に遭ってきたのね」

彼女がわたしを抱き締めた。このわたしを――モスクワの駅のホームで母に抱き締められて以来だった。粉々に砕けた。肩が震え、背中に回された大統領夫人の腕に力が入り、気がつくとわたしは骨張った彼女の肩に顔を埋めていた。わたしのなかには尖ったかけらがいっぱいあって、ずっとそれを持て余していた。いま、彼女の腕の中で尖ったかけらが融けてゆく。ここで泣いてはならない。「失ったものが――たくさんありすぎて」しゃくりあげながら、なんとか言った。リョーニャ、ヴァルタノフ、レーナ、わたしの小隊……そしていま、前線に戻ったらコスティアを失うことになる。あすではない、あさってでもない、でもじきに。ともに戦うことは二度とないのだ。

大統領夫人はなにも言わなかった。わたしの震えがおさまるまで、ずっと抱き締めていてくれた。それから、ハンカチを差しだした。母親がするように。わたしはつっかえつっかえ笑った。「あなたとわたしの母――きっとおたがいに好きになります」

「きっとそうだと思うわ。すばらしい娘さんを育てあげた方だもの」ミセス・ローズベルトは一歩さがり、裁縫箱のほうへ歩いていった。わたしに目を拭う時間を与えてくれたのだ。「お母さまはあなたの戦歴を喜んでおられるんでしょうね、リュドミラ?」

「誇りに思ってくれてます」わたしはベッドの端に腰をおろし、彼女は反対側に腰をおろして針に糸を通した。「歴史を学ばせるために大学に送りだしたはずなのに、と嘆いてもいますけれど」そこでためらった。思っていることを口にするのは、敗北主義であり逆宣伝になりはしないかと思ったからだ。「わたしも残念に思っています」けっきょく口に出した。

「そうなの？」ミセス・ローズベルトはハサミを取りだし、長すぎる袖のどこで切ればいいか測った。

「わたしはヒトラー主義者を憎んでいるとまわりは思っています」うんざりと言う。「たしかに憎んでいるし、憎まざるをえない。でも、彼らを憎めと人に求めはしません。わたしの夢は歴史学者になることで、三百九人のファシストを殺すことではなかった」

「あなたを殺人鬼と呼ぶ記事を読んだら、そりゃあ傷つくわよね。驚いた顔をしないで。最初の記者会見を報じた記事を読んだときのあなたの表情を見てわかったもの」ハサミがジョキジョキ音をたてる。袖口が切り落とされる。「政界に進出しないこと。わたしの助言よ。そういう記事を読んでも平気にならないとやっていけない世界だもの」

「あなたは平気なんですか？」尋ねずにいられなかった。

「中傷記事をいちいち気に病んでいたら、とっくの昔に死んでたわ」大統領夫人はズボンの裾を寸法に合わせて折り畳んだ。「でも、わたしは内気な娘だったのよ、リュドミラ、自分の名前を新聞で見ただけで竦みあがったものだわ。そのうち自分の役割に馴染んでいったけれど、政治家の妻になりたてのころは……世論の批判が胸に突き刺さった。面の皮が厚くなるまでには時間がかかったのよ」

「でも、あなたの支持率は大統領のそれを上回っていますよね」モスクワの説明会でそう聞いた。世論調査で彼女を〝支持する〟は六十七パーセント、対する夫は五十八パーセントだ。

「いまだに、あつかましいだの、でしゃばりだの、お節介だの言われているわよ。上流階級の社会主義者とか、出っ歯の悪趣味女とか、黒人崇拝者、ユダヤ人崇拝者、いろいろよ」肩をすくめる。「さんざんな言われよう」

「〝冷血な殺人鬼〟って言われたことはありますか?」もっとひどい呼び名は口に出せなかった。〝アカの女、共産主義のあばずれ〟……

「〝上官の命令に従っただけの哀れな敵兵に一縷の哀れみも持たぬ冷血な殺人鬼〟だったわね?」エレノアが新聞記事の文言を引用した。「あれがあなたにはいちばん堪えたでしょうね」

「記者たちはわたしにどうしろと言うんでしょう? 敵兵に出ていけとやさしく訴える? それでうまくいくと思ってるのかしら?」

「あなたにじかに会って、彼らはどう考えればいいのかわからなくなったのよ。でも、彼らの論調は変わりはじめている。あなたが公の場にどんどん出るようになったおかげで」

「それは、わたしを知るようになったから？　わたしを好きになったから？」からかい半分で言ったのに、彼女はうなずいた。

「そんなに無理なことかしら？　あなたにはじめて会ったときには、あなたを好きになれる自信が持てなかった。でも、あなたを知るようになって……いまはあなたが好きよ。アメリカ市民もそうなってきている。ソ連を援助するためにアメリカ兵をヨーロッパに送る方向に世論を誘導したいのなら、この巡回講演をもっとつづけるべきだわ」

「わたしは派遣団と党の命令に従うだけです」気分が落ち込む。命令に従わざるをえないのはユリだけではない。

「気が乗らないのはわかるわ。脚光を浴びるのが嫌いなのもわかる」大統領夫人は糸を歯で嚙み切った。「わたしだって嫌いだもの。はじめて演説したときには脚がガクガクしたものよ」

まったく想像がつかなかった。「どんなふうに対処したんですか？　上達する方法を教えてください」

「自分にはできないと思っていることでもやらなければならない、と自分に言い聞かせたの。つねに。そうしているうちに、自分にはできるとわかってくる」

「でも、もしできなかったら？」言葉が口をついて出た。「もししくじったら？」

「もう一度やってみる――」

「無理です」反射的に頭を振っていた。「その方法はうまくいかない。この世界が二度目の機会を与えてくれるなんて、あてにしてはいけない」

彼女は考え込んだ。「あなたが自分に課しているルールなの？」

「もっとも大事なルールは」骨の髄まで沁み込んでいる言葉を口にする。「ミスするな」

「まあ、なんてこと。そんな座右の銘ってないわよ」

「狙撃手の座右の銘です！」

「狙撃手だけに通用するルールだと思っているの？　女は誰でもミスする恐怖にとり憑かれている。失望させたらどうしようって、恐怖にとり憑かれている」

わたしは目をしばたたいた。「おかげで生きてます」

「おかげであなたは勇敢な兵士になれた。でも、怯えた女になった」大統領夫人は針を置き、射るようにわたしを見つめた。「誰でも失敗するわ、リュドミラ。わたしも失敗した。夫も失敗した――彼のニューディール政策はすべて大成功だったと思う？　提案した計画が失敗に終わったこともある。強硬な態度をとったせいで非難囂々だったこともある。彼の死を望んでいる敵は大勢いるのよ」彼女の顔に影が差した。「彼はほかの人たちの何倍も失敗してきた……でも、なにもやらないよりはましでしょ」

「それは男だから」わたしは無情に言い切った。「それに、アメリカ人だから。失敗しても、史上初の三期目の大統領になっている。世の中は女性の失敗をそれほど大目に見てくれません」

「同感だわ」彼女にはまた驚かされた。「だからわたしたち女は、けっしてつまずいてはならないと思い込むようになるの。でも、つねに完璧であろうとすると、必ず失敗するものなのよ。誰でもそう。あなたがどう思おうと、たまに不発に終わっても世の中は責めたりしないわよ。あなたが照準に捉えた敵をすべて撃ち果たせなかったとしても――それでも、あなたは生きていて、わたしのパジャマを着ているじゃないの。あなたは愛する人を亡くした――それでも、彼を愛したことを後悔していないんでしょ。そしていつか、べつの人を愛する機会がきっと巡ってくるわよ。だって、あなたは愛らしいもの」彼女は針を持ち、また縫いはじめた。「一度で成功しなくとも……これは子どものころに習ったウィリアム・ヒクソンのいささか説教臭い格言なんだけど、あとにつづく言葉〝試みよ、ふたたび試みよ〟をアメリカ人は強く心に刻んでいる」

「わたしたちが肝に銘じているのは、〝しくじったら、死ぬ〟ということです。この戦争でその教えを覆す経験は一度もしなかった」

「でも、人生はつねに戦争に向かうわけではないでしょ、リュドミラ」彼女がやさしく言った。「もしあなたが〝ミスしない〟という厳しいルールに縛りつけられて一瞬一瞬を生きるとしたら――戦時中だけでなく、もっと穏やかな日々でも――自分をひどく傷つけることになるわよ」

わたしはタオルを体にきつく巻きつけ、彼女を見つめた。体の芯が震えていた。

「さて、上着はこれでよしと」彼女はわたしの苦悩を見てとり、きびきびした口調で言うと、パジャマをわたしの顔の前に掲げた。「このピンクはあなたによく似合うわ……」

それから紅茶とビスケットが供され、一時間ほど経ったころ、ドアにノックがあった。でも、わたしたちはおしゃべりに夢中で気づかなかった。「あなたの国でも、女性に兵役の義務はない」エレノアが言った。「あたりまえのことではないのよね。だったら、あなたはどうして志願して入隊するという道を迷わず選ぶことができたの？」

「それは、わが国では、女が女性としてだけでなく個人として尊重されているからです」

ありがたいことに、話題は微妙な問題からずれていっていた。最初が自分に似合う色や服についてで、それからアメリカとソ連の映画のちがい、そしていまは従軍した女性が直面する煩わしさについてだった。「女だから制約を受けると感じたことはありません。軍隊で、わたしみたいな女が男と肩を並べられる理由はそれです」

「つぎの演説ではその点に触れてみたらどうかしら。〝個人〟という言葉を強調してね――わたしたちアメリカ人は〝個人〟という考え方に魅了されるし、ソ連は集団主義の国だと思われて――」

そのときドアが開き、蝶番（ちょうつがい）の軋む音にわたしは顔をあげた。「なんの真似だ？」ローズベルト大統領が言った。おもしろがっている。

わたしはベッドから飛びあがり、ビスケットのかけらを振りまいた。腰にタオルを巻き、派手な花柄の刺繍のあるパジャマの上着をひらひらさせて。一方のエレノアはズボンの裾を縫っているところだった。アメリカ大統領は妻の私室を眺めまわした――ベッドの上にはピンクサテンの端切れが散らばり、いろんな糸の糸巻があちこちに転がり、空のティーカップ、それに上着だけ羽織ったソ連の狙撃兵。「あら、あなた」エレノアは落ち着いたものだ。外国生まれの殺人鬼のためにパジャマの裾上げをするのは、食前の習慣と言いたげに。

「これは、あれだな」大統領が筋張った手で顎をさすりながら言った。「言語に絶する光景だ」

わたしが謝罪の言葉をもごもごと、途中からロシア語交じりで述べると、彼は噴き出した。エレノアもだ。わたしもつられて笑いだした。

ピンクサテンの光輝をまとって自室に戻ってみると、コスティアがカヌーに放ったフェルト帽がきれいに乾かされ、ドア脇の椅子にのっていた。心臓をドキドキさせて帽子を両手で握り締めた――大統領夫人が驚くほどきつく抱き締めてくれたときの腕の感触が甦った。いまだ身内をどよもす彼女の率直な言葉を、わたしの擦り切れた心が恐るおそる手繰り寄せていた。〝たまに不発に終わっても世の中は責めたりしないわよ〟

きょう、リュドミラが言った言葉が心に重くのしかかっていた。ピンクのパジャマ姿で濡れた髪の十六歳にしか見えない彼女に、フランクリンが、ハイド・パークは気に入ったかどうか尋ねたのだ。自室に引き揚げるところだった彼女はこう言った。「よく眠れます」銃弾のごとくまっすぐな答えだった。「ここなら誰もわたしを傷つけません」彼女はフランクリンを知らないから、彼が「わたしのこともな」と明るく応じたとき、顔に射した影に気づかなかった。

彼女が立ち去ってから、わたしは夫に尋ねた。「誰があなたを傷つけると思ってるんですか？」

彼は苦笑いして首をすくめただけだった。「昼食に遅れる」

「もう一人のザンガラ？」尋ねずにいられなかった。「べつのマグワイア？」

ザンガラは暗殺者だ。一九三三年、マイアミでフランクリンに五発の銃弾を浴びせた。就任式の十七日前のことだった。マグワイアは米国在郷軍人会の軍人で、一九三四年に夫を免職させ軍事政権樹立を企てた陰謀の首謀者だ。ザンガラが放った銃弾は夫ではなくシカゴ市長に命中した。マグワイアのクーデターは未遂に終わり、下院公聴会の最中にマグワイアは雲隠れした。この二人は失敗した。

だが、どちらの場合も、もっと大物――産業界やウォール街の、アメリカ人なら誰でも知っている大物――が陰で糸を引いたという噂は絶えることがなかった。

「フランクリン――」早まる動悸を抑えて声をかけたが、彼は黙って部屋を出ていった。

28

新聞の見出し。ソ連派遣団は主要都市を回る親善ツアーを再開した。ミスター・クラサフチェンコとプチェリンツェフ中尉の訪問先は東海岸にかぎられているが、有名なガール・スナイパー、リュドミラ・パヴリチェンコはデトロイト、シカゴ、ミネアポリス、サンフランシスコ、フレズノ、ロサンジェルスにまで足を伸ばす。旅の前半はほかでもない大統領夫人が同行する予定……

事実。ありがたいことに、大統領専用リムジンは運転手付きだった。エレノア・ローズベルトがハンドルを握ると言いだしたら、わたしは中西部まで歩いてゆくつもりだ。

「理解できません」ハイウェイを走るリムジンの中で、わたしは文句を口にした。「労働者とじかに話ができないのに、フォード・モーター・カンパニーの本社を訪れてなんになるんですか?」

「むろん彼らはあなたに話しかけたりしないわよ」大統領夫人がクスクス笑った。「フォードの労働者は高い給料をもらっているから、失うものがありすぎる。共産主義のロシアからの来訪者に関心を示しすぎて、あらぬ疑いをかけられることを恐れているの。その来訪者が労働者の権利を持ちだしたらなおのこと！」彼女は予定されている航空機製造ラインの見学とミスター・フォードとの会見について素早くメモを取っていた。こっちに来る前は彼女のことを上流階級の有閑マダムだと思っていたが、わたしの見るかぎり寝る間も惜しんで働いている。「あなたの演説は人気を博していると思うわよ」

はたしてそうだろうか。またしても陰湿な手紙が届いていたのだ。けさ、ホテルの部屋のドアに下に匿名の脅迫状が差し込まれていた。〝ワシントンを離れるだけでは足りないぞ、殺人鬼のクソ女。すぐに国に帰れ、さもないと棺桶に入って帰国することになる〟

敵はわたしをずっと追いかけまわすつもりなの？　それとも、派遣団の内部の人間の仕業？　アレクセイの顔を思い浮かべ暗澹たる気持ちになった。彼ならやりかねない。脅迫状に怯えた妻が、頼れる腕に飛び込んでくると踏んで。そうは問屋が卸さない――！

「シカゴまで五時間」エレノアの声に我に返った。防弾ガラスの向こうを紅葉した木々が飛び去ってゆく。五時間……コスティアに倣って本を持ってくればよかった。彼は大統領夫人の図書室から借りだしたミスター・ウォルト・ホイットマンの革装丁の詩集を持参していた。「おもしろいの？」わたしはロシア語で尋ねた。

「知らない言葉が多い」彼は詩集を片方の膝に、わたしの英語辞典をもう一方の膝に載せ、交互に頁をめくっていた。防弾ガラス越しに差し込む秋の淡い陽射しが黒髪を染める。

「pokeweedってなんだ？」

「知らない。スラヴカのために実物を手に入れられたらいいのに」わたしは深いため息をついた――車内の誰もわたしたちのおしゃべりを理解できない。大統領夫人も彼女の秘書もロシア語に堪能ではない。運転手と護衛官は仕切りの向こうだし、ユリはアレクセイ（うまいこと言ってこのツアーに同行している）と警護車に乗っていた――それでも、声を潜めて質問した。「ニューヨーク訪問はどうだった？」わたしたちがローズベルトの地所からワシントンに戻ったとき、相棒はソ連大使館に滞在していたが、彼の家族のことを大使館内で尋ねるわけにはいかなかった。

頁を繰る彼の顔にかすかな笑みが浮かんだ。「ああ」「うまく……」

「リュドミラ、窓の外を見てごらんなさい」大統領夫人が言った。「ミシガンのこの平坦な土地は、祖国の大草原を彷彿とさせるんじゃない？」長旅のあいだ、エレノアは幾度となく窓の外を指さした。遊説で全国津々浦々を巡っているから、彼女にとっては見慣れた景色なのだろう。その言葉の端々から祖国への誇りが伝わってくる――この国のなにもかもがロシアのそれより優れていると思っているのだ。わたしは失笑を禁じえなかった。町や市が通りすぎてゆく。アナーバー、アルビオン、カラマズー……それから、海みたいなミシガン湖の広大な湖岸、オデッサを形作る黒海を思い出し目頭が熱くなった。

「ホームシックね」エレノアがわたしの顔をちらっと見て言った。「じきに国に戻れるわよ、あなた――運よくこの戦争が終わるのを見届けられれば、あなたは勉学に戻れるわ、小隊にではなく」

「論文を書きあげられるでしょうか」わたしはため息をついた。「内容を知りたいですか？ボフダン・フメリニツキーの研究、一六五四年のウクライナとロシアの統合――」

隣りでコスティアが咳払いして警告を発したが、大統領夫人はわたしの話に熱心に耳を傾けてくれた。一度だけわたしの話を遮って窓外を指さしたのは、車がさらに南下して砂丘が現れたときだった。

「美しいですね」わたしは身を乗り出して景色を眺めた。「こんなに平和な暮らしを送れるなんて。わたしは周囲を見渡すたび、砲撃の痕跡を探してしまいます……なんて豊かな土地でしょう」

「でも？」彼女はわたしの声の調子に気づいた。

「貧困の土地でもある」彼女の目をまっすぐに見た。「都会の貧民窟も見ましたから、アメリカの黒人が劣悪な環境で暮らしているのを知っています」

「まだまだ先は長いのよ」彼女は冷静に認めた。「アメリカは海外で偏見と闘っているのに、国内では見逃している。隔離政策が黒人の人生を歪（ゆが）めているわ。それは明白な事実。変えていかないと」

「どうやって?」

「行動すること」彼女はペンを振り回した。「平等や平和や人権をただ信じるだけでは足りない――変える努力をしなければ」

わたしはにやりとした。「アメリカの大富豪の妻にしては、ロシア人も認める労働倫理をお持ちですね」

「そしてあなたは、アメリカ人も認める笑いの才能をお持ちだわ」大統領夫人が切り返した。「〈パンチ〉誌の風刺漫画でもハリウッドでも、ソ連人のユーモアセンスのなさを喧伝している」

「わたしたちは過酷な人生を送ってますから、笑い飛ばさないとやっていけない」愛しいレーナが教えてくれたジョークを思い出した。「ロシア前線にやってきたドイツ兵は仲間になんて言うでしょう?」

「なんて?」

「〝ほら、見ろよ、かわいいロシア娘がこっちを見てる〟すると仲間が言う。〝どうして挨拶しに行かないんだ?〟ドイツ兵は応える。〝だって、彼女は照準越しに見つめてるんだぜ〟」

エレノアは笑った。さらに車が進むうち、おしゃべりがやんで沈黙がつづき、やがて睡魔が訪れた。目が覚めてびっくりした。リムジンは停まり、わたしの瞼は腫れぼったく、肩がずしりと重い――コスティアの頭が乗っていた。

「あなたたち、同時に眠りに落ちたわよ」エレノアが目を輝かせて言うので、はっと気づいた。彼女の肩にもたれて眠っていたのだ。「さあ、起きてちょうだい」そう言われ、わたしは上体をまっすぐにした。気恥ずかしさに顔を赤らめ、〝大統領夫人の肩に唾を垂らしていませんように！〟と祈った。「シカゴに着いたわよ。有名なアメリカの詩人が『シカゴ』という詩で、〝でっかい肩の都会〟と詠ったのよ」

「ソ連にもひどい詩はあります」慰めるつもりで言ったら、彼女はプッと噴き出した。


〝やけにすっきり爽やかな顔をしてるじゃないか〟射手は苦々しく思いながら、リュドミラ・パヴリチェンコと大統領夫人が国旗で飾られた舞台にあがり、拍手喝采する聴衆に手を振るのを眺めた。大統領専用車と随行車群を追いかけ、靴箱サイズのパッカードで五時間も窮屈な思いをし、いいかげん苛立っていた――それなのに、シカゴに到着したガール・スナイパーときたら、涼しい目をして長旅の疲れもどこ吹く風だ。

フラッシュが盛大に焚かれる。以前の彼女は、目の前で手榴弾が爆発したみたいに竦みあがったものだが、いまは平気な顔だ。ホテルのメイドを買収して匿名の脅迫状を部屋のドアの下に滑り込ませたあとだから、もっとピリピリしていて当然なんだが。ワシントンでは効き目があった。オペラ公演の劇場では見るからに不安そうだったし、学生会議最終日のレセプションパーティーでは、ストーカーを気にするように始終背後を窺っていた。こちらの思惑どおり平静を失っていた。だが、通訳を介して短い演説をするいまの彼女は堂に入ったものだ――しかも、忌々しいことに聴衆の心を摑んでいる。ソ連の目論みが当たり、彼女がこの親善ツアーで好評を博すとは業腹だ――三百九人も手にかけた女をあたたかく迎えるなんて愚の骨頂、と聴衆に言ってやりたい。だが、シカゴの聴衆はうっとりしている。

「上等じゃないか」彼は歓声に紛れてひとりごち、ポケットの中のダイヤモンドの原石をジャラジャラいわせた。「彼女はうまく立ち回ったわけだ」とどのつまり彼女は手練れの宣伝者であって、狙撃手ではない。こういうことができるのはその道のプロだけだ……そのうえ、大統領夫人を手玉にとっている。壇上で顔をくっつけ合って言葉を交わし、内輪のジョークで盛りあがる。〝ロサンジェルスに着いたら吠え面かかせてやるからな〟それはあたらしい計画だった。親善ツアーの一行を追いかける取り巻き連中に紛れ込み、目立たず、気づかれることなく周囲に溶け込む作戦だった。〝ポケットチーフ〟と連絡をとり、セキュリティチェックに引っ掛からないよう手を回してもらった。ロサンジェルスに到着するまでは、誰にも気づかれず背景に溶け込んでいられる。ローズベルト大統領はお忍びで軍需工場視察を行う予定で、妻やリュドミラ・パヴリチェンコと一緒にロサンジェルスに入ることになっていた。

まさにそのとき、銃弾が発射される。

そして、大統領夫人は親しくなったばかりの友人が国民的英雄の座から転がり落ちるのをその目で見ることになる。その友人こそがソ連版ジョン・ウィルクス・ブース（リンカーン大統領暗殺者）だったと判明し、新聞は書きたてるだろう。〝ミセス・ローズベルト、友人に夫を殺される〟

射手は我に返り、舞台をおりる二人の女を底意地の悪い満足感とともに見送った。数週間前にホワイトハウスの玄関に立つリュドミラ・パヴリチェンコを見たときには、なんの感慨も湧かなかった。世紀の暗殺者の濡れ衣を着せるのだから興味は持ったが。アカのあばずれを追いかけて国中を巡り、つぎなるキリル語の脅迫状を用意しているいまは、彼女の凋落をなんとしても見届けたかった。

「ミセス・パヴリチェンコ、もう一度お目にかかれるとは望外の喜びです！」

その男に見覚えはなかった――リネンの背広、わずかに飛び出した目――が、しつこく絡みついてくる湿った指で、ボルティモアで会った億万長者だとわかった。「ミスター・ジョンソン、ここでお目にかかるとは……メリーランドからはるばるいらしたんですか」

「デトロイトでお迎えするつもりだったのですが」彼が目を輝かせて言った。「ミスター・フォードの本社は警備が厳重だもので」

「ここはそうじゃないんですか?」思わず尋ねていた。大統領夫人とわたしは、シカゴ狙撃協会の集まりに招かれてきていた。銃器を扱うクラブなのだから、入口に武装した警備員が大勢いてもおかしくない。「あなたはどうしてここに——」

「ああ、チケットを買いましてね。あなたにもう一度お会いできるなら、チケットの十枚や二十枚、惜しくありません。ハンカチはいかがですか、とっても暑いから——」

「ニエット、ミスター・ジョンソン——」

「ウィリアムと呼んでください!」

「ウィリアム、ここの会長と話がありますから」粘つく彼の手から自分の手を救い出すと、武器棚へと向かった。ジャーナリストがまとわりついて、ミセス・パヴリチェンコ……ミセス・パヴリチェンコ……と、まるで餌をねだる雛鳥(ひなどり)だ。それにしても数が多いから、名前と顔を一致させられない。

「カメラに向かってにっこりしろ、クロシュカ」アレクセイが耳元でささやき、わたしの肩に腕を回してカメラのほうを向かせた。親指でうなじを撫でるおまけ付きだ。彼に警告の一瞥をくれてその腕をほどき、ようやくのことで狙撃協会の会長を見つけ出した。彼は待ちくたびれた様子で、さっそくわたしとカメラにおさまった。

「アメリカ製の武器をどう思いますか、ミセス・パヴリチェンコ?」彼がわざとらしく咳払いする。協会のメンバーたちに胡乱(うろん)な目で見られてもべつに驚かない。ささやき交わす声もしっかり耳に届いていた。〝狙撃手と持ちあげられてるらしいが、ライフルのどっちが前か後ろかもわからないんじゃないか……〟

「これはM1ガーランドですか？」棚に並ぶ銃を眺め、コスティアを介して尋ねた。「東部戦線でわれわれが使っているスヴェタによく似ています――銃口の先端のガスポートから取り入れた発射ガスによるガス圧作動式の半自動小銃ですね」棚からこの自動装塡式ライフルを取りだし、ざっと点検してから銃床を肩に当てて銃口へと視線を動かす。「ウィーバー照準器、すばらしい」

驚く顔は見ないふりをした。「こっちはどうですか、ミセス・パヴリチェンコ？　M1903スプリングフィールドですがね」

「わたしが使っていたスリーラインに似てますね。戦場ではスライディング・ボルトのほうが使いやすい。ここについている手動の安全装置はドイツ軍のモーゼルZf。Kar・98Kによく似ている――」

わたしはソ連製のライフルについて語り、同盟国軍の様々なモデルとの比較を行い、会長をせっついて1903を棚からおろしてもらった。引金のメカニズムと重さを調べ、引金がすぐに撃鉄を作動させるか試した。そのころには、メンバーたちの顔に笑みが浮かんでいた。詰めかけた記者たちも不本意ながらも感心したらしく、ウィリアム・ジョンソンにいたってはうっとりしていた。「ああ、ミセス・パヴリチェンコ、ぜひとも実際に撃ってみせてください」

わたしはためらった。これまでそういう誘いは断ってきた。わたしは命じられて芸をするポニーではない。兵士だ。デトロイトである記者が、わたしとサーカスの射撃名人アニー・オークレイを比較し、鏡を見ながら肩越しに的を撃てるか尋ねた。わたしの答えはこうだ。サーカスの大テントやパーティーの余興で披露するために腕を磨いてきたのではない。だが、射撃協会のメンバーたちはとても熱心だった――年配のメンバーは、血が泥と混ざるとどんな臭いがするか知っている退役軍人だし、若いメンバーたちはバラ色の頬をして無邪気で……でも、大統領夫人の狙いどおり第二戦線を開く方向に世論を動かせたら、彼らは戦場に送り込まれるのだ。部屋の奥で陸軍大佐と話をしている大統領夫人が、やりなさい、と言うようにわたしに目配せした。

「わかりました(ヌー・ラドノ)」わたしがにやりとすると、喝采が起きた。

距離百メートル、伏射の姿勢、弾は十発、持ち時間は十分、金属製照準器、と実演の詳細が決められたときには、両手が少し震えていた。〝一カ月半もライフルを握ってないじゃない〟頭の中で叱る声がした。〝プロなら少なくとも週に二回は練習すべきなのに！〟錆(さ)びついた技量と慣れない武器で、自分の評判と赤軍の名誉を守れると思うの？

「彼女には競う相手が必要です」射撃場に入ったとき、意外なことにコスティアが英語で言った。アメリカ人が我先にと手をあげるので、わたしは目をぱちくりさせた。「いいえ、互角の勝負ができる相手でないと。ロシア人がいい」コスティアがにやりとすると、笑いとやじが飛んだ。「1903を貸してもらえれば、わたしがパヴリチェンコ中尉と競います。同志ユリポフ、一緒にどうですか?」

「そういう命令は受けていない」ユリが壁に寄り掛かったまま言った。

「だったら派遣団の専属医師」コスティアがにっこりする。「かなりの腕前らしいから」

驚いたことに、西洋風のピンストライプの背広を着たアレクセイが、派遣団の取り巻きの群れから離れ、手近のライフルを手にした。「喜んで」彼が英語で言った。ツアーのあいだ必死に詰め込んでいるのだろう。

「わたしも参加しますよ」ウィリアム・ジョンソンが慌てて前に出たので靴紐を踏んずけて転びそうになった。「大使館付きの医者となら肩を並べられそうだ! 子どものころに鳩を撃って遊んでましたからね……」

「なに考えてるの?」わたしはコスティアにロシア語で詰め寄ったが、彼は手早くライフルに弾を装填するだけだった。全員が腹這いになり、武器に馴染むための試し撃ちを行い射程を修正した。それから、あたらしい紙の的に掛け替えられるのを待った。わたしは夫と相棒のあいだに位置を占め、ミスター・ジョンソンがライフルを雑に扱うのを見て顔が引き攣った。ほかには先の大戦で戦ったという年配のアメリカ人が数人。はじめ、の声がかかり、〝真夜中の淑女〟はカウントダウンをはじめ、世界が遠ざかって消えた。

十発。一発目は的の中心から数センチそれた。引金を絞るのではなく、急に引きすぎたせいだ。ミスに捉われないよう気持ちを落ち着かせた。ここは戦場ではない。数センチずれたぐらいで命は取られない。二発目で不慣れなライフルがささやきだした。三発目。的に命中し思わずにんまりした。横でコスティアも三発目を撃ち終えていた。灰色の角刈りのアメリカ人が後につづく。コスティアとわたしの1903が同時に銃声を轟かせ、どちらも的の真ん中を撃ち抜いた。二人の手が連動して動き、二人のライフルが同時に火を噴く。昔に戻ったみたいだ。いいえ、前よりいい――ここは掃除が行き届き、硝煙の匂いが血の臭いによって損なわれることはない。

十発撃つのに十分も必要ない。五分でも余るぐらいだった。

もたもた撃っていた人の最後の銃声が消えると、全員が立ちあがって紙の的に群がった。命中した数が数えられ、歓声があがった。「〝死の淑女〟の勝ち！」わたしはにやりとしてドレスの埃を払った。傷跡のある教官は弟子のこの姿を見てなんて言うだろう。彼はいまもキエフで狙撃手を鍛えているのだろうか、もしまだ生きているなら……。

「いやはや、九歳の年からこんなひどい負け方はしたことがない」角刈りのアメリカ人がオークみたいな手を差しだした。彼はコスティアについで三位だったが、訛りがひどくてわたしには聞きとない。「あんたのシベリア人は、風向きがよければ三マイル先のジャコウネズミの目を射抜けそうだな、ミズ・パヴリチェンコ――あんたなら、五マイル先でもやれそうだ。おれに女房がいなかったら、結婚を申し込んでるところだ。ロシアのスナイパー・ギャルを家に泊めるだけでも大騒ぎしそうだから、うちの女房は。代わりにといっちゃなんだが、おれと乾杯してくれないか?」

「わたしも」ウィリアム・ジョンソンが声をあげた。彼が撃った弾は的を掠りもしなかった。火のついたラッキーストライクを振り回して言う。「すばらしい実演でしたよ、ミセス・パヴリチェンコ!」

ブランデーとウィスキーの瓶が登場した。見物席でダグラス大佐とおしゃべりしていた大統領夫人は、ちょっと非難がましい表情だ。わたしは彼女に手を振った。後悔はしていない。これは兵士たちの集まり、狙撃手たちの集まりだ。こんなにくつろいだ気分はアメリカに来てはじめてだった。派遣団の取り巻きの一人が、勝手に英語を話すな、コスティアに通訳させろ、とギャーギャー言ったが、わたしは無視した。フィルターを通して話をしたくなかった。フィルターにはうんざりだった。アレクセイが使用した1903をぞんざいに置くのを目の端で捉え、秘かにほくそ笑んだ。彼は十人中五番目だった。

「上出来じゃない」ロシア語で彼に言ってやった。彼が目をぎらつかせ、わたしは指をひらひらさせてコスティアにささやいた。「どうして彼を誘ったの?」

「あんたが不安そうだったから。でも、彼が射座についたら、あんたが北極圏のこっち側で彼に勝たせるわけがないからな」

わたしは笑い、炭火の味がするアメリカのウィスキーを呷った。「腸(はらわた)を抉り出してやったわよ」

「魚みたいに」

「今夜はいつもの演説ができるのかしら?」リムジンに戻ると、大統領夫人が疑わしげに頭を振りながら言った。

「あの程度のウィスキーはなんてことありませんよ。アメリカ人はお酒の飲み方を知りませんね。たった四十ミリリットルじゃまともな乾杯もできません」頬が火照る程度の量だ。アメリカの狙撃手たちとすごした愉しい三十分の余韻でにやにやが止まらない。グラス越しのおしゃべりは戦争の話に終始し――彼らはわたしがいま戦っている戦争のことを尋ね、わたしは先の大戦のことを尋ねた――最後はマホガニーの箱の贈呈式だった。いま、膝の上にある箱だ。「これほど美しいもの、見たことありますか?」わたしは箱の蓋を明け、そう言わずにいられなかった。輝く二挺のコルトM1911A1ピストル、カートリッジ付きの弾倉がふたつ。

「ニューヨークではフルレングスのオオヤマネコのコートを贈られたわね」愉快そうな大統領夫人を尻目に、わたしはコルトを取りだして矯(た)めつ眇(すが)めつ眺めはじめた。「デトロイトでは六ダースのバラだった。それがいま、二挺のピストルに目を輝かせている」

「前にピストルを渡されたときといまとでは、あまりにも状況がちがうから」あれはセヴァストポリだった。ペトロフ少将から最後の一発は自分のために残しておけと言われた。ドイツ軍に捕まったら女性狙撃手はひどい目に遭わされるからだ。目をしばたたいて記憶を振り払い、あたらしいコルトのメカニズムを調べた。「ああ、四五口径！　ブローニングが開発したピストル、ご存じですか？　一九一一年にアメリカ軍に採用され、先の戦争でわが軍にも採用され……」

ミセス・ローズベルトが笑いだした。「あたらしい玩具で遊ぶのはあとにして。もうじきグラント公園に着くわ」

ウィスキーのせいかもしれないし、ライフルの頼もしい歌が耳に残っていたせいかもしれない。あるいは、ついに、ついに、アレクセイの顔から穏やかな表情をひん剝いてやれたせいかもしれない――だが、公園の国旗で飾られた舞台にあがり、中年男性ばかりの観衆を見回したとき、なにかが全身を駆け抜けた。

「それではお願いします、ミセス・パヴリチェンコ――」

「リュドミラ・パヴリチェンコです、スパシボ」わたしは進み出て演説をはじめた。コスティアの通訳で、遥か遠い祖国を蹂躙する戦争を描きだす。最前列の男性のうちの一人が、ポケットに手を突っ込んでジャラジャラ音をたて、冷ややかな目でわたしを見ていた。記者が退屈そうな顔でカメラをいじくっている。市の役人たちは、衣裳（いしょう）を見るような目でわたしの軍服を眺めている。〝わたしが実際に戦っていたなんて誰も信じていないんでしよ〟射撃場で会った男たちは信じてくれた。大半が退役軍人だった。引金を引くのを見れば、彼らにはほんものの兵士かどうかわかる。だが、巡り歩く都市の聴衆、声だけを武器にわたしが立ち向かう人びとは、なにを知っているのだろう？

〝いまこそ知らしめるべきだ〟その思いは、これまで苦々しさと怒りにまみれていた。だが、いまわたしを満たすのは、強烈な誇りだった。

「紳士のみなさん」わたしは準備してきた演説を捨て、大声で呼びかけた。よそ見していた人たちも含め、全員がこちらを見るまで間をとった。足を開き棺桶を叩くような音をたてて足を踏みしめ、両手を背中で握って休めの姿勢をとった。「紳士のみなさん、わたしは二十六歳になりました。前線ですでに三百九人の兵士と将校の命を奪いました。紳士のみなさん、いったいいつまでわたしの背中に隠れているつもりですか？」

聴衆に挑む言葉がじわじわと広がってゆく。

一瞬、しんと静まりかえった。それから、歓声がグラント公園に響きわたった。男たちは足を踏み鳴らし、女たちは帽子を振り、記者たちはカメラを構えた。フラッシュが焚かれるなか、コスティアと見つめ合った。彼の肩越しにリョーニャの姿がはっきり見えた。

笑っていた。

〝あの女は撃てる〟

リュドミラ・パヴリチェンコが百メートルの距離から、慣れない武器で三分間のあいだに十回、見事に的を射抜くのを見て以来、射手の思考は停止していた。射撃場でほかの見物人たちとともに称賛の拍手を送るあいだも、ひとつの思いに打ちのめされていた。〝あの女は撃てる〟

たかが射的じゃないか、ガンクラブの競技会にすぎないじゃないか、と自分に言い聞かそうとしても無駄だった。射撃場のプロとほんもののプロはちがう。血肉になるまで訓練を重ねた冷血なプロ。彼女がライフルを握った刹那、彼はその片鱗(へんりん)を見た――それから射座で構えの姿勢をとったとき、〝死の淑女〟の本性が剝き出しになるのを見た。やさしい眼差しの艶やかなブルネットは消え去り、確認戦果三百九の狙撃手が息を吹き返した。彼女が最後の一発を的の真ん中に沈めたとき、東部戦線でそれだけの数を仕留めたと納得できた。

〝なんてこった〟射手はぼんやり思った。グラント公園の舞台で聴衆の喝采を浴びる姿を眺めながら、〝彼女はほんものだ〟と射手は思った。百個の些細な印象が集まってひとつの象を形作る。手で隠して煙草を吸っていたのは、先端の火が見えないようにするためだった。はじめての場所に入ってゆくとき視線を配ったのは、出口と動線を確保していたのだ。なぜ気づかなかった？

〝気づきたくなかったんだよ〟と、答えが返ってきた。〝ありえないと思いたかった〟

それがありえたんだ。〝死の淑女〟が生身の姿でここにいる。小柄なロシア女がアメリカの舞台でふんぞり返り、聴衆のなかの壮健な男たちに、わたしの背中に隠れるのはやめろ、と訴えている。

〝できることなら一対一で撃ち合いたかった〟拍手喝采する聴衆を、獲物を狙うオオヤマネコのような鋭い目で眺めまわす彼女を見ながら思った。〝だが、あす、おれはロサンジエルスで大統領を殺し、その罪をかわいいソ連娘に着せなきゃならない〟

29

新聞の見出し。アメリカ市民への挑戦で一躍名が売れたリュドミラ・パヴリチェンコ、天使の都を訪れる。ハリウッドの著名人、ダグラス・フェアバンクスJr、メアリー・ピックフォード、それにチャーリー・チャップリンがガール・スナイパーをもてなそうと列をなし……。

事実。「『怪傑ゾロ』のあなたは素敵でした、ミスター・フェアバンクス」は話の糸口として最良とは言えなかった。酔っ払った俳優からこんな反応が返ってきたのだから。「それは親父のほう、ダグラス・フェアバンクス・シニア」

「いつもながらすばらしかった、ミセス・パヴリチェンコ！　シャンパンはいかがです？」

「ヌ・ラドノ、ミスター・ジョンソン」わたしはため息をついた。タキシードを着ているせいか、出目が目立つし余計癇（かん）に障る。彼に手を握られる前に、シャンパングラスを手に取った。「ロサンジェルスまでいらっしゃるとは思ってませんでした」

「大統領夫人に直談判しましてね！　あなたに特別なお願いがあって、きょうのリストに載せてもらいました……」

　舞台をおりたとたんそんなことを言われ、わたしは面食らった。もっとも、二百人と握手し、二百人と写真におさまり、二百の頓珍漢な質問に答えることに、いまではすっかり慣れっこになった。「どんなお願いですか、ミスター・ジョンソン？」

「リュドミラ、ウィリアムと呼んでくれとお願いしたじゃないですか」彼がチッチッと舌を鳴らす。

「ウィリアム、わたしの演説をすべて聞かれるつもりですか？　ワシントンからフレズノまで？　そんなにお暇なんですか？」

　よっぽど暇なのだろう。わたしはシャンパンをぐっと呷り、シカゴからずっと悩まされてきた頭痛がおさまることを願った。グラント公園の演説からこっち、眠れない日がつづいた――大統領夫人は大成功だったと請け合ってくれたが（〝ロイター通信があの演説を全世界に配信したとしても驚かないわよ〟）、あれ以来、背筋をクモが這いおりる感覚が消えないのだ。ホテルの部屋にまたしても醜い脅迫状が届いたせいではなかった（〝おまえの背骨を切り裂いてそれで首を絞めてやるからな、スターリン好きのクソ女〟）――憎まれても平気になってきた。脅迫状の送り主はわたしの身近にいるのだから、おそらく派遣団の一員で、そうなるとアレクセイの可能性が大だ。派遣団の警備担当者にもそのことをはっきり伝えたので、もう脅迫状に怯えたりはしない。それに、やめてくれと訴えれば彼の思う壺だから、知らん顔をしていた。そう、脅迫状のせいではない。ほかに気がかりなことがあるのにひどく曖昧で、これだと指摘できない。

見たり聞いたりしたことだろうか？　前線ではつねに気を張って警戒していたから、木の葉一枚落ちてきても気づいたものだが、このツアーでは目や耳から入ってくるものが膨大すぎて、喧騒に紛れ見落とすことが多々あった。なにかあるとわかっているのに、これだと指させないのだ。

「わたしが男やもめだということはご存じですよね」ミスター・ジョンソンはおしゃべりをやめない。

「そうなんですか？　それは、ええ、ダー――」

「新聞で読んだのですが、あなたも結婚していた。セヴァストポリでご主人を亡くされた――」

〝二番目の夫を、です。最初の夫ではなく〟「ええ」リョーニャがこのやり取りを聞いたら、腹を抱えて笑うだろう。

「だったら、どうでしょう、リュドミラ、たがいの孤独を慰め合ってもいいのではありませんか。あなたがそうしてくだされば、わたしは世界一幸せな――」

「なんですって?」意識が目の前の男に引き戻された。空のシャンパングラスを持つわたしの手をかまわず握ろうとする。「ミスター・ジョンソン――」

「ウィリアムと呼んでください！」

「ミスター・ジョンソン、気は確かですか」

「ニューヨークであなたが話している姿を見た瞬間、あなたこそわたしの妻にふさわしいただ一人の人だと心に決めました。結婚してくれませんか？」

「申し込みを受けたらいいじゃないの」

バターを塗ったパンを口元に運ぶ手が止まった。「本気でおっしゃってるんですか、エレノア？」前からファーストネームで呼べと言われていたが、口に出すのははじめてだった。

「どうして？」小さなテーブルに向かい合わせで座るエレノアはナプキンを広げた。レセプションのあと、派遣団だけで食事するのが恒例になりつつあった。大統領夫人とわたしがレストランに入ると、サインをねだる人がわっと押し寄せ食事どころでなくなるからだ。コスティアやユリやほかの人たちも、この個室で席についていた。「ミスター・ジョンソンはたしかにちょっと変わっているけれど、感じがいいし、育ちもいいのよ」エレノアがつづける。「生い立ちや職業に関して、彼はあなたを騙していないわ。奥さんを亡くされていて、冶金会社を経営していて、経済状態も評判も申し分ない。身元調査はぬかりなくやっているのよ」わたしの怪訝な表情に応えて彼女は言った。「随行団の一員としてツアーに参加させるなら、身元調査をするのはあたりまえでしょ。たしかに結婚の申し込みは唐突だけど、本人は真剣よ」

わたしは鼻を鳴らした。「ほんの数回しか会ってないのに！」

「でも、熱烈に愛してくれる資産家の紳士と結婚すれば——安全と安心が保証される。女にとってはそれがいちばんでしょ」彼女はほほえみ、サラダのフォークに手を伸ばした。「あなたがここで暮らすようになれば、友情を育んでいける」

「それは望むところですけど——」わたしはパンを置き、機内から持ってきた〈シカゴ・トリビューン〉紙を手にした。「この記事、ひどすぎませんか。〝ミセス・パヴリチェンコはアメリカ料理に夢中、朝食を五回お代わりするのが常だ〟嘘っぱちにもほどがあるわ。こんな話、どこから仕入れてくるんでしょう。でたらめな記事を載せて恥ずかしくないのかしら」新聞を置いた。顔を火照らせ、適切な英語を探した。「この国で、わたしはくだらない好奇心の対象でしかない。ひげ女とおなじ、サーカスの見世物です。母国では赤軍将校なんですよ。わたしは戦った。戦ったからって変人ではない。わたしみたいな女はほかにもいます」前に彼女に、ソ連の女は女というだけでなく人間として完全に自立している、と話したことを思い出した。「このツアーは、いまのわたしにとって戦いです。でも、国に帰ったら、祖国の自由と独立のために戦いつづけます。あなたの戦いに参加する気はありません。もちろんおおいに評価はしていますけれど」

わたしの激しい言葉に気圧されたのか、ほかのテーブルでおしゃべりがやんでいた。コスティアがじっとこっちを見つめている。わたしは赤くなって椅子にもたれ、いたずらにパンを千切った。ミセス・ローズベルトはと見ると、物言いたげな表情を浮かべていた。

アメリカにはわたしみたいな女はいない、と前に言ったことがある――その伝で言えば、この国には彼女みたいな女はほかにいない。彼女がわたしに親近感を抱いたのはそのせいなのだろうか。わたしがここに留まるという考えに、彼女が固執したのはそのせい？　彼女もまた自分をサーカスの見世物と感じることがあるから？

「ミスター・ジョンソンのことは忘れましょう」彼女は言い、パンの篭を押して寄越した。「この先の行事の参加者リストから彼の名前をはずすわね」

「ありがとうございます」感情的になったことがいまは恥ずかしかった。「大統領が到着するまでずっとこっちにいらっしゃるんですよね？」

「ええ、そのことなんだけど……」

ソ連女のくそったれ、地獄に堕ちろ。射手にとって寝耳に水だった。ローズベルト大統領が南カリフォルニア訪問をこっそり中止していたのだ。軍需工場視察は報道管制が敷かれていたが、大統領特別列車が首都に引き返したことに目ざといワシントンの連中が気づき、〝ポケットチーフ〟にその旨連絡してきたのだった。体が不自由な大統領がお忍びツアーの終盤になって、これ以上無理はできないと予定変更したのはリュドミラ・パヴリチェンコのせいではないが、それでも彼女を責めないと気がおさまらなかった。仕事ではいつもついている自分がつきに見放されたのは、〝死の淑女〟のせいにちがいない。

内部人民委員部の番人の無情な目を避け、ロビーをうろうろしながら予定表に目を通した。ハリウッドでパーティーがいくつか。何カ所かで演説。それからフレズノに向かい……フレズノだって、なんてこった。数年前、そこで一度に二人を仕留める仕事を請け負ったことがあった。会社の積立金に手をつけた経営幹部二人。しけた田舎者でいっぱいのしけた町だった。あそこへまた行くのか？　デトロイトからシカゴ、ロサンジェルスとあの女を追いかけまわした挙句に？　疲れるだけの長旅の連続でなんの見返りもない。代わり映えしないホテルに泊まって、ブリキ缶みたいなパッカードを長時間運転して背中がバリバリに凝って、ローズベルトに一発見舞うこともかなわないとは。こんなことならワシントンに腰を据えて彼女が戻るのを待っていればよかった。国中を走り回って的を狙う機会を窺ったというのに、その的が現れないんだから。しかもつぎはフレズノときた。

〝自業自得だ〟と、自分に言い聞かせても怒りはおさまらなかった。ふつうなら自分で動き回らず、ワシントンに残っていた。背後に控えて、必要な情報は第三者から得る。接触回数が少ないほど面倒は起こらず、危険を回避できる。だが、この仕事ばかりは自分が前に出ることに決めた。長い年月、私情を交えずプロに徹してきたはずなのに、好奇心を抑えられなかった。

ソ連派遣団が夜のレセプションから戻ってきた。リュドミラ・パヴリチェンコがフロントで足を止め封筒を受けとるのを、射手は開いた新聞越しに眺めた。ガール・スナイパーは眉を吊りあげ、ペーパーナイフに手を伸ばした。射手はわずかに身を乗り出した。封筒の中身はわかっている。〝背中に気をつけろ、ソ連の売春婦〟送り付けた書状を、彼女が開くのを見るのはこれがはじめてだった。真っ青になって震え、ちらっと背後を見るものと思ったら……。

彼女は目をくるっと回した。間違いない――目をくるっと回しやがった。「また届いた」かたわらのがっしりした番人にロシア語で言い、手紙を丸めて彼に放った。それからエレベーターに向かって颯爽と歩いていった。部屋に戻り、贅沢な売春婦のベッドでぐっすり眠るために。一人で悦に入るために。

彼女が視界から消えると、射手は咄嗟に思いついたことがあって新聞を置き、麗らかな夜へと足を踏み出した。「タクシー」ベルボーイにそっけなく言った。オレンジ畑もビバリーヒルズもフレズノもくそくらえだ。パッカードもいまの偽名も捨てて、飛行機でワシントンに戻る。〝死の淑女〟はいずれ首都に戻ってくる――そのとき彼女を（大統領ともども）仕留めてやる。

タクシーの座席に落ち着いてふと思った。リュドミラ・パヴリチェンコを仕留めることは、自分にとって、FDRを仕留めるのとおなじぐらい重要なことだと。それまで計画は立てないでおこう。彼女に濡れ衣を着せるか殺すか、楽なほうを選べばいい。

それで決まりだ。

「サイン攻めでうんざりしてませんか？」ローレンス・オリヴィエがトレードマークの心を焦がす眼差しをわたしに向けた。スクリーンで観るのとおなじ一部の隙もないハンサムだ。レーナなら彼を壁際に追い詰めてズボンを脱がすだろう。彼はわたしの背中に添えた手をじりじりとさげていった。「つねづね思っているのですが、サインをねだるのは、セックスに飢えていると公言するようなものだ」

〝それ以上手をさげたら手首からぶった切ってやる〟そんなことを思っていると、ポンという音がしてわたしはぎょっとした。なんのことはない、シャンパンの栓を抜いた音だった。香しいカリフォルニアの夜に向かって開かれたフレンチドアの横に、女優のメアリー・ピックフォードと、銀のスパンコールのドレス姿のマーナ・ロイが並んで立っている。ロイが耳元でなにかささやくと、ピックフォードは顔をのけぞらせて笑った。この優雅なイタリア風の屋敷に映画スターがわんさか押しかけていた。その半分もわたしは知らない。

西洋映画をたくさん観ているわけではないので。オデッサで親しかったソフィアなら、映画雑誌をこっそり愛読していたから全員の名前を言えただろう――ハリウッドのパーティーでメアリー・ピックフォードに会えるなんて、と胸躍らせたにちがいない。わたしは物思いに耽るだけだ。ああ、いまは亡きソフィア、懐かしい……。

「チャーリー・チャップリンが派遣団のためにブレイクアウェイ・ハウス――彼のビバリーヒルズの自宅――で、パーティーを開いてくれるそうです」その日の午後、ソ連領事館のスタッフが浮かれ調子で教えてくれた。昼食会や大使館員との打ち合わせ、大西洋の大海原を見晴らすホテルでの演説を終えたところだった。「大統領夫人がいなくなったことだし」――エレノアはその朝、わたしをやさしく抱き締め、ワシントンに戻っていった――「少しばかり羽目をはずしましょう!」そんなわけで、わたしはチャーリー・チャップリンにひざまずかれて手にキスされ、タイロン・パワーにシャンパンを注いでもらい、それからローレンス・オリヴィエに背中をまさぐられている。

さらにさがろうとする手をピシャリと叩いても、このイギリス人俳優は怒らなかった。それどころか笑いだし、わたしの髪を耳の後ろにかけて言った。「そんなに警戒しなくていいのに、ダーリン。ハリウッドのパーティーでは、背中を刺されることはあっても、誰もあなたを撃とうなんて思わない」

「賢明な心がけですね、ミスター・オリヴィエ」

「ラリーと呼んでください」

「ニエット」わたしはピシャリと言った。この映画スターはアレクセイと同類だ。おなじ輝き、おなじ魅力、〝ノー〟という言葉の意味をまったく理解しないところもおなじだ。

「あの斜面をくだっていった先にプールがあるんですよ」〝ラリーと呼んで〟氏がいけしゃあしゃあと喉を鳴らす。「ここを抜け出して二人きりで愉しみませんか。あなたの友人たちも愉快にやってるんだから」

ソ連領事館の連中はたしかに愉快にやっていた。フレンチドアがあり、漆黒のグランドピアノにオードブルが並ぶ銀の皿、そこここにシャンパンペールが置かれた贅沢な空間で、彼らはおおいに羽目をはずしていた。チャーリー・チャップリンが逆立ちしてシャンパンのボトルを咥え、大理石の床の上を歩き回るのを見て、ユリですら笑みを浮かべたぐらいだ。

〝ハリウッド人種ってのは〟ときとしてアメリカ人は摩訶不思議(まかふしぎ)に思えるが、映画スターはその上をいく。愉快でくだけていて、社会主義の考え方に目くじらを立るところはワシントンのパーティー好きと変わらず……もっともそれも演技の一端なのかもしれない。わたしの軍服を撮影で着用する外国の衣裳のようなものと見なしているのだろう。

不意に新鮮な空気を吸いたくなった。「失礼します、ミスター・オリヴィエ」――もう一度尻から彼の手を剝がす――「シャンパンのお代わりを取ってきますので」

「ぼくを飲みなさい、ぼくの愛しの小さな殺人者。ぼくはビンテージワインだからね——酸っぱくなる前に飲み干したまえ！」

なんとか彼から離れ、人混みを掻き分けてテラスに出ると、なだらかに傾斜する芝地をおりていった。「おれたち、静けさを求めるんだな」いつものように物陰からするりと出てきて、コスティアが言った。

「ユリはわたしのうなじに息を吹きかけたりはしなかったけれどね」相棒と並んで芝地をおりてゆくと、ほんとうにプールがあった。「まさか彼がスターに会ってあんなに喜ぶとは」

「モスクワの要人のお供で、禁制の西洋映画個人上映会に足を運ぶうちに好きになったのかもな」と、コスティア。

今夜、その個人上映会が開かれた。チャーリー・チャップリンのもっとも有名な映画『独裁者』が、自宅の映画室で上映されたのだ。これまで不思議な経験を何度かしたが、スクリーンで威張って歩きまわる人物を観ながら、ふと横を向くと当の本人が座っていて、わたしの反応を眺めあたたかな笑みを浮かべている、なんて経験はそうできるものではない。チャップリンの映画を観るのははじめてだった。わたしが思い浮かべる映画スターとはちがい、妙にくりんとした目の小男だ。

「『独裁者』を観てどう思った？」コスティアがわたしの思いを読みとって尋ねた。

「ヒトラーを観て笑えるとは思えない」杖なしで歩いてはいても、まだ足をわずかに引き摺るコスティアに合わせ、歩幅を狭くして歩いていた。「笑うべきなのかもね——笑い飛ばせば相手は小さく見える。でも、ライフルを抱え戦車で押し寄せてくるヒトラー主義者をさんざん見てくると、彼らをおもしろいとはとても思えない」

「あんたは哲学的だからな」相棒が言う。

「騒々しいパーティーにいると」真夜中に狙撃手の巣にいて孤独を感じたことはなかったが、群衆のなかではしょっちゅう孤独を感じる——だからいま戸外にいるのだ。それはコスティアもおなじなのだろう。パーティーで狙撃手二人のいる場所。人混みから離れた、暗闇。二人きり。そこが安心できる場所だ。

「おれはパーティーというものが大嫌いだ」コスティアが本音を吐いた。わたしは軍服姿だが、彼はタキシードを着ていた。もっとも上着はどこかへ置いてきて、シャツの袖をまくりあげ、両手をポケットに突っ込んでいる。

「このパーティーはそれほど嫌じゃないんでしょ。二人の映画スターにしなだれかかられてたもの」言わずにいられなかった。マーナ・ロイとメアリー・ピックフォードが、通訳自身も狙撃手だとわかると、プロの手を見せてとせっつき、手のたこに大騒ぎし、彼がクルミを鋼の指で易々と割ってみせると、鳩みたいにクークー鳴いていた。「マーナ・ロイなんて、あなたの膝に乗っかりそうだったじゃない」

「チャーリー・チャップリンはあんたの手にキスした」コスティアが切り返す。「それも片膝をついて」

「あれは気づまりだった」三百九人のドイツ兵を倒した手の指一本一本にキスするつもりだ、とチャップリンは宣言し――ほんとうにそうした。もったいぶって濡れた唇を押しあて、フラッシュが焚かれ、わたしは軍服で指を拭きたい衝動を抑えるのに必死になった。

遠くでまたシャンパンの栓が抜かれ、相棒もわたしも一瞬ビクッとした。顔を見合わせてほほえむ。長い芝地の先のプールへと向かい、コスティアと手をつないで低い塀を乗り越えた。ここからだと屋敷はほとんど見えない。ほろ酔い気分の俳優たちの影が踊り――ピアノの上で踊るユリの四角い影が見えた気がした――『ヴォルガの舟歌』のメロディーがかすかに聞こえた。ソ連に敬意を表して演奏されたにちがいない。夜気はあたたかだった。中西部にはすでに訪れていた秋が、天使の都までは到達していない。闇のなかでプールの水面がかすかに光る。新月だから真っ暗にちかかった。べつにかまわない。コスティアもわたしも夜目がきく。

プールの縁に腰をおろして靴を脱ぎ、冷たい水に足を浸した。コスティもズボンの裾をまくりあげておなじことをする。「あなたのニューヨーク訪問だけど」そろそろ親戚のことを話してくれてもいい頃合いだ――人に聞かれる恐れはないし、ロシア語がわかる人もまわりにいない――が、彼は頭を振った。

「あとで」

わたしはうなずき、かすかに輝く藍色の水面を見つめた。個人のプールを目にするのははじめてだった。大理石のタイル張りの贅沢なプールは、個人が一人で愉しむためのものだ——一人ではないかもしれない。喉が詰まり、唾を呑み込んだ。「泳ぎましょう」

軍服を脱いでアメリカ製のシルクの下着姿になると、水に頭から飛び込んだ。コスティアは魚が鱗（うろこ）を振りまくように服を脱ぎ、波ひとつ立てずするりと水に入った。つぎの瞬間、鋼の手で手首をがっちりと掴まれると、深みへと引っ張っていかれた。わたしは水中で体の向きを変え、彼の脇腹に踵を沈めた。水中で笑い、口から流れ出る泡を見てびっくりし、手を振りほどこうとした。手足をばたつかせるうち水面に顔が出たから息継ぎし、いちばん深いところでプールの縁に両腕を載せて、体はだらんと水中に垂らした。心臓がドキドキしていた。

「あなたの脚」それだけ言うのがせいいっぱいだった。彼が水に入ったとき見えた脚の青黒い傷跡を目顔で指した。膝から足首までつづく深い傷だ。「セヴァストポリ陥落のときの傷……それ以外の傷跡はこの目で見てきた」

彼の尖った顎から水が滴り落ちる。拭ってやりたい衝動に駆られた。「そうなのか？」

「もちろんよ。負傷したあなたから数メートルと離れたことはなかったもの」自分がなにを言っているのかよくわからなかった。暗く底知れぬ静寂をなんとか言葉で埋めたかった。

「入院するほどひどい怪我を負ったことのなかったあなたなのに。いつだってわたしより
運に恵まれていた。でも、セヴァストポリ包囲戦がはじまったころ、利き手に深手を負っ
て――」早口にまくしたてた。努めて自分を抑えながら、プールの縁に置かれた彼の傷跡
のある親指を顎でしゃくった。「名もない高地で狙撃手の巣を掃除したとき、ドイツ兵に
コンバットナイフでやられた傷」手をあげて、坊主頭のてっぺんの畝のような傷跡に触れ
た。「それからうなじの傷跡。セヴァストポリでわたしが縫ってあげた」うなじのジグザ
グの傷跡に指を滑らす。当てたままの指に脈動が伝わった。「致命傷ではなかった四つの
傷」わたしは静かに言った。

彼はわたしの傷跡を言葉ではなく指で辿っていった。ギルデンドルフ郊外で木から落ちて痛めた尻。指はそこから這いのぼって背中の長い二股の傷跡へ、濡れた髪を掻き分けオデッサで負った生え際の傷、顔の側面を滑りおりて縫い合わせた痕が残る耳を撫でる。

「どれも目に見える傷だ」

リョーニャ。思うことはおなじだった。

それから、コスティは闇に目を凝らしてわたしを見つめ、〝愛している〟と心の中で言った。声に出して言う必要はなかった。わたしはつっかえながら深く息を吸い込み、プールの縁に視線を落とした。わたしの手に彼の手が重なり、指が絡み合う。

「あなたはわたしの相棒」声が揺らぐ。「あなたはわたしの影。わたしの半身。この世の

誰よりもあなたを信頼している。誰もわたしたちみたいに信じ合えない。二人の人間がこれ以上ちかづくことはできない。この世でも、あの世でも」両親も子どもも、友だちも、わたしが夫と呼んだ男のどちらも――誰もコスティアほどわたしのことを知らない。わたしほどコスティアをよく知る人間はいない。

彼のたこができた指がわたしの関節を撫でる。「愛していると言うだけでいいんだ、リュドミラ・ミハイロヴナ」

「愛してる」それはささやきだった。わたしはリョーニャも愛していた。たぶん最初から二人とも愛していたのだ。夫と相棒。早すぎることはないのかもしれない。最初からずっとそうだったのだから。

二度目のキスはカヌーに隠れて交わした最初のキスよりゆっくりで激しかった。「どうしていつも水のなかなの？」わたしはつぶやいた。絹のような滑らかなさざ波に慰撫されて、彼がわたしを抱き寄せた。体を絡ませ合い、唇を押しつけ合うと、沈黙がカウントダウンをはじめた。リョーニャとだと、すべてが冗談であり笑いだった。ベッドで丸くなっているときですら。コスティアのなかに落ちてゆくのは、世界の中心へとつながる井戸に落ちるような感じだ。わたしの指が彼の肌を滑る。絹が花崗岩を撫でるごとくに。長身で肩幅の広いリョーニャと並ぶと、コスティアはほっそり見えた。でも、わたしの腕の中の裸の彼は、人から生まれたというより鉄のように鍛えられたという感じがする。腱と筋肉ではなく、ピアノ線と鉄のリベットでできているようだ。プールの縁に頭をもたせてのけぞると、彼の唇が乳房を探りあてた。そのときだった。家のほうから酔っ払った叫び声がしたのは。ユリの声がわたしの名を呼んでいる——酔って上機嫌な派遣団がホテルに引き揚げる時間だ。

コスティアがわたしの喉元で声にならないオオカミの唸りを発した。体を離し、できるだけそっとプールからあがり、服をまとった。軍服に濡れた手足を突っ込みながら、濡れた唇でもう一度キスし、「一一四号室」とつぶやいた——ロシアの冬を耐え抜く頑丈なギャバジンだもの、ビバリーヒルズのプールの塩素などものともしない。コスティアは服を掻き集めると足を引き摺りながら屋敷へと斜面を登ってゆき、わたしは髪を掻きあげ、物陰から出てきた不機嫌なユリに大声で言った。「泳ぎたくなったの！」

「泳ぐことはあんたの任務に含まれない」

酔っ払い運転でビバリーヒルズをあとにする車中、まるで緩衝地帯を匍匐前進している気分で、肌は歌いっぱなしだった。前の席にいる相棒を、なくした手足みたいに感じた。みんな酔っ払っているから人のことなど気にしない……それからホテルの暗い部屋で、わたしは待った。命を漲らせて。彼がそこにいるとすぐにわかった。ノックする必要はない。ドアがちゃんと閉まる前に彼は矢のように突進してくると、わたしを床に押し倒した。真夜中なのに、昼間みたいに明るく感じられた。たがいに摑みかかって引き寄せ、狙撃手の目を燃えあがらせ、たこができた指で探り合い相手の反応を引きだす。寒風を計算に入れて銃弾に弧を描かすように。巣で、塹壕で、いったい何度体を寄せ合っただろう——ただここはパリッとしたシーツが敷かれた塹壕で、わたしは激しく求める腕の中にいて、沈黙はあまりにも複雑だから世界を消し去ってしまう。

夜明けがちかくなるまでどちらも口をきかなかった。沈黙を破ったのはわたしだった。コスティアの腰に腕を巻きつけ、髪に彼の唇を受けながら。「わたしはまだ死を悼んでいる、とあなたに言ったとき、わたしが思っていたのは、〝リョーニャはわたしたちを見てなんて言うだろう〟ってことだった」

暗闇で聞く相棒の声は静かだった。「おれもずっとそう思っていた」

わかっていた。この騒々しく心身を疲れさせる親善ツアー、つねに人の目に晒されている状況のなかで、たまに一人きりになれたときに、わたしたちはたぶんおなじことを考えていたのだ。憂鬱な気分になったとき、苦い悲しみに浸るとき、張り詰めた沈黙に沈むとき、リョーニャの笑顔を思い浮かべ、二人がともに愛した男と言葉にならないやり取りをつづけていたのだ。

「おれが思うに」コスティアが言葉を噛みしめるように言った。「彼はおれたちのことを喜んでくれるだろう。幸せになれるチャンスがあるならそれを摑め、時間を無駄にするな。彼はそう言うと思う」

「そうね」コスティアの唇をこめかみに、傷ついた耳たぶに感じながら、わたしはささやいた。「彼がそう言うのが、わたしにも聞こえるわ」

30

新聞の見出し。つぎのアメリカの恋人がソ連のガール・スナイパーになると誰が想像しただろう？　彼女の（みながこぞってキスしようとする）手は、三百九人のナチの命を奪った。リュドミラ・パヴリチェンコが、サンフランシスコとフレズノを最後に西部ツアーを終わらせ、ワシントンに戻ってきた……

事実。サンフランシスコは橋だ。フレズノは記憶にないが、フレズノの住人だって自分の故郷を記憶に留めようとは思っていないだろう。コスティアとすごす静かで幸福なまどろみのなかで、唯一頭に浮かんだのは、いつ国に戻れるの、だった。それは派遣団がワシントンに戻って最初に口にした問いでもあった。

「ツアーは延長された」駐米ソ連大使が宣った。わたしたち学生三人は、再会を喜び近況報告をし、似たような経験をしてきたことがわかり……ただし、新聞紙面を飾ったのはもっぱらわたしだった。この先も注目の的になるのを喜んだのはクラサフチェンコだけだ。

プチェリンツェフはあからさまに顔をしかめ、わたしは失望を顔に出すまいと必死になった。「諸君、これはよい知らせなんだ」大使がむっとして言った。「きみたちは不可能を可能にした。アメリカの世論をソ連寄りに方向転換させたのだからな。第二戦線反対の声は静まりつつある。この機に乗じない手はない――」

「リュドミラをツアーに送りだせばいい」プチェリンツェフが大使の言葉を遮った。「みんなが見たがっているのは彼女です。スポットライトを浴びるのは彼女に任せ、ぼくをスターリングラードへ送り返してください」

わたしは彼を睨みつけた。「スターリングラードには優秀な狙撃手を送り込むべきです。つまりわたしを」

大使はわたしたちの抗議を手を振ってしりぞけた。「いまのところ誰もスターリングラードへは行かない。クレムリンからの命令だ。われわれはツアーをつづけ、カナダからイギリスへと……」

わたしは詳細を耳にして潮垂れた。飛行機でモントリオールに飛び、ハリファックスも訪れ、それからグラスゴー、ロンドン……レセプションに夕食会、演説が延々とつづくのだ。スラヴカは思うかもしれない。母さんはぼくに会いたくないんじゃないか。このままいくと、わたしが戻るころには、彼は大人になっている。「わたしはソ連邦に仕えます」大使が返事を求めて言葉を切ったので、わたしはため息交じりに言った。

「悪態抜きで言えなかったのか？」コスティアがあとでわたしに言った。ユリの監視が解かれるとすぐに、彼はこっそりわたしの部屋に入ってくる。（ソ連のコンクリートブロックは、任務明けになにをしているのだろう？　ささやかな読書だろうか。『対資本主義戦争に勝利する』Ｉ・Ｋ・ヴォルコフ著、第九版）

「まず無理ね」わたしはコスティアの肩に顔を埋めて言った。くしゃくしゃのシーツに横たわり、ブラインドからワシントンの陽光が射し込み、体は汗にまみれて。「それで、わたしは叱責を食らった。胸糞悪いジョンソンに結婚を申しこまれたという噂を大使が耳にし、わたしがそれに乗っかって亡命することを恐れたみたい」シーツを指で折り畳みながら頭を振った。「アメリカに残れるチャンスに飛びつくと思ったらしい」

「ここで暮らすのも悪くない」

わたしはほほえんだ。「もう一度ホットドッグを食べさせられたら、絶叫しながらワシントン・モニュメントを走り回ってやる。わたしには白夜が必要なのよ、コスティア。砂糖をたっぷりまぶしたポンチキも必要。ボフダン・フメリニツキーとペラヤースラフ会議のことを知っている人たちがいてくれないと――」

「ミラ、ロシアでもペラヤースラフ会議なんて誰も知らないぜ」

「わたしが論文を書き終えたら、みんなが知るようになるわ。血の染みや火薬の焼け焦げだらけの論文じゃ誰にも読んでもらえない」わたしは頭を振った。「ここにいるかぎり、学んできたことが無駄になる――歴史学者にはなれない。それが唯一の望みだというのに。ミセス・ローズベルトですら、わたしが喜んでこっちに残るだろうと思っているのよ」

「残りたいと思う人間もいるさ」コスティアの口調にわたしは引っ掛かった。

「わたしたちはちがう」抱き寄せてキスしようとしたのに、彼はじっと動かない。「コスティア……」

彼が不意に手を伸ばしてラジオをつけた。ケイ・カイザーの〝ジングル・ジャングル・ジングル〟のさえずりが部屋を満たした。コスティアは音量をあげ、寝返りを打ってわたしの上になる。頰と頰をくっつけ、唇を耳元にあててひそひそ声で言った。「ニューヨークのことを話したい」

番人が隣りの部屋で聞き耳を立てているかどうかわからないが、コスティアは危ない賭けはしない。彼は曖昧な表現に徹し、高性能のマイクでも拾えないほどの声で語った……それでも全体像ははっきりしていた。

彼は勇気を掻き集め、リッジウッドの祖母の妹の家のドアをノックした。祖母と母の写真を見せると、あたたく招き入れられ抱き締められ、自己紹介がはじまった。

はっきりと言われたわけではないが……彼が留まりたいと言えば歓迎してくれただろう。

そこで彼は黙り込んだ。顔は張り詰め表情を失った。わたしにはかける言葉がなかった。

話したいことは山ほどあるのに、口にできない。〝祖国を捨てるなんてよくも考えられたものね？〟――でも、彼が魅かれる気持ちもわかる。母国は偉大だと、わたしは心から信じているけれど、いまみたいなときに、生きてゆくのが大変で非情な国ではないふりはできない。〝あなたは危険に曝される〟――むろんコスティアも承知のうえだ。アメリカに親戚がいることがばれたら、射殺される危険もある。まして、親戚を訪ねたとなると。わたしのつぎの問い、心の叫びはこうだ。〝わたしとこうなったのに、それでもわたしを捨てるつもりなの？〟――言っても詮無いことだ。考えるべきは彼の人生――わたしにはロシアに肉親がいて、目に見えぬ鋼の糸となってわたしを引き戻そうとしている。でも、彼にはいない。彼の肉親はこっちにいる。彼をロシアに結びつけるのは……わたしだ。

わたしが受けた衝撃を、彼は読みとったにちがいない。話を聞かれる心配があるから、めったなことは口にできない。だから、わたしは黙って首を横に振った。彼はラジオを消し、わたしの顔を両手で挟んだ。なにが言えただろう。だがそのとき、鍵を回す音がして、不意にドアが開いた。

アレクセイ・パヴリチェンコがピンクのバラを抱えて立っていた。

まるで恋愛小説の挿絵みたいだ。花束を抱え、ハンサムな顔に魅力的な笑みを浮かべた、洒落た背広姿の求婚者。だが、笑みは一瞬にして消え去り、怒りの形相になった。

様々な感情が胸に渦巻き、わたしは泣きだす一歩手前だった。そこへアレクセイの登場で、事態はますますややこしくなった。「いいえ」彼の機先を制して言った。「いまはだめ。

きょうも、この先も、いっさいなにも聞きたくない。あなたがどう思おうが関係ない。出ていって」

アレクセイはそこに突っ立ち、害獣を見るような目でコスティアを見つめた。「いったいいつからおれに隠れてペットのオオカミとやってたんだ、ミラ?」

コスティアがゆっくりと起きあがると、シーツが腰までずり落ちた。膝に肘を休める。そうすることで、ナイトスタンドに置いたフィンランド製コンバットナイフにいつでも手を伸ばせることに、夫は気づいていないが、わたしは気づいた。

シーツを跳ねのけてベッドから出た。全身に鳥肌が立ったが、浮気が見つかった疚しい妻みたいにベッドに隠れるつもりはなかった。「どうやって入ってきたの?」ドアに鍵をかけたはずだ。

「家政婦を惑わせてマスターキーを手に入れた。不意打ちのしるしにこいつは置いてゆく」彼がバラを床に放ると、絨毯に棘のある茎や花びらが飛び散った。「この部屋でいったい何人の男が、おまえの裸の行軍を眺めたことやら」

背後でコスティアが体を強張らせ、どうして欲しい、と無言でわたしに問いかけた。わたしは指で二度脚を叩いた。狙撃手の塹壕で意思疎通を図ったときのように。〝待て〟私は頭を高く掲げて部屋を横切り、壁のフックからローブを取った。「嫉妬しているふりはしなくていいわよ、アレクセイ。わたしのこの成熟した女の体は、あなたをその気にさせるには十も十二も歳を食っているんだから」シュッと音をさせてサッシュを結んだ。「さあ、出ていって」

「いや」彼は一歩ちかづいた。コスティアに背を向けた形だ。コスティアはベッドから動かず、じっとすべてを見守っていて……だが、コンバットナイフはナイトスタンドから消えていた。

「いや、と言うのはわたしよ、アレクセイ」わたしのなかに渦巻く様々な感情のなかで、いまは怒りが優勢だった。湿った手のミスター・ジョンソンの押しの強さ、アレクセイの独りよがりのしつこさ、ローレンス・オリヴィエの払っても払っても尻に戻ってくる手――どいつもこいつも〝いや〟の意味をわかろうとしないのはなんでなの！

「おまえはいまもおれの妻だ」

　笑わせないでよ。「わたしを誰だと思ってるの？　有名な狙撃手よ。戦争の英雄。アメリカの恋人。どこへ行っても盛大なもてなしを受け、同志スターリンが第二戦線を獲得する手助けをしている。あなたは派遣団の薬番じゃないの。鎖につながれた犬の分際で」

「黙れ。まるで癇癪を起こす甘やかされたガキだ」

「甘やかされたガキ、あなたはそう呼ぶわけ？　匿名の手紙に書き連ねた素敵な呼び名はどうしたの？　アカのあばずれ、人殺しの尻軽――」

「尻軽なんだから、そう呼ばれたからってショックを受けることはない」彼の視線がきつくなった。「だが、おれはそんなもの書いちゃいない。その件じゃ、派遣団の警備担当者から尋問を受けた。ここでおまえにとやかく言われる――」

「聞いておいたほうが身のためよ、アレクセイ」いまやわたしのほうが優勢だ。かつてはわたしの前に立ちはだかる山であり、あたらしい人生をはじめる最大の障害だった。この一年半であれだけのことを経験したいまでは、彼は石ころにすぎない。それでも靴に入り込んで、わたしが前進するのを阻もうとする。もうたくさんだ。「あなたは夫ではない。モスクワに帰りしだい決着をつけるから。いまでは有力者の友だちもできたし、あなたに邪魔だてさせない」

彼が一歩ちかづいて来て――止まった。コスティアが背後にいたからだ。わたしがしゃべっているあいだに、相棒はこっそりベッドから抜け出して視界から消え、アレクセイが歩きだした瞬間に動いた。夫は凍りついた。民話の霜の精そのもの、静寂のなかすべてを凍らせる冬そのもの、拳から突きだすナイフがきらりと光り、切っ先がアレクセイの頸動脈にやさしく触れた。

夫は前に出ようとする。コスティアがナイフの先をほんの一ミリ突き刺すと、首を血が流れ真っ白なシャツの襟を染めた。夫は立ちどまり、目だけをわたしからコスティアへと動かした。「まあ聞け」彼が言う。「彼女をくれてやる。きっとそのうちうんざりするさ」

これでようやく彼につきまとわれることはなくなる。彼のほうからわたしとの関係を切ったのだ。これまでのわたしの決心もなにもおかまいなしだ。ひどい耳鳴りがするなか、わたしは絨毯の上の花に足を伸ばし、彼に向かって蹴った。「出ていけ、この安っぽい鼻薬を残らず抱えて出ていけ」

だが、ドアがバタンと閉まり、コスティアと向かい合って立っていると、怒りは流れ出し、体が冷たくなって震えた。アレクセイが去ることを願い、そうなった。コスティアには留まってほしい……だが、彼の表情のない顔を見ているうち、わからなくなった。彼はどうするつもりだろう。

射手はつきが戻ってきたと思った。アレクセイ・パヴリチェンコがホテルのバーにやって来て、スツールに腰をおろす前に怒鳴りつけるようにウォッカのダブルを注文したのだ。射手はポケットの中のダイヤモンドの原石をジャラジャラいわせながら、ゆっくりとちかづいていった。「嫌なことでもありましたか？」下手なロシア語で尋ねた。

アレクセイがこちらを一瞥した。「記者か」この場所で交わした会話を思い出したのだろう。かれこれ二カ月前、すべてのはじまりだった国際学生会議の前のことだ。「名前はなんだった？」

射手は偽造記者証を見せた。上が用意した偽名を使っているかぎりばれることはない。「ホワイトハウスのローズガーデンで、あなたと奥さんの写真を撮る約束、果たせてませんね」軽く水を向けてみる。「再度挑戦してみますか？　派遣団は出発前にホワイトハウスで最後の夕食をとる予定なんでしょ？　日曜版に載せるのにぴったりの、あなたと奥さんの写真……」

「媚びへつらう報道陣にあの女がいい顔すると思ってるなら——」医者は言葉を切った。目が鋭くなる。「あんたには前に会ったことがある」

「そうでしょうとも」射手は愛想を振りまいた。「ここで、一カ月前に」

「いや、そのあとだ。シカゴの射撃クラブで。ミラのあとを馬鹿みたいに追い回してた奴だ」長い間があく。「たしかジョンソン」アレクセイ・パヴリチェンコは目をしばたたいた。

「いいえ、ちがいますよ」射手は内心ぎょっとしていた。服装も仕草も髪も声も……あれだけ気を配ったのに。変装は得意だった。誂えの背広みたいに、あたらしい身分をするりと纏ってきた。それなのに。「ジョンソンって誰ですか？」背の低いグラスの中の氷を回しながら尋ねた。

「あんただよ」ロシアの医者が射手の顔を眺めまわす。「外科医は骨と筋肉を見るんだ。髪の色や態度じゃなく。あんたが彼だ」

〝それに、あんたは優秀だ〟射手は落胆しながら思った。〝死の淑女〟は見抜けなかったはずだ。ウィリアム・ジョンソンの生え際が後退した黒髪がかつらで、上流階級気取りのやかましい声も、求婚者に名乗りをあげようとちょこまか動き回っていたことも、すべて作り物だなんて思いもしなかっただろう。公式行事があるたび彼女を追い回した、長身で赤褐色の髪で口ひげを生やした新聞記者がジョンソンと同一人物だなんて、わかるはずもない。もっとも、リュドミラ・パヴリチェンコに顔を憶えられないよう、いつもカメラを構えてはいたが。

だが、医者は二と二を足した。射手はまたグラスの氷を回した。殺すか、買収するか、使い道を考えるか。

「それで、どっちがほんものなんだ?」アレクセイ・パヴリチェンコが詰め寄ってきた。

「ウィリアム・ジョンソンなのか――」

「ウィリアム・ジョンソンは存在する」射手は認めることにした。冶金会社の経営者で、ニューヨーク州のどこかで世捨て人同然の暮らしをしている。どこにも出掛けず誰にも会わないから、なりすますにはもってこいの人物だ。調べられても正体がばれる心配はまずない。かつらときれいに剃ったひげ、それに高級な背広があれば、大昔の写真に似せることは簡単だった。

「あんたが彼女に結婚を申しこんだともっぱら噂だ。おれの女房に」アレクセイは彼を見つめたままだ。悪ふざけの落ちをどうつけるか考えてでもいるのか。「冗談かなにかなのか――」

「ツアーについてまわる言い訳が必要だったんですよ。新聞記者はふつう、大統領の遊説ですら最初から最後までついてまわったりしない。一般市民がどこにでも顔を出せば、厳しく問い詰められますからね」大統領夫人の警備網をすんなり通り抜けられるよう、〝ポケットチーフ〟の雇い主が陰で手を回してくれるとしても、追加の身分が必要だった……レストランでともに食事ができるチケットを何枚でも買う、恋に夢中な愚か者ぐらい無害な人間もいない。女に結婚を申し込む、恋に夢中な愚か者ならなおのこと。「それに」これればかりは正直な気持ちだった。「〝死の淑女〟をまぢかで見てみたかった」狙撃手のたこがある小さな手を握り締め、大きな茶色の目に浮かぶ見せかけの困惑の奥を覗いてみたかった。ウィリアム・ジョンソンの熱に浮かされた眼差しの奥になにがうごめいているか気づいたとき、茶色の目が恐怖に燃えあがるのを見てみたかった。〝おまえには想像もつくまい、アカのあばずれ〟

そうなんだ、と射手は思った——ことこの仕事に関しては、厳格なプロ意識を好奇心が押さえ込んだ。いままでで最大の標的なのだからなお悪い……それでも、狼狽えてはいなかった。どうやら潮目が変わりそうだと感じていた。手詰まりや計画の失敗だらけの数週間は、ここに向かっていたのだ。

アレクセイ・パヴリチェンコはスツールにふんぞり返り、グラスの中でウォッカを傾けていた。頭の中で不意に計算式ができあがり、答えが出た。「それで、どうしておれの浮気性の女房を追いまわす必要があったんだ？」

「ソ連人のアメリカの恋人にちょっと嫌がらせをしてみたかっただけ」射手は身を乗り出し、下手なロシア語で話しながらも動悸が速まるのを感じた。「彼女が英雄として帰国するのを、みながみな望んでいるわけじゃないんでね」

医者の視線が鋭くなった。「たしかに」

〝よし〟射手はさらに身を乗り出した。

31

新聞の見出し。ガール・スナイパー一行がホワイトハウスに戻ってきた。明朝の出発を前に、ローズベルト大統領とともに送別の宴と記者会見に臨む予定……。

事実。わたしの最後のホワイトハウス訪問は平穏無事とはいかなかった。


風の強い日だった。派遣団はタキシードとイブニングドレス姿でホテルのロビーに集まった。アメリカですごす最後の夜だ。「ハロウィーンにもってこいの天気じゃありません?」コンシエルジュが言った。

「ハロウィーンってなんですか?」フロントデスクの奥に積み上げられた派遣団の荷物に気をとられながら、わたしは尋ねた。明朝、ハリファックス行きの便に乗るため、荷造りはおおかた終わっていた。今夜のホワイトハウスの夕食会で大統領夫妻に別れを告げる以外、この国でやるべきことはもうなかった。クラサフチェンコたち男性陣は、ホテルに引き揚げてきたらウォッカのボトルの一、二本も空けようじゃないかと冗談を飛ばしていた。カナダまでは長時間のフライトだから、二日酔いもそのあいだに醒める。彼らをざっと見まわす――ユリ、プチェリンツェフ、不機嫌そうなアレクセイ――だが、コスティアの姿はなかった。

「ミラ」

振り返る。相棒はだらしない恰好だった。シャツを肘の上までまくりあげ、顎には無精ひげが生えている。「夕食会のために着替えてないのね」言わずもがなのことを言った。

「頼んではずしてもらった。通訳は大勢いるし……散歩に行ってくる」

〝戻ってくるの？〟わたしは一歩ちかづいた。彼の表情が読めない。彼のことはよくわかっているのに、表情が読めなかった。「コートを着ていったら。寒いわよ」

「シベリアほど寒くない」彼の視線がキスのように体を這う。わたしは黄色のサテンドレスを着ており、エレベーター係が傷跡を見て息を呑んでも怯まなかった。

「あとで会える？」わたしの部屋で、という意味だ――ホワイトハウスから戻って来たあとで、彼は訪ねて来てくれるのだろうか。肌と肌を合わせれば、血の絆の沈黙を通してすべてを伝えることができるだろう。言葉にしなくても……でも、いま、言葉が口から出たとたん、〝あすの朝、あなたに会えるの？〟と言ってるように聞こえた。彼はここで待っていて、大使館の車に一緒に乗って空港に向かうのかどうか、いまだにわからなかった。

彼はわたしを避けている。懇願することはできない。その先、どうしたらいいのか——。

「わからない」彼は言った。わたしはさらに距離を詰め、混雑したホテルのロビーで彼にキスした。思いの丈を長いキスに込めた。彼の手がわたしの腰を掴み、それから背中の傷跡に触れた。

わたしは体を引き、まわりの人びとの視線を無視し、派遣団とともにホワイトハウスへ向かった。


ローズベルト大統領がグラスを掲げた。「あたらしい友人たちへ」

派遣団もグラスを掲げる。会場は歓迎朝食会とおなじダイニングルームだった。あれからたった二カ月しか経っていないなんて。あのときのわたしは悲嘆に暮れ、憤懣やるかたない思いで、アメリカもアメリカ人も絶対に好きになれないと確信していた。それから数えきれないほどの都市で演説し、星の数ほどの記者たちと相対し、アメリカの美しくなだらかな丘、聳(そび)え立つ摩天楼、友好的な顔を目にしてきた。自分の名前が載っている紙面にも、スポットライトを浴びて林立するマイクにも、わたしの話に耳を傾ける熱心な聴衆の顔にも、尻込みしなくなった。ミラ・パヴリチェンコも変わったものだ。

もっとも、理由はべつにあるにせよ、いまも悲嘆と怒りが胸に渦巻いていた。

「あなた、大丈夫なの、リュドミラ?」大統領夫人が低い声で尋ねた。彼女はわたしを自分の右隣、上座に座らせた。「無理してるんじゃないの」

「大丈夫です、エレノア」末席からわたしを見つめるアレクセイの顔が目に入った。不機嫌というより腹に一物ありそうな表情だ——彼が絨毯に散らばったバラを拾って出ていって以来、口をきいていなかった。彼は自分が勝利をおさめたと思っているのだろう……理屈をこじつけることにかけてアレクセイの右に出る者はいないから、つまり彼の勝ちということだ。

三品のコース料理のあと、さらに乾杯のグラスが掲げられ、大統領は席を立ってオーバル・レセプション・ルームへ向かった。そこで最後の写真撮影が行われる。エレノアはそういうことをけっして口にしないが、大統領はカメラマンが押し寄せる前に椅子に座っていたいのだ。ゆったりと袖椅子に座り、トレードマークのシガレットホルダーを咥え、くつろいだ姿を報道陣に見せるために。装具や杖の助けを借りて必死に歩く姿は見せられない。充分な間を置いてから、派遣団も丸天井で暖炉のある広いオーバル・ルームへと移動した。この暖炉の横で、大統領は炉辺談話として有名な国民向けラジオ演説を行ったのだ。カメラマンと記者たちが部屋になだれ込んできて、写真を撮る——わたしたちだけでなく、親善ツアー中に受けとった贈り物にもカメラを向けた。長いテーブルの上には、わたしたちが訪れた都市すべての盾や名誉市民の鍵、記念のアルバムが山と積んである。シカゴ射撃協会からわたしに贈られた二挺のコルトM1911A1をおさめたマホガニーの箱や、ニューヨークでもらったオオヤマネコの毛皮のコートもあって、わたしの頬がゆるんだ。

「あなたにもうふたつ贈り物があるのよ、リュドミラ」大統領夫人がわたしを脇に引っ張っていった。クラサフチェンコが別れの握手を交わそうと大統領にちかづいて来たので、夫人は声を潜めた。「あなたの写真は手元にたくさんあるれど、わたしの写真をあなたに持っていてほしいの、友情のしるしとして」

手に置かれた額入りの写真にわたしは目をしばたたいた。今夜も着ている黒いドレスのエレノアが、多忙な女性らしくデスクに向かっている写真で、自筆の言葉が添えられていた。〝リュドミラ・パヴリチェンコ上級中尉へ、ご多幸を祈って、エレノア・ローズベルトより〟

涙がこみあげた。「お名残り惜しいです。写真から顔をあげると笑顔の本人がいて、束の間、悩みから解放された。「お名残り惜しいです。ホットドッグや報道陣はどうでもいいけれど――」煩い記者やあちこちで焚かれるフラッシュをちらっと見る。「でも、あなたに会えないのは淋しい。たくさんのことを教えていただきました」

「それはわたしもよ」彼女がほほえんで言った。「あなたたちを懐かしく思うでしょう。ミスター・クラサフチェンコと彼の長たらしい共産主義青年団時代の逸話すらもね……でも、親愛なるリュドミラ、あなただけは、ずっとそばにいてほしい」

〝わたしの相棒をそばに置いてやってください〟そう言えたらどんなにいいか。〝彼がそれを望むなら、どうか面倒を見てやってください〟むろんそんなことは言えない。コスティアが亡命を願いでたら大騒ぎになるだろう。建前上、彼は誰にも計画を打ち明けなかったことにされるのだ。彼に援助の手を差し伸べてあげてと大統領夫人に頼むことはできない。たとえエレノア・ローズベルトが、持ち前の親切心と機転と深い同情心を発揮して手を差し伸べることができるとしても。

「あなたにもうひとつの贈り物」彼女はいたずらっぽい笑みを浮かべ、湿っぽくなった別れのときを明るくし、平らなシルクの箱を差しだした。プチェリンツェフがいまローズベルトと写真におさまっており、つぎはわたしの番だ。「あなたが結婚を承諾してくれないとわかり、胸が張り裂けたアメリカ人求婚者からよ！」

シルクの箱がにわかにヘビになった気がした。湿った手のミスター・ジョンソンは、どんな驚きを残したのか。蓋を開けて思わず息を呑んだものだから、ソ連大使がそばにやってきた。

粒ダイヤのチョーカー。まるでダイヤモンドのレースみたいな対のブレスレット。ドロップ形のダイヤが揺れて輝くブローチ。冷たい炎のようなダイヤの指輪。

〝リュドミラへ、心からの愛をこめて、Ｗ・Ｐ・ジョンソン〟実業家の求婚者は添えられたカードにそう書いていた。〝きっとまた会える〟

「受けとるわけには」わたしが言いかけると、エレノアは頭を振った。

「添え状に返品無用と書いてあるのよ」

「USSRの英雄にぴったりの贈り物だ」ソ連大使が羨ましそうな顔で言った。わたしは、彼の妻か愛人のためにブローチを提供すること、と頭の中にメモした。それがソ連流のやり方だし、ワシントンでもそのやり方は通用するにちがいない。

大使の隣りから、アレクセイの嫌味な声がした。「つけてみろよ、ミラ」

「ええ、そうなさいよ」と、エレノア。「あなたの最後の写真用に」無邪気に喜ぶ彼女に免じて、わたしはチョーカーを首に巻き、両の手首にブレスレットを、黄色いドレスの胸にブローチを留め、指輪をはめた。引金を引く指にぴったりだった。

手書きのカードを見つめる。〝きっとまた会える……〟

「おまえのアメリカ人求婚者は心得てるじゃないか、ミラ」アレクセイの嫌味がつづく。「ダイヤモンドみたいな心の女にダイヤモンドを、か」

「それはちがうわよ」わたしがアレクセイの言葉を通訳すると、エレノアが言った。「狙撃手のことが、いまではだいぶわかるようになったわ。ダイヤモンドみたいな、瞳、そう、それよ。でも、心は」――彼女が最後の写真撮影のためにわたしを夫と並ばせた――「友情に篤(あつ)い」

「同感だ」ローズベルト大統領がシガレットホルダーを咥えたまま言い、力強く筋張った手でわたしの手をぎゅっと握った。わたしたちは記者たちに顔を向け、フラッシュが焚かれるとほほえんだ。彼は最後にぎゅっと握り締めてからわたしの手を離し、低い声で約束した。「国に帰り、戦いつづけたまえ。そして、アメリカがやって来ると戦友たちに伝えなさい」

射手はサウス・ローンの灌木の陰で準備を整えながら、どうして彼女にダイヤモンドを贈ったのか考えていた。

むろん取り返すつもりだが、そもそもなんで贈ったんだ？　この仕事にかぎって、ウィリアム・ジョンソンとして幕を引いたのはなぜだ？　うすのろの求婚者の仮面を被りつづける必要はなかったのに。ところが、今夜の仕事のために、カメラ機材の収納箱に見えるケースに分解したライフルを詰めているときに、ふと思い立って手提げ金庫を開けた。報酬を現金でもらうたび換えてきた原石のダイヤモンドをよけると、いちばん下から宝石ケースが現れた。一九二七年に仕事の報酬として受けとったものだ。株式仲買人の邪魔になった妻が標的だった。宝石泥棒が現場を見つかって殺したように見せかけた。満足した夫は亡き妻のダイヤモンドで報酬を支払った。それから保険金と清純な婚約者をものにした。みんなが幸せになった。妻以外は。殺されるとわかったときの妻の見開いた目を、射手はいまでも忘れない……彼のライフルの銃口を目にして、〝死の淑女〟も同じように目を見開くだろうか。咄嗟に宝石ケースを取りだし添えるカードに走り書きし、大間抜けのウィリアム・ジョンソンの名前を認めた。たんなる思いつきだ。〝きっとまた会える〟と彼女に言いたい気持ちを抑えられなかったのかもしれない。あるいは、旧式な人間ってことかも。女をデートに誘ったら、贈り物をするもんだ。ある意味、これはデートなんじゃないか？

考え事をしていようと、ライフルを組み立てる手は止めない。ホワイトハウスのサウス・ローンに出ることが許されると、すぐに記者たちとは別行動をとった。ここまではすんなりいった。こういった少人数の集まりだと警備はそれほど厳重ではない。彼の名前が報道陣のリストに載るよう雇い主が陰で手を回してくれたから、セキュリティポイントで引っ掛からないよう事前にルートを確かめ、すんなり木陰に隠れることができた。

腕時計を見る。決行の時がちかづいていた。ソ連派遣団はオーバル・レセプション・ルームで最後の写真撮影を終えると、サウス・ポルティコから芝地に出てハロウィーン・パンチを飲みながら談笑する……それから、大統領夫妻がポルティコの階段の上から彼らに手を振って宴の幕がおりる。

サウス・ローンからだと狙う距離は長いが、もっと遠くから仕留めたこともある。その前に、ミラ・パヴリチェンコを片付ける必要がある。彼女の亭主がうまくやってくれれば、十分以内に片が付く。

またしても嫌な感覚に襲われた。背筋をクモが這いおりる感覚。わたしたちはいま、サウス・ローンでアルコール度の高いハロウィーン・パンチを手に歓談している。ツアーで受けとった山のような贈り物が、正面玄関に回された大使館の車に積み込まれるまでの時間潰しだ。エレノアは、十月三十一日のハロウィーンのお祭りについておもしろおかしく語ってくれた。仮装して、収穫を祝うパレードがあって、カブやカボチャを刳りぬいて中に蠟燭を立てて……だが、わたしは話に集中できずにいた。嫌な感覚がぶり返す。前より強くなっているその感覚を、振り払うことができなかった。煙草に火をつけ空を見あげた。お祭り気分の派遣団や熱心な報道陣の頭上に月が昇った。寝待月。月の満ち欠けが生死を分ける戦場を離れて何カ月も経っているのに、いまだに気になってしょうがない。風がやんだ。ロシアの基準からすれば寒くないが、黄色いサテンドレスは薄くて頼りないので、オオヤマネコのコートを羽織って庭に出た。ラッキーストライクの煙を深く吸いこみ、ミスター・ジョンソンのダイヤのブレスレットが月明かりに煌めくのを眺めた。

〝きっとまた会える……〟

いったいいつ、どこでまた会えると彼は思ったのだろう？　あすにはもうこの国を出てしまうのに。とってもロマンティックだと本人は思ったのかもしれない。狙撃手に求婚するなら、〝とてもロマンティック〟と〝薄気味悪い〟を分ける境界線をうっかり越したら大変なことになると、誰か彼に言ってやってほしかった。コスティアなら腹を抱えて笑うところだ。

コスティア。落ち着かない気分なのは彼のせいだ。「カメラに向かってにっこりしてくださいよ、〝死の淑女〟」と声をかけてきた記者の横を擦り抜け、ホワイトハウスの南側の円柱が並ぶポルティコへと戻った。ローズベルト大統領は当然ながら、わたしたちと一緒に芝地までおりてはこなかった。ポルティコの円柱と円柱のあいだの日除けの下に座り、おしゃべりに興じていた。わたしが立つ場所から自信たっぷりの横顔が見えた。コスティアがここにいたら、二人して可能な射角を探していただろう。

「あそこ」わたしは声に出して言い、芝地の東側の生垣を顎でしゃくった。「それよりもあそこ」ウェスト・ウィングにちかい木々や灌木の茂み。もう一服しようとして手が止まった。こういう場所にいても、いまでも、煙草を吸うときは火が見えないよう手で隠す……。

そのとき、ある場面がパッと頭に浮かんだ。シカゴの射撃協会で、ウィリアム・ジョンソンが自分の無様な結果を笑い飛ばしながらラッキーストライクに火をつけた――狙撃手みたいに手で隠して。

〝あんなふうに煙草を吸うのは狙撃手だけではない〟経験を積んだ兵士は夜の見張りに立つときそうする。ミスター・ジョンソンは兵士だったのか？　先の大戦で戦ったにしては若すぎる。それに、彼は射撃が下手くそで、半分は的をはずした……。

別人に化けた熟達の狙撃手ならやりそうだ。

〝きっとまた会える〟

「ミラ！」アレクセイが人混みのなかから声をかけてきたが、クラサフチェンコに呼び止められた。わたしは手招きするアレクセイに背を向け、吸殻を捨てて足で踏み消し、ポルティコにいる大統領に目をやった。自分がなにをやっているのかわからなかった。ただ、嫌な感じはますます強まり、無意識のうちに視線を前後に走らせて射線を見つけ、狙撃手の目（〝ダイヤモンドみたいな瞳〟とエレノアの声がささやく）で分析していた。

東は生垣、西は木々と灌木。そこでためらった。

「リュドミラ！」夜気に頬を赤らめ、エレノアがちかづいて来た。「パンチをもっといかが――」

彼女の言葉を遮った。そんなことははじめてだった。「彼を中へ」わたしは言い、ポルティコに座る彼女の夫を指さした。「中へ、いますぐ――」わたしは返事を待たず、芝地の西側へと走った。白いエプロン姿の給仕がトレイを持って芝地のはずれに立っていた。トレイにはグラス以外に小さなナイフがのっていた。レモンの皮を剝いたりワインのフォイルを切るのに使うやつだ。わたしはナイフを摑むと、驚く給仕を尻目に木立へ飛び込んだ。なにも考えていなかった。体の奥底の言葉にならないなにかに従って動いていた。あるいは言葉にしていたのか。きみの技量は天性のものなのか、とセルギエンコ大尉に尋ねられたとき、訓練の賜物です、とわたしは苦笑いしながら答えた。

そう、何十カ月にもおよぶ練習、何百時間にもおよぶ訓練、血の月の下で撃った何千発にもおよぶ弾、そのすべてが合わさって声になり、わたしの血管の奥で歌を歌う。

わたしの足はその歌に従う。

大統領夫人の覚書

彼女は命令をくだした。わたしはそれに従った。絶対的権力を持つ司令官の有無を言わさぬ口調のせいか？

〝死の淑女〟の異名を持つ女性がいきなり警戒態勢に入るのを見れば、肉と血の塊のただの人間は走りだすしかない。

サウス・ポルティコの階段へと急いだ。心臓が早鐘を打ち、マイアミのあのひんやりした夜を思い出さずにいられなかった。夫がオープンカーから演説しようと立ちあがりざま、心臓を狙って銃弾が発射された。あの晩。そしていま。この数カ月、フランクリンが秘かに抱えていた恐怖——そう、彼は恐れていた。なにを？ このことを？

わたしが階段を駆けあがると、夫がこちらを見た。心労でやつれた顔、苦痛とユーモアが刻まれた顔は生きいきしていた。わたしは静かに、だがきっぱりと言った。「ねえ、あなた、中にお入りになったほうがいいわ――」それからちかくにいるシークレットサービスに顔を向けた。

あなたのダイヤモンドの瞳がなにを見たのかわからない、リュドミラ、でも、しくじらないで。

32

つきが戻ってきた。射手はそう感じた。パッカードはすぐに逃げだせる場所に駐めてある。ここに入ってきたときに逃走経路を確認しておいたし、狙撃後の混乱に乗じて逃げだせると思っていた。それが叶わなくても、内部の人間がもっともらしい理由をでっちあげ、逃走を手引きしてくれることになっている。体内時計がカチカチいって、引金を引く瞬間に向けてカウントダウンをはじめた。

あと十分。ガール・スナイパーが夫に導かれ怪訝な面持ちで現れる。〝あいつの大事な相棒が話がしたいと言ってるというつもりだ。相棒に呼ばれれば、あいつはさかりのついた雌犬みたいに飛んでいく〟背後から腕で首を絞めれば痕は残らない。それから、サウス・ポルティコに向けて長距離から一発。大統領夫妻は顔を寄せて話し込んでいる。武器の準備はできていた。エメリヤノフ照準器をつけたモシン－ナガン、〝死の淑女〟が前線で使っていたライフルだ。射手はこれで何千発と試し撃ちを行った——気難しくない、腕の立つ職人みたいな銃だ。大統領が倒れたら、意識を失ったリュドミラ・パヴリチェンコの口に銃口を差し込んでもう一発。ライフルを彼女の手に握らせて立ち去る。暗殺者は自殺。新聞はそう書きたてる。手袋をした手をライフルに伸ばし、にんまりしながら五発装塡する。必要なのは二発だが。

なぜ顔をあげたのか自分でもわからない。彼女がやって来るにしては早すぎるし、葉が揺れたり小枝が折れる音はしなかった。だが、体の奥底に張られた仕掛け線が、時計や植物や思考よりも遥かに低い音でブーンといい、彼は振り返った。

そこに彼女がいた。〝死の淑女〟がオオヤマネコのコートを揺らし、下草を踏んでやって来た。首に巻かれたダイヤモンドが星屑みたいに輝く。かすかな月明かりの下で、顔は磨かれた銀のようだが、目は漆黒だ。ショックに見開かれていないし、唖然と彼を見つめてもいない。

彼女は知っていた。すでに知っていた。

〝どうして――〟

彼の手がライフルの上で引き攣った――銃声がすべてをぶちこわしにするから、彼女を撃つわけにはいかない――そして、躊躇した瞬間、彼女が影のように素早く動いた。安全なほうへ逃げたのではない。向かってきた。彼も飛び出し、寝待月の下、二人の狙撃手がぶつかった。

その瞬間、男の顔の下の骨格が見えた。ウィリアム・ジョンソン。黒髪も熱っぽい視線もなく、肩は哀願するようにすくめられてもいない。いかり肩の男はジョンソンより背が高く、骨張った肩にしゃくれた顔、泥色の目。そして彼のかたわらにあるのは、紛れもない長く輝くライフルと照準器だった。茂みの中からホワイトハウスを狙って、さながら襲いかかろうと鎌首をもたげたヘビだ。モシン-ナガン。

つぎの瞬間、組み合っていた。

鋭く言葉にならない叫びをあげたとたん、手で口を塞がれた。思いきり嚙みつくと、押し殺した悪態が聞こえた。果物ナイフを落としそうになる。脇腹か喉に突き立てようとしたものの、彼が体を横に捻ってわたしを払い落そうとした。そうはさせない。だが、わたしは足を踏みはずして草に膝を突いた。彼が蹴る。一度、二度、脇腹に激痛が走った。息を吸おうと喘いだが、傷めた耳を殴られて頭の中で火花が飛んだ。

彼がわたしの腕を摑んで立ちあがらせる。咄嗟にベルトに差した装弾数八発のトカレフを抜こうとコートをまさぐっていた。敵の手に落ちたときのためベルトに差してあるピストルだ。敵にやられる前にこめかみに押しあてて引金を引く。だが、ピストルは持っていない。戦場から地球半周分も離れた場所にいて、パーティードレスとダイヤモンドを身にまとい、敵に囲まれるわけもないのに。アメリカの首都のど真ん中で、〝死の淑女〟はついに敵の手に落ちた。

　そしてローズベルト大統領が凶弾に倒れようとしている。エレノアの夫が、わたしの手を握り〝国に帰り、戦いつづけたまえ。そして、アメリカがやって来ると戦友たちに伝えなさい〟と言ってくれた人が。

〝彼を室内へ、エレノア、バルコニーにいたら危ない――〟

　敵が背後からわたしの喉に腕を回して締め上げた。鋼の帯を巻きつけられたようだ。視界が狭まる。息を吸い込めないから叫ぶに叫べない。

　感覚を失った手で果物ナイフを握り直し、ふくらはぎの肉に突き立てた。

　敵が悲鳴をあげる。喉に巻きついた腕がゆるんだ。悲鳴が喊声に掻き消された。クラサフチェンコやプチェリンツェフをはじめ派遣団の連中が、大声で歌いだしたのだ。ロシアで行事の締めくくりに必ず歌われる愛国歌だ。喉を絞める腕からなんとか逃れて息を吸い込み、ふくらはぎに差した果物ナイフを思いきり捻ってから抜いた。敵は苦悶の悲鳴をあげながら這って後じさり、ロシア人の声のほうに顔を向け――だみ声の歌がちかづいてくる――ためらい、視線をわたしに戻した。わたしは果物ナイフを握ったままなんとか膝立ちになった。

　ホワイトハウスのポルティコに視線を向ける。敵もそうした。ポルティコが空なことに二人とも気づいた。というより、ダークスーツの男たちがせわしなく動き回っているが、シガレットホルダーを咥えて椅子に座る人物はいなかった。〝ありがとう、エレノア〟なんの脈略もなくそんなことを思い、ナイフを握り締めると、酔っ払いたちがべつの歌をまた大声でがなりはじめた。

「ミラ？」クラサフチェンコたちよりもちかくから、アレクセイの苛立った声が聞こえた。茂みがガサガサいい、敵の泥色の目に決意の表情が浮かぶのが見えた。敵はライフルとケースをさっと拾いあげ、すぐさま反対方向へと足を引き摺りながら走りだした。

わたしは立ちあがろうとして倒れかけた。蹴られた脇腹が火を噴き――〝肋骨にひびが入ってる〟レーナの声が聞こえるようだ。〝たぶん二本〟――締め上げられた喉が燃えあがる。最悪なのが頭を殴られたことだ。世界が回るのをやめない。それでもなんとか立ちあがり、敵を追った。ダイヤモンドをくれた求婚者ウィリアム・ジョンソン。わたしのとおなじライフルを構え、ホワイトハウスでアメリカ大統領を狙った男。わけがわからない。

だが、今夜受けとった手紙の文字に見覚えがあった。キリル語の殴り書きの文字とおなじだ。最新の手紙に彼はこう書いた。〝きっとまた会える〟

「ミラ、探してたんだ――」茂みから砂利敷きの小径に出ると、アレクセイがわたしの腕を摑んで言った。「おまえに伝えようと思って、コスティアが……」夫はわたしの喉のあざと手の中の果物ナイフを見て言葉を呑んだ。

「ウィリアム・ジョンソンと名乗った男がローズベルト大統領を殺そうとした」わたしが言うと、アレクセイの顔に紛れもなく恐怖の表情が浮かんだ。わたしはこけつまろびつしながらも、泥色の目の男を追った。

あんなことをすべきではなかった。途中で立ちどまり、ホワイトハウスの職員を大声で呼ぶべきだった。だが、エレノアにはすでに警告してある。大統領を守るのは、彼女とシークレットサービスの仕事だ。彼を殺そうとした男は逃げだした。ホワイトハウスの警備担当者になにが起きたか説明して、貴重な時間を無駄にしたくなかった。それに、死が鎌首をもたげ、銃弾が歌いたがっているときに、立ちどまって大声をあげるのはわたしの流儀に反する――前線で身につけたことすべてが、立ちどまって叫ぶな、黙って走れ、と言っていた。

だから彼のあとを追った。

ホワイトハウスの正面玄関へと暗い庭を走るわたしに、アレクセイが支離滅裂なことを言いながらついてくる――「彼はおまえを気絶させ、飲んだくれて眠っているように見せかけ、写真を撮って新聞に載せるだけだって言ったんだ。おまえに赤っ恥をかかせるために。おれは知らなかったんだ、ミラ、まさか彼が――」わたしの注意は散漫になりがちだったが、彼の話の趣旨はわかった。大統領暗殺の罪をなすりつけるとしたら、ソ連から来たガール・スナイパーほど条件に合う人間はいない。そのガール・スナイパーを始末する段になったら、不満を抱く夫を利用しない手はない。

「ミラ、信じてくれよ、おれはなんの関係もないんだから。おまえの死を望むわけないじゃないか。射撃協会の一件で頭にきてはいたけど――」

走りながら考えた。大統領のボディーガードやホワイトハウスの職員、警備担当者がどこかにいるはずだ。ソ連の内務人民委員部なら、いまごろは暗殺者を追い詰めて爪の半分も引っこ抜いているだろう。だが、どこを見回しても、手錠をかけられた男とそれを取り囲む警備員の姿はなかった。誰かが裏で手を回し、予定が変更になったら彼を逃がす算段をつけているのでは……。

そうだとしても、そう遠くへは行っていないはずだ。ホワイトハウスの敷地はフェンスで囲われている。

そこで気づいた。暗殺を命じた人物は彼を敷地外へ逃がす手筈も整えているだろう。暗い庭から表玄関へ抜けると、われわれが出てくるのを待つソ連大使館の車が目に入り……その向こうを青いパッカードが表門へと走り去るのが見えた。スピードは出しているが、疑われるほどのスピードではない。

立ちどまって叫ぶ――ここでも、そうすべきだった。だが、わたしの声が誰かの耳に届く前に、車は門を抜けるかもしれない。それに、わたしはいまだ〝立ちどまるな、戦え〟と命じる声に支配されていた。数週間にわたりわたしの目の前をうろうろしていた男を、見失うわけにはいかない。エレノアの夫の命を脅かした男を取り逃がしたら、祖国を救う頼みの綱を失うことになる。彼が運転席から身を乗り出してわたしの頭を撃ち抜こうとも、追跡をやめるわけにはいかない。流れる血で前が見えなくても、パッカードのあとを這ってでも追いかける。

だから、くるっと振り返ってアレクセイの襟首を摑んだ。その瞬間、よりによって今夜、コスティアがかたわらにいない苛立ちに身悶えしながら。「アレクセイ」彼をいちばんちかい大使館の車へと引き摺っていった。ホワイトハウスの執事が派遣団の贈り物を積み終えるところだった。「あの男はあなたに罪をかぶせるつもりだったのよ。だからわたしを手伝って、代わりに英雄になりなさい」

彼の目を見て計算しているのがわかった。この期におよんでも、自分がいちばん得をする道を探している。「なんで――」

大使館の車の開いたままのトランクに、あのマホガニーの箱があった。シカゴで贈られた二挺のピストル、四五口径の弾が詰まった二個のマガジン。箱を取りだして脇に抱え、トランクを閉めて助手席側に回った。このときほど運転を習わなかったことを後悔したことはなかったが、悔やんでもはじまらない。「大統領を安全な場所に避難させて」それから、誰が青いパッカードに乗って来たか調べるよう伝えて」そばにいた執事に言い、助手席に乗り込んだ。「アレクセイ」ドアをバタンと閉めて怒鳴った。「さっさと運転しなさい」

33

射手は悪態をついた。十六番通りに折れたとき、大使館の車が追いついてくるのに気づいた。「いったいなにを考えてるんだ?」彼女に向かって尋ねる。ホワイトハウスの敷地内に留まり、大声で警備員を呼ぶべきなのに。果物ナイフ以外に武器を持たず追っかけてくる?

そういえば、あの最初の朝、彼女は不意を突かれ、度を失った。

彼女に噛まれた利き手の指から血が流れ、脚は焼けつくように痛い。傷口にネクタイを巻いてとりあえず止血したが、ナイフは相当深く刺さっていた。あそこまでひどく足を引き摺らなかったら、彼女を易々とまいてパッカードに乗り込み、夜の闇へと逃げ込んでいた。不規則な脈に合わせて怒りが脈打つ。デュポン・サークルの信号をうまく抜けたと思ったら、大使館の車もついてきた。

〝自業自得だ〟とひとりごつ。距離を取るというルールを無視し、最初から彼女を甘く見て注意を怠った。その結果、ローズベルトを仕留めるチャンスを失った。的をはずすなんて最悪だ。ふと思った。彼女も同じように考えるのだろうか。共通点は多くない——彼は雇われて人を撃つ。彼女は祖国を侵略した人間を撃つ。そのちがいは大きい——が、彼女もまた失敗だけはしたくないと思っているはずだ。ポケットの中のダイヤモンドと彼女の首に巻かれたダイヤモンドすべてを賭けてもいい。

今夜、しくじったのは彼のほうだ。大統領を殺した男にはなれない。そのうえ、果物ナイフで武装した女から逃げている。

彼女が銃を持っていますようにと祈りたくなった。これまで、自分に匹敵する技量を持つ人間と戦ったことはなかった。

「さすがにいまのおれに呆れて目を回すことはないんじゃないか?」声に出して言った。

背後の車は影のようにぴたりとついてくる。クラクションは鳴らさず、並走して彼の車を道路端へ追い詰めようともしない。十六番通りを爆走する射手についてくるだけだ。夜もこれだけ遅いと道はすいていて車を飛ばせる。燃料メーターに目をやる。満タンだ。首都圏を抜けてハイウェイに乗れば彼女をまけるだろう。

だが、そんなことをしてなにがおもしろい?

復讐心(ふくしゅう)に駆られて急ハンドルを切り、ディケーター通りに車を突っ込んだ。この先に何があるのかわかっている。

「ここで停めて」わたしはアレクセイに言い、膝の上の装塡したコルトを握った。アレクセイが急ブレーキを踏んだので、装塡途中だったもう一挺は膝から滑り落ち、座席の下に銃弾が散らばった。わたしが見たものを彼も見た。コロラド通りの道端にパッカードが乗り捨てられていた。運転席のドアは開いたままだ。

「彼はどこへ行ったんだ?」アレクセイはハンドルを握ったままで顔は蒼白だった。いまだに自分の将来を案じているのだ。そのつもりはなかったにしても、大統領暗殺の片棒を担いだことが世間にばれたら。アメリカの電気椅子やソ連の銃弾を思い描いているのかどうかわからないが、どちらの展開も気に入らないのはたしかだ。「どうして――」

「彼はわたしを森に放ちたいのよ」通りの向こうには、木々が黒い壁みたいにそそり立つロック・クリーク公園がある。前に散歩した公園だ。アレクセイと――いま着ている黄色いサテンドレスを買った日だ。いま追いかけている男が、あの日、わたしたちを尾行していたとしたら。彼がこの場所を選んだのには理由がある。彼もわたしもそれがわかっている。わたしはぶつぶつ言いながら座席の下に落ちたピストルを手探りした。

「彼は車を乗り捨て、ビルの狭間を歩いて中心街に引き返したかもしれない」アレクセイがパッカードを見つめながらつぶやいた。

「彼は森にいる」わたしならそうする。そして彼は、わたしが追いかけてくるのを願っている。〝きっとまた会える〟

「ミラ——」アレクセイが言いかけた。

「ホワイトハウスに戻って、大使にすべてを話すのよ。警戒警報を鳴らすの。わたしがこの森を出られたときには、あの男は死んでいる。出られなければ、わたしは死んでいる。わたしの死体がある場所から彼の足跡を辿れるはず。どっちにしても大統領は無事だし、注意を喚起したことであなたは英雄になれる」

〝フォ・ザ・ラヴ・オヴ・レーニン〟自分に問いかける。〝なにをやってるの？〟目の焦点は合ってきたが、頭はまだズキズキしていた。一歩踏み出すたび脇腹が痛む。華奢な靴はとっくに脱ぎ捨てたから、足を包むのはストッキングだけだ。身につけているのは狙撃手のカモフラージュ用ベストではなく、信号みたいに目立つ黄色のドレスだ。それに、一度も撃ったことのない武器……だが、森に向かう足を止めなかった。慌てずに影という影に目を配った。賢い敵なら森のとっつきで待ち伏せするはずだ。わたしがまわりを見ず闇雲に突っ込んでくる場合に備えて。だが、そんなことはしない。こんなふうに不利な立場にいようと、どう動くべきかわかっているし、敵のことを多少なりともわかっていた。わたしがこの都市にやって来たときから、彼はわたしを追いかけていた。フランクリン・ローズベルトを狩るつもりだった。ローズベルトはわたしの大統領ではないが、それでも——彼の妻に友情を誓った以上——わたしの保護下にある。ダイヤモンドと、憎しみのこもった脅迫状でわたしに挑んできたこの男は、わたしのような狙撃手ではない。彼は暗殺者でさえなかった。誰も殺していないのだから——少なくとも今夜は。彼はただの射手、わたしはリュドミラ・パヴリチェンコだ。

森へ一歩ちかづくたび、狙撃手のわたしが目覚めてゆく。肋骨を痛めているし、頭はズキズキするし、ディナーパーティーから急いで帰宅するワシントンのエリートみたいな——あるいは毛皮をまとい、街灯に首元のダイヤを煌めかせる政治家の甘やかされた妻みたいな——恰好をしているし、最高のコンディションとはお世辞にも言えない。だが、きょうはハロウィーンだ。危険な幽霊や悪魔が街を練り歩く夜……そして、もっとも危険なのがこのわたしだ。オオヤマネコの毛皮をまとった捕食獣、寝待月の下、社交界の名士の急ぎ足でも主婦の小走りでもなく、ガンマンの忍び足で肩を揺らし腰を回し、ピストルはいつでも撃てるよう脇に垂らしている。月明かりに光って目立たないよう、ダイヤのチョーカーとブレスレットをはずしてコートのポケットにしまい、コロラド通りの舗装道路から暗い木立へと足を踏み入れた。スポットライトを浴びてほほえむ宣伝用ポスターの女は消え去り、皮膚の下で息づくのは〝真夜中の淑女〟、〝死の淑女〟、オデッサからセヴァストポリまで侵攻したナチを震えあがらせた女だ。

二カ月間のツアー中、楽な生活をしてきたとはいえ、十五キロの狙撃手の装備を背負い、カミシュリー渓谷や名もない丘をよじ登った記憶を脚の筋肉は留めていた。切り傷とあざだらけの足の痛みは、ひびが入った肋骨の痛みとともに忘れ去り、かろうじて見分けられる曲がりくねった小道を音もたてずに進んだ。腰を屈め、木の幹や岩に隠れてゆっくりと歩き、周囲のかすかな葉擦れやせせらぎに耳を澄ました。

〝どこにいるの？〟

どんなに暗くても、ボルダー橋までの道筋はわかる。前に来たときそこで立ちどまり橋を眺めた突きだした岩の縁をまわり、ハナガサシャクナゲの茂みを抜けると道は折れ曲がり、その先に川と石橋がある。そのとき直感が黒い鉤爪となってうなじを掻いた。かすかな葉擦れの音、小石がずれる音、夜がたてる音とは無縁の金属が擦れる音——ためらうことなく地面に突っ伏した。その刹那、夜の静寂に銃声が響き、すぐ先の木の幹に銃弾が埋まる音がした。

左に寝返りを打つとすぐに動いた。ハナガサシャクナゲの茂みに飛びこみ、顔を引っ掻く枝を払いながら進み、ごつごつした花崗岩の岩の窪みに体をおさめた。

〝彼は露出した岩の上にいる〟頭の中で射角を辿りそう結論づけた。わたしがあたりを眺めた岩の上、あのとき、〝張り込みにうってつけの場所〟と思った岩の上だ。

張り込みにうってつけの場所だった。射手は腹這いになり、モシン－ナガンを構えた。視界が開けているから、彼女がどの方向から出てこようと眉間を狙える——この距離なら暗くても撃ち損じることはない。

待機戦術だ。ただの好奇心から、彼女に声をかけそうになった。だが、なんて言うんだ? それは無言のうちに交わされる問いだ。〝どっちが優っている?〟答えは銃弾の先にぶらさがっている。

またしても、彼女が銃を持っていることを願った。そのほうが格段におもしろくなる。

彼が持っているのはロシア製ライフル。わたしが持っているのはアメリカ製ピストル。皮肉がきつい。わたしのコルトが威力を発揮するのは五十メートルまでだが、武器がないよりはましだ。岩陰に腹這いになり、ほかに使えるものはないかコートのポケットを探った。果物ナイフ、銃弾ひと握り、森に入る際にはずした宝石……その下から出て来たのはマッチ箱だった。

彼が巣の中で動いたので葉がカサカサいい、撃ってやろうかと思った——だが、暗いなか、不慣れな武器で上方を狙えば居場所を知らせることになり、しかも射手が撃つ弾のほうが命中する確率は遥かに高い。この場所を選んだのは彼だ。わたしではない。有利なのは彼のほうだ。わたしではない。自分が優勢にならないかぎり、手の内を明かすつもりはなかった。いまのところ、わたしは丸腰で怖気づいていると彼は思っている。敵を追って遮二無二暴走する怯えた愚か者だと。

二人のあいだで口にされない言葉がわだかまる。彼に言ってやりたくなる——〝あなたは何者なの？　どうしてこんなことをやったの？　狂信者なの、それとも雇われたガンマン？〟――だが、言うだけ無駄だ。彼が何者で、なんでこんな汚れ仕事をやったのかなんてどうでもいいことだ。わたしは戦争に駆り立てられ、自分の月の陰の部分を見つけた。彼は進んで自分の月に従った。それだけわかれば充分だ。

それでも、彼の好奇心が脈打って闇のなかを伝わってくるのを感じる。彼は見張っている、彼はやる気だ……そして、いまだ。

わたしは目を瞑り、マッチをまとめて火をつけ松明（たいまつ）のように頭上に掲げた。拳の中に炎を感じる。岩の上に手を伸ばし、燃えるマッチをばら撒いた。蛍のように火が飛び交う。明滅する光に射手の夜間視力が損なわれるあいだに、わたしは動いた。目を閉じたまま、岩陰から飛び出し、川へとつづく傾斜を駆けおりた。足が方向を憶えていた。彼の撃った弾は大きくそれた。唸（うな）り声が聞こえ、不規則な足音が聞こえて彼が足を踏みはずしたのがわかった。痛みに息を呑む音。しめしめ、ふくらはぎの傷が痛むのだ。そこで目を開け、ちかくの木にもたれ、全神経を集中して息づく闇に耳を澄ました。遠くの葉擦れ、射手は間違った方向に進んでいるが、じきに気づくだろう。

〝森は神殿なんだよ〟ヴァルタノフの言葉を思い出した。〝敬意を表すれば、森は報いてくれる〟老森番の教えを実践する。木々のあいだを滑るように動いて水べりまでおり、小石で覆われた土手伝いに進んだ。どこへ行くべきかわかっていた。

雲間から凍った月が顔を覗かせ、橋のアーチが見えた。岩や石をよけながら歩くうち、裂けたストッキングに包まれた足の感覚がなくなった。コートの濡れた裾に落ち葉が絡まる。腰を屈め、素早く橋を渡った。射手が背後に迫っていたら、わたしの背中を撃ち抜くチャンスだ——だが、聞こえるのは川のせせらぎだけだった。橋を渡りきると石造りのアーチを伝って対岸へとおりた。

真夜中にちかく凍える寒さだ。水べりの土はカチカチに凍り霜が降りて光っているが、わたしはオオヤマネコの毛皮を脱ぎ、寒さを堪えてドレス一枚になった。濡れた落ち葉や流木を集め、橋の脇の岩の上に積み上げた。手早く作業をしながらも、聞き慣れない音がすると手を止めた。一、二度、遠くから酔っ払いの叫び声が聞こえ、遠くの木々のあいだを動く人影が見えた気がした——この公園は夜遅くでも完全に無人になることはない——が、この寒さだからいても浮浪者かあぶれ者だ。射手とわたしの決闘がどういう結果に終わろうと、罪のない人を巻き添えにする恐れはない。二人きりで戦えるこの場所を選んだ彼に感謝したいくらいだった。

橋の下に落ち葉と流木を積み終えるとコートでくるんだ。石橋の下に女がうずくまっているように見えるだろう。ダイヤがキラキラ揺れるブローチをはずし（笑顔のエレノアに勧められ、これをつけたのがほんの数時間前だなんて嘘みたいだ）コートの襟につけた。月明かりを受けて光るように。ついでにチョーカーとブレスレットもコートの袖に巻きつけ、一歩さがって効果のほどを確かめた。〝イワンじゃないわね〟セヴァストポリ郊外の、これとはまるでちがう橋に陣取るドイツ軍狙撃手と決闘するために、コスティアと二人して作った兵士の人形を思い出した。〝だけど、おなじ役目を果たしてくれなきゃ〟遠くにいる敵の目に、橋を渡ったわたしが橋の下にうずくまっているように見えるといいのだが。震えながら隠れて、どうか彼が橋を渡ってきませんようにと祈っている……むろんダイヤが月光に光って居場所を知らせるとは思ってもいない、共産主義の馬鹿女のわたしが。

まんまと騙されてここにやって来るとしたら、彼のほうが馬鹿だ。ほんものの狙撃手はなにがあろうと絶対に丸腰で決闘に臨まない。そんなこともわからないとしたら、大馬鹿者だ。

土手に二股に分かれたブナの大木を見つけた――葉がたくさん茂り、身を潜めて狙い撃ちするのに最適だ。サテンドレスで木に登り張り込みするのははじめてだが、暗い木陰だと鮮やかな黄色は灰色に見える。幹に痛む足をかけて登り、二股に分かれた幹に腰をおろし、石と化した。

悪態をつき足を引き摺る。寒さが身に染みる。彼女にできるのは隠れることだけだ、と射手は自分に言い聞かせた。マッチ作戦にはしてやられた――夜目がきかなくなり顔をそむけ、ちがう方向へ四百メートルほど走って間違いに気づいた――が、あらためて彼女のあとを追ってボルダー橋へ向かった。二カ月前、彼はロック・クリークの土手に立ち、橋の上でロシア女が夫と口論するのを眺めた……あのとき、彼女が香水をつけていないことを知った。臭跡を辿れれば尾行が楽なのに。香水ぐらいつけろよ。

気晴らしがしたかった。ビールと鎮痛剤を呑んで脚の痛みを忘れたい。〝ポケットチーフ〟に電話して仕事が終わったことを告げたい。それよりも決闘を早く終わらせたい。

月が雲に隠れ、世界を闇に閉ざした。黒く滑らかな川面を背景に橋は浅黒いアーチだ。寒気が甲高く冷たい歌を歌い、結氷した湖面にできる割れ目のように体内に広がる。ワシントンの十月の夜の寒さは、クリミアの一月の寒さとは比較にならないが、オオヤマネコのコートを脱いで剝き出しになった肌はまだら模様だ。手が震えないよう振ったり擦りあわせたりした。脇腹が痛い。喉が痛い。脚が攣る。肌が凍る。不慣れなピストルではなくスリーライン・ライフルがあったら、二股の枝を支えにして固定できるのに。前に決闘したときには、カモフラージュ用ベストとウールで身を守り、コスティアがそばにいて、凪のひととき、狙撃手同士の対決はフェアな戦いと言えるのかどうか論争になった。乾燥紅茶ひとつまみ、砂糖ひとかけがたまらなく恋しい。脂身と塩を載せた黒パンを食べたい。それよりなによりコスティアがここにいてくれたら。

わたしは狙撃姿勢をとった。必要ならひと晩中でもこうしていられる。

頭上を黒雲が流れ、雷鳴が聞こえた。雨が降らないことを祈りながら、コルトの銃身を枝に載せ、橋の真ん中の石に狙いを定めた。つぎに雷が鳴ったら三発試し撃ちをする――三発では武器の性格を摑めない。手の中で歌う歌の独特の変化を知るには不充分だが、それでよしとするしかない。弾は狙いより高くはずれた。手首を少し高く支えて補う必要があるが、いったいどれぐらい高く？　ライフルと比べピストルは情け容赦ない。ほんのわずかな動きで的をはずしてしまう。彼をちかくにおびき寄せなければ。すぐちかくに。吹きあげる風に体が震え、計算式が頭からするりと抜け出した。雷鳴がまた轟く。

そのとき、足を引き摺る影が対岸の土手を動くのが見えた。わたしは体の動きを止めた。カウントダウンがはじまる。〝真夜中の淑女〟のカウントダウン。木製の的を撃っていた日からオデッサではじめて敵を仕留めた日を経て、確認戦果三百九だが非公式には何人殺したかわからなくなってから、遥か遠くの世界の悪霊が跋扈する暗い夜、いま、ここに至るまでずっと、静かに自分に歌いかけてきたカウントダウンだ。

一……冷静に計算された視線を的に向け、その瞬間魂は黙り込んで目が優勢になる。

二……水平照準線を測る。照準器はないが、木立から出てきた射手の肩の線をそれに合わせた。

三……そこを水準点として距離を計算する。たいした距離ではないが、それでもまだ遠い。重量のある四五口径弾は銃口から出た瞬間から下降するが、下降する速さを知るには、この武器で何千発と練習する必要がある。

四……弾倉の中の弾をチェックする。

五……彼がライフルを構えて橋に足を踏み出したので、葉の隙間から銃身を心持ち前に押しだした。

六……彼が立ちどまり、橋の対岸にちかいアーチの下のダイヤモンドのかすかな煌めきに気づく。

七……わたしは石と化し、氷と化し、霜が降り積もりそうなほど静止したままだ――大統領を暗殺し損ねた射手がライフルを構え、照準にわたしの姿を捉えてご満悦なのが体の線からわかった。

八……ふだんなら風を考慮して最後の微調整を行うが、ここではその必要はない。

九……狙いを定める。

十……息を吸う。

十一……息を吐く。

射手はにやりとして引金を引いた。オオヤマネコの毛皮の塊の中心を狙って。ガール・スナイパーがゆったり流れる川へと横ざまに落ちてゆく。彼女の腕が突きだすのを見て、心臓がゆっくりと歓喜の脈を刻む。〝仕留めてやったぜ、アカのあばずれ〟

それから、ダイヤのブレスレットが毛皮の袖からずり落ちていった。だらんとした手はそこにはない。毛皮の襟が開いて大量の松葉が覗いた。彼が贈ったチョーカーが松の枝の束に巻きつき、彼に向かって冷たく陽気に輝いた。

慌ててダミーから顔をあげると、輝きが目に入った。ダイヤモンドではない、雲間から顔を覗かせた月の明かりに光る銃口。〝ああ、そんな――〟

十二。

わたしが放った弾は彼の右目をきれいに撃ち抜いた。

34

国に帰りたい。

ロック・クリーク公園を出るとき、足取りは重かった。凍えかけた体を震わせながらブナの木からおりると、痛みがあちこちでぶり返した。川岸までおりてゆき、死体を仰向けにしてポケットを探った。彼が何者でどこから来たのかがわかる身分証も鍵もなく、ハンカチやマッチすら入っていなかった——残されたのはライフルと銃弾が数個、それに小石のようなものだけで、それらはソ連大使に見せるため自分のポケットにしまった。凍える腕を濡れたオオヤマネコのコートの袖に通してほっと息をつき、戦果三百十番目の男を見おろしたまましばらく立ち尽くした。平凡な顔、見開いたままの虚ろな片目を月が照らしだす。驚いた顔をしていた。たいていそうだ。命のやり取りに慣れていても、いざ自分の番がくると驚くものだ。

〝名前は？〟彼を見つめながら思った。にわかに疲労と不快感に襲われ、名前などどうでもよくなった。彼が何者で誰に雇われていたのかなんてどうでもいいことだ。いまはただ国に帰って息子を抱き締め、その美しい顔を両手に挟み、二度とあなたを置き去りにしない、と約束したかった。

射手をその場に残し、彼を殺したピストルをコートのポケットにおさめ、傷めた足を引き摺って通りへ、乗り捨てられたパッカードへと戻った。そこからはホテルまで歩いて六、七キロの距離だ……前に歩いたからわかっている。黄色のサテンドレスが入った買物袋を揺らしながら。でも、あれはあたたかな日で、履き心地のいい帆布の編みあげ靴を履いていた。寒風吹きすさぶ真夜中に、ズタズタのアメリカ製ストッキングだけで歩くとなると大変だ。それでも歩くしかない。運転できないし、タクシーに乗りたくても硬貨一枚持っていなかった。派遣団の連中はもうホテルに戻っただろうか。それとも混乱するホワイトハウスで足止めを食らっているのだろうか。敷地内に暗殺者がいたことに、ホワイトハウスは気づいているのか、それとも――

「ミラ！」木立の中から警戒するアレクセイの声がした。「おまえなのか？」

「アレクセイ？」わたしは立ちどまった。疲労のあまり体がふらつく。彼は公園の入口に立っていた。ほどちかい街灯の光を受け木立に影が伸びている。「どうして危険を知らせに行かなかったの？」怒りに駆られながら、ほっとしてもいた。大使館の車に乗って、今夜のことを報告すべき場所に行くことができる。彼を英雄に仕立ててあげたっていい――腰をおろすことさえできれば、すべて彼の手柄にしてやってもかまわない。

「彼は死んだのか？」アレクセイが一歩ちかづいて来て尋ねた。

「ボルダー橋の下で死んでる」わたしはうんざりと言った。そのときだ、夫がわたしを撃った。

弾は髪をかすめた。左目に命中していたところだが、彼の腕があがり、金属があるはずのない場所で金属が光るのを見て、黒い鉤爪を持つ本能がわたしを横に飛ばせた。なにが起きたのか考える間もなかった。それで、弾はわたしの脳みそに埋まる代わりに耳の先を削った。逃走の邪魔をするものはなにもなかった。わたしは驚いたシカさながら、手足をついた体勢で茂みに飛び込んだ。

「どうしておれが武器を持っているか不思議だろうな」アレクセイがくだけた口調で言った。「座席の下に落ちてたコルト……銃弾も一緒に転がってた」

わたしは腐りかけた大きな切り株の陰で吐いた。喘ぎが洩れないよう手で口を押さえる。削られた耳の先から出た血が肩に流れ落ちた。夫がわたしを撃った。アレクセイが撃った。そのことに驚いてさえいなかった。彼はわたしを取り戻せないとわかった。仮に取り戻したとしても、自分より名が売れた妻の腕にぶらさがって送る人生に満足できるわけがない。自分の手でわたしを殺そうとは思っていなかっただろう。だが、射手が絶好のチャンスを与えてくれた。大統領を暗殺するつもりだった男との決闘でわたしが負けたら、アレクセイは一人で警戒警報を鳴らし、悲嘆にくれる男やもめとなり、英雄的な伝令となる――あるいは、わたしが射手を殺したら、疲れ果てて油断したわたしをアレクセイが殺し、あとは筋書きどおりだ。どっちにしても、彼は栄光をわたしと分かち合う必要はなく、ふしだらな妻から自由になれる。

あるいは、そこまで考えていなかったのかもしれない。わたしの死を願い、うまく罪を免れようと思っただけかもしれない。

「逃げても無駄だぜ、ミラ」アレクセイがコルトに弾を装塡する音が聞こえ、わたしは濡れたコートのポケットを探った。「コートが濡れてたよな。もし逃げたら、おまえはここで凍え死ぬだろうな。美しい死に様とは言えない。おれが一瞬で片をつけてやるよ」

わたしは凍えた手にピストルを持ち、息を吸い込もうと必死になりながら弾を装塡した。切り株から顔を覗かせる危険を冒したが、彼の姿はどこにもなかった。彼も馬鹿じゃない。わたしの前に影を晒してはならないとわかっている。彼は射手ではないからと過小評価したわたしが馬鹿だった。夫は狙撃手ではないが、闇のなかでわたしを撃った。三十歩の距離から不慣れな銃で狙いどおりに銃弾を放った。しかも彼はあたたかな車内で体を休め、いまはやる気満々だ。乾いた服を着て、頑丈な靴を履き、一生に一度の褒章――自由と名声――をその手に摑もうとしている。肋骨二本にひびが入り、足はズタズタで、ロック・クリークから血を滴らせて生還したと思ったら、べつの男に命を狙われ、そいつを仕留めるために限界まで自分を追い込まなければならない、疲労困憊の凍えた女とはちがう。

ほんの一瞬、震える体がぎゅっと縮まるのを感じ、捕食獣と出会った動物がその場に凍りつき、虚ろな目で死を受け入れる気持ちがわかる気がした。もう疲れた。オデッサでもセヴァストポリでも多くの敵を撃ってきた——そしていま、地球を半周した先でまだ敵を撃たねばならない。どうして彼らは向かってくるの？　いつになったら誰もわたしを殺しにやって来なくなるの？　目を閉じさえすれば、それで仕舞いになる？

だが、アレクセイはただの敵ではなかった。最初の敵だ。すでに脅威ではなくなった敵、より大きな怪物が視野に入ってきて、もはや恐れるに足らずと思い定めた敵……それでも最初の敵であることに変わりはない。射撃場で五歳のスラヴカを彼から引き離しながら、その凝視に肌を刺される思いがした。そのとき、射撃訓練を受けるべきだと切実に思った。いつか父親として息子に撃ち方を教えてやれるからだけでなく、なにかあったとき自分たちの身を守れるから。

そしてその時がきた。わたしがここで死ねば、アレクセイはなんとか英雄として帰国し、息子を自分のものにする。

「ミラ？」彼の声には苛立ちと緊張が滲みでていた。「死んだふりはやめろよ。わかってるんだ。弾は命中しなかった。命中していたら、おまえは叫んでいたはずだ」

ゆっくりと息を吸い込む。「なにがわたしを叫ばせるか知らないくせに。戦場でもベッドでも、あなたは哀れで悲しい抜け殻だったものね」

闇を通して彼の驚きが伝わってきた。彼がいるのは南西方向の岩陰だ。わたしがいるのは切り株の陰。これもまた待機戦術だ。小一時間前に、巣の中の射手と岩陰に張りつくわたしとのあいだで繰り広げられたのとおなじ。ただし、射手はいつまででも待てただろう。彼の名前は知らないが、彼に狙撃手の忍耐力があるのはわかっていた。戦術を変えるため、立場を逆転させるため、持ち場を入れ替えるため、わたしはマッチのトリックを使わざるをえなかった。

もうトリックは使えない。手元にあるのはピストルと銃弾が数個だけだ。だが、この敵のことは知り抜いている。

「わたしを殺したら、あなたは逃げおおせない」闇に向かって言った。「わたしがあなたをどれほど軽蔑していたか、派遣団の全員が知っている。わたしの死にあなたが無関係だなんて信じるわけがない」

「おれは英雄になるんだ。大統領を殺そうとした男をどこで見つけたか話せば――」

「それでもあなたは伝令でしかない。彼を始末したのはわたしだってことが、彼らにはわかる。わたしのために市をあげてのパレードが赤の広場で催され、わたしはソ連邦英雄を死亡叙勲される。わたしの葬儀では、あなたは二番手にすぎない」

「おまえはおれの女房だ」彼の声がうわずる。うまく引っ掛かった。「おまえが自慢している有名な名前、あれはおれの名前だ」

「もうちがう」右手を握って震えを抑えた。「名をあげることが夢だったんでしょ、アレクセイ？　モスクワからウラジオストクまでその名をあまねく響きわたらせたかったんでしょ？　パヴリチェンコ中尉、ソ連邦英雄を夢見てたんでしょ？　その夢が叶ったじゃないの。でも、叶えたのはわたし、あなたじゃなく」わたしが放った言葉が毒ヘビとなって闇を伝い、たがいの胸に深く沈んだ。わたしが〝いや〟と言っても彼は聞く耳を持たなかった。〝お願い〟と言っても彼は無視した。だが、この言葉は耳に入った。彼が聞くことのできる唯一のことだったからだろう。自分の壮大な夢がべつの人間のおかげで花開いたことが。「わたしは名声なんて欲しくなかった。祖国を守りたかっただけ。名声なんて欲しくなかったけれど、わたしはそれを手に入れた——あなたはどうなの。いつまでたっても少しも変わらない。人のテーブルの余り物を食べる犬。あなたのなかに英雄の資質はこれっぽっちもない。あなたのなかにあるのは、人が出したゴミの寄せ集め——ほとんどがわたしのゴミだけどね」

彼の呼吸が速くなる。怒りを募らせているのがわかった。〝あなたが賢かったら、アレクセイ、こんな愚行を重ねずホテルに戻っていただろうにね〟わたしは思った。〝わたしをここで待たせておいて、派遣団にでっちあげた話を伝えて機先を制することができたのにね〟だが、彼はそうしなかった。なにがそうさせたのか正気の境を踏みはずし、わたしの死を願った——コスティアに抱かれるわたしを見たから？　あるいは、新聞の見出しに幾度となくわたしの名前が登場するのを目にしたから――わたしに生きてワシントンを去らせたくなかった。そのせいでどつぼにはまったのは自業自得だ。

「どんな気分かしら？」わたしは嘲りの声をあげた。「歴史の本に記されるパヴリチェンコが自分ではないとわかって、どんな気分？　あなたの子どもの母親、つまりわたしなんだものね」

射手は子どもじみた挑発に乗ってこなかった。夫は乗った。アレクセイが岩陰から出て距離を詰めてくる。腕を水平にあげて、憎悪で歯を剝き出しにして――わたしはさっと立ちあがり、全身の疲れた筋肉を総動員して足を踏ん張り、撃った。一発、二発、三発。心臓が一度脈を打つあいだの出来事だった。狙撃手の目が光り、ダイヤモンドが煌めく一瞬の出来事だった。彼が揺れた――わたしの夫、わたしの最初の恐怖、わたしが脱ぎ捨てた殻の最後のひとかけら――それから、倒れた。

アレクセイは死んだ。

わたしは持てる強さと力を掻き集め、そこにエレノア・ローズベルトの根性を上乗せし、ホテルのロビーに足を踏み入れた。夜中の二時ちかかった。足は血にまみれ、顔はあざと汚れにまみれ、濡れたオオヤマネコのコートが破れたサテンドレスを覆っていた。怒り心頭の番人と派遣団の半数が、モスクワ製の背広と質問が入り混じった嵐となって襲いかかってきた。わたしはせいいっぱい背筋を伸ばし、エレノアがトレードマークのキツネのストールを掻き合わせるようにコートの襟を掻き合わせ、合衆国大統領夫人の威厳を真似て手を突きだした。

「夫とひと悶着(もんちゃく)ありまして」ユリの〝いままでどこにいたんだ?〟やクラサフチェンコの〝いったいどうしたんだ?〟プチェリンツェフの〝大統領夫人が言うには〟を遮り、さらりと言ってのけた。「ホワイトハウスで気分が悪くなったら、夫が派遣団付きの医者としてわたしを車で送ってくれることになり、車内で口論になって、ロック・クリーク公園のちかくの道でわたしを車から放りだしました。車はそのままコロラド通りをブラグデン方面へ走り去りました。派遣団が受けとった贈り物を積んだまま。誰かをやって取り返したほうがいいですよ。詳しいことは四十五分後に同志クラサフチェンコの部屋で。さしあたり風呂に浸かってさっぱりします」

わたしがエレベーターに向かおうとすると、男たちはさっと道をあけたものの口々に質問するので、すべて無視した。ローズベルト大統領やホワイトハウスの大騒動については、誰も口にしなかった。つまり彼は無事だったのだ。エレノアの夫は清潔なシーツにくるまれて眠っている。安心してぐっすりと……あるいはこんな時間でもデスクに向かって仕事をしているのかもしれない。エレノアもかたわらにいるのだろう。第二戦線を開いてソ連を援助することを、いつ切りだすか作戦を練っているのかもしれない。

怖い顔の番人が一緒にエレベーターに乗り込もうとしたので、わたしはまた手を突きだした。「ユリ」穏やかに言う。「だめ」彼はエレベーターから降り、二人のあいだで扉が閉まった。

今夜、わたしはふたつの決闘を生き抜き、数えきれないほどの軽傷を負い、傷だらけの足で七キロ歩いた――それでも足りないというのか、三階の部屋の前で面倒が待ち構えていた。鍵をどこへやったのかまるで憶えていないのだ。ドアにぐたっともたれかかり、疲労で震えながら、ここで丸くなって眠ってしまったらどうなるだろうと思った――そのとき、ドアが内側から開いてわたしは倒れ込んだ。コスティアの腕の中に。

「ミラ――」彼はわたしを摑んで部屋に入れ、自分の胸にもたれさせた。歯がカチカチ鳴ってなにも言えないから、ただ彼にしがみついた。黒っぽいシャツの袖をまくりあげた彼はあたたかく堅固で夜のように静かだった。数日前にわたしが渡した鍵で中に入り、借りてきたウォルト・ホイットマンの詩集を読みながらわたしを待っていた。詩集がデスクに伏せて置いてあった。

「こ、ここにいたのね」寒さに震えながら言った。それが意味することに気づいて愕然となった。彼は〝ここ〟にいる。ニューヨークにいる親戚のところへは行かずに。彼はここにいる。彼はわたしに顔を向けている。わたしから顔をそむけ、祖国から遥かに離れた場所であたらしい生活をはじめるつもりはないのだ。

「ここにいるよ」彼が静かに言った。それで充分だった。

セヴァストポリでドイツの狙撃手と決闘して戻ったとき、凍りついた服を剝ぎ取って毛布でくるみ、冷たい足や凝った肩を揉んで血を巡らせてくれたのはリョーニャだった。いま、川の水で濡れたオオヤマネコのコートを脱がせ、破れた黄色のドレスを剝ぎ取り、なにも言わずにピストルと、弾やアレクセイの財布や身分証に絡みついたダイヤモンドをデスクに並べてくれたのはコスティアだった。玄関ホールに集まっていた男たちとちがい、彼はいっさい質問しなかった。ただわたしの服を脱がせて毛布でくるみ、自分も毛布にくるまり、わたしを抱き寄せあたためてくれただけだった。「あんたがホワイトハウスから戻らなかったと彼らは言った。あんたが走っていった、と大統領夫人が大使に言ったそうだ」彼の声はいつもながら穏やかだったが、鋼のロープみたいに緊張で震えているのが体から伝わってきた。玄関ホールにいた男たちとはちがい、彼はひと目で見抜いた。わたしが決闘を生き延びたことを。

なにがあったのか彼に話した。半時間後に派遣団の前で繰り返すことになるが、その前に事実を整理しておきたかった……なにを話し、なにを省くか考えておく必要がある。話し終えると、コスティアは体を離してわたしを見つめた。わたしも見つめ返した。歯はまだカチカチ鳴っていた。気持ちがゆるんだ反動だろう。「アレクセイを殺した」わたしは感情を交えず繰り返し言った。人に聞かれてもかまわなかった。体の震えを抑えられない。

彼の顔が瞼に浮かんで離れない。でも、一縷の罪悪感も抱いていなかった。〝彼はいなくなった。ついにいなくなった〟彼はわたしを欲しがり、手に入れられないとわかると、わたしの死を願った。けっきょく、死んだのは彼のほうだった。

「彼らを置き去りにしたのか」コスティアが尋ねた。

「倒れた場所に」クラサフチェンコと大使にはその場所を告げるつもりだ。死体を回収するか、身元不明のまま朽ちるに任せるかは彼らの判断だ。ホワイトハウスを巻き込むかどうかも。いずれにしろ決めるのは彼らだ。あくまでも秘密裡に事を進めるだろう。これはソ連のガール・スナイパーの気まぐれにすぎず、アメリカの新聞に書きたてられることではない。

事情を説明するにあたってひとつだけ強調したいのは、エレノアにはすべてを知らせ警戒を怠らぬよう伝えてくれということだ。〝あなたの夫には命を狙う敵がいる〟その一人を片付けたけれど、わたしはアメリカを去る。見張り役を引き継ぐのは彼女だ。

彼女ならそれができると信じている。

そういえば、今夜引金を引いたとき——最初は射手に、それからアレクセイに——切実な祈りを一度も唱えなかった。〝ミスを犯すな〟という戒めの言葉を。エレノアの教えがようやく腑に落ちたのかもしれない。たとえミスを犯しても、また立ちあがって撃てばいい。成功するまでつづければいい。アメリカ大統領を救うまで、自分自身を救うまで。

コスティアはわたしを見つめたままだった。火を噴きそうな熱い眼差しで。〝なにが必要なんだ?〟彼が語りかけてくる。〝おれはなにをすればいい?〟わたしは彼の胸に擦り寄って、ぬくもりと寒さの狭間で、古い怒りの残滓と狩りの後の心のざわめきの狭間で揺蕩い、あたたかく安全なオアシスに潜り込みたかった。せめて報告しに行くまでは。謎のまま果てた射手の川べりに横たわる姿が目に浮かぶ。寝待月を見あげるガラスのように虚ろなアレクセイの目が頭から離れない。彼がソ連に戻らないことについて、どんな公式発表がなされるのだろう。亡命したことにするか、それとも――

〝亡命〟のひと言にパッと目を見開いた。ぬくもりが四肢に広がり、アドレナリンの噴出がおさまり、うつらうつらしていたのだ。「コスティア、いったいどこに行ってたの?」彼は送別のディナーをすっぽかし、そのあいだになんらかの結論に達したはずだ。でも、どんな?

「ソ連大使館」彼がわたしの肩甲骨に向かって言った。「数時間でも暇ができると通っていたんだ。キリル語のタイプライターを使わせてもらうために」

わたしはきょとんとした。「キリル語のタイプライター?」

「きみにダイヤモンドをあげることはできない」コスティアはデスクの上の煌めく山に顎をしゃくり、片肘を突いて上体を起こし、ナイトスタンドの上の紙の束に手を伸ばした。

「おれに考えつくのはこれだけだった。今夜、打ち終えた」

わたしは上掛けの下から腕を出し、紙の束を受けとった。いちばん上の紙にタイプされたキリル語の文字を読む。『ボフダン・フメリニツキー、一六五四年のウクライナとロシアの統合およびペラヤースラフ会議の役割・リュドミラ・ミハイロヴナ・パヴリチェンコの博士論文』あなた……わたしの論文を打ち直してくれたの？」

「二本の指でね」コスティアがうなじにキスした。「前のは血だらけだったから」

これはわたしへの餞別代わりだったのだろうか。でも、今夜、脚注をタイプし終えて、別れる決心が覆った？　これで気持ちに区切りがつき、この地であらたな生活をはじめるのはやめにした？

あとで話し合う時間はある。ほんとうに二人きりになったときに。

「ありがとう」わたしはつぶやき、いちばん上の頁を撫でた。射手はわたしにダイヤモンドをくれた。わたしがああしたいこうしたいと言っても、夫は完全に無視した。自分の考えがつねに正しいと思っていたからだ。

わたしの相棒はタイプライターを借り、二本の指でわたしの論文を打ち直してくれた。狙撃手らしく彼はふっと眠りに落ちていった。尋ねたいことはいっぱいあり、緊張がほぐれたわけでもないのに、肉体は休める機会を無駄にしないのだ。彼を起こさないようそっとベッドを抜け出し、きれいな服に腕を通しながら、あす、全員でカナダに旅立てるのだろうかと思った。

ダイヤモンドの宝石類と銃弾や射手のポケットから取りだした小さな石を選り分けていると、見慣れぬ塊が目に入った。ロック・クリーク公園で、わたしは使用済み薬莢を拾い集めた――そのとき、落ち葉のなかから金属の塊も一緒に拾ったのだろう。それは粒ダイヤが埋め込まれた質素な男物の金の印章指輪だった。何十年も埋もれていたのか表面が曇っていた。指輪の裏側にはアルファベットが刻まれている――最初の文字は判読不明だが、二文字目はRだ。

明かりに指輪をかざすと、頭の中で記憶がゆっくりと形を取った。ホワイトハウスの芝地で、側近が披露してくれた逸話、テディ・ローズベルト大統領がハイキングの最中、ボルダー橋のちかくで指輪をなくした話。これがそうなの？　掌で指輪を転がした。愛らしい指輪だった。最後の決闘の場で見つけた記念品。これはきっと暗示だ。わたしには夫が二人いた。法律で結ばれた夫と、愛で結ばれた夫。一人はワシントンの森の中に横たわっていて、わたしがそこを訪ねることは二度とない。もう一人はセヴァストポリで倒れ、そこも二度と訪れることはできない。ナチの手から奪い返さないかぎり。最初の夫とは結婚すべきでなかった。二人目の夫とは正式に結婚する前に時間が尽きてしまった。過ちを繰り返してはならない。三度目の貴重な機会を逃してはならない。

浅い眠りのなかにいるコスティアに屈み込み、ゆるく握った手に印章指輪を握らせた。「モスクワに戻ったら」やさしくささやきかけた。「結婚してね」それから、派遣団の連中に会って報告するため自分に気合を入れた。

大統領夫人の覚書

眠る夫の胸が上下するのを眺めていた。いつもより休める時間は遥かに少ない――リュドミラが去った後の内輪の大騒動に、フランクリンの専用回線を通じてソ連大使館と繰り返された支離滅裂なやり取り。全体像はまるで摑めていないが、ひとつだけ確かなことがある。火急の事態は対処された。明朝この国を離れる若い女性によって。

彼女をここに迎え入れることができたら、わたしとこの国のためにどれだけ貢献してくれるか想像もつかない。彼女もまた、フランクリンが偉大な仕事を成し遂げるために集め、磨きあげ、利用する――ときに酷使する――有能で興味深いタイプの女性だ。

フランクリンの女たち。彼についてはいずれ多くの書物が世に出るだろうが、できることならわたしたちについても紙幅を割いてほしい。彼の目となり耳となった妻……閣僚の一人として、あるいはホワイトハウスで彼の側近として仕えた女たち……地球の反対側の国、まったく未知でときに恐ろしい国からやって来て、彼に忠誠を誓ったわけでもないのに、彼を守るために命を投げ出してくれた女。

彼の胸が上下するのを、わたしはほほえみながらしばらく眺めた。それからドアを閉めた。

ベッドに入るまでに、やっておくべきことは山ほどある……だが、それをやるための平和と安心を与えてくれたのは、ロシアの銃弾だった。

35

　それからさらに二カ月ののち、わたしはようやくソ連の土を踏むことができた。アメリカ陸軍航空軍の大型爆撃機コンソリデーテッドB‐24で、グラスゴーからヴヌーコヴォ空港まで果てしない夜間飛行だった。雪の女王の寝室さながら霜が張った爆撃機の胴体の中ですごした十二時間、派遣団のメンバーたちはすっぽりと毛皮にくるまり、ついに、ついに終わったツアーを話題におしゃべりの花を咲かせた。だが、そのときわたしの頭にあったのは、モントリオールからロンドン、ケンブリッジ、バーミンガム、ニューカッスルそしてリバプールと行く先々で開かれた華やかな式典のことではなかった——雪をかぶった森に囲まれた広大な雪原にようやく着陸したときも、頭にあったのはただこれだけ。〝家族〟ほんの一カ月のつもりの旅が、四カ月にもなった。

　一生分も旅した気分だ。

　爆撃機から降りるときは、コスティアと手袋をはめた手と手をつないでいた——手袋越しに彼の指にはまる金の印章指輪の硬い丸みを感じた。出迎えの人の群れから離れ、爆撃機に向かって走ってくるいくつもの人影を見たとたん、動悸が速くなった。プチェリンツェフは妻と抱き合い、クラサフチェンコは父親の両頰にキスしていた。でも、彼らに気を取られている暇はなかった。長いおさげを頭に巻きつけた小さなフクロウみたいな母の姿が見えた……そして、母から離れてこっちにすっ飛んでくる小さな人影。

わたしは握っていたコスティアの手を離し、走りだした。〝死の淑女〟を脱ぎ捨て、夥(おびただ)しい数の写真を撮られた有名な狙撃手を脱ぎ捨て、じきに東部戦線を活気づけてくれるヨーロッパの同盟国兵士たちに会ったとき感じた誇りも脱ぎ捨て——駆け寄ってくる子どもの姿以外のすべてを忘れ去った。背が伸びてひょろっとした十歳の息子が、顔を輝かせて駆け寄ってくる。彼を抱き寄せたとたん脚がへなっとなって雪に膝を突いた。それでもぎゅっと抱き締めたまま、彼の髪に顔を埋めて恥ずかしげもなく泣きじゃくった。

ミラ・パヴリチェンコは、ようやく家族のもとに戻った。

エピローグ

エレノア・ローズベルト、モスクワに到着

一九五七年十月十日

「ミセス・ローズベルト、ソ連邦英雄、リュドミラ・パヴリチェンコをご紹介いたします」

わたしたちは長いあいだ見つめ合った――むっとする公会堂で、取り囲むソ連邦女性委員会のメンバーたちがざわめきだすほど長いあいだ。前大統領夫人と会うのは十五年ぶりだった。地味なスーツに黒い帽子の彼女の顔には、不世生の夫を亡くした悲しみが深いしわを刻んでいた。きっと彼女も、年月がわたしにもたらした変化を見てとったにちがいない。四十一歳になったわたしは、ホワイトハウスの卵とベーコンの朝食会で、胡散臭そうに彼女を見つめた怒りっぽい若い中尉ではない。こめかみに白いものが増え、くすんだオリーブ色の軍服ではなく実用一点張りのスーツの胸に勲章をさげている。

だが、自分が相好を崩しているのがわかった。それは白髪の下の彼女の顔に浮かぶのとおなじ、大きな笑顔だ。「懐かしいリュドミラ」彼女が一歩前に出る。「エレノア」わたしは息を吸い込み彼女の胸に倒れ込んだ。わたしたちが笑顔で見つめ合うと、拍手が起きた。十五年はそれほど長い年月ではなかったのだ。イギリス各地を巡るツアーのあいだ、チャーチル夫妻に会いに来たエレノアと再会した。わたしがソ連に戻ってからは文通をつづけた。ローズベルト大統領の死去にあたり、お悔やみの手紙を送った(〝エレノア、彼の手の力強さをきのうのことのように憶えています〟)。戦後、キエフ国立大学史学部五年生で論文を書きあげ優等賞を受けたときには、彼女からお祝いの手紙が届いた(〝リュドミラ、正直に言うと、ボフダン・フメリニスキーが誰なのか憶えていないのよ、でも、お願いだから講釈を垂れないで!〟)。

そして、彼女がモスクワにいる。いまは大統領夫人ではないが、その外交手腕は高い評価を受けていた。わたしたちの立場は逆転し、親善ツアーを行っているのは彼女だ。演説が行われ(いつだって演説)、握手が交わされ(いつだって握手)、記念の盾が贈呈された(頼むから盾はこれきりにして——いったいどこに飾ればいいの?)。それでもなんとか、エレノアと二人でモスクワのわたしのアパートに引き揚げることが許され、サモワールで炒れた紅茶を飲みながらくつろぐことができた。ただし、警護スタッフと内務人民委員部の番人を廊下に待たせておいて。

「素敵なお住まいね、リュドミラ」国から授与されたわたしの居所を、彼女がぐるっと見回した。モスクワの中心街にちかい四室のアパートで、わたしがかつて勤務していたソ連海軍本部にもそう遠くない。壁一面を埋め尽くすのはわたしの本だ。「息子さんは一緒に住んでいるの？」

「彼はべつにアパートを持っています。モスクワ大学法学部を優等で卒業しました」わたしのスラヴカは真面目でやさしい若者に育った。黒髪でがっしりした体つきは若いころのわたしの父にそっくりだ。ありがたいことに彼の父親に似たところはひとつもない。

「ご自慢の息子さんなんでしょ」エレノアは紅茶を搔きまぜながらわたしを観察している。「幸せそうね、リュドミラ。じつは心配していたのよ。あなたが苦しんでいるんじゃないかって——親善ツアーのあと、前線に戻れなかったことで」

「狙撃手訓練教官としてのほうが使い道があったってことです」たしかに、あのときはひどい失望を味わった……だが、コスティアが指摘したように、狙撃手に戻っていたら、多くの狙撃兵たちと同様、スターリングラードで戦死していただろう。そしてそれを、ドイツ軍は偉大な勝利として宣伝に利用しただろう。代わりに狙撃手を訓練する任務に就かされた。男だけでなく女もわたしのもとから巣だっていった。かつてのわたしとおなじ、激しい闘志を抱く桃色の頰っぺたの娘たち。わたしは持てる技量のありったけを彼女たちに注ぎ込んだ。はじめて人を殺したときの両手の震えの抑え方や、手が震えるのは勇気の欠如を意味しないことを教えた。カモフラージュの仕方、武器の手入れの仕方を教えた。戦場を漁って布を集めることも教えた。赤軍は充分な生理用品を支給してくれないからだ。女好きの将校のあしらい方も、緩衝地帯をオオヤマネコさながら音を立てずに横切る方法も教えた。老ヴァルタノフが生きていたら目を潤ませ誇りに思ってくれただろう。

打ち損ねても恥じ入ることなくもう一度撃てと教えた。その失敗は必ずしも死に直結するわけではない。

知っていることはすべて彼女たちに教え、敬礼して送りだし、その死を悼んだ……無事生還した者たちはモスクワのこのアパートに招き、ウォッカを酌み交わしながら昔見た悪夢やずっと前に逝った戦友たちの話をした。それから、目には涙を唇には笑みを浮かべて別れた。生きている女性狙撃手たちと。

おそらく確認戦果に多くのナチを上積みできただろうが、終戦までに祖国のために戦った女性狙撃手の数は二千を超え、その多くはわたしが鍛えた者たちだ。いずれの女性たちも、確認戦果の数でわたしに匹敵する。四十一歳になったいま、狙撃手から狙撃手訓練教官に変身したことを無駄だったとは思わない。

「それに」いま、わたしは笑顔でエレノアに告げる。「もともとは歴史学者になりたかったんですから。狙撃手ではなく。そして、そうなりました」

「たしかにそうね——リュドミラ、ところで、紅茶にはいまでもジャムを入れるの？」

「ロシア流の飲み方ですからね」わたしはスプーンに山盛りのサクランボジャムを彼女のカップに投入した。「ご訪問中、退役軍人委員会の人たちにぜひ会ってください」

「もちろんよ。あなたはいま、彼らと仕事をしているんでしょ。退役してから——あなたの身分はなんでしたっけ？」

「ソ連海軍艦隊史部門の研究助手でした」古傷が悪化し、数年前に退役した。脳震盪に砲弾ショック、瘢痕組織……それらは年を経るにつれ消えるのではなく、深くなっていった。「退役したからって、つくねんとしてるわけじゃありません」

「わたしもまったくおなじよ」前大統領夫人が言った。

そこへコスティアが戻ってきた。髪に白いものが目だってきたが、鋼の肉体は健在だ。彼の前をわが家の愛犬が飛び跳ねる。彼はわたしのかたわらで終戦を迎えた。最後までわたしの陰にいて狙撃手を鍛える手助けをしてくれた……それから、レッド・スター・ケンネルで軍用犬の訓練に携わってきた。彼に言わせると、新兵より犬のほうがよほど賢いそうだ。うちで飼っているのは大型犬の黒いロシアンテリアの仔犬で、コスティアは脚の古傷をものともせず、毎朝、彼女とゴーリーキー公園を走り回っている。「夫です」彼がわたしの髪にキスし、エレノアと握手したあと、わたしから紹介した。それ以上付け加えることはなかった。いろんな理由から彼は目立つことを避けてきたからだ。

「お顔に見覚えがあるわ」エレノアが思案げに言った。コスティアが軽く会釈し、犬をブラッシングすると部屋を出ていったあとのことだ。「派遣団の一員だったわよね?」

「ええ、まあ」

「あなたの最初のご主人と取り違えているのかも……ご主人もツアーでワシントンにいらしてたこと、ずっとあとになるまで気づかなかったのよ」

「そうですか」

「あなた、ご主人の自慢話はいっさいしなかったものね」エレノアが眼鏡の縁越しに穏やかな視線を寄越した。「彼が派遣団と一緒に発たなかったことは、たいした悲劇ではなかったのね」

「ええ、まあ」アレクセイ・パヴリチェンコは表向き、ツアー中に虫垂炎で亡くなったことになっていた――裏で慌ただしく事後処理が行われ、ロック・クリーク公園の一件は表沙汰にはならず、ソ連派遣団もホワイトハウスも恥をかかずにすんだ。

わたしはいまでも真夜中に目が覚めると、名前もわからずじまいだった射手の泥色の目を思い出す。誰が彼を雇ったのだろう。その件でエレノアと話し合う機会はついぞなかった。

いまは……。

「わたしに結婚を申し込んだ風変わりなアメリカ人実業家、憶えてらっしゃいますか?」わたしから水を向けてみた。「彼はどうなったんだろうってときどき考えるんです。どんな人たちと親交があり、どんな人たちと仕事をしていたのか」

（この会話は盗聴されていないと考えるのは愚かなことだ。エレノアとわたしは友だちであっても、国同士はもうそうではなかった。悲しいことに）

「あなたの求婚者がどんな人たちと親交があったか、夫には心当たりがあった」と、エレノア。「あなたが出発したあとで、そのうちの何人かと話をして片をつけたのよ……あれからは、たいした問題は起きなかった」

たしかにそうなのだろう。暗殺計画が練られたとしても失敗に終わったにちがいない。なにしろ彼は無事に四選を果たしたのだから。「ローズベルト大統領が戦争終結をその目でご覧になれなかったのは残念に思います」一九四二年のハロウィーンの夜、わたしは彼の命を救った。ソ連に援軍を送る約束を彼は果たしてくれた……が、ドイツ降伏を見届けることなく亡くなった。

「勝利を見届けるまでは生きられなかったけれど、勝利を確信して亡くなったわ」エレノアがカップを掲げた。

わたしもカップを掲げた。無言の感謝を示してくれたのだ。長いこと見つめ合ったのち、まるで中年女性がするようにカップをソーサーに無造作に置いた。「お天気に恵まれてよかったですね、エレノア――」

「ええ、あなたにお供してもらってあちこち見て回れたらと願っているのよ、リュドミラ」

「今度はわたしがガイド役を務める番ですね。案内したい場所がたくさんあります。レニングラード、ツァールスコエ・セロー（サンクトペテルブルクにあるロシア皇帝の離宮）、エルミタージュ美術館、ロシア美術館……でも、今夜はオペラ。『エフゲニー・オネーギン』の切符を取ってあるんですよ。舞踏会のシーンで友人のヴィカがヴァリエーションを踊るんです。戦時中は戦車の操縦士で――勇敢な行為が讃えられ三度も受勲してるんです。それがいまやボリショイのバレリーナ」

「あなたの国は類まれな女性たちを輩出してるのね」

「ご紹介しますよ」仕事を通じてたくさんの女性退役軍人と知り合いになった。ヴィカは最後の任務でベルリンに進軍中に片目を失ったが、相変わらず優雅で口の悪い厄介者だ。〝夜の魔女〟として九百回も爆撃飛行を行った黒髪のソ連邦英雄イエリーナ・ヴェトシーナ……そして大切な友、レーナ・パリイ。彼女はセヴァストポリ陥落で死んではいなかった。ドイツ軍侵攻を受け丘陵地帯に退却し、衰弱しきってはいたものの生還した。いまでは毎月ゴーリキー公園で会って昔話に花を咲かせている。たいていわたしが遅刻するのだが、彼女はアパートまでやって来てドアを叩いて叫ぶ。「起きなさい、ねぼすけ！」

「昼間からウォッカ？」わたしが乾杯しましょうと言うと、エレノアは非難がましく頭を振った。「悪い習慣ですよ、リュドミラ」

「どうしても改められない悪い習慣のひとつぐらいないと、退役軍人を名乗れませんからね」わたしはしらっと言ってのけた。

　実際のところ、ひとつではすまなかった。飲みすぎなのはわかっていた。いまだに悪夢で目が覚める。戦闘の記憶、あるいは雷鳴が轟くなかロック・クリークのそばのブナの木に登り、射手が現れてわたしの目を射抜くまで待っている夢。そんな夜はわたしの震えがおさまるまでコスティアが抱いていてくれる。それはおたがいさまで、戦争の悪魔が歯を剝いてうなりながら赤い鉤爪を突き立てる夢にうなされるコスティアを、わたしが抱き締める。いまでも銃声に似た音にビクッとする。動線を確認し、危険がないか確かめないと部屋や建物に入ることができない。開けた場所でもそれはおなじだ。いまだに痛みがぶり返す古傷同様、わたしが払うべき代償だった。目に見えぬ傷もまた苦痛を与える。

　回想録を書くよう党から促されていた。〝前線におけるきみの英雄的行為をありのままに綴りたまえ、同志パヴリチェンコ、勇気や義務、母国の輝ける未来について節度をもって語るのだ〟わたしは折りにふれ当時を思い出すのだが、公式記録にあるわたしの赤軍時代と、記憶に残っているそれとはまるで別物だった。亡くした戦友たちや狙撃手の任務、心に負った傷について正直に書くことはできる。アメリカからカナダ、イギリスを巡った親善ツアーで出会った人びと、チャーリー・チャップリンやフランクリン・ローズベルト、オペラ歌手のポール・ロブソンやウィンストン・チャーチルといったすばらしい人びとについて書くことはできる。自分の回想録で嘘はつきたくない……けれど、省かざるをえないことはたくさんあった。

アレクセイ・パヴリチェンコが登場するのは、幼さが抜けきらない愚かな少女を夢中にさせ、子どもを産ませた人物としてほんの一、二行だけだ。彼のことは記憶から消し、歴史の頁から消し、ワシントンの公園の腐葉土の下に埋めた。

コスティアもまた回想録に登場しない。まったくべつの理由からだ。親善ツアーから戻ってほどなくして、彼の実の父親、彼がダイヤモンドの目と野性の能力を受け継いだバイカル湖畔に住む毛皮猟師が、同志スターリンを批判して告発されたと、こっそり知らせてくれる人がいたのだ。コスティアの名前を逮捕令状から消してもらうのに、わたしは持っているダイヤモンドの半分――射手のポケットから出てきた原石と、彼が決闘の申し込み代わりにくれた宝石セットのうちのブレスレット――を手放した。逮捕令状にはマルコフ姓の息子と娘たちの名前がずらっと並んでいた。残りの宝石は金庫にしまい、コスティアは狙撃手として叙勲されることもなく、〝死の淑女〟の夫として世間の注目を集めることもなく、地味に生きてきた。彼は後悔していないのだろうかと思うことがある。持つことができなかった自分の子ども、アメリカに残してきた親戚……たとえ悔やんでいるにしても、彼はけっして口に出さない。わたしがいればそれで満足だと、彼が思ってくれていればよいのだが。わたしと人生をともにする決断をした彼を、わたしは必ず守り抜く。赤軍の記録には、わたしが狙撃手の相棒と懇ろになったと記されているが、わたしの回想録に出てくる相棒の名前はコンスタンティン・シェヴェライオフではない。相棒のタイトルは小隊のほかのメンバーに与え――ずっと昔に戦死しているから異議を唱える心配はない――夫の名前は匿名にしてある。

わたしに求婚し、わたしを追い回し、ロック・クリーク公園でわたしと戦った泥色の目の男も登場させない。

世間は戦争の英雄を愛するからだ。そしてわが母国でも、戦争の英雄は潔癖で純粋でなければならない。そんなわけで、わたしに回想録を書けとせっつく人びとが求めているのは、国を守るために戦った愛国的な若い女性だ。人びとが応援したくなるのは、満月みたいに清純なヒロインだ――だが、わたしにはそれ以上のものがある。わたしの月には陰の部分があるのだ。

リュドミラ・パヴリチェンコの確認成果は三百九ということになっている。どの一発も国土を守るために発射されたもので、残忍さとは無縁の記録だ。寝待月の夜に遠くの国で繰り広げられた決闘について知る者はほとんどいない。二人のまったく異なる男たちを相手に、怒りと絶望と猛々しい自己保存本能に駆られて行った決闘……つまり、確認戦果は三百十一。

だが、それはわたしの秘密、狙撃手の秘密、わたしが墓場まで持ってゆく秘密だ。エレノアは知っているが、わたしは彼女の夫の命を救い、ふたつの国も一緒に救ったのだから、きっと彼女も墓場まで持っていってくれるだろう。だからわたしは紅茶のカップを置き、着替えに立った。「あの黄色のサテンドレスはもうないし、今夜のオペラにはいったいなにを着ていったらいいかしら……」

「必要なら言ってちょうだい。裾上げでも袖丈を長くするのでも、わたしに任せて」元大統領夫人が言った。

著者あとがき

読者のみなさんはリュドミラ・パヴリチェンコをおそらくご存じないだろう。数年前までわたしも知らなかった——『亡国のハントレス』を書くにあたり、〝夜の魔女〟について調べるうち、もう一人のソ連の英雄に巡り合った。図書研究員から狙撃手に転じ、第二次大戦中に確認戦果三百九を叩き出し、一九四二年に宣伝ツアーで訪れたアメリカを熱狂させた女性だ。ハリウッドのスターたちと歓談し、エレノア・ローズベルトと親交を深めた彼女のほかに類を見ない物語を書かない手はない。

戦前、戦中、戦後を通して、ソ連の記録はかなりでたらめだ。第二次大戦がはじまった当初、彼らは敗者だったから、忘れ去りたい時代だったのだろう。第三帝国はロシア人を好ましくない人種であり絶滅させるべきだと考えていた。フランス人やイギリス人の捕虜は国際法どおりに扱ったが、ソ連兵士は虐殺するか飢え死にさせるかだった。形成が逆転すると、ロシア人も同様の蛮行を働いたが、ドイツ軍の圧倒的な武力による侵攻がはじまった当初、兵力で劣る赤軍は退却戦を余儀なくされ、かつてナポレオン軍がそうだったように、荒涼たる大地とロシアの冬に耐えきれずドイツ軍が撤退するのを待つしかなかった。この戦略は甚大な犠牲を伴うものだった。ドイツ軍の侵攻によって、数百万のソ連兵が命を落としたのである。

なにより、前線で危険に曝された兵の多くが女性だ。

女性を実戦部隊に配属したのは、同盟国中ソ連だけだった。戦争中、およそ八十万人の女性が兵役に服したが、これは全兵士の五パーセントに当たる。通信や医療の分野に携わる者が多かったとはいえ、かなりの数の女性たちがより積極的な活動を行っていた。〝夜の魔女〟のような爆撃機の操縦士、ミラの友人ヴィカのような戦車の操縦士――それに、狙撃手だ。

狙撃手と言われて思い浮かべるのがハリウッド映画だろう。軍隊版シリアルキラー。よくて部隊のはみ出し者、血管に血ではなく氷水が流れている人間――スティーヴン・スピルバーグの『プライベート・ライアン』でバリー・ペッパーが演じたジャクソン二等兵がよい例だ。遠く離れた隠れた場所から人を撃つのは不名誉、あるいはアンフェアだという考えが根強くある……だが、火器が発明されて以来、腕のいい狙撃兵はあらゆる軍隊で重用された（それ以前の弓矢の時代だって、アジャンクールでヘンリー五世率いる軍は遠距離から長弓でフランスの重装騎兵を打ち負かしたし、ロビンフッドの〝愉快な仲間たち〟は森の隠れ場所からジョン王の軍勢に矢を放っている！）狙撃手を利用することはジュネーヴ諸条約に抵触しないが、ステレオタイプの狙撃手像が定着しているのも事実だ。冷酷で非情で人を寄せつけない。リュドミラ・パヴリチェンコと会ったとき、エレノア・ローズベルトがいみじくも言ったように。〝照準器を通して敵の顔がよく見えるでしょうに、それでも撃ち殺す……そういうのは、アメリカ人女性にとっては理解しがたいのよ〟

だが、〝死の淑女〟と呼ばれた女性はステレオタイプの狙撃手像には当てはまらない。愉快回想録で描かれる彼女、彼女の仲間たちが語る逸話のなかの彼女は、あたたかくて、愉快で、魅力的で、本の虫で、愛情溢れる母親で、孤独を好む内向的な面はあっても、パーティーの主役にもなれる女性だ。それに、たいていの狙撃手がアイスブルーや冷たいグレーの瞳の持ち主として描かれるが、彼女はそうではない！

彼女は前線で狙撃を学んだずぶの素人ではない。軍服に腕を通したときにはすでに熟達の射撃手だった。揺りかごを卒業したとたん、食糧調達のためにライフルを持たされる田舎娘ではない。彼女はウクライナ人（本人はロシア人だと言い張るが）の都会っ子で、歴史学者になるのが夢の本好きな少女だったが、友人たちと射撃場に出掛けるのを好んだ──射撃訓練の上級コースに応募したほどに。射撃はあくまでも趣味だったが、国を守るため身につけた技能を生かす決断をするのは早かった。友人たちと海水浴に行った日、ちかくのカフェでランチをしていたときに戦争突入のニュースを耳にし、その晩、『椿姫』の幕間に劇場を抜け出して軍隊に志願した。オデッサ公立図書館で働く娘──『ボフダン・フメリニツキー、一六五四年のウクライナとロシアの統合およびペラヤースラフ会議の役割』と題したニッチな論文を書いていた大学院生――は、それから確認戦果を積み上げてゆくことになる。

狙撃手の確認戦果は第三者によって確認されてはじめてカウントされるのだから、リュドミラが倒した敵の数はそれをはるかに上回るだろう。猛攻撃の最中では敵を仕留めたことを立証する時間も機会もないし、狙撃手ではなく兵士として狙いを決めず撃ち殺した敵の数はそもそもカウントされない。確認戦果三百九も実のところ宣伝目的で決められたものだから、それより少なかったのかもしれない。むろんそれより多かった可能性のほうがはるかに高い。数百人の敵を葬ったリュドミラ・パヴリチェンコは、自らも四度負傷しており、〝死の淑女〟の異名をとることとなった。本書に記した恐ろしい体験の多く――小隊の新兵の訓練、ギルデンドルフと名もない丘での襲撃、家族を殺された森番ヴァルタノフとの出会い、カバチェンコ農場でドイツ兵にレイプされた娘とのやり取り（〝皆殺しにして〟）――は、リュドミラがのちに書いた回想録から頂戴したものだ。

ソ連の回想録では事実は長々と記されるが、そのときどきの感情は短い記載に留められる。心情を吐露するのはソ連人の流儀に反するのだろう。それでも、自分が効率的な命の奪い手になったことに対する彼女の思いは、残虐さとはほど遠いものだった。セルギエンコ大尉の目の前ではじめて二人殺した場面では、将校を撃つことにためらいは覚えなかったものの、的を狙って撃つのと人を狙って撃つのはまったくべつだと述懐している。彼女は名前が売れるのが嫌でたまらず、自らを任務を遂行する兵士にすぎないと考えていた。敵は攻撃せよと命じられてやって来た侵略者で、彼女は侵略者を押し返せと命令された防護者、それだけのことだ。ヒトラーの軍勢が祖国に与えた損害を目の当たりにし、彼女の怒りは憎悪へと姿を変えたが、それでも一発で仕留めることと完璧なプロ意識に誇りを持っていた。彼女はただ一度だけ、殺す代わりに負傷させろと部下に命じている。セヴァストポリの最後の防衛戦で、圧倒的に優勢な敵の侵攻を遅らせる唯一の方法だったからだ。

ロシアの前線は生き地獄だった。死傷者数は増えるばかり、悪天候がつづき、兵士は訓練不足なうえ装備は足りず、ドイツ軍に撃たれるより上官にやられることもあった（ためらう素振りを見せようものならその場で射殺された）。女性兵士はとりわけ苦労した。空軍には〝夜の魔女〟のように女性だけの連隊があり、混成の連隊でも女性操縦士だけで編隊を組むことができたが、陸軍の女性兵士は少数派で、将校の性欲処理係とみなされていた。上官の誘いを断れば、強姦（ごうかん）されるか推薦リストや昇級リストからはずされるかだった。リュドミラが部下たちの尊敬を集めたのは、親切かつ厳しく威厳を保ったからだ。それでも、ある情報源によると、上官の誘いを無碍（むげ）に断ったため不興を買ったことがあったそうだ。彼女の受勲が遅れたのはそのせいだろう……だが、三日間におよぶドイツ軍狙撃手との決闘によって、その評判は不動のものとなった。

名声と実績があがれば誹謗中傷の的となる。今日(こんにち)でも、リュドミラ・パヴリチェンコは偽物だと言い張る向きがある。宣伝用に創られたブルネットの美人が、大衆を鼓舞するために丸暗記した物語を語る、というわけだ。彼女の回想録の年表は不正確だとけちをつける者もいる。彼女が率いたと主張する小隊はそのころまだ編成されておらず、アメリカで射撃の腕前を披露するのを拒んだのは、彼女が撃てないことのなによりの証拠だ、と言い募る。

リュドミラ・パヴリチェンコはほんものだとわたしは思っている。その回想録にはソ連のプロパガンダのスタンプが捺されているが、狙撃手のスキルや武器、ルーティンに関する細かな記述からは彼女の生の声が聞こえてくる。年表に不正確な部分があるのは仕方がない。戦場で幾度となく脳震盪を起こしたせいでＰＴＳＤに苦しむ彼女が、曖昧な記憶を手繰り寄せようとすれば細かな間違いが生じる。彼女が率いたという狙撃小隊はたしかに赤軍に存在しないが、リュドミラが戦った戦争初期のころはすべてがいいかげんだったから、自分なりのやり方をその都度見つけていくしかなかった。親善ツアーで射撃の腕前を披露することを拒んだ（シカゴの射撃クラブでの実演を除いて）理由を、彼女は回想録で端的に述べている。サーカスの大テントやパーティーの余興で披露するために射撃の腕を磨いてきたのではない、と。

彼女の戦争はすべてが泥と血と苦痛に塗りこめられているわけではなかった。彼女にはユーモアのセンスがあり、いけ好かない上官を笑い者にするとき、部下たちと歌いウォッカを酌み交わして夜をすごすとき、襲撃に成功して戦利品を漁るとき、それが遺憾なく発揮された。男性の仲間たちと親しくならないことを戒めとしてきた彼女が、そのルールを破ってロマンティックな前線の恋に身をやつしたことが一度だけあった。

二十四歳にしてすでに、恋愛という地雷原に足を踏み入れ痛い思いをしていた。最初の夫、アレクセイ・パヴリチェンコについて、彼女はほとんど語っていない。十五歳になりたてのころダンスパーティーで出会った年上の男で、彼女を誘惑し妊娠させた。彼女と息子のロスティスラフを捨てたその男についてのコメントはこれだけだ。〝ありがたいことに、息子は父親にまるで似ていない〟シングルマザーになった彼女は、仕事と勉学と息子の養育に全力を注いだ――ゆえに、セヴァストポリでの長身で愉快でハンサムな赤軍中尉との出会いは、青天の霹靂だったろう。ロシア前線でもっとも危険な女を口説いて心を奪った男、リョーニャ・キツェンコの登場だ。

キツェンコとは部下の伍長で、仲間の狙撃兵で、夜ごとの狩りに出掛けるときの頼りになる相棒の名前だが、彼女の中隊を指揮する中尉としてのキツェンコも登場する。おそらく、二人の人間が記憶のなかでごっちゃになったのだろう。彼女は、中隊の指揮官とも、狙撃の相棒とも時を置いて恋愛関係にあったと考えられる。そこで、わたしは二人を描き分けることにした。一人はアレクセイ・アルカディエヴィチ・キツェンコ中尉、愛称リョーニャ、彼女の上官で二人目の夫になる男。二人が正式に結婚したかどうか定かではないが（キツェンコの名前は彼女の墓に配偶者として記されていない）、リュドミラはあらゆる意味で彼を夫だと思っていた。二人の恋愛はめまぐるしいものだった。前線で負傷した彼女をリョーニャが運び出し、彼女が手術を受けたときには彼が血を提供し、入院中は毎日見舞いに訪れ、退院した彼女を自分の掩蔽壕に招待した（空の薬莢に花を活けて！）。その夜、彼がプロポーズし、二人はそれからずっと一緒だった。

リュドミラにとってもっとも幸せな時期だった。その愛が狙撃によい効果を生んだと書いている。リョーニャの待つわが家に戻れると思うと、彼女が放つ銃弾は必ず的に命中した。三日間の息詰まる決闘でも、彼女と相棒（わたしは彼をコンスタンティン・シェヴェライオフと名付け、のちに彼女の人生になくてはならない存在となる）は、ドイツ軍狙撃手の裏をかくことができた。だが、新婚生活はほんの三カ月で終わりを迎えた。リョーニャが彼女の目の前で迫撃砲にやられたのだ。数時間後、彼はリュドミラの腕の中で息を引きとった。悲しみのあまり彼女はおかしくなりかける。狙撃に戻ることができたのは、相棒とともにリョーニャの墓前で泣きたいだけ泣いたあとのことだった。あらたな怒りに駆られて彼女は前線に戻った。のちにエレノア・ローズベルトに語ったように、照準器に映るドイツ兵は誰も彼も、リョーニャを殺した男に見えていた。

数カ月後、セヴァストポリは陥落し、リュドミラもそこで戦死してもおかしくなかったが（赤軍の女性狙撃兵の七十五パーセントが戦闘で命を落とした）、その数週間前、彼女は負傷して撤退させられていた。彼女は前線に戻ることを希望したが、プロパガンダ担当者にはべつの考えがあった。ワシントンからの電報がスターリンのデスクに届けられたばかりだった。エレノア・ローズベルトが主催する国際学生会議にソ連の学生を招待するという内容で、〝ボス〟はこれを好機と見た。こうして〝死の淑女〟がアメリカに送られた。

彼女は陸にあがった魚の気分で、ホワイトハウスで開かれた歓迎朝食会も気まずいものとなった。大統領夫人の〝女性狙撃手というのがアメリカ人には理解できない〟というコメントに対するリュドミラのそっけない応答は、回想録にあるとおりだ。最初の記者会見での馬鹿げた質問と彼女の答えもそのまま再現した。だが、彼女を取り巻く状況を好転させた女性がいた。大統領夫人が愛車にリュドミラを乗せ、その晩のディナーパーティーの会場へ向かったのだ。彼女の運転が〝死の淑女〟に、機甲師団に立ち向かう以上の恐怖を与えたものの、これが思いもよらぬ友情を育む第一歩となった。

リュドミラはじめ派遣団の面々を、FDRに紹介したのはエレノアだった。この内輪の集まりの話題は、ヨーロッパに第二戦線を置くことだった。アメリカ各地を回る親善ツアーにも、エレノアは付き添った。大統領夫人とロシアの狙撃手が友情を結ぶなんてありえない話だが、本書で描いた二人のシーンはリュドミラの回想録から借用したものだ。アメリカの分離政策に関するやり取り（イギリスがインドでとった植民地政策同様、リュドミラをぞっとさせた）、リュドミラが大統領専用リムジンでエレノアの肩に頭をもたせて眠り込んだこと、ハドソン川でカヌーから落ちたリュドミラが、エレノアのベッドルームに招き入れられ、ピンクのパジャマの裾上げをするエレノアと時間を忘れておしゃべりに興じたため、大親友になった二人を、夕食に遅れるとFDRが呼びに来たことまで！

エレノアの後押しで、リュドミラはスポットライトを浴びることになる。チャーリー・チャップリンやウディ・ガスリー（『ミス・パヴリチェンコ』という曲を彼女に捧げた――YouTubeで探してみて！）といったセレブたちと歓談したが、その一方、ソ連軍を代表してアメリカの援助を求めるという重責を担い、熱のこもった演説を行った。シカゴで行った演説、「紳士のみなさん、わたしはすでに三百九人のファシストの侵略者の命を奪いました。紳士のみなさんは、いったいいつまでわたしの背中に隠れているつもりですか？」で聴衆を奮い立たせ、人気を不動のものとした。

エレノアとリュドミラは、一九四二年十月、ホワイトハウスの送別ディナーで別れの挨拶を交わしたものの、以後十五年にわたって手紙のやり取りをしている。そのあいだにFDRは約束を守ってアメリカ軍をヨーロッパに送り、ミラは狙撃手訓練教官として終戦を迎えた。一九五七年、夫を亡くしたエレノアが親善ツアーの一環でUSSRを訪れ、元大統領夫人と元狙撃手は旧交をあたためた。

わたしは著者あとがきで、実在の人物と架空の人物をどこでどう交わらせたか説明するのが常だった。だが、本書は勝手がちがった。登場するのは歴史資料から引っ張ってきた人たちばかりだからだ。リュドミラの派遣団仲間、プチェリンツェフとクラサフチェンコ。彼女の上官、ペトロフ少将、ドローミン中尉、セルギエンコ大尉。小隊の仲間のフョードル・セディフ、老ヴァルタノフ。オデッサ時代の友人ソフィア、医療大隊の衛生兵レーナ・パリイ……みんな実在の人物だ。わたしが創造して付け加えたのは、バレリーナ転じて戦車操縦士のヴィカ（そのうち彼女をヒロインにした本を書くつもり！）と、実在の二人の男性の混成物コスティア・シェヴェライオフだ。

今回も物語に合わせて記録をいじった。リュドミラの戦闘体験は、時期をずらして描き直している。司祭を伴ったルーマニア軍の攻撃は時期を早め、療養生活を送った場所をオデッサから医療大隊の病院に移した。彼女の最初の出撃で実際に相棒を務めたのは、コスティアではなくべつの新兵だった。リョーニャの登場の時期は、実際にはもっとあとだ――彼がリュドミラとすごした時間があまりに短いので、彼を早く舞台にあげたい衝動を抑えられなかったもので。親善ツアー中の出来事も少し変えてある。リュドミラがローレンス・オリヴィエに出会ったのは、ハリウッドではなくイギリスだった。ＦＤＲのお忍びの軍需工場視察はもっと前に終わっており、リュドミラのカリフォルニアでの記者会見に時期を合わせてはいない。

集めた資料で矛盾が生じる場合、例えばリュドミラの所属連隊の正確な名称や、ホワイトハウスで開かれたソ連派遣団送別会の正確な日にちなどは、リュドミラの回想録に合わせた——同様に、地名やロシア人名も彼女の綴り法に合わせたので、現代の地図や訳語とは異なっているだろう。彼女が引用した事実や数字は正確さに欠けるかもしれないが、それは彼女がそう信じた事実や数字であり、その当時は正しいとされたのだからそのまま使用することにした。リュドミラの回想録に記された逸話のいくつかを本書では省いた。スターリンとの会見などで、おそらく実際にはなかったことだろう。リュドミラ・パヴリチェンコの回想録を彼女の記憶だけをもとに綴られたものと考えるのは早計にすぎる。プロパガンダ担当者もまた記録をいじくるのだから。

彼女の回想録には魅力的な空白や沈黙があり、そこを埋めたくなるのが小説家の性だ。リュドミラは夫のアレクセイ・パヴリチェンコと最後に会ったのは開戦の三年前だったと記し、それ以上は彼について言及していない。彼もまた戦場で散ったロシア人男性数百万の一人だった可能性はある——彼が医者だったことを示す証拠を見つけたので、彼を軍医として本書に書き加えた。彼の消息はわからずじまいなので、十五歳の娘を誘惑し子を産ませて捨てた男にふさわしい末路を与えてやった。

空白を埋めるために創作した人物はもう一人いる。リュドミラの狙撃手の相棒で最後の夫となるコスティア・シェヴェライオフだ。リュドミラの相棒の名前は回想録ではフョードル・セディフとなっている。あくまでも任務遂行のためだけの関係だったのだろう。セヴァストポリ以後、彼についてはひと言も触れていない。戦後に彼女が再婚した相手についても同様だ。コンスタンティン・シェヴェライオフについては誕生日と命日しかわかっていない。とても大事だったはずの二人の男なのに、彼女がこうも素気ない態度をとるのはどうしてなのか？

わからない。それならわたしが理由を創り出そう。コンスタンティン・シェヴェライオフには、レーダーに引っ掛からないよう低空飛行せざるをえない理由があり、彼の有名な妻は、彼を表舞台に引き摺りださないよう最大限の努力をした。強権的なスターリン政権下では、人が目立たないよう息を詰めて生きる理由はいくらでもあった。コスティアにリュドミラの相棒でかつ再婚相手の役を振ることで、相棒と恋愛関係にあったとする資料に敬意を表し、さらに彼の生い立ちを書き加え、彼女が回想録で相棒をほかの名前で呼ばざるをえなかった理由も与えた。

最後に射手について。一九四二年にローズベルト大統領暗殺が企てられたかどうかは不明だが、一九三三年に危うく暗殺を免れたのは事実だ。マイアミで群衆に紛れたジュゼッペ・ザンガラが彼に向かって発砲したのだ。翌年には、彼を免職させ軍事政権を樹立しようとする陰謀（背後に産業界の超大物がいたとされる）が発覚している。一九四二年時点で、彼の死を願う敵はまだ大勢いた。孤立主義者、アメリカ人ファシスト、彼を自らの人種と階級の裏切者とみなす政敵たち、ＵＳＳＲと軍事同盟を結ぶことを国家に対する反逆と捉える反共主義者。そんな状況に射手を投入することで、親善ツアー中のもっとも不可解なエピソードを納得のいくものにできたと自負している。アメリカの億万長者ウィリアム・ジョンソンが彼女に恋し、ツアーについて回って結婚を申し込み、〝きっとまた会える〟と書いた添え状とともに豪華なダイヤモンドの装身具一式を贈った。リュドミラの回想録によれば、二人がまた会うことはなかった。だが、こんなおいしい話をほうっておく手はない。だから、本書では二人を再会させた。最初がホワイトハウスで（当時のセキュリティはいまほど厳重ではなかった）、つぎがロック・クリーク公園で。首都を縦断する広大な森は死体を呑み込むのにふさわしい。連邦刑務所局のインターンだったチャンドラ・レヴィは、二〇〇一年にこの森で行方不明になり、他殺死体で見つかったのは一年後だった。捜索技術がこれだけ発達している現代でもそうなのである。もうひとつの公園ミステリー、一九〇二年にテディ・ローズベルトがハイキング中になくした指輪はいまだに発見されていないので、わたしが洒落た落ちをつけてみた！

本書が誕生するまでには多くの人びとのお世話になりました。心からお礼を申しあげます。母と夫はこの本の最初のチアリーダーでした。すばらしい批評仲間たち、ステファニー・ドレイ、ステファニー・ソーントン。本書の二番目の読者で博学の専門家たち、エリン・デイヴィーズ・アンド・アウトロー、チャールズ・F・A・ドヴォルザーク、アンナロイ・フェレル、エレナ・ゴロクホヴァ、シェルビー・ミクシュ。わたしのエージェント、ケヴィン・ライアンと編集者のテッサ・ウッドワード、ウィリアム・モローのすばらしいチーム。あなたたちがいなかったら、きっと迷子になっていたわ！

リュドミラなしでは、やはり迷子になっていたでしょう。魅力的なこの女性のことをもっと知りたいなら、*Lady Death: The Memoirs of Stalin's Sniper*（邦訳版『最強の女性狙撃手　レーニン勲章を授与されたリュドミラの回想』龍和子訳、原書房）をお薦めします。デイヴィッド・フォアマン訳の英語版（グリーンヒル・ブックス）は、本書の下調べと執筆に欠かせない資料でした。リュドミラ・パヴリチェンコは狙撃手という枠に留まらない勇猛果敢な女性であり、人を殺した代償をきっちり支払っています。戦争を生き延び、論文を書きあげ、歴史家になる夢を実現しましたが、その一方で多くの友の死を見届け、PTSDに苦しみ、コスティアに先立たれ……それでも後半生を退役軍人たちに捧げ、後世に残すために自分の物語を記録し、死に際まで悪態をつきながら家族に見守られ、最愛の息子の腕で息を引きとりました。

第二次大戦はイギリスの情報機関とアメリカの鉄とソ連の血によって勝利した。大雑把な一般化とはいえ核心を突いています。第二次大戦直後に米ソの冷戦がはじまったため忘れられがちですが、ソ連が味方でなかったら枢軸国との戦争に負けていたかもしれません。ナポレオンの轍を踏んだヒトラーの誤算は、きわめて重要な意味を持ちます。ドイツ軍が東部戦線に多くの兵力を注いでいなければ、同盟国は劣勢を挽回できなかったでしょう。赤軍兵士数百万の犠牲のうえに築かれた勝利であり、ソ連の血がアメリカの鉄とイギリスの情報機関に戦局を変える猶予を与えたのです。わたしは『ローズ・コード』でイギリス情報部というレンズを通した戦争を描きました。本書はソ連の血というレンズを通した戦争――その血を止めようとした一人の女性、最初はライフルで、のちにその声でアメリカの鉄を持ち帰って祖国を救おうとした女性の物語です。

訳者あとがき

ケイト・クインの〝近代史物〟第四弾『狙撃手ミラの告白』（原題：*The Diamond Eye*）をお届けする。前三作（『戦場のアリス』『亡国のハントレス』『ローズ・コード』）は主人公が二人ないし三人だったが、本作の主人公は、〝死の淑女（レディ・デス）〟の異名をとるソ連赤軍の実在の女性狙撃手リュドミラ・パヴリチェンコただ一人だ。「本書は勝手がちがった。登場するのは歴史資料から引っ張ってきた人たちばかりだから」とあとがきに書いているように、ほぼ全員実在の人物の物語でクインは真っ向勝負に出たと言えるだろう。

必要にして充分な著者あとがきに訳者あとがきを付けるのは、〝屋上屋を重ねる〟ようで気が引けるが、ここでは作者が触れていないパヴリチェンコの博士論文『ボフダン・フメリニツキー、一六五四年のウクライナとロシアの統合およびペレヤースラフ会議の役割』について簡単な説明を試みることにする。

リュドミラ・パヴリチェンコは、日本でも回想録が出ているので、有名とまではいかずとも知っている人はそれなりにいるだろう。だが、ボフダン・フメリニツキーはどうか。

本書に於いて当論文はさんざんな扱いで、友人からは「論文の内容をここで披露しなくていいからね。ボフダン・フメリニツキーのことはひと言だって聞きたくない」とさんざんからかわれ、米大統領夫人のエレノア・ローズベルトからは「リュドミラ、正直に言うと、ボフダン・フメリニツキーが誰なのか憶えていないのよ、でも、お願いだから講釈を垂れないで！」と釘を刺される始末だ。著者にいたっては、あとがきで〝the world's nerdiest dissertation〟と評している。〝nerd〟は〝neck beard（首ひげ）〟を縮めた造語で、〝首ひげを生やすような、社会性も衛生観念も乏しいオタクな男性〟の意味、今の言葉だと〝キモオタ〟だ。世界一キモい論文なんて、あんまりじゃありませんか。

それはさておき、ボフダン・フメリニツキーは十七世紀半ば、ウクライナ・コサックを率い、当時の大国ポーランド・リトアニア連合に戦いを挑んだウクライナ史上最大の英雄だ。首都キーウのソフィア広場には彼の騎馬像が立ち、紙幣にも肖像が用いられている。

十五世紀ごろ、豊穣（ほうじょう）の大地が広がるも危険な辺境の地だったウクライナに住み着いた者たちが、財産も人も（奴隷として売り飛ばすため）攫（さら）ってゆく遊牧民タタールに対抗して作った武装集団がコサックだ。胸の前で腕を組み腰を落として足を蹴りあげるウクライナの伝統舞踊、コサックダンスのコサック。勇猛果敢で命知らずのコサックは、ポーランドにとって利用価値の高い戦士だった。だが、自由を愛し独立心が強いから反抗的ですぐに反乱を起こす。扱いに手を焼いたポーランド王は、コサックの登録制度を考え出した。

登録したコサックには王の軍人として給料を払う。ただし登録者数を限定してコサックの力を制御した。非登録コサックは盗賊扱いだ。それが十六世紀半ばの状況だった。

そして迎えた一六四七年、登録コサックの隊長としてそれなりに安寧な生活を送っていた五十代のボフダン・フメリニツキーに転機が訪れる。ポーランド貴族に領地を奪われ子を殺され、ポーランド議会やポーランド王に直訴して平和的に解決しようとしたが埒があかず、ついに反乱を決意。昨日の敵だったタタールと組み、翌四八年、ポーランドに戦いを挑んだ。同年九月には破竹の勢いでワルシャワ近郊まで攻め込むも、ポーランド王から和平を申しこまれる。コサックの伝統的権利を認め、コサックは王のみに従い土地の貴族に従う必要なしという条項が盛り込まれた和平案を、フメリニツキーはあっさり呑んで兵を引いた。この和平協定でウクライナはコサック領となり、コサック国家形成の礎が築かれた。

だが、一六五一年にポーランドとの戦いが再燃。タタール軍がポーランドに寝返ったため消耗戦へともつれ込む。コサック国家を守るためには外国の支援が必要と考えたフメリニツキーは、近隣のオスマン・トルコ、クリミア汗国、モルダヴィア、トランシルヴァニアなどと結託してポーランド包囲同盟を作ろうと奔走するが実を結ばず。そこで目をつけたのが、おなじ正教会を信奉するロシアだ。一六五四年、皇帝(ツァーリ)に庇護(ひご)を求め、ペレヤースラフという町で会議を開いてモスクワ国と保護協定を結んだ。モスクワ側は、歴史の荒波により隔てられたロシア人とウクライナ人が、この協定で元どおりひとつに統合されたとみなした。だが、ウクライナにとって、同協定はフメリニツキーがその時々で結んだ数多(あまた)の同盟・保護条約のひとつにすぎず、短期的軍事同盟と捉えていた。現にフメリニツキーはモスクワの高圧的なやり方に幻滅し、スウェーデンなどと組んでモスクワと袂(たもと)を分かつつもりだったが、志半ばで亡くなってしまう。

　こののち、モスクワ国は帝国への道を突き進み、ウクライナは破滅へと向かってゆく。大国ポーランドにとって、フメリニツキーは繁栄時代の終焉を招いた憎き敵だ。それから百年をかけて、ポーランドは凋落し分割され小国となる。

　最後に、本書を訳しあとがきを書くにあたり参照した書物を挙げておく。

『最強の女性狙撃手　レーニン勲章を授与されたリュドミラの回想』リュドミラ・パヴリチェンコ著、龍和子訳、原書房

『物語　ウクライナの歴史　ヨーロッパ最後の大国』黒川祐次著、中公新書

『戦争は女の顔をしていない』スヴェトラーナ・アレクシエーヴィチ著、三浦みどり訳、岩波書店

二〇二三年七月

加藤洋子

訳者紹介　加藤洋子

文芸翻訳家。主な訳書にクイン『ローズ・コード』『亡国のハントレス』『戦場のアリス』、ジョーンズ『結婚という物語』（以上ハーパーコリンズ・ジャパン）、ブラウン『良妻の掟』（集英社）、ボーム『きみがぼくを見つける』（ポプラ社）などがある。

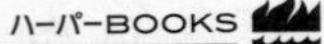

狙撃手ミラの告白

2023年8月20日発行　第1刷

著　者　ケイト・クイン

訳　者　加藤洋子

発行人　鈴木幸辰

発行所　株式会社ハーパーコリンズ・ジャパン
東京都千代田区大手町1-5-1
03-6269-2883（営業）
0570-008091（読者サービス係）

印刷・製本　中央精版印刷株式会社

定価はカバーに表示してあります。

この書籍の本文は環境対応型の植物油インクを使用して印刷しています。

Printed in Japan
ISBN978-4-596-52318-1